Das Buch

Der junge Küchenchef Jo Weidinger braucht für sein Restaurant »Waidhaus« hoch über der Loreley frischen Fisch. Als er beim Fischhändler seines Vertrauens Erich Sattler eintrifft, findet er ihn tot in einem seiner Teiche treibend. Die Polizei geht von einem Unfall aus, denn das Wetter war schlecht und die Stege rutschig. Außerdem war Sattler ein jähzorniger Eigenbrötler, der bei seinen Fischweihern hauste. Besonders beliebt war er nicht – aber interessiert hat sich auch niemand für ihn. Warum sollte so jemand schon ermordet werden?

Jo glaubt nicht an diese Theorie und beginnt auf eigene Faust nachzuforschen. Der Polizei passt es natürlich überhaupt nicht, dass Jo sich schon wieder in deren Ermittlungen einmischt. Und auch so mancher Fischzüchter sieht es gar nicht gerne, dass der junge Koch in seinen Angelegenheiten herumschnüffelt. Bei seinen Recherchen gerät Jo immer tiefer in die Kreise ungeahnter illegaler Machenschaften, die sich rund um die Loreley tummeln, und stößt dabei auf Dinge, die er besser unberührt gelassen hätte. Denn seine Gegner sind mächtig und gehen über Leichen ...

Der Autor

Christof A. Niedermeier, geboren 1969, stammt aus der Nähe von Regensburg. Seit knapp zwanzig Jahren lebt und arbeitet er in Frankfurt am Main. Mit dem Helden seiner Bücher teilt er die Liebe zum Rheintal, den malerischen Burgen, gutem Essen und leckeren Weinen. Er ist vielseitig interessiert, liest gern und hat ein ausgesprochenes Faible für Italien.

Von Christof A. Niedermeier sind in unserem Hause erschienen:
Waidmanns Grab · *Mörderisches Menü*

Christof A. Niedermeier

Mörderisches Menü

Ein kulinarischer Krimi

Ullstein

Besuchen Sie uns im Internet:
www.ullstein-taschenbuch.de

Originalausgabe im Ullstein Taschenbuch
1. Auflage Februar 2017
2. Auflage 2017
© Ullstein Buchverlage GmbH, Berlin 2017
Umschlaggestaltung: zero-media.net, München
Titelabbildung: © Hans Scherhaufer (Front);
© FinePic®, München (Composing-Element (Schrabbel));
© Getty Images/Walter G. Allgower (umlaufend)
Satz: LVD GmbH, Berlin
Gesetzt aus der Quadraat
Druck und Bindearbeiten: CPI books GmbH, Leck
ISBN 978-3-548-28860-4

Prolog

Es hatte am Morgen ausgiebig geregnet, und die Nebelschwaden hingen düster über dem Rheintal. Der Mann, der etwas oberhalb des Restaurants »Waidhaus« einen Beobachtungsposten bezogen hatte, ließ das Gebäude nicht aus den Augen. Hinter einer der Fensterscheiben nahm er eine Bewegung wahr. Ein grimmiges Lächeln umspielte seine Lippen. Obwohl es angenehm mild war, trug er einen langen dunkelbraunen Mantel, der ihn noch hagerer erscheinen ließ. Für einen Moment verharrte er regungslos. Dann straffte er seine Schultern, griff nach dem schwarzen Lederkoffer, der neben ihm auf dem Boden stand, und ging mit entschlossenen Schritten auf das Waidhaus zu. Kurz vor dem Eingang bog er scharf rechts ab und umrundete das Gebäude.

Vor der schmalen Seitentür, die in die Küche führte, zögerte er. Schnell warf er einen Blick nach rechts und links. Niemand schien ihn bemerkt zu haben. Er drückte die Klinke herunter und stand im nächsten Augenblick in der Küche des Restaurants. Alle Augen wandten sich ihm zu. Es herrschte atemlose Stille. Niemand machte auch nur eine Bewegung.

»Sie haben sich in der Tür geirrt«, erklärte Jo Weidinger. »Der Haupteingang ist vorn.«

Er blickte auf die Uhr.

»Wenn Sie in zwei Stunden wiederkommen, haben wir auch geöffnet.« Der junge Küchenchef lächelte den Fremden freundlich an.

»Sind Sie Josef Weidinger?«, fragte dieser.

Etwas in der Stimme des Mannes ließ Jo zögern. Es kam ihm seltsam vor, dass er ihn mit seinem vollen Namen ansprach. Der hagere Mann ließ ihn nicht aus den Augen.

»Ja. Aber noch mal – Sie sind hier nicht richtig, wir ...«

»Ich glaube schon. Können wir unter vier Augen sprechen?«

Jo starrte ihn fassungslos an. Hatte er sich nicht klar genug ausgedrückt? Das hier war eine Küche – darin hatten Fremde nichts zu suchen.

»Wer sind Sie überhaupt?«

»Das besprechen wir besser in Ihrem Büro.«

Die selbstherrliche Art des Mannes ging Jo zunehmend auf die Nerven.

»Ich hab vor meinen Mitarbeitern keine Geheimnisse.«

»Also schön.«

Der Unbekannte griff in seine Tasche und zog einen Ausweis hervor, den er Jo vor die Nase hielt.

»Mein Name ist Robert Theis. Ich bin Gerichtsvollzieher im Amtsgerichtsbezirk Sankt Goar und habe eine Forderung der Firma Küchentechnik Zeil beizutreiben.«

»Was?« Jo sah ihn ungläubig an. »Und warum schicken die nicht einfach eine Rechnung?«

Theis schüttelte den Kopf. »Wollen Sie das vor Ihrer Mannschaft diskutieren?«

»Gehen wir in mein Büro«, erwiderte der junge Küchenchef. Er war ein wenig rot geworden.

Jo schloss die Tür hinter sich.

»Nehmen Sie Platz«, sagte er kleinlaut. »Wollen Sie etwas trinken?«

»Sehr freundlich, aber ich hab gerade gefrühstückt. Sie sind heute mein erster Fall.«

Theis öffnete seinen Lederkoffer, zog ein Dokument heraus und reichte es Jo. Dieser warf einen kurzen Blick darauf.

»Sind ja nur dreihundertsechsundfünfzig Euro fünfzig.«

»Für viele meiner Kunden ist das eine gehörige Stange Geld.«

Jo öffnete die Schublade, nahm seine Geldbörse heraus und zählte vier Hundert-Euro-Scheine ab. Der Gerichtsvollzieher nahm das Geld in Empfang.

»Da fehlt noch was.«

»Wie bitte?«

»Insgesamt ist die Forderung vierhundertzwei Euro vierzig, einschließlich Mahngebühren und die Kosten für die Vollstreckung.«

Der junge Küchenchef schüttelte den Kopf und zählte auch noch das Kleingeld ab.

»Ich versteh nicht, wieso die mir den Gerichtsvollzieher schicken. Warum rufen die nicht einfach an?«

»Sie müssen nur Ihre Rechnungen bezahlen. Dann haben Sie so ein Problem nicht. Flüssig sind Sie ja offensichtlich.«

»Muss mir durchgerutscht sein.«

»Und die Mahnung? Außerdem haben Sie den Vollstreckungsbescheid erhalten.«

Jo blickte auf die Stapel an ungeöffneten Briefen, die sich auf seinem Schreibtisch türmten.

»Ich hatte die letzten Wochen ziemlich viel um die Ohren.«

»Tja, junger Mann, es steht mir zwar nicht an, Ihnen gute Ratschläge zu geben, aber Ihre Post sollten Sie schon jeden Tag öffnen.«

»Was soll ich machen? Die Arbeit in der Küche erledigt sich nicht von selber.«

»Dann holen Sie sich jemand für die Buchhaltung. Wenn Sie schon nicht an Ihre Gläubiger denken, sollten Sie wenigstens auf Ihren guten Ruf achten. Wenn sich rumspricht, dass ein Restaurant seine Rechnungen nicht zahlt, werden die Lieferanten schnell nervös.«

»Arbeiten Sie immer am Sonntag?«, wollte Jo wissen.

»Bei Restaurants ist das der beste Tag. Da weiß ich, dass der Chef im Haus ist.«

Nachdem der Gerichtsvollzieher gegangen war, saß Jo noch einige Minuten an seinem Schreibtisch. Theis hatte recht – so konnte es nicht weitergehen.

»Müssen wir uns jetzt Sorgen um unser Gehalt machen?«, fragte Pedro, als Jo in die Küche zurückkam.

»Unsinn, wir verdienen mehr als genug Geld. Die blöde Rechnung ist mir durchgerutscht.«

»Aber ist es nicht ...«

»Mein Gott! Jeder macht mal einen Fehler, okay?«, rief Jo verärgert. »Ich soll mich um die Lieferanten kümmern, den Weinkeller überwachen und das Restaurant leiten. Ich kann ja nicht alles machen, oder?«

Nach seinem heftigen Ausbruch herrschte betretenes Schweigen. Dann machten sich alle wieder an die Arbeit.

Nach einer Weile räusperte sich Pedro. »Du, Jo?«

»Ja?«

»Wenn wir wirklich so viel Geld verdienen, meinst du, es wäre eine Gehaltserhöhung für mich drin?«

»Idiot.«

Der junge Spanier duckte sich, als sein Chef mit einem Handtuch nach ihm warf.

Nach dem Mittagsservice setzte Jo sich pflichtschuldig an seinen Schreibtisch und begann, den Papierkram zu erledigen. Es klopfte.

»Ja?«

Ute steckte den Kopf herein.

»Hast du eine Sekunde für mich?«

»Für dich immer.«

Die Sechzigjährige setzte sich.

»Alles gut?«

»Ja, wieso?«

Sie warf ihm einen prüfenden Blick zu.

»Wenn du Hilfe brauchst, sag doch was. Wir wissen alle, wie viel du um die Ohren hast. Ich würd mich ja um die Buchhaltung kümmern, aber Zahlen sind nicht mein Ding. Wenn du willst, kann ich dir einen Teil der Lieferanten abnehmen, und Pedro hat angeboten, dich bei der Menüplanung zu unterstützen.«

»Lieb von euch, aber ihr beide verbringt schon jetzt viel zu viel Zeit hier. Ich wollte die ganze Zeit schon jemanden einstellen, der sich ums Restaurant, den Weinkeller und die Buchhaltung kümmert. Dann kann ich mich auf die Küche konzentrieren.«

»Geht das denn?«

»Das Waidhaus wirft genug ab. Ich bin nur noch nicht dazu gekommen. Aber jetzt werde ich es definitiv angehen – versprochen.«

»Bei den Lieferanten werd ich dir trotzdem helfen.«

Bevor er noch etwas sagen konnte, hatte sie sich schon aus dem Sessel geschwungen und sich davongemacht. Trotz des unangenehmen Starts in den Tag konnte Jo sich ein Lächeln nicht verkneifen. Ute war wirklich ein Goldschatz!

Kapitel 1

Am nächsten Morgen hatten sich die dunklen Wolken verzogen und die Sonne strahlte über dem Rheintal. Was für ein herrlicher Frühlingstag, dachte Jo, als er in seinen Wagen stieg. Er fuhr hinunter nach Oberwesel. Als er am Günderodehaus vorbeikam, blickte er kurz hinüber zur Schönburg und dann zur Burg Pfalzgrafenstein, die sich in der Ferne malerisch aus dem Rhein erhob.

Einige Kilometer hinter der Stadt bog er auf einen unbefestigten Waldweg ab. Kurze Zeit später tauchten zwei große Fischteiche am Wegesrand auf. Er hielt an und stieg aus. Vor ihm lag ein weißgetünchtes Haus, das an eine Jagdhütte erinnerte. Über dem Eingang war ein imposantes Hirschgeweih festgenagelt. Suchend blickte Jo sich um. Er hatte sich am Freitag bei Erich Sattler angemeldet. Zu seiner Überraschung war von dem Mann jedoch nichts zu sehen.

»Herr Sattler?«, rief er laut in Richtung Haus. Nichts rührte sich. Er klopfte an der Tür und lauschte. Es war immer noch nichts zu hören. Hinter dem Haus gab es weitere Teiche – es mussten zehn oder zwölf sein. Aber auch hier fehlte von Sattler jede Spur. Eigenartig, dachte Jo. Sonst war der Fischzüchter immer sehr zuverlässig. Der junge Küchenchef ging zurück zum Haus und rief erneut nach ihm. Da hörte er etwas. Es klang wie der unterdrückte Schrei eines Kindes und kam aus dem Inneren des Gebäudes. Jo klopfte erneut. Niemand antwortete. Nach kurzer Überlegung drückte er die Klinke herunter. Vor ihm lag ein enger, dunkler Flur. Zwei alte, abgeschabte Regenjacken hingen an einem Haken. Darunter stand ein Paar Gummistiefel. Unschlüssig blieb Jo stehen. Sattler hatte ihn bisher immer draußen empfangen.

Er schüttelte den Kopf. Wo steckte der Mann bloß? Auch der seltsame Schrei ging Jo nicht aus dem Kopf. Kurzentschlossen trat er ein. Der alte Dielenboden knarzte unter seinen Schritten. Er zuckte zusammen, als er ein Geräusch hinter sich vernahm – aber es war nur die Haustür, die ins Schloss gefallen war. Er stieß auf eine Holztür mit gelbem Butzenglas, die nur angelehnt war. Sachte öffnete er sie und spähte in den Raum. An der Wand hingen ein paar Töpfe und Tiegel, in der Spüle lag ein schmutziger Teller, und ein weißer alter Kühlschrank brummte leise vor sich hin. Schnell betrat er den nächsten Raum – das Wohnzimmer. Neben einer hellbraunen Ledercouch, die schon bessere Zeiten gesehen hatte, thronte ein schwerer Ohrensessel mit auffälligem Blumenmuster, das nicht so recht zur restlichen Einrichtung passen wollte. Auf dem Glastisch vor der Couch lagen einige Anglermagazine. Durch eine weitere Tür gelangte er zurück in den Flur. Eine Holzstiege führte hinauf in den ersten Stock. Sollte er oder sollte er nicht?

Der Fischzüchter war als jähzornig bekannt. Was, wenn er Jo in seinem eigenen Haus überraschte?

»Herr Sattler?«, rief er nach oben. Es blieb still. Nach kurzem Zögern machte Jo sich auf den Weg nach oben. Die alten Holzstufen quietschten und knarrten. Oben gab es drei Türen. Alle waren geschlossen. Da hörte er einen Laut. Es klang wie ein Stöhnen. Jo lief ein kalter Schauer den Rücken hinunter. Er drückte die Klinke nach unten und öffnete die Tür. Plötzlich ging alles ganz schnell. Mit einem bösen Fauchen sprang etwas Großes, Fellartiges auf ihn zu. Jo duckte sich zur Seite und hätte um ein Haar das Gleichgewicht verloren. Entgeistert blickte er dem schwarzen Kater hinterher, der mit wenigen Sprüngen die Treppe hinunter verschwunden war. Er brauchte einen Augenblick, um sich von dem Schreck zu erholen. Vor ihm lag das Schlafzimmer. Das Bett machte einen unordentlichen Eindruck – das Laken war nicht glatt gezogen und das Bettzeug achtlos hingeworfen. Die beiden anderen Räume – das Bad und ein kleines Arbeitszimmer – waren ebenfalls leer. Wo steckte Sattler nur?

Jo machte sich auf die Suche nach dem Kater. Besser, wenn er ihn wieder ins Schlafzimmer sperrte. Es wäre ihm unangenehm gewesen, Sattler zu erklären, wieso er das Haus betreten hatte. In der Küche wurde er fündig. Der Kater saß vor einem leeren Fressnapf und warf ihm einen feindseligen Blick zu. Würde nicht einfach werden, ihn zurück ins Schlafzimmer zu bugsieren. Als er einen Schritt auf das Tier zu machte, drehte es sich um, sprang behände zur Hintertür und verschwand durch eine Klappe nach draußen.

»Super. Das hat mir noch gefehlt«, sagte Jo halblaut zu sich selbst. Die Tür war abgeschlossen. Der junge Küchenchef fluchte. Hastig nahm er die Verfolgung auf. Als er draußen in der Sonne stand, sog er begierig die frische Luft ein. Erst jetzt fiel ihm auf, wie muffig es in dem alten Haus gerochen hatte. Schnell umrundete er das Gebäude. Zu seiner Überraschung saß der Kater nur wenige Meter vom Haus entfernt in der Sonne und putzte sein Fell.

»Wie heißt du denn?«, fragte Jo und bückte sich. »Komm, ich hab ein paar Leckerli für dich«, schmeichelte er. Behutsam näherte er sich dem Tier. Als er den Kater fast erreicht hatte, sprang dieser unvermittelt auf und verschwand in Richtung der Teiche. Jo seufzte. Das konnte ja heiter werden, dachte er und folgte ihm. Beim dritten Teich hatte er ihn fast eingeholt. Vorsichtig, um das Tier nicht weiter zu verschrecken, trat er auf es zu. Kaum war er bis auf zwei Meter herangekommen, sprang der Kater einige Sätze weiter.

»Jetzt bleib doch endlich sitzen, du blödes Vieh«, rief Jo verärgert und blieb wie angewurzelt stehen. In einem der Teiche schwamm etwas ... es sah fast aus wie ...

»Mein Gott!«, entfuhr es ihm. Ohne nachzudenken, sprang er in den Teich. Das Wasser reichte ihm bis über die Knie und war schrecklich kalt. Aber das spürte er kaum. Er watete in die Mitte des Teiches, fasste beherzt ins Wasser und zog den Mann nach oben. Mit seiner Last im Schlepptau versuchte er aus dem Teich zu klettern, rutschte aber ab. Schließlich gelang es ihm doch. Er bückte sich und versuchte den Mann herauszuziehen. Das erwies sich als schwerer als gedacht. Seine Kleidung war mit Wasser vollgesogen und zog ihn nach unten. Nach mehreren Anläufen schaffte er es endlich. Jo drehte ihn um und zuckte zusammen. Das Gesicht war aufgequollen und hatte eine grünliche Färbung angenommen. An einigen Stellen begann sich bereits die Haut vom Kopf zu lösen. Ein süßlich-fauliger Geruch nach verwesendem Fleisch hing in der Luft. Ein Blick in die glasigen Augen des Mannes bestätigte ihm, was er ohnehin schon wusste – hier kam jede Hilfe zu spät. Jo war geschockt. Regungslos verharrte er neben dem Toten und starrte ihn an. Dann griff er mit zitternden Fingern nach seinem Handy und wählte den Notruf. Er hätte nicht sagen können, wie lange es dauerte, aber auf einmal war der Krankenwagen da. Jemand führte ihn weg vom Teich und gab ihm eine Decke, die er sich um die Beine wickelte. Einer der Sanitäter redete beruhigend auf ihn ein, aber erst als er ihm eine heiße Tasse Tee in die Hand drückte, kam Jo wieder vollständig zu sich.

»Er ist tot, nicht wahr?«

Der Rettungsassistent nickte. »Wie geht es Ihnen?«, fragte er. »Sie sehen blass aus.«

»Alles gut«, antwortete der junge Küchenchef geistesabwesend.

Die Polizei traf ein. Die Beamten hasteten an ihnen vorbei. Nach einigen Minuten kehrte der Notarzt zum Krankenwagen zurück.

»Und?«, fragte der Sanitäter.

Der Arzt zuckte mit den Schultern. »Vom Aussehen her würde ich sagen, dass er schon zwei bis drei Tage dringelegen hat.«

»Wissen wir, wer es ist?«

»Keine Ahnung. Da soll sich die Polizei drum kümmern.«

»Sein Name ist Sattler. Ihm gehört das alles hier«, erklärte Jo.

Der Notarzt warf ihm einen prüfenden Blick zu.

»Alles gut?«

Jo nickte.

»Sie sehen sehr blass um die Nase aus. Soll ich Ihnen eine Spritze geben?«

»Nee, danke. Geht schon.«

»So ein Erlebnis kann einem einen Schock versetzen. Wenn Sie wollen, nehmen wir Sie zur Beobachtung mit. Sie legen sich zwei Stunden bei uns aufs Ohr, dann geht's Ihnen bestimmt besser.« Er nickte dem jungen Küchenchef aufmunternd zu.

»Ich bin okay«, beharrte Jo.

»Sie sollten das nicht auf die leichte Schulter nehmen. Legen Sie sich zu Hause auf jeden Fall hin.«

Ein Polizeibeamter trat auf die kleine Gruppe zu.

»Haben Sie den Toten gefunden?«, fragte er Jo. Dieser nickte.

»Ich muss Ihre Personalien aufnehmen.«

Jo gab sie ihm.

»Brauchen Sie uns noch?«, wollte der Notarzt wissen.

Der Polizeibeamte schüttelte den Kopf.

»Dann rücken wir ab. Totenschein habe ich ausgestellt. Um die Details kümmern sich ja bestimmt die Kollegen von der Rechtsmedizin.«

»Die Kripo ist alarmiert. Der Rechtsmediziner ist auf dem Weg.«

Eine halbe Stunde später traf Oberkommissar Wieland ein.

»Was machen Sie denn hier?«, fragte er überrascht, als er Jo bemerkte.

»Hab den Toten gefunden«, nuschelte dieser.

»Bei Ihnen pflastern aber auch Leichen den Weg«, meinte der Beamte trocken. Jo, der inzwischen wieder etwas Farbe im Gesicht hatte, wurde erneut blass.

Wieland hielt inne.

»So habe ich es nicht gemeint«, sagte er schnell. »Warten Sie noch auf mich?«

Jo nickte. Ein uniformierter Beamter führte Wieland zum Fundort der Leiche. Dort wartete Dr. Walter, der Rechtsmediziner, mittlerweile auf ihn.

»Und?«

»Allem Anschein nach ist er ertrunken. Genau kann ich es natürlich erst sagen, wenn ich ihn obduziert habe.«

»Dann sind wir ja zügig fertig.«

»Vielleicht auch nicht. Es gibt ein Trauma am Hinterkopf.«

»Jemand hat ihm eins übergezogen und ihn ins Wasser geworfen?« Wieland klang auf einmal sehr interessiert.

»Möglicherweise. Er könnte aber auch selber reingefallen sein. Sehen Sie die Kante von dem gemauerten Wassereinlass?«

»Ja.«

»Und jetzt sehen Sie sich die Wunde am Hinterkopf an.«

Wieland blickte schnell zwischen beidem hin und her.

»Sie haben recht. Könnte von der Kante stammen.«

Die Männer von der Spurensicherung trafen ein.

»Auch schon da?«, stichelte Wieland. »Habt ihr unterwegs noch Kaffee getrunken?«

»Sehr witzig«, knurrte Konrad Bohrmann, der Leiter der Spurensicherung, und stellte seinen Koffer ab. »Ist das der Tote?«

»Siehst du noch einen anderen?«

»Kollege Wieland hat heute anscheinend einen Clown gefrühstückt«, brummte Bohrmann und bückte sich zu der Leiche hinunter.

»Dr. Walter meint, die Wunde am Hinterkopf könnte von dem Wassereinlass da drüben stammen.«

Der Leiter der Spurensicherung sah sich den Toten genau von allen Seiten an. Dann ging er hinüber zum Wassereinlass und musterte diesen.

»Könnte passen. Müssen wir uns ansehen.«

»Aber nicht reinfallen«, rief Wieland.

»Peter, ziehst du dich um und guckst dir den Einlass aus der Nähe an?«, sagte Bohrmann zu einem seiner Mitarbeiter. Dieser nickte. Ein paar Minuten später tauchte er wieder mit einer Anglerhose auf und stieg vorsichtig in den Teich.

»Jetzt versteh ich, warum ihr so spät dran wart. Ihr habt euren jährlichen Angelausflug gemacht.« Wieland lachte.

Der Leiter der Spurensicherung ließ die Bemerkung unkommentiert. »Wo ist der Mann reingesprungen, der ihn rausgezogen hat?«, wollte er wissen.

»Keine Ahnung. Hab ihn noch nicht befragt.«

»Solltest du vielleicht, statt hier Sprüche zu klopfen.«

»Jetzt mach mal halblang. Ich wollte erst sehen, wie ihr die Lage einschätzt.«

»Siehst du die ausgerissenen Grashalme?« Bohrmann deutete auf das Rasenstück in der Nähe des Wassereinlasses. »Möglicherweise ist er ausgerutscht, rittlings reingefallen und hat sich an der Kante den Kopf angeschlagen. Hat ihn vermutlich ausgeknockt, und er ist ertrunken.«

Er rief einen seiner Mitarbeiter zu sich: »Mach da mal Fotos.«

Der Mann nickte, markierte die Stelle mit einer Plastiknummer, die er in den Boden steckte, und fotografierte sie von allen Seiten.

»Hat der Kescher schon da gelegen, als ihr gekommen seid?«

»Wir haben nichts verändert«, erwiderte Wieland.

»Dann wollte er wahrscheinlich einen Fisch rausholen, hat nicht aufgepasst und ist ausgerutscht.«

»Wenn es so war, müssten an der Kante Blutspuren sein.«

»Nicht unbedingt. Es hat gestern ziemlich viel geregnet.«

»Schon was gefunden, Peter?«, fragte der Oberkommissar den Beamten, der im Wasser stand und den gemauerten Einlass inspizierte.

»Hab ja grad erst angefangen«, gab dieser zurück.

»Warum lässt du uns nicht in Ruhe unsere Arbeit machen und befragst in der Zwischenzeit den Zeugen?«, schlug Bohrmann vor.

»Brauchen Sie mich noch?«, wollte Dr. Walter wissen.

»Nee«, antwortete Wieland. »Die Leiche schicke ich Ihnen.«

Der Rechtsmediziner nickte und machte sich auf den Weg.

»Wie geht es Ihnen?«, wollte Wieland von Jo wissen, der sich auf die Stufen vor dem Haus gesetzt hatte und seine nassen Hosenbeine in die Sonne hielt.

»Schon okay.«

»War kein schöner Anblick, was?«, sagte der Beamte verständnisvoll.

Jo zuckte mit den Schultern.

»Was haben Sie überhaupt hier gemacht?«

»Ich wollte Fische einkaufen. Erich Sattler ist einer meiner Lieferanten. Ich meine, *war* ...«

Wieland schlug seinen Notizblock auf. »Waren Sie mit ihm verabredet?«

»Hab ihn am Freitag angerufen, dass ich heute komme.«
»Wann genau war das?«
»Keine Ahnung, irgendwann am Vormittag.«
»Danach haben Sie nicht noch mal mit ihm gesprochen?«
»Nein.«
»Kannten Sie ihn schon lange?«
»Gut drei Jahre.«
»Wann sind Sie hier eingetroffen?«
Jo blickte auf die Uhr. »Vor knapp zwei Stunden.«
»Und weil Sie ihn nicht gesehen haben, sind Sie ums Haus herum und haben ihn entdeckt?«

Für einen kurzen Moment schwankte Jo, ob er der Polizei von seiner »Hausdurchsuchung« erzählen sollte. Nicht, dass sie ihn am Ende wegen Hausfriedensbruch belangten. Aber schließlich rückte er doch damit heraus.

»Sie haben das Haus durchsucht?«, fragte der Beamte ungläubig.

»Was hätte ich denn machen sollen? Hätte ja sein können, dass er mit einem Herzinfarkt im Bett liegt, oder?«

»Und wenn er sich nur verspätet hätte?«

Jo schüttelte den Kopf. »Sattler kam nie zu spät. Außerdem hat er praktisch hier draußen gewohnt. Aber was sollen die ganzen Fragen? Meinen Sie, ich hab was mit seinem Tod zu tun?«

Wieland lachte. »Ist 'ne Berufskrankheit. Deutet alles auf einen Unfall hin. Anscheinend wollte er einen Fisch aus dem Teich holen, ist ausgerutscht und hat sich den Hinterkopf am Wassereinlass angeschlagen. Wurde vermutlich bewusstlos und ist ertrunken.«

»Glaub ich nicht.« Der junge Küchenchef schüttelte nachdrücklich den Kopf.

»Wieso?«

»Ich hab Sattler oft dabei zugesehen, wie er Fische rausgeholt hat. Er war immer sehr vorsichtig. Ist nie ganz nah an den Teich rangegangen. Ich hatte sogar manchmal das Gefühl, er hatte Angst vor Wasser.«

»Als Fischzüchter?« Wieland lachte ungläubig. »Und selbst wenn, jeder macht mal einen Fehler.«

»Nicht Sattler. Der hat sich immer Zeit gelassen und alles sehr sorgfältig gemacht.«

»Jetzt warten wir mal die Ergebnisse der Spurensicherung und der Autopsie ab. Dann sehen wir weiter.«

»Wo ist eigentlich Hauptkommissar Wenger?«, wollte Jo wissen.

»Wieso, haben Sie Sehnsucht nach ihm?« Der Oberkommissar lächelte verschmitzt. »Sie müssen keine Angst haben. Er ist weit weg. Macht eine Fortbildung bei Interpol in Paris.«

Zu Hause angekommen, nahm Jo eine heiße Dusche und zog sich um. Seine nassen Sachen steckte er in die Waschmaschine. Er war sich absolut sicher, dass Sattler nicht in seinen Teich gefallen war. Der Mann war ein ausgesprochener Pedant gewesen. Jo hatte einmal einen ähnlichen Kollegen gehabt, einen Koch. Der hatte zwar immer länger als alle anderen gebraucht, hatte sich dafür aber nie in die Finger geschnitten – nicht ein einziges Mal. Aber vielleicht machte er sich auch zu viele Gedanken darüber. Die Polizei würde der Sache sicherlich gründlich nachgehen, und möglicherweise ergab sich dann ein anderes Bild.

Etwas ratlos blickte Jo aus dem Fenster. Unten schob sich ein großer Tanker durch das enge Nadelöhr der Loreley. Eigentlich hatte er vorgehabt, nach dem Fischeinkauf eine Radtour zu machen. Schließlich schien die Sonne, und es war sein freier Tag. Aber wenn er bei seinem Plan bleiben wollte, eine Fischwoche im Waidhaus anzusetzen, brauchte er noch frische Fische. Jo hatte sein Restaurant vor gut drei Jahren eröffnet. Es war in einem ehemaligen Forsthaus auf Maria Ruh untergebracht, direkt gegenüber dem Loreleyfelsen. Die Aussicht von Jos Terrasse aus war absolut atemberaubend. Das Haus war im 19. Jahrhundert von einem Förster errichtet worden, der sich bei seiner Standortwahl mehr von der damals schon grassierenden Rheinromantik hatte leiten lassen als von forstwirtschaftlichen Erwägungen. Die Forstverwaltung hatte später an anderer Stelle ein neues Forsthaus errichten lassen. Das Gebäude war nur noch für Lagerzwecke genutzt worden und im Laufe der Zeit immer weiter heruntergekommen. Trotz seiner einzigartigen Lage hatten der bauliche Zustand und die hohen Auflagen des Denkmalschutzes potentielle Interessenten immer wieder abgeschreckt. Als Jo damals auf der Suche nach einem Haus für sein Restaurant gewesen war, hatte er sich spontan in die einzigartige Lage verliebt. Er hatte alle Bedenken in den Wind geschlagen und das Haus aufwendig und in liebevoller Kleinarbeit restaurieren lassen. Im Erdgeschoss befand sich das Restaurant, im ersten Stock hatte Jo seine Wohnung eingerichtet.

Als er vor drei Jahren begonnen hatte, sich ein Netzwerk aus Lieferanten aufzubauen, hatte er mehrere Fischzüchter ausprobiert. Sattlers Fische waren mit Abstand die besten gewesen. Irgendwo musste er noch die Nummern der anderen haben. Jo ging hinunter in sein Büro und suchte nach dem Telefonverzeichnis. Schon eigenartig, dachte er, Sattler war noch nicht einmal unter der Erde, und er machte sich schon auf die Suche nach einem Ersatz für ihn.

Er rief bei einem der Züchter an und vereinbarte einen Termin.

Danach blieb er an seinem Schreibtisch sitzen und dachte nach. Das bleiche, aufgedunsene Gesicht von Sattler wollte ihm nicht aus dem Kopf gehen. Er griff zum Hörer.

»Sandner.«

»Hallo, Klaus, hier spricht Jo.«

»Nett, dass du anrufst. Wie geht's?«

»Alles gut. Und bei dir?«

»Könnte nicht besser sein. Womit kann ich helfen?«

»Wie kommst du drauf, dass ich deine Hilfe brauche?«

Der Journalist lachte. »Wenn du unter der Woche anrufst, steckt meist mehr dahinter als eine Einladung zum Mittagessen.«

Jo fühlte sich ertappt. »Ich möchte eine Anzeige aufgeben.«

»Bei uns im Blatt?«

»Wieso nicht?«

»Bisher hast du noch nie Werbung bei uns geschaltet. Läuft es nicht mehr so gut bei euch?«

»Im Gegenteil. Es geht um eine Stellenausschreibung. Ich suche einen Restaurantleiter.«

»Da redest du doch schon mindestens ein Jahr drüber.«

»Tja, und jetzt mache ich Nägel mit Köpfen.«

»Ich kann dir gern die Nummer unserer Anzeigenabteilung geben.«

Jo hörte den Journalisten blättern.

»Was kostet so was?«

»Musst du die Kollegen fragen. Am besten gehst du in den Stellenteil am Samstag. Da gucken die meisten rein.«

Sandner gab ihm die Nummer durch.

»Krieg ich Rabatt?«

»Von mir?«

»Immerhin bist du stellvertretender Chefredakteur.«

»Aber nicht mehr lange, wenn ich anfange, Rabatte rauszugeben. Wir sind eine arme Regionalzeitung. Außerdem hab ich mit dem Anzeigengeschäft nichts zu tun. Das läuft bei uns strikt getrennt.«

»Schade.«

Sandner lachte wieder.

»Ich hab noch was anderes.«

»Ja?«

»Erinnerst du dich an Erich Sattler?«

»Den alten Raufbold, bei dem du deine Fische kaufst?«

»Genau den. Er ist tot.«

»Echt?«

Der Journalist schwieg betroffen.

»Hab ihn heute früh in einem seiner Teiche gefunden.«

»Was ist passiert?«

»Keine Ahnung. Die Polizei denkt, es war ein Unfall.«

»Du hörst dich nicht überzeugt an.«

»Bin ich auch nicht. Es fällt mir schwer zu glauben, dass er in seinen Teich fällt und ertrinkt. Das wär so, als würde ich in meinem Kühlhaus erfrieren.«

»Wir hatten letzte Woche eine Geschichte über einen pensionierten Elektriker in der Zeitung. Der wollte den neuen Herd seiner Frau anschließen und hat versehentlich die falsche Sicherung rausgeschraubt. Hat einen Starkstromschlag abbekommen und war mausetot.«

»Ich hab Sattler oft beobachtet. Der kannte bei seinen Teichen jeden Millimeter ...«

»Überlass die Sache der Polizei. Wenn da was faul ist, finden sie es bestimmt raus.«

Kapitel 2

Nachdem Jo sich gestärkt hatte, fuhr er mit dem Wagen hinunter nach Sankt Goar und setzte mit der Fähre über nach Sankt Goarshausen. Über die Bundesstraße ging es bis Wellmich und von dort weiter nach Dahlheim. Im Ort bog er in einen Wirtschaftsweg ein. Nach gut einem Kilometer gelangte er zu einem Hof, der idyllisch von Birken umgeben war. Über der Einfahrt prangte in großen Buchstaben: »Fischzucht Guido Weber – die frischesten Fische weit und breit.«

Jo parkte seinen Volvo vor einem alten Backsteingebäude, das einen frisch renovierten Eindruck machte. Kaum war er ausgestiegen, kam ein Mann in einer grünen Latzhose auf ihn zu.

»Herr Weidinger, welche Freude, Sie zu sehen!«, rief er überschwänglich.

Guido Weber hatte seit ihrer letzten Begegnung deutlich zugelegt, und seine strubbeligen Haare waren grauer geworden. Er schüttelte Jo kräftig die Hand.

»Schön, dass Sie vorbeischauen. Wann waren Sie das letzte Mal da, vor zwei Jahren?«

»So in etwa.«

»Was führt Sie zu uns?«

»Ich bin auf der Suche nach einem neuen Lieferanten für die heimischen Speisefische.«

»Freut mich, dass Sie dabei an mich gedacht haben. Was brauchen Sie denn?«

»Ich wollte Ihr gesamtes Angebot testen.«

»Sehr schön. Dann stellen wir Ihnen ein entsprechendes Paket zusammen.«

Der Teichwirt gab einem Mitarbeiter eine Anweisung.

»Bei uns hat sich in der Zwischenzeit übrigens einiges getan: Wir haben unseren Betrieb erweitert und züchten jetzt auch Saiblinge, Aale und Zander. Kommen Sie, ich zeige Ihnen alles.«

Weber schien in der Tat ordentlich investiert zu haben. Während sie an den Teichen entlanggingen, gab er weitere Erläuterungen: »Im Sommer, wenn es besonders heiß ist, belüften wir mit Sauerstoff. Die Karpfen werden ja in stehenden Gewässern aufgezogen und brauchen einen Mindestsauerstoffgehalt von vier Milligramm pro Liter.«

»Wie lange dauert die Aufzucht?«

»Karpfen erleben in der Regel drei Sommer.«

»Und Forellen?«

»Achtzehn bis vierundzwanzig Monate – je nachdem wie groß sie werden sollen. Spitzenrestaurants wie Ihres wollen möglichst kleine Fische, da geht es schneller.«

»Mit was füttern Sie die?«

»Die Karpfen bekommen Kohlehydrate, also vor allem Getreide, aber natürlich als Fertigfutter. Forellen und Saiblinge werden heutzutage ausschließlich mit Pellets gefüttert, die einen hohen Eiweißgehalt haben.«

»Sind Sie beim Abfischen schon mal in einen Ihrer Teiche gefallen?«, fragte Jo.

»Ich? Nur einmal als Kind. Damals konnte ich noch nicht schwimmen und wäre fast ertrunken. Würde mir heute nicht mehr passieren. Fett schwimmt immer oben«, lachte Weber dröhnend und klopfte sich auf seinen runden Bauch.

»Und von Ihren Leuten?«

»Sie stellen Fragen! Wenn's richtig heiß ist, würde der eine oder andere schon gern mal reinspringen! Durch die laufende Frischwasserzufuhr bleiben die Teiche ja auch im Sommer relativ kühl. Aber so was geht natürlich nicht. Da passe ich schon auf.«

»Kennen Sie Erich Sattler?«

»Der Name sagt mir nichts.«

»Ist ein Kollege von Ihnen. Er hat seine Fischzucht auf der anderen Rheinseite.«

»Ach, der Sattler. Ja, den kenn ich. Aber nur flüchtig. Hab vielleicht ein oder zwei Worte mit ihm bei einer Sitzung unseres Verbands gewechselt.«

»Und wie war Ihr Eindruck von ihm?«

»Kerniger Bursche. Aber fachlich ein Ass.«

»Er soll öfter Streit gehabt haben.«

»Davon weiß ich nichts«, erwiderte Weber schnell. »Ich komme mit allen gut aus. Außer mit den Fischreihern – mit denen steh ich auf Kriegsfuß.« Er lachte erneut.

»Ah, da kommt der Kollege mit Ihrer Lieferung. Helmut, bringst du die zwei Kisten zu Herrn Weidingers Auto?«

Als die Fische verladen waren, verabschiedeten sie sich.

»Ich hoffe, Sie beehren uns bald wieder!«, rief Weber ihm zu. »Hab über Ihr Restaurant nur das Beste gehört. Wir würden uns freuen, wenn wir Sie dauerhaft beliefern dürften.«

Auf der Rückfahrt fragte sich Jo, wie er mehr über Sattler in Erfahrung bringen konnte. Wenn schon Kollegen aus der unmittelbaren Nachbarschaft nicht sehr viel Kontakt mit ihm gehabt hatten, würde es nicht einfach werden. Zurück im Waidhaus, verstaute er die Fische im Kühlhaus und setzte sich an seinen Schreibtisch, um die Stellenausschreibung für die Position des Restaurantleiters zu formulieren. Er textete etwas, war aber mit dem Ergebnis nicht zufrieden. Nach drei weiteren Versuchen gab er auf. Irgendwie fehlte ihm heute der Sinn dafür. Jo griff zum Telefonhörer.

»Höller?«

»Hallo, Ute, hier spricht Jo.«

»Wie geht es dir, mein Lieber?«

»Bestens.«

»Tatsächlich? Ich hab gehört, du hast heute eine Leiche aus dem Wasser gezogen.«

»Woher weißt du das denn schon wieder?«, fragte Jo verblüfft.

»Du kennst doch Oberwesel – Neuigkeiten dieser Art sprechen sich schnell herum.«

Der junge Küchenchef vergaß immer wieder, dass Ute in dieser Stadt aufgewachsen war und so ziemlich jeden kannte.

»Kann ich vorbeikommen?«

»Klar.«

Als er bei Ute eintraf, duftete es im ganzen Haus nach Zimtschnecken.

»Willst du eine?«, fragte sie und deutete auf einen Teller, auf dem sich die leckeren Gebäckteilchen stapelten. Der Zuckerguss glitzerte verführerisch.

»Sind das nicht richtige Kalorienbomben?«

»Du dürrer Hering wirst es dir leisten können. Was soll ich als alte Frau da sagen?« Die Sechzigjährige backte für ihr Leben gern und hatte noch nie einen Gedanken an das

Thema Kalorien verschwendet. Sie gehörte zu den ersten Mitarbeitern des Waidhauses und war schon vor der Eröffnung des Restaurants an Bord gewesen. Sie hatte mit ihrem Mann eine Pension betrieben, in der Jo eine Zeitlang gewohnt hatte, als er ins Rheintal gekommen war. Schon damals war Ute ihm mit ihrer fröhlichen Art ans Herz gewachsen. Kurz vor der Eröffnung des Waidhauses war überraschend ihr Mann verstorben. Da sie sich die Führung der Pension alleine nicht zutraute, hatte sie diese schweren Herzens geschlossen. Sie war eine hervorragende Köchin mit fast dreißig Jahren Berufserfahrung, und Jo hatte sie spontan gefragt, ob sie nicht für ihn arbeiten wolle. Nach kurzer Überlegung hatte sie zugesagt. Jo hatte den Schritt nie bereut. Ute war in jeder Hinsicht mustergültig: präzise, belastbar und immer gut gelaunt. Jo hätte sie nicht für zwei gelernte Gesellen eingetauscht.

»War bestimmt kein schöner Anblick«, meinte sie mitfühlend. »Willst du darüber sprechen?«

»Da gibt's nicht viel zu sagen. Ich hab gesehen, dass jemand im Wasser treibt. Ich bin rein und habe ihn rausgeholt. Danach hab ich den Rettungswagen gerufen.«

Die Sechzigjährige seufzte.

»Es tut nicht gut, wenn man immer alles in sich reinfrisst. Wieso fällt es dir so schwer, über deine Gefühle zu sprechen? Als mein Mann gestorben ist, hätte ich mich auch am liebsten in meinem Schneckenhaus verkrochen. Aber ich bin rausgegangen, hab mich mit meinen Freundinnen getroffen und darüber geredet.«

»Kanntest du Sattler?«, fragte Jo, ohne auf ihre Worte einzugehen.

Sie lächelte nachsichtig. »Nicht sehr gut. Er war in der

Schule einige Jahre hinter mir, und ich hab mich damals nur für ältere Jungs interessiert.«

»Und später?«

»Auch nicht. Erich war schon immer ein Eigenbrötler. War in keinem Verein und hat sich auch sonst wenig in der Stadt blicken lassen. Außer in den Kneipen – da war er ein gerngesehener Gast.«

»Wie kam er zur Fischzucht?«

»Familiengeschäft. Sein Großvater hat damit angefangen. Er hat einige Teiche von seiner Mutter geerbt und die Anlage Stück für Stück ausgebaut. Ich erinnere mich noch gut an ihn. Wir hatten damals einen Kolonialwarenladen in der Unterstadt. Er war ein strenger, wortkarger Mann. Ich hab mich als kleines Mädchen immer versteckt, wenn er zu uns in den Laden gekommen ist.« Sie lachte. »Seine Frau ist früh verstorben, und er hat seine Tochter allein aufgezogen.«

»Kanntest du sie?«

»Klar, sie kam ja meistens mit in den Laden. Sie muss damals Anfang zwanzig gewesen sein. Eine blasse, stille Person. Deswegen waren alle sehr erstaunt, dass sie kurz danach mit Erich schwanger geworden ist.«

»Sie war nicht verheiratet?«

Ute schüttelte den Kopf. »War damals ein ziemlicher Skandal. Ein uneheliches Kind und kein Vater in Sicht. Der alte Sattler muss unheimlich wütend gewesen sein. Danach hat man die Tochter kaum noch in der Stadt gesehen. Erst als Erich erwachsen war und der alte Sattler verstorben ist, musste sie zwangsläufig mehr raus. Aber so richtig warm ist sie mit niemandem geworden. Die Sache mit dem unehelichen Sohn hat sie zeitlebens verfolgt.«

»War Erich Sattler verheiratet?«

»Nein. Hatte auch nie eine Freundin, soweit ich weiß. Seine Mutter hat ihm den Haushalt geführt. Jedenfalls solange sie lebte. Seit ihrem Tod hab ich ihn kaum noch in der Stadt gesehen. Die Leute sagen, dass er praktisch bei seinen Weihern gehaust hat. Ich bin aber schon ewig nicht mehr dort draußen gewesen.«

»Weißt du, ob er Feinde hatte?«

»Feinde? Das hört sich so archaisch an. Beliebt war er jedenfalls nicht sehr, wenn du das meinst. Schon als Junge hat er sich oft geprügelt, und als Erwachsener wurde es nicht viel besser. Jedenfalls war er in ein paar Schlägereien verwickelt, soweit ich weiß. Vor einiger Zeit soll er heftig mit einem Gastwirt in Bacharach aneinandergeraten sein.«

»Weswegen?«

Ute zuckte mit den Schultern. »Er konnte ziemlich aufbrausend sein. Deswegen sind ihm viele aus dem Weg gegangen. Mein Mann und ich haben unsere Fische auch lieber woanders gekauft, obwohl seine sehr schmackhaft sind.«

»Weißt du, mit wem er sonst noch Streit hatte?«

»Das Kneipenmilieu, in dem er verkehrte, ist nicht meine Welt. Vielleicht solltest du mit Paul Eckert sprechen.«

»Kenne ich nicht. Wer ist das?«

»Ein ehemaliger Skatbruder meines Mannes. Er ist mit Erich Sattler zur Schule gegangen.«

»Kannst du da was für mich arrangieren?«

»Schon, aber warum interessiert dich das?«

»Nur so.«

Sie lachte. »Hast du nicht mit dem Restaurant genug am Hals?«

»Ich will mich nur ein wenig umhören. Kommt ja nicht jeden Tag vor, dass man einen Toten aus dem Wasser zieht.«

Kapitel 3

Am nächsten Morgen fuhr Jo zum zweiten Fischbetrieb, den er herausgesucht hatte. Er lag in der Nähe von Bad Kreuznach, so dass er eine knappe Dreiviertelstunde benötigte, bis er auf den Hof einbog. Vor einem langgezogenen Wirtschaftsgebäude stellte er seinen Wagen ab. Er ging hinüber zum Haus und klingelte.

»Ja?«, krächzte es aus der Sprechanlage.

»Hier ist Jo Weidinger. Wir haben telefoniert.«

»Ich komme.«

Kurz darauf öffnete sich die Haustür, und ein Mann mittleren Alters trat heraus. Er trug Jeans und einen dunklen Sweater.

»Ich bin Holger Kraus und leite den Betrieb«, sagte er und gab Jo zur Begrüßung die Hand. »Sie sind auf der Suche nach einem neuen Fischlieferanten?«

»Ja.«

»Was brauchen Sie denn – Forellen, Bachforellen, Karpfen?«

»Ich wollte alles ausprobieren. Haben Sie auch Aal und Hecht?«

»Wir bieten unseren Kunden das volle Programm. Wenn Sie öfter kommen und größere Mengen abnehmen, können wir Ihnen preislich entgegenkommen.«

Na, der ging ja ganz schön ran.

»Wir haben viele Gastronomen unter unseren Kunden. Sind alle sehr zufrieden mit uns.«

»Ich würde mir gern Ihren Betrieb ansehen. Geht das?«

»Sicher.«

Während der Fischzüchter Jo herumführte, redete er fast ununterbrochen. »Der Markt ist gegenwärtig ziemlich in Bewegung. Viele kleinere Betriebe müssen aufgeben. Wir haben dagegen ausgebaut und unser Sortiment erweitert.«

»Schade, dass es weniger Betriebe gibt.«

»Als Kunde können Sie davon nur profitieren. Wir haben nicht nur ein größeres Angebot, wir sind auch schneller und flexibler. Das ist gerade für Sie als Gastronom wichtig.«

Jo war das Gespräch unangenehm. Er hatte zwar Verständnis, dass jemand seine Ware anpries, aber der Betriebsleiter schien unter einem regelrechten Verkaufsdruck zu stehen.

»Kennen Sie Erich Sattler?«

»Den aus Oberwesel?«

»Ja.«

»Nur flüchtig. Tragische Sache.«

»Sie haben davon gehört?«

»Es stand ja heute Morgen im *Rheinischen Tagblatt*.«

»Hab ich noch gar nicht gesehen. Er war mein bisheriger Lieferant.«

»Tut mir leid. Aber ich kann Ihnen versichern, dass wir Sie mindestens so gut wie er beliefern werden.«

Jo blieb der Mund offen stehen. Hatte Kraus das tatsächlich gesagt?

»Bitte verstehen Sie mich nicht falsch«, fügte der Betriebsleiter schnell hinzu. »Der Tod eines Kollegen macht mich natürlich genauso betroffen wie Sie. Ich wollte damit nur sagen, dass Sie sich um die Qualität Ihrer Fische keine Sorgen machen müssen.«

»Wie ich gehört habe, soll er in einen seiner Teiche gefallen und ertrunken sein.« Jo wollte nicht unbedingt durchblicken lassen, dass er es war, der Sattler gefunden hatte.

»Was für ein Unglück!« Besonders nahe schien es Kraus nicht zu gehen, denn während er es sagte, blickte er auf die Uhr.

»Kommt so etwas öfter vor?«

»Was?«

»Dass einer in seinen Teich fällt.«

»Bei uns nicht. Wir achten sehr auf die Sicherheit. Als ich meine Ausbildung in Norddeutschland gemacht habe, gab es einen ähnlich gelagerten Fall. Ein Hilfsarbeiter kam spätnachts aus der Kneipe nach Hause, ist gestolpert und in einen der Teiche gefallen. Er war so betrunken, dass er es nicht geschafft hat, wieder ans Ufer zu kommen.«

Es entstand eine kurze Gesprächspause.

»Wie viele Fische brauchen Sie?«

»Ich wollte von jeder Sorte zwei, drei mitnehmen. Wenn sie meinen Gästen schmecken, komme ich regelmäßig.«

»Das werden sie bestimmt«, meinte Kraus und lächelte dünn. Offensichtlich hatte er sich ein größeres Geschäft ausgerechnet.

Zu Hause angekommen, holte Jo die Zeitung aus dem Briefkasten und setzte sich damit ins Büro. Er schlug den Regionalteil auf und suchte nach der Meldung. Der Tod von Erich Sattler war dem *Rheinischen Tagblatt* nur ein paar Zeilen wert:

»Am frühen Montagmorgen wurde in einem Teich in der Nähe von Oberwesel eine Leiche entdeckt. Dem Vernehmen nach handelt es sich um Erich S., den Besitzer des Teichs. Die näheren Umstände des Todes werden noch untersucht. Die zuständigen Behörden gehen zum jetzigen Zeitpunkt jedoch nicht von einer Fremdeinwirkung aus.«

Jo schüttelte den Kopf. Hatte Oberkommissar Wieland nicht gesagt, sie würden erst die Autopsie und die Ergebnisse der Spurensicherung abwarten, bevor sie endgültige Schlüsse zogen?

Pedro steckte den Kopf zur Tür herein. »Was wird jetzt aus der Fischwoche? Sagen wir sie ab?«, wollte der junge Spanier wissen. »Ich könnte die Karte umschreiben, wenn du willst.«

»Nicht nötig. Ich hab Fische besorgt.«

»Echt? Ich hab gar nichts gesehen.«

»Sie sind noch im Kühlhaus.«

»Meinst du nicht, es ist pietätlos, wenn wir trotzdem Fisch anbieten?«

Jo musste wieder an das fahle, aufgedunsene Gesicht von Erich Sattler denken. Ein kalter Schauer lief ihm den Rücken hinunter.

»Alles klar bei dir?«, fragte Pedro.

»Absolut«, antwortete der junge Küchenchef. »Du hast schon recht. Andererseits – die meisten unserer Gäste kannten Sattler nicht. Wenn wir die Fischwoche verschieben, gibt es vielleicht Unmut beim ein oder anderen. Einige Gäste kommen extra deswegen aus Düsseldorf.«

»Okay, dann hol ich die Fische aus dem Kühlhaus.«

»Ich komme gleich«, sagte Jo und schob die Zeitung beiseite.

Für die Fischwoche hatte der junge Küchenchef einige neue Gerichte kreiert. Unter anderem gab es pochierte Filets von der heimischen Bachforelle in Wein-Austern-Sauce und Rosmarin-Kartoffeln, Aal mit Walnusssauce und Frühlingsrisotto sowie Hecht mit Flusskrebsen in einer pikanten Weißwein-Sahne-Sauce. Besonders stolz war er auf eine der Vorspeisen: Variationen vom frischen Bachsaibling. Sie bestand aus einem Saiblingscarpaccio, bei dem die Filets mit Limettensaft und etwas Olivenöl beträufelt wurden, Saiblingstatar, der mit Apfel, Fenchel und frischen Kräutern zubereitet wurde, und einem Saiblings-Spiegel mit Wasabi-Creme.

Den Nachmittag nutzte Jo für einen Abstecher zum dritten Fischzüchter auf seiner Liste. Er fuhr Richtung Koblenz. Auf dem Rhein herrschte reger Schiffsverkehr. Die Ausflugsboote und Flusskreuzfahrtschiffe wechselten sich munter mit Frachtschiffen und großen Schubverbänden ab, die mit den unterschiedlichsten Waren beladen waren. Jo liebte es, am Rhein entlangzufahren, auch wenn er dafür mehr Zeit benötigte. Bei Rhens bog er ab. Die enge, kurvenreiche Straße schlängelte sich durch den Wald den Berg hinauf. Kurz vor Waldesch wechselte er auf die Hunsrückhöhenstraße. Nach einigen Kilometern bog er nach Hünenfeld ab. Gleich hinter dem Ortsausgang tauchte ein landwirtschaftlicher Betrieb auf. Auf dem Schild über der Einfahrt stand: »Fischzucht Kramer GmbH«. Jo erinnerte sich von seinem Besuch vor drei Jahren an einen liebevoll angelegten Blumen- und Gemüsegarten vor dem Haus. Zu seiner Überraschung war dieser einem geteerten Vorplatz gewichen. Er stieg aus und sah sich um. Aus dem Wirtschaftsgebäude tauchte ein großer, breitschultriger Mann auf, der einen Blaumann trug. Er war etwa in Jos Alter. Seine hünenhafte Gestalt stand in augenfälligem Kontrast zu seinem naiv-kindlichen Gesichtsausdruck.

»Hallo, ich bin Tobi«, sagte er und lächelte Jo freundlich an.

»Ich weiß«, antwortete dieser und lächelte ebenfalls. »Wir haben uns vor knapp drei Jahren kennengelernt, als ich schon mal hier war.«

»Sie sind Herr Weidinger und kochen ganz doll, stimmt's?«

»Ich geb mir jedenfalls Mühe.« Der junge Küchenchef lachte. »Hast du dir gut gemerkt. Du kannst mich Jo nennen.«

Tobi Kramer strahlte.

»Ist deine Mutter da?«

Tobi schüttelte den Kopf. »Mama ist jetzt im Himmel«, erklärte er mit ernster Miene.

»Das tut mir leid«, sagte Jo betroffen. Frau Kramer war ihm durch ihre herzliche Art in Erinnerung geblieben. Sie hatte Jo unbefangen erklärt, dass Tobi bei seiner Geburt für einige Zeit von der Sauerstoffversorgung im Gehirn abgeschnitten gewesen und deswegen geistig auf dem Niveau eines Kindes geblieben war. Die beiden hatten ein lustiges Duo abgegeben – die zierliche Frau und der hünenhafte Sohn, der mit großem Eifer bei der Sache war.

»Wie lange ist sie schon tot?«

Der große Mann dachte nach. »Zwei Jahre.«

»Bestimmt vermisst du sie sehr.«

Tobi zuckte mit den Schultern. »Mein Bruder Freddi sagt, sie passt mit den Engeln auf mich auf.«

»Das ist schön.«

Es entstand eine Pause.

»Hilfst du bei den Fischen mit?«, fragte Jo.

Tobi schüttelte den Kopf. »Freddi lässt mich nicht, seit ich mal ins Wasser gefallen bin. Normalerweise arbeite ich in der Werkstatt.«

»In welcher Werkstatt?«

»In Koblenz. Da sind viele wie ich. Ich meine, die nicht so schnell sind. Aber wir stellen dolle Sachen her. Da bin ich von Montag bis Freitag. Am Wochenende bin ich zu Hause, und Freddi passt auf mich auf.«

»Und wieso bist du heute nicht in der Werkstatt?«

»Weil ich Urlaub habe«, antwortete der Hüne mit kindlicher Freude.

»Tobi, lass den Mann in Ruhe«, herrschte ihn ein schlanker junger Mann an, der aus dem Haus getreten war. Die Ähnlichkeit mit seiner Mutter war unübersehbar – er hatte ihre zierliche Figur geerbt und reichte seinem Bruder kaum bis zu den Schultern.

»Wir unterhalten uns nur ein wenig«, meinte Jo.

»Tobi, geh ins Haus.«

»Ich will mitkommen. Herr Weidinger ist nett. Ich darf Jo zu ihm sagen.«

»Du weißt, was wir besprochen haben, wenn Kunden da sind«, zischte sein Bruder in scharfem Ton.

»Ich geh ja schon«, brummte Tobi und trottete widerwillig zum Haus.

»Sie hätten ihn wegen mir nicht wegschicken müssen.«

»Wie ich mit meinem Bruder umgehe, müssen Sie schon mir überlassen«, erwiderte Frederic Kramer unwirsch.

»Er wollte doch nur ...«

»Tobi ist manchmal ziemlich tollpatschig. Deswegen habe ich es nicht so gern, wenn er im Kundengeschäft mit dabei ist«, erklärte der junge Fischzüchter eine Spur freundlicher.

»Er hat mir erzählt, dass Ihre Mutter verstorben ist.«

»Sie hatte Krebs.«

»Ich wollte Ihnen mein Beileid ausdrücken«, sagte Jo etwas unbeholfen.

»Danke«, antwortete Kramer kurz angebunden.

»Ist für Sie und Ihren Vater bestimmt nicht einfach.«

»Mein Vater ist auch tot.«

Jo blieb stehen.

»Ich wollte nicht ...«

»Schon gut. Welche Fische brauchen Sie?«

»Was haben Sie denn?«

»Bei uns bekommen Sie sehr schöne Regenbogenforellen und Bachforellen. Dazu Karpfen, Aale und Zander.«

»Wie sieht es mit Saiblingen aus?«

»Aktuell nicht im Angebot. Aber wir sind dran. Ich bin gerade auf der Suche nach zusätzlichen Teichen, um den Betrieb zu erweitern. Spätestens in einem halben Jahr können wir Ihnen die gesamte Palette der heimischen Speisefische anbieten.«

Erstaunlich. Irgendwie schienen alle Betriebe, die Jo besuchte, auf Wachstumskurs zu sein.

»Kennen Sie Erich Sattler?«

»Nein. Sollte ich?«

»Ist mein bisheriger Fischlieferant. Kam bei einem bedauerlichen Unfall ums Leben. Ist in seinen Teich gefallen und hat sich den Kopf angeschlagen.«

Kramer machte einen betroffenen Eindruck.

»Komisch, oder? Man würde doch denken, so jemand kennt seine Weiher«, hakte Jo nach.

»Vielleicht hat er nicht aufgepasst oder ihm ist schlecht geworden«, mutmaßte der junge Fischzüchter. »Tobi ist auch schon in einen unserer Teiche gefallen. Aber dem passieren öfter solche Sachen. Ich muss immer auf ihn aufpassen.«

»Herr Sattler war im Fischzüchterverband aktiv, vielleicht kannten Sie ihn ja doch?«

»Nee. Ich bin aus dem Verband ausgetreten. Dafür habe ich keine Zeit.«

Jo nickte verständnisvoll. Anscheinend war er nicht der Einzige, dem die Arbeit über den Kopf wuchs. Da er hier offensichtlich nichts weiter über Sattler in Erfahrung bringen konnte, ließ er sich die Fische einpacken und machte sich auf den Rückweg.

Kapitel 4

Am folgenden Tag setzte Jo im Waidhaus eine Fischverkostung an. Zuerst wurden die Fische von allen Seiten begutachtet.

»Sehen alle gut aus«, meinte Pedro. »Sind auch alle gleich groß. Man könnte fast denken, die kommen alle aus demselben Laden.«

Jo nickte. Bei Sattler hatte es mehr Unterschiede gegeben, was Größe und Form anging.

»Duften tun sie auch frisch«, sagte Philipp. Der Jungkoch war der erste Lehrling, den sie im Waidhaus ausgebildet hatten.

»Gut, dann schauen wir mal, wie sie schmecken«, entschied Jo. Sie bereiteten als Erstes Zander vom Grill mit Mozzarella und Basilikumgemüse zu. Der Mozzarella wurde mit Olivenöl, Salz, Knoblauch, Kerbel, Estragon, Petersilie sowie Basilikum gewürzt und anschließend im Mixer zerkleinert. Die Zanderfilets wurden damit bestrichen und vor dem Servieren in einem Salamander glaciert. Dazu gab es ein buntes Gemüse aus Karotten, Blumenkohl, weißen Rüben, Erbsen, Zucchini, Champignons und Kartoffeln. Es wurde kurz in Butter geschwenkt, mit Fischfonds übergossen und dreißig Minuten »al dente« gegart. Als zweites Gericht dünsteten sie Bachforelle mit Muscadet. Auf seine dritte Kreation war Jo besonders stolz – Karpfenrücken in dunklem Bier mit Hopfenspargel. Der Hopfenspargel war eine bayerische Spezialität. Dabei handelte es sich um Triebe, die im Hopfengarten nicht benötigt und im Frühjahr entfernt wurden. Bereits im 19. Jahrhundert waren sie wegen des darin enthaltenen Zuckers beliebt und wurden wie Spargel genutzt. Jo garte sie in Fischfond. Anschließend wurde das Garwasser mit dem Bier auf die Hälfte eingekocht und durch ein Spitzsieb passiert. Das Ganze wurde mit Brotkrumen und Butter gemischt. Der Karpfen wurde mit der Brotlage bestrichen und im Ofen überbacken.

»Und?«, fragte Jo in die Runde, als alle gekostet hatten. Sie hatten für jeden Züchter einen eigenen Teller angerichtet.

»Reißen mich alle nicht vom Hocker«, sagte Pedro. »Irgendwie fehlt mir der Pfiff. Das schmeckt alles so neutral.«

Jo nickte zustimmend. Deswegen hatte er sich damals für Sattler entschieden. Bei ihm hatte jeder Fisch eine eigene Note. Das Fleisch seiner Fische war saftig und fest, roch gut und brachte den Geschmack jeder einzelnen Art hervorragend zur Geltung. Zumindest bei den vorliegenden Proben hatte man jedoch das Gefühl, dass es sich um Massenware aus einer der großen Fischfarmen handelte. Vielleicht lag es daran, dass Sattlers Betrieb deutlich kleiner war als die gestern und heute besuchten. Wahrscheinlich fütterten alle das Gleiche. Jo seufzte. Natürlich hätte er noch andere Fischzüchter ausprobieren können, aber da der Trend allgemein hin zu größeren Betrieben zu gehen schien, hatte er keine große Hoffnung, noch etwas Besseres zu finden. Außerdem wollte er einen Lieferanten aus der Region haben. Nun ja, in Zukunft würden sie stärker mit

Kräutern und Gewürzen arbeiten müssen, um den Geschmack der Fische zu heben.

»Welchen Anbieter findet ihr am besten?«

»Wenn wir sonst keine Auswahl haben, würde ich zu Nummer eins tendieren«, sagte Pedro und deutete auf den ersten Teller. Das war auch Jos Favorit. Die anderen nickten zustimmend.

»Gut, dann ist unser neuer Fischlieferant Guido Weber aus Dahlheim.«

»Wie, auch noch von der anderen Rheinseite?«, rief Pedro mit gespielter Verzweiflung. »Das kann ja heiter werden.«

Am Nachmittag telefonierte Jo mit Oberkommissar Wieland.

»Hoffentlich wollen Sie nicht noch eine Leiche melden«, sagte der Kriminalbeamte in launigem Ton.

»Nee. Ich wollte hören, ob Sie schon etwas Näheres wissen.«

»Der Bericht des Rechtsmediziners ist gerade gekommen.«

»Und?«

»Hauptkommissar Wenger wäre es bestimmt nicht recht, wenn ich Ihnen alles brühwarm erzähle.«

»Sie sagten doch, er ist in Paris.«

»Auch wahr.«

Er überflog den Bericht. »Die Wunde am Kopf stimmt genau mit der Kante des gemauerten Wassereinlasses überein. Zudem hat die Rechtsmedizin kleine Spuren von Zement in der Wunde gefunden. Der Aufschlag dürfte heftig genug gewesen sein, dass Sattler bewusstlos war, als er ins Wasser fiel. Die Todesursache ist Ertrinken.«

»Vielleicht wurde er geschubst.«

»Wie kommen Sie denn darauf?«

»Ich hab mit ein paar Fischzüchtern geredet. Da fällt nie einer in seinen Teich. Außer er ist betrunken.«

»Es wurde kein Alkohol im Blut gefunden.«

»Sehen Sie!«, rief Jo triumphierend. »Ich wusste gleich, dass mehr dahintersteckt.«

»Unsinn«, antwortete Wieland verärgert. »Es gibt keinerlei Anzeichen für Fremdeinwirkung.«

»Jemand, der sich so gut bei seinen Teichen auskennt, fällt nicht einfach ins Wasser«, insistierte Jo.

»Gerade dann. So was nennt man tödliche Routine. Die Leute sind sich ihrer Sache zu sicher, passen einen Moment nicht auf, und schon ist es passiert.«

Jo schüttelte unwillig den Kopf. »Und was soll denn das für eine Mordmethode sein? Sie schubsen jemanden und hoffen, dass er sich unglücklich den Schädel anhaut und anschließend in seinem eigenen Teich ertrinkt?«

Das Argument war nicht von der Hand zu weisen.

Der junge Küchenchef dachte nach. »Vielleicht ist er mit jemandem in Streit geraten. Die Sache eskaliert, und der andere stößt ihn rein. Als er im Wasser liegt, kriegt sein Kontrahent es mit der Angst zu tun und haut ab. Dann wäre es immerhin Totschlag.«

»Ihr kriminalistischer Spürsinn in allen Ehren, aber das scheint mir arg weit hergeholt.«

»Wieso? Ich hab gehört, dass Sattler öfter in Schlägereien verwickelt war.«

»Dummerweise haben wir aber keinerlei Anzeichen für eine Schlägerei gefunden: es gibt keine Hämatome, keine Kampfspuren ...«

»Sie können sich doch im Umfeld des Toten umhören, vielleicht ergibt sich was.«

Wieland seufzte. »Wissen Sie, wie viele Vorgänge wir jeden Tag auf den Tisch bekommen? Wir haben genug mit echten Fällen zu tun und können nicht auch noch irgendwelchen Hirngespinsten nachjagen. Da müssen Sie mir schon mehr bringen als ein paar vage Vermutungen.«

»Gut, dann gehe ich der Sache eben selbst nach.«

»Das werden Sie schön bleibenlassen! Es gibt hier keinen Fall, verstanden?«

»Ja, ja«, erwiderte Jo unwillig.

Nachdem sie das Telefonat beendet hatten, starrte Wieland gedankenverloren auf die Aktenstapel, die sich vor ihm auf dem Schreibtisch türmten. Natürlich würde sich Weidinger nicht davon abhalten lassen, herumzuschnüffeln. Nicht auszudenken, was passierte, wenn Wenger erfuhr, dass er ihn buchstäblich noch dazu angestachelt hatte. Wieland ärgerte sich über sich selbst. Wieso hatte er sich nur verleiten lassen, dem Koch überhaupt etwas zu erzählen? Er schüttelte den Kopf. Andererseits – was sollte schon passieren? Es handelte sich ohne jeden Zweifel um einen Unfall. Sollte Weidinger ruhig Nachforschungen anstellen. Am Ende würde dabei sowieso nichts herauskommen. Außerdem war er dann beschäftigt und mischte sich nicht in andere Fälle ein.

Beruhigt machte sich der Beamte wieder an die Arbeit.

Klaus Sandner saß in der Redaktion des *Rheinischen Tagblatts* und redigierte die Geschichte eines jungen Kollegen. Er hatte schon den dritten Fehler entdeckt und fragte sich, was man heutzutage auf der Journalistenschule lernte. Grammatik und Interpunktion schienen jedenfalls nicht auf dem Stundenplan zu stehen. Das Telefon klingelte.

»Ah, Jo, was gibt's Neues?«

»Ich hab gerade mit Wieland gesprochen. Der Autopsiebericht ist fertig.«

»Und?«

»Deutet alles auf einen Unfall hin.«

»Hab ich ja gleich gesagt. Wer bringt schon einen Fischzüchter um?«

»Mir kommt es trotzdem komisch vor. Der Sattler wäre nie in seinen Teich gefallen. Das passt nicht zu ihm.«

»Freiwillig hat er sich bestimmt nicht ertränkt. Ist ja das Wesen des Unfalls – man fällt um.« Sandner lachte über seinen Witz.

»Find ich nicht lustig.«

»Was beißt du dich an solchen Sachen immer so fest? Manchmal muss man die Dinge akzeptieren, wie sie sind.«

»Kannst du dich für mich in der Rechtsmedizin umhören?«

»Wozu?«

»Vielleicht hat Wieland mir nicht alles gesagt.«

»Ich finde es schon erstaunlich, dass er dir überhaupt was erzählt hat.«

»Kannst du den Todeszeitpunkt für mich herausfinden?«

Der Journalist seufzte. »Ich sehe, was ich für dich tun kann.«

Am nächsten Morgen erhielt Jo Besuch von einem seiner Weinhändler. Am Anfang hatte er die Weingüter in der Gegend noch selbst abgeklappert, aber das schaffte er zeitlich nicht mehr. Der Mann hieß Bodo Dünnbier und war ein rheinisches Original. Das musste er auch sein, wenn er mit seinem Namen Wein verkaufen wollte.

»Ich hab eine Riesling-Auslese aus Nierstein neu im Sortiment, die haut dich um«, sagte der Weinhändler und öffnete die Flasche. »Sie braucht vielleicht noch ein oder zwei Jahre Reifezeit, aber dann hast du einen Spitzenwein zu einem günstigen Preis.«

Jo probierte einen Schluck. Obwohl der Wein tatsächlich noch nicht auf seinem Höhepunkt war, verfügte er schon über eine feine Fruchtigkeit, gepaart mit zarter Süße und erfrischender Säure.

»Stammt aus der Lage ›Roter Hang‹. Die besteht aus gefestigten roten Ton- und Sandsteinen und hat eine Ost-West-Ausrichtung. Dadurch entsteht eine kühle Luftströmung zum Rhein hin, die ganzjährig für eine gute Durchlüftung der Rebstöcke sorgt. Das gibt den Weinen einen höheren Säurewert, aber auch die frische und filigrane Note«, erläuterte Dünnbier.

Jo war begeistert. Die Aromen von karamellisierter Babyananas, Weinbergspfirsich, würzigem rotschaligem Apfel und einer pikanten Zitrusnote verbanden sich sehr feingliedrig miteinander und sorgten für eine cremige Textur am Gaumen. Er musste unwillkürlich an eine Nachspeise denken, die sie vor einiger Zeit auf die Karte genommen hatten – Quark-Mousse-Crêpes mit Apfelsorbet und Karamelläpfeln. Dafür würde der Riesling einen ausgezeichneten Begleiter abgeben.

Am Nachmittag rief Jo bei Sandner an.

»Was willst du denn schon wieder?«, stöhnte der Journalist.

»Fragen, ob du schon was gehört hast.«

»Bin ich ein D-Zug, oder was?«

»Du bist doch sonst immer so fix mit deinen Recherchen.«

»Als ob ich nichts Besseres zu tun hätte! Manchmal glaube ich, du verwechselst uns mit Sherlock Holmes und Doktor Watson. Und ich bin der blöde Watson, der für den großen Meister den Handlanger spielen darf.«

»Ich seh uns eher als Batman und Robin.«

»Mach dich nur über mich lustig. Du hast Glück, dass ich heute so gut aufgelegt bin. Ich hab tatsächlich meinen Kontakt in der Rechtsmedizin erreicht.«

»Was hat er gesagt?«

»Das Gleiche wie Wieland. Es war ein Unfall.«

»Es ist nicht immer alles, wie es scheint, Watson.«

»Komm mir bloß nicht so«, lachte Sandner.

»Todeszeitpunkt?«

»Am Freitagnachmittag, zwischen 16 und 17 Uhr.«

»Sonst noch was?«

»Ja, ich hab noch eine alte Detektivweisheit für dich: Wenn es aussieht wie ein Unfall, riecht wie ein Unfall und schmeckt wie ein Unfall, dann ist es auch ein Unfall.«

»Das hat Sherlock Holmes niemals gesagt!«

»Nein, ist ein Originalzitat von Klaus Sandner. Und jetzt mach einen Haken an die Geschichte.«

Seine restliche Pause verbrachte Jo damit, die Stellenanzeige für die Position des Restaurantleiters abzufassen. Er brauchte mehrere Anläufe, bis er zufrieden war.

Neben dem *Rheinischen Tagblatt* annoncierte er die Stelle bei einer auf Gastronomieberufe spezialisierten Internetplattform sowie im Magazin *Der Sommelier*. Jo hatte das Aufgabenprofil bewusst sehr vielseitig angelegt. Speziell das Thema Buchhaltung war nicht jedermanns Sache. Aber er wollte die Verantwortung für die Rechnungen auf jeden Fall abtreten. Auf weitere Besuche des Gerichtsvollziehers konnte das Waidhaus nämlich verzichten.

Die nächsten Tage hielt das Restaurant Jo ziemlich auf Trab. Sie waren durchgehend ausgebucht, und die Küchenmannschaft musste sich ranhalten, um alle Gänge auf die Minute genau rauszuschicken. Am Mittwoch nahm Ute Jo beiseite.

»Ich hab mit Paul Eckert gesprochen.«

»Mit wem?«

»Na, dem Kumpel von Erich Sattler. Du wolltest doch, dass ich etwas für dich arrangiere.«

»Richtig!«

»Er spielt auch Schach und würde sich gern mit dir auf eine Partie treffen.«

Jo war ein ausgezeichneter Schachspieler und Mitglied im örtlichen Schachclub. Das Restaurant ließ ihm jedoch nur Zeit, bei den Heimspielen mit dabei zu sein. Zudem schaffte er es nur selten zum Training. Deswegen war er für jede zusätzliche Partie dankbar.

»Wann hätte er denn Zeit?«

»Am Montagabend würde es bei ihm passen.«

»Klasse! Du bist super!«

Wie immer hatte sie an alles gedacht und den Termin auf Jos freien Tag gelegt. »Was macht er eigentlich beruflich?«

»Er arbeitet in der Stadtkämmerei in Bingen.«

Kapitel 5

Es war ein angenehmer Frühlingsabend, und Jo entschied sich, das Fahrrad zu nehmen. Eckert wohnte in Niederburg – nur ein paar Kilometer vom Waidhaus entfernt.

Es ging zuerst ein kurzes Stück bergauf, dann wieder hinunter und wieder hinauf, so dass Jo wenigstens einen kleinen Trainingseffekt hatte. Das Haus des Beamten lag am Ortsrand. In den letzten Jahren waren dort einige neue Häuser gebaut worden. Jo kettete sein Mountainbike am Gartenzaun an und klingelte. Fast augenblicklich wurde die Tür geöffnet.

»Herr Weidinger?«

Jo nickte.

»Ah, ich sehe, Sie sind mit dem Rad gekommen. Gute Entscheidung. Ich sollte auch mal wieder fahren.«

Sie gingen ins Wohnzimmer. Es war modern eingerichtet – wenn auch etwas zu verspielt für Jos Geschmack.

»Toll, dass es geklappt hat«, freute er sich. »Ich bin immer froh, wenn ich einen Spielpartner finde.«

»Geht mir auch so. Zum Glück hat meine Frau montags immer Chorprobe. Da hab ich sturmfreie Bude.«

»Spielen Sie oft?«

»Früher war ich im Club. Aber als dann die Kinder kamen ...«

»Wie viele haben Sie denn?«

»Zwei. Sind beide schon ausgezogen. Der Ältere studiert in Berlin, meine Tochter in Bonn. Was wollen Sie trinken – rot oder weiß?«

»Gern einen Weißwein.«

»Wär ein trockener Riesling recht?«

»Absolut.«

»Nehmen Sie schon mal Platz«, lud der Hausherr Jo ein und deutete auf den Wohnzimmertisch. Dort war ein Schachbrett aufgebaut.

»Ich muss zu meiner Schande gestehen, dass wir noch nie bei Ihnen im Waidhaus waren«, bekannte Eckert, als er mit den Weingläsern an den Tisch kam. »Wir haben erst vor einigen Jahren gebaut und mit zwei Kindern in der Ausbildung ... da bleibt am Monatsende meist nicht viel übrig.«

»Kann ich gut verstehen«, antwortete Jo und lächelte verlegen.

Eckert hatte ihm großzügig die weißen Figuren überlassen und eröffnete die Partie klassisch sizilianisch.

»Sie haben Erich gefunden?«

Jo nickte.

»Tragische Sache.« Eckert schüttelte den Kopf. »Hätte nie für möglich gehalten, dass er ausgerechnet in einem seiner Teiche ums Leben kommt.«

»Kannten Sie ihn schon lange?«

»Praktisch von Kindesbeinen an. Wir sind zusammen aufgewachsen. Die Sattlers haben drei Häuser weiter gewohnt.«

»Was war er für ein Mensch?«

»Eigentlich ein herzensguter Kerl. Als Kinder haben wir viel zusammen gespielt. Da gab's immer was zu lachen, obwohl er es nicht leicht im Leben hatte. Sein Großvater war sehr streng und hat ihn hart rangenommen. Schon bei den geringsten Verfehlungen setzte es Ohrfeigen. Und die waren nicht von schlechten Eltern.« Eckert schüttelte den Kopf. »Wenn Sie heute ein Kind so erziehen würden, hätten Sie schnell das Jugendamt am Hals. Aber damals hat sich darum niemand geschert.«

»Ute hat mir erzählt, dass sie als Kind Angst vor dem Alten hatte.«

»Da war sie nicht die Einzige. Wenn er wütend war und rumgebrüllt hat, ist man besser in Deckung gegangen.«

»Und die Mutter?«

»Eine nette Frau. Sehr zurückhaltend. Hat sich rührend um Erich gekümmert. Aber sie hatte bei dem Alten einen schweren Stand. Als Kind nimmt man das nicht so wahr, aber die Sache mit dem unehelichen Sohn war ein Riesenskandal. Der alte Sattler war erzkonservativ. Hat danach kaum mehr ein Wort mit seiner Tochter gewechselt. Dabei hat sie ihm den Haushalt geführt und auch sonst geholfen, wo es ging.«

»Kann man sich heute gar nicht mehr vorstellen«, meinte Jo.

»Tja, so ändern sich die Zeiten. Am Anfang hat der alte Sattler seine Wut auch an Erich ausgelassen. Aber mit der Zeit wurde es besser. In der Fischzucht wurde jede Hand gebraucht, und Erich war sich für die Schmutzarbeit nicht zu schade. Das hat dem Alten imponiert. Jedenfalls kamen sie deutlich besser miteinander aus, je älter Erich wurde.«

»Hatte er außer Ihnen noch andere Freunde?«

»Nicht, dass ich wüsste. Er wurde als Kind wegen seiner Herkunft häufig gehänselt. Das hat ihn furchtbar geärgert.

Er war damals schon ein kräftiger Kerl und hat sich nichts gefallen lassen. Auch von älteren Jungen nicht. Deswegen hatte er schnell den Ruf eines Raufbolds weg. Die anderen haben einen Bogen um ihn gemacht und nur das Nötigste mit ihm geredet.«

Paul Eckert hatte in der Zwischenzeit einen Läufer und zwei Bauern verloren. Nachdenklich starrte er auf das Schachbrett.

»Wie ging's weiter?«

»Als er Mitte zwanzig war, ist sein Großvater gestorben. Der hatte seine Tochter enterbt und alles Erich vermacht. Wobei das keinen großen Unterschied machte. Faktisch haben die beiden weitergemacht wie zuvor. Wobei Erich die Hauptlast des Geschäfts schultern musste. Seine Mutter ist ja kaum vor die Tür gegangen. Sie hat sich wohl immer noch wegen der alten Geschichte geschämt, obwohl das bei den Leuten längst kein Thema mehr war.«

Jo war inzwischen mit seiner Dame vorgerückt und setzte seinen Gegner unter Druck, so dass dieser immer mehr Zeit zum Nachdenken brauchte.

»Sattler soll erst kürzlich wieder Streit gehabt haben.«

»Da wird viel rumerzählt. Ich glaub da nur die Hälfte von.«

»Es soll ziemlich heftig mit einem Gastwirt in Bacharach gekracht haben.«

»Ach, die Geschichte.« Eckert machte eine wegwerfende Handbewegung. »Angeblich hat einer von Erichs Fischen einem Gast auf den Magen geschlagen. Das hat er natürlich nicht auf sich sitzenlassen.«

»Hat er Ihnen davon erzählt?«

Der Verwaltungsbeamte schüttelte den Kopf. »In den

letzten Jahren haben wir uns nicht mehr so oft gesehen. Nach dem Tod seiner Mutter hat Erich sich noch mehr eingeigelt. Er hat die meiste Zeit bei seinen Teichen verbracht. Und wir waren mit dem Hausbau beschäftigt. Wenn Sie mehr darüber wissen wollen, sprechen Sie am besten mit Helmut Becker.«

»Dem Schreinermeister?«

»Genau dem. Soweit ich gehört habe, war er bei dem Streit dabei. Aber nehmen Sie das nicht zu ernst. Wie gesagt, Erich war ein guter Kerl. Ich bin immer tadellos mit ihm ausgekommen. Wenn man fair mit ihm umgegangen ist, war er der friedlichste Mensch. Wenn er allerdings das Gefühl hatte, er wird ungerecht behandelt, konnte er sehr aufbrausend sein. Hatte vielleicht was mit seiner Herkunft zu tun. Dass er seinen Vater nicht kannte, hat ihn jedenfalls sein Leben lang beschäftigt, auch wenn er nie viel darüber geredet hat.«

Eckert hatte inzwischen seine Dame verloren und bemühte sich, mit allen Mitteln ein Remis zu retten.

»Wieso interessiert Sie das alles?«, wollte er wissen und sah den jungen Küchenchef neugierig an.

Jo zuckte mit den Schultern. »Seit ich ihn aus dem Wasser gezogen habe, muss ich immer wieder an ihn denken.«

»Sie sollen ja so eine Art Hobbydetektiv sein.«

»Ich?« Jo machte ein überraschtes Gesicht.

»Immerhin haben Sie schon zwei Mordfälle aufgeklärt.«

»Das wurde ziemlich aufgebauscht«, spielte er seine Beteiligung herunter. »Ich hab nur ein wenig mitgeholfen.«

»Las sich in der Presse anders.«

»Ich bin da reingerutscht. Was will man machen, wenn der eigene Lehrling des Mordes bezichtigt wird?«

»Es gab doch auch noch den Fall mit den toten Jägern.«
Jo nickte.

»Grausige Sache. Hab mich selbst fast nicht mehr in den Wald getraut.« Eckert verschob den Turm, um seinen König zu schützen. »Das mit Erich war aber ein Unfall, nicht?«

»Sieht so aus.«

»Wobei es mir schon komisch vorkommt.«

Jo sah vom Schachbrett auf. »Warum?«

»Weil er immer sehr vorsichtig war. Und das nicht von ungefähr – Erich konnte nämlich nicht schwimmen.« Der Verwaltungsbeamte lachte, als er Jos ungläubigen Blick bemerkte.

»Sein Großvater hielt nicht viel von Schwimmunterricht. Er dachte, so was lernt man von selber. Aber fürs Freibad fehlten immer die Zeit und das Geld. Schon paradox, da arbeitet einer jeden Tag am Wasser und kann nicht schwimmen. Bei vielen Matrosen ist es angeblich genauso.«

»Sie glauben, es steckt mehr hinter seinem Tod?«

»Nicht wirklich. Manchmal passiert ein Unglück, obwohl man vorsichtig ist. Warum hätte jemand den armen Kerl auch umbringen sollen?«

Das war in der Tat die Einhunderttausend-Dollar-Frage.

»Hatte er sonst noch Familie?«

»Nicht, dass ich wüsste.«

»Und wer erbt jetzt?«

»Keine Ahnung. Ich kann mir nicht vorstellen, dass er ein Testament gemacht hat. Wenn sich niemand findet, geht alles an Vater Staat.«

Jo dachte nach. »Wer kümmert sich eigentlich um die Fische?«, wechselte er das Thema.

»Na, ich.«

Jo sah ihn erstaunt an.

»Ist ja sonst keiner da. Aber lang kann ich es nicht mehr machen. Die Futterbestände gehen zur Neige. Ich habe schon der Stadtverwaltung Bescheid gegeben. Sollen die danach gucken.«

Eckert blickte unschlüssig auf das Schachbrett. Er hatte einen Turm und seinen zweiten Läufer abgeben müssen. Seufzend kippte er seinen König um.

»Sie spielen sehr gut«, lobte er.

»Vielen Dank.« Jo lächelte geschmeichelt.

Sie tranken noch ihre Weingläser aus, dann verabschiedete sich Jo. Während er nach Hause radelte, dachte er über das Gespräch nach. Wenn Eckert sein bester Freund gewesen war, musste Sattler nach dem Tod seiner Mutter ein einsames Leben geführt haben. Schon seltsam. Da kaufte man regelmäßig bei jemandem ein, aber im Grunde wusste man fast nichts über die Person. Was Jo zu denken gab, war die Tatsache, dass Sattler nicht schwimmen konnte. Das erklärte seine Vorsicht. Und es bestätigte Jo in seiner Überzeugung, dass hier etwas nicht stimmte.

Am nächsten Morgen startete Jo schon früh zu einer Runde auf seinem Mountainbike. Nach dem Stress der letzten Tage tat es ihm gut, wieder einmal beherzt in die Pedale zu treten. Über Nebenstraßen ging es nach Pfalzfeld und von dort aus weiter nach Lingerhahn. Zurück fuhr er über Laudert und Wiebelsheim. Als er wieder auf den Hof des Waidhauses rollte, fühlte er sich ausgelaugt und abgekämpft. Aber die anstrengende Tour hatte ihm geholfen, den Kopf freizubekommen. Voller Tatendrang machte er sich an die Menükarte für die nächste Woche. Wie bei jedem guten Restaurant war die Grundkarte des Waidhauses übersichtlich gehalten. Das Hauptgeschäft machten sie mit ihren wechselnden Tagesmenüs. Insbesondere die Geschäftsleute, die mit ihren Kunden ins Waidhaus kamen, orderten meist ein Vier- oder Fünf-Gänge-Menü.

Für die kommende Woche plante Jo, vorwiegend Fleischgerichte auf den Teller zu bringen. Von Fisch hatte er jedenfalls genug, auch wenn die Fischwoche hervorragend bei seinen Gästen angekommen war. Als besondere Vorspeise für sein Rheinisches Menü gab es gebratene Blutwurst auf pikanter Vanille-Kürbiscreme, Laugenstange und Reduktion vom Weinbergspfirsichessig. Dafür pinselten sie Kürbisstreifen mit Olivenöl ein und garten sie bei 180 Grad weich. Danach kamen Orangensaft und eine Prise Orangenschale dazu. Das Ganze wurde fein püriert und mit Mascarpone untergerührt. Man schmeckte das Püree mit Salz und Chiliöl ab und gab Vanillemark dazu. Anschließend wurden die angebratenen Blutwurstscheiben mit gerösteten Laugenstangenscheiben im Wechsel mit der Vanille-Kürbiscreme aufgeschichtet, so dass kleine Türmchen entstanden, die mit Schalottenwürfeln garniert wurden. Das sah nicht nur hervorragend aus, sondern schmeckte durch die besondere Kombination aus herzhaft und süß ganz ausgezeichnet.

Nach und nach trafen die ersten Bewerbungen auf Jos Stellenanzeige ein. Wenn der junge Küchenchef Bedenken gehabt hatte, ob sich ausreichend Kandidaten finden würden, sah er sich schnell eines Besseren belehrt. Nach zwei, drei Tagen stapelten sich schon an die fünfzig Bewerbungen auf seinem Schreibtisch.

»Brauchst du Hilfe?«, fragte Ute, als sie einen neuen Schwung Bewerbungen in sein Büro brachte.

»Hast du denn Erfahrung bei der Personalauswahl?«, fragte er.

»Bitte? Ich hab dreißig Jahre eine Pension geführt. Ich bin mir ziemlich sicher, dass ich mehr Mitarbeiter eingestellt habe als du, junger Mann.«

Jo lachte. Geschah ihm recht. Ute hatte eine sehr gute Menschenkenntnis.

Sie teilten sich den Stapel auf. Knapp eine Stunde später legte ihm die Sechzigjährige drei Bewerbungsmappen auf den Tisch.

»Sind die Einzigen, die aus meiner Sicht in Frage kommen. Aber restlos überzeugend finde ich nur den da.«

Sie deutete auf eine Bewerbung. Johannes Gerlach, las Jo.

»Vielen Dank. Bei mir sieht's genauso aus – drei gute Kandidaten, aber ich hab einen Favoriten.«

Als er am Abend Utes Vorauswahl überprüfte, stellte er fest, dass sie exakt dieselben Kandidaten ausgewählt hatte, die er auch genommen hätte.

»Die Arbeit hättest du dir auch sparen können«, tadelte er sich halblaut selbst. Er wusste auch nicht, wieso er immer alles persönlich in der Hand behalten wollte.

Kapitel 6

»Schreinerei Becker«, meldete sich eine Stimme am anderen Ende der Leitung.

»Hallo, Frau Becker. Hier spricht Weidinger«, antwortete Jo.

»Sie wollen bestimmt meinen Mann sprechen – einen Moment, ich hol ihn schnell.«

»Was gibt's? Ist dir der Hirschbraten ausgegangen?«, fragte Becker, als er an den Apparat kam. Der Schreinermeister aus Boppard war ein passionierter Jäger. Er und einige seiner Jagdkameraden kamen regelmäßig zum Essen ins Waidhaus.

»Nee, danke. Bin bestens versorgt.«

»Ich hätte dir sowieso nichts liefern können. Hab im Moment so viel Arbeit, dass ich kaum noch auf meinen Hochsitz komme.«

»Du erinnerst dich bestimmt an die Tür auf der Rückseite vom Waidhaus.«

»Die alte Eichentür?«

»Seit ein paar Wochen schleift sie über den Boden. Ich muss sie jetzt doch mal erneuern lassen.«

»Wär schade drum. So schöne alte Holztüren findet man heutzutage nur noch selten.«

Der Schreinermeister blätterte in seinem Terminkalender.

»Du hast Glück. Ich hab gleich einen Kundenauftrag in Urbar. Da könnte ich im Anschluss bei dir vorbeikommen.«

»Super. Dann bis nachher.«

Der Vormittag brachte unerwartet viel Arbeit. Eine amerikanische Reisegruppe mit zwanzig Personen stand ohne Reservierung vor dem Restaurant.

»Die sehen aus, als ob sie geradewegs aus Honolulu kämen«, sagte Pedro und grinste. In der Tat trugen einige der Amerikaner schreiend bunte Hawaiihemden.

Klara, die Chefbedienung, steckte den Kopf zur Tür herein.

»Der Reiseleiter fragt, ob wir die Gruppe nehmen können.«

»So viele Plätze haben wir doch gar nicht mehr frei«, entgegnete Jo.

»Wenn ich die Geschäftsleute aus Düsseldorf an Tisch drei umsetze und wir an den großen Tisch noch fünf Stühle stellen, würd's gehen.«

Jo zögerte. »Also gut«, gab er nach. »Aber guck, dass sie möglichst das Tagesmenü nehmen.«

»Mach ich.«

»Ist ja alles à la carte«, rief Pedro entgeistert, als Klara kurz darauf den ersten Schwung Bestellungen hereinreichte.

»Ich hab alles versucht, aber die wollten unbedingt ihr eigenes Menü zusammenstellen.«

»Wie sollen wir das denn auf die Schnelle hinbekommen?«, protestierte der junge Spanier. »Wir haben extra gesagt: nur als Menü.«

»Der Chef hat zugestimmt.«

»Ihr habt immer nur euer Trinkgeld im Kopf.«

»Stimmt gar nicht«, verwahrte Klara sich. »Und soweit ich weiß, nehmt ihr euren Anteil immer sehr gerne. Ihr müsst halt ein wenig mehr Gas geben.«

»Was? Wir arbeiten ohnehin schon doppelt so schnell wie ihr!«, gab Pedro in spitzem Ton zurück.

»Ruhe jetzt. Das kriegen wir schon hin«, sprach Jo ein Machtwort. Er überflog die Bestellungen. »Für wann haben die Düsseldorfer reserviert?«

»Dreizehn Uhr.«

»Dann haben wir noch etwas Luft.«

»Karl-Heinz, Philipp, ihr kümmert euch um die Fleischgerichte und die Nachspeisen.«

»Okay.«

»Ute, wenn du die Vorspeisen vorbereitest, nehmen Pedro und ich den Rest.«

»Aber wieso ...«

»Pedro, Ende der Diskussion!«

Der junge Spanier wollte noch etwas sagen, besann sich aber eines Besseren.

»Stell den Amis schon mal Brot und Butter auf den Tisch, und sag dem Reiseleiter, dass sie vielleicht einen Tick warten müssen«, ordnete Jo an. Die Chefbedienung nickte und verschwand nach draußen.

Als sie gegen vierzehn Uhr den letzten Teller für den Mittagsservice rausgeschickt hatten, nickte Jo zufrieden. Die Küche sah zwar aus wie ein Schlachtfeld, aber alle hatten rechtzeitig ihr Essen bekommen.

Kurz danach fuhr Helmut Becker auf den Hof.

»Anstrengenden Tag gehabt?« Der Schreinermeister

grinste, als er die vielen Flecken auf Jos Kochmontur bemerkte.

»Nicht mehr als sonst«, erwiderte der Küchenchef.

Sie gingen zur Hintertür. Becker öffnete und schloss sie mehrfach. Jedes Mal waren Schleifgeräusche zu hören. Der Schreinermeister kniete sich hin und sah sich die Tür genauer an.

»Sie hat ein wenig unter dem Wetter gelitten«, stellte er fest. »Das Problem war die viele Feuchtigkeit im Frühjahr. Sie war ja schon immer etwas windschief. Jetzt hat sie sich noch stärker verzogen. Da nutzt es auch nichts, wenn wir sie mit Einlegescheiben anheben, denn dann schließt sie oben nicht mehr exakt ab und unten pfeift der Wind rein. Ich fürchte, wir müssen sie abschleifen.«

»Ist das ein großer Aufwand?«

»Sollte sich in einer halben Stunde machen lassen, aber dafür muss ich noch mal vorbeikommen. Ich meld mich, wenn's passt.«

Jo bedankte sich und brachte Becker zu seinem Wagen.

»Hast du das mit Erich Sattler gehört?«, fragte er, als Becker schon eingestiegen war.

»Ich hab's im *Rheinischen Tagblatt* gelesen«, antwortete dieser.

»Kanntest du ihn gut?«

»Nur flüchtig. Wir essen nicht viel Fisch, auch wenn's meiner Frau manchmal zu viel wird mit dem Wild.«

»Mir ist zu Ohren gekommen, du hättest dich mit ihm gestritten.«

»Ich? Wer erzählt denn so was? Es war genau andersherum: Ich hab verhindert, dass er auf jemanden losgeht! Ich war auf ein Feierabendbierchen drüben in Bacharach, bei Norbert Winkler im Schwarzen Hahn. Wir hatten uns gerade hingesetzt, da brüllt draußen einer vor dem Lokal herum: ›Winkler, komm raus, du verlogene Sau.‹

Wir haben uns alle angeguckt, als wären wir im falschen Film. Auf einmal steht der Norbert in der Tür. Der kam direkt aus der Küche, hatte das Messer noch in der Hand. Bevor einer von uns was sagen konnte, war er schon draußen. Da ging die Schreierei erst richtig los.«

»Worum ging's?«

»Ganz hab ich's auch nicht verstanden. Angeblich ist im Schwarzen Hahn zwei Gästen nach einem Fischgericht schlecht geworden. Winkler hat überall rumerzählt, dass es an den Fischen von Sattler gelegen hat. Das wollte der nicht auf sich sitzenlassen. Gott, haben die sich angebrüllt. Ich wusste gar nicht, dass der Norbert so jähzornig ist. Der Stützle wollte die Polizei rufen, aber ich bin mit ein paar Männern selber rausgegangen.«

»War das nicht gefährlich?«

Der Schreinermeister zuckte mit den Schultern. »Wir konnten ja schlecht zuschauen, wie die beiden auf offener Straße aufeinander losgehen. Als wir rauskamen, hatte der Sattler einen Fischerhaken in der Hand und der Norbert sein Messer.«

»Die wollten sich gegenseitig umbringen?« Jo sah den Schreinermeister ungläubig an.

»Glaub ich nicht. Die Situation war halt aufgeheizt. Wir haben den Norbert mit vereinten Kräften zurück ins Haus gezogen. Der Sattler hat ihm nachgerufen, dass er ihm die Bude abfackelt, wenn er weiter Lügen über seine Fische verbreitet. Der Winkler hat gebrüllt, dass er ihn eigenhändig absticht, wenn er sich noch mal bei ihm blicken lässt. Dann hat der Stützle die Tür zugeschlagen, und der Sattler hat sich davongemacht.«

»Habt ihr die Polizei gerufen?«

»Wozu? Ist ja nichts passiert. Wenn zwei solche Hitzköpfe aufeinandertreffen, darfst du nicht jedes Wort auf die Goldwaage legen. Außerdem muss man nicht wegen jeder Kleinigkeit zur Polizei rennen.«

»Haben die beiden später noch einmal Streit gehabt?«

»Nicht, dass ich wüsste. Jedenfalls hat sich der Norbert stante pede einen neuen Fischlieferanten gesucht.«

»Wie lang ist das her?«

»Keine Ahnung. Vielleicht ein Jahr? Warum interessiert dich die alte Geschichte überhaupt?«

»Ach, nur so.«

»Ist ja eh egal, jetzt wo der Sattler tot ist.«

Kapitel 7

Katharina Müller saß an ihrem Schreibtisch und kontrollierte die Rechnungen des letzten Monats. Ihre Kollegin Alexandra, mit der sie sich das Büro teilte, steckte den Kopf zur Tür herein.

»Du hast den Neuseeländer vom Chef von der Karte genommen?«

»Woher weißt du das schon wieder?«

»Lars hat's mir erzählt.«

»Die alte Quasselstrippe.«

Die beiden Freundinnen arbeiteten im Hotel »Römerhof« in Mainz, dem ersten Haus am Platz. Alexandra leitete die Bankettabteilung, Katharina oder Kati, wie sie alle nannten, war Sommelière im Restaurant des Hotels.

»Ist nicht dein Ernst, oder?«

»Warum denn nicht?«

Alexandra setzte sich auf den freien Stuhl ihrer Freundin gegenüber. »Das gibt einen Riesenärger. Du weißt schon, dass das der Hochzeitswein vom Alten war?«

»Den seine holde Göttergattin beim besten neuseeländischen Weingut für ihn ausgesucht hat ... Ich kenn die Geschichte. Er hat sie mir schon mindestens ein Dutzend Mal erzählt.«

Der Hoteldirektor, Frank Albrecht, war in zweiter Ehe mit einer neuseeländischen Profiseglerin verheiratet. Die

Hochzeit, zu der die halbe neuseeländische Olympiamannschaft eingeladen gewesen war, hatte standesgemäß in einem First-Class-Resort in der Nähe von Auckland stattgefunden.

»Albrecht reißt dir den Kopf ab.«

»Der Wein hat zwei Jahre auf der Karte gestanden. Jetzt war die Charge ausgetrunken, und ich habe ihn durch einen Sauvignon Blanc aus Ellerstadt in der Pfalz ersetzt. Der hat exakt das gleiche Profil wie der Sauvignon Blanc aus Cloudy Bay, passt aber viel besser in unseren Weinkeller.«

»Der Chef wird toben.«

»Er sollte mir dankbar sein. Wir sind ein Sterne-Restaurant. Da sollte der Weinkeller eine klare Linie haben.«

»Ihr habt doch auch andere Ausländer auf der Karte.«

»Franzosen und die großen Italiener. An denen kommt keiner vorbei. Aber Australier, Kalifornier oder Neuseeländer? Die braucht kein Mensch. Ich kann dir für jeden von denen einen vergleichbaren deutschen Wein präsentieren. Die Franzosen würden nie auf die Idee kommen, einen französischen Wein durch einen Neuseeländer zu ersetzen.«

Alexandra schüttelte den Kopf. »Alles gut und richtig. Aber wenn du die Weinkarte überarbeiten willst, würde ich nicht gerade mit dem Lieblingswein des Hoteldirektors anfangen.«

»Entweder wir haben eine Linie, oder wir haben keine. Albrecht hat mir bei der Einstellung gesagt, dass ich den Weinkeller auf Vordermann bringen soll und dabei freie Hand habe. Da kann er sich doch nicht beschweren, wenn ich genau das mache.«

Die junge Sommelière lächelte selbstbewusst. Trotz ihrer fünfundzwanzig Jahre war sie eine ausgewiesene Weinexpertin. Sie war extrem ehrgeizig und hatte hart dafür gearbeitet, die Chefposition in einem Sterne-Restaurant zu bekommen. Endlich konnte sie zeigen, was in ihr steckte!

»Du bist ein Dickkopf, Kati«, tadelte ihre Freundin sie. »Manchmal ist es klüger, mit kleinen Schritten anzufangen.«

»Die Zeit habe ich nicht. Bei der letzten Bewertung von Michelin haben wir zwei kritische Anmerkungen zum Weinkeller bekommen. Das lag nur daran, dass mein Vorgänger die Weine wie Kraut und Rüben aus allen Regionen der Welt zusammengekauft hat. So was wird mir nicht passieren.«

Als Roland Jäger, der Restaurantmanager, sie eine halbe Stunde später darüber informierte, dass der Hoteldirektor um einen Termin mit ihnen beiden gebeten hatte, war ihr doch ein wenig mulmig zumute. Im Vorzimmer mussten sie noch eine Weile warten.

»Weißt du, worum es geht, Roland?«, fragte Kati.

»Keine Ahnung.«

»Sie können jetzt zu ihm rein«, flötete die Sekretärin.

Direktor Albrecht saß hinter seinem imposanten Schreibtisch. Er las in einem Aktenordner. »Nehmen Sie Platz«, sagte er, ohne hochzusehen.

Die beiden setzten sich. Albrecht las in aller Seelenruhe weiter. Nach einigen Minuten räusperte sich der Restaurantmanager, aber der Direktor ließ sich davon nicht beeindrucken. Schließlich klappte er den Ordner zu. »Wie läuft's im Restaurant?«

»Die Buchungen waren die ganze Woche gut, und am Wochenende sind wir ausgebucht.«

»Sehr schön. Was macht der Weinkeller?«

Jäger blickte fragend zu Kati hinüber.

»Der Absatz ist in den vergangenen Monaten kontinuierlich gestiegen. Außerdem verkaufen wir deutlich mehr hochpreisige Weine, so dass der Umsatz sogar noch stärker zugelegt hat«, erklärte Kati Müller stolz.

»Wie sieht es mit den Nachbestellungen aus?«

Roland Jäger sah seinen Vorgesetzten verständnislos an.

»Vielleicht sollte ich präziser werden«, sagte der Hoteldirektor. »Warum haben Sie den Sauvignon Blanc von Dennis Rudd von der Karte genommen? Gab es irgendwelche Reklamationen?«

»Das muss ein Missverständnis sein«, antwortete der Restaurantmanager. »Wir haben ihn nicht von der Karte gestrichen.«

»Und wie erklären Sie sich dann das?«

Der Hoteldirektor hielt ihm eine Weinkarte hin. Der neuseeländische Sauvignon Blanc war durchgestrichen. Dahinter stand: »Ausgetrunken«.

»Wir haben ihn durch einen Sauvignon Blanc eines jungen Winzers aus der Pfalz ersetzt. Sein Wein hat nicht nur einen Maori-Namen, sondern auch die gleichen Aromen von Kiwi, Stachelbeeren, Limetten und Zitronengras wie der neuseeländische Sauvignon Blanc. Ein eleganter Wein mit enormer Frische und Exotik, der von Kritikern erstklassige Noten bekommen hat«, schaltete sich Kati in das Gespräch der beiden ein.

»Wussten Sie davon?« Albrecht sah Jäger scharf an.

»Davon höre ich zum ersten Mal.«

»Was sind Sie für ein Restaurantmanager!«, donnerte der Hoteldirektor los. »Sie wissen genau, dass ich den Wein auf der Karte haben will.«

»Aber ich ...«

»Nichts aber. Sie werden das persönlich ausbügeln, verstanden!«, brüllte Albrecht. »Und jetzt raus mit Ihnen.«

Als sie draußen auf dem Flur standen, schüttelte Jäger ungläubig den Kopf.

»Hast du den Rudd von der Karte genommen?«

»Ja, ich dachte ...«

»Bist du bescheuert?«

»Er war ausgetrunken und deswegen ...«

»Den Hochzeitswein vom Chef! So dumm kann man doch gar nicht sein.«

»Albrecht hat selbst gesagt, wir sollen eine klare Linie in den Weinkeller bringen.«

»Aber nicht so! Er empfiehlt den scheiß Wein jedem Stammgast, der nicht schnell genug in Deckung geht, und labert ihn mit Details von seiner Hochzeit voll.« Der Restaurantmanager schüttelte erneut den Kopf. »Du wirst auf der Stelle den Neuseeländer nachbestellen. Danach tauschst du die Karte aus und lässt den anderen Sauvignon Blanc in die Pfalz zurückgehen.«

»Aber ...«

»Nichts aber. In einer halben Stunde werde ich kontrollieren, ob du alles erledigt hast. Ich habe mich echt für dich eingesetzt, und dann fällst du mir so in den Rücken. Weißt du, wie hart ich gearbeitet habe, um auf diese Position zu kommen? Das lass ich mir nicht von so einem Mist kaputtmachen.«

Als Kati die Bestellung für den Pfälzer Wein stornierte und den neuseeländischen Wein wieder auf die Karte setzte, standen ihr die Tränen in den Augen. Sie war furchtbar wütend.

Als Roland Jäger später in ihr Büro kam, um die Umsetzung seiner Anordnung zu überprüfen, hatte sie sich immer noch nicht beruhigt.

»Okay«, sagte der Restaurantmanager und zeichnete die Stornierung ab. »Damit so was nicht noch mal vorkommt, wirst du zukünftig jede Änderung der Weinkarte vorher mit mir absprechen.«

»Was?« Die junge Sommelière starrte ihren Vorgesetzten entgeistert an. »Ihr habt mir versprochen, dass ich den Weinkeller eigenverantwortlich managen darf.«

»Da wusste ich noch nicht, dass du so einen Bock schießen würdest. Es ist beeindruckend, was du im letzten halben Jahr erreicht hast. Viele erfahrenere Kollegen wissen über Wein nicht halb so viel wie du. Es geht aber nicht nur um Fachwissen. Man muss auch das nötige Fingerspitzengefühl mitbringen. Aber du musst keine Angst haben: Das bring ich dir schon bei«, meinte Jäger gönnerhaft.

Bei Jo war in der Zwischenzeit ein weiterer Schwung Bewerbungen für die Stelle des Restaurantleiters eingetroffen. Er hatte sie überflogen, die meisten jedoch gleich wieder aussortiert. Schon erstaunlich, was für Kandidaten sich teilweise bewarben – ungelernte Kräfte, die oft nur zwei oder drei Jahre als Kellner gearbeitet hatten. Das Gros der Bewerber scheiterte allerdings daran, dass sie über keine fundierte Weinausbildung verfügten.

Allenfalls ein oder zwei kamen in die engere Auswahl. Zunächst wollte Jo jedoch seine beiden Topkandidaten einladen. Schließlich hatte er keine Lust, sich tausend Leute anzusehen.

Er legte die Bewerbungen beiseite. Der Tod von Erich

Sattler ging ihm nicht aus dem Kopf. Die Gespräche mit den anderen Fischzüchtern hatten Jo in der Überzeugung bestärkt, dass dieser nicht selbst in seinen Teich gefallen war – egal, was die Polizei glauben mochte. Er musste diesem Norbert Winkler auf den Zahn fühlen. Vielleicht war er zu Sattler hinausgefahren, um den Streit mit ihm zu klären. Von Bacharach nach Oberwesel war es schließlich nur ein Katzensprung. Möglicherweise waren sie erneut in Streit geraten, und Winkler hatte Sattler in den Teich gestoßen. Die Frage war nur, wie er an ihn herankommen sollte. Jo dachte nach. Da hatte er eine Idee. Er griff zum Hörer.

»Gasthaus Zum Schwarzen Hahn«, meldete sich eine weibliche Stimme.

»Ich hätte gern Herrn Winkler gesprochen.«

»Worum geht's?«

»Mein Name ist Jo Weidinger. Mir gehört das Waidhaus auf Maria Ruh.«

»Moment, ich schaue, ob er Zeit hat.« Der Hörer wurde beiseitegelegt. Jo hörte Stimmen im Hintergrund murmeln.

»Winkler«, meldete sich eine kräftige Stimme.

»Weidinger. Wie geht's Ihnen?«

»Gut«, antwortete der Gastwirt kurz angebunden.

»Ich bin der Inhaber des Restaurants Waidhaus gegenüber der Loreley.«

»Kenn ich. Was wollen Sie?«

»Fragen, ob Sie Lust auf einen fachlichen Austausch hätten.«

»Einen was?«

»In der Gastronomie werkelt jeder allein vor sich hin. Dabei gibt es eine Reihe von Feldern, bei denen man zusammenarbeiten könnte. Zum Beispiel beim Einkauf oder in der Vermarktung ...«

»Und wie kommen Sie ausgerechnet auf mich?«

»Ich hab viel Gutes über Ihre Küche gehört.«

»Aha.« Winkler klang eine Spur freundlicher. »Wir kochen aber ganz bodenständig.«

»Ich auch.«

Der Gastwirt überlegte. »Also schön«, gab er nach. »Bei Ihnen oder bei mir?«

»Ich komm gern zu Ihnen.«

»Bei mir ging's frühestens nächste Woche. Ich hab im Moment viel um die Ohren.«

Jo blätterte in seinem Terminkalender. »Die kommende Woche sieht bei mir gut aus.«

»Donnerstagnachmittag – gegen drei Uhr?«

»Würde passen.«

»Dann bis Donnerstag.«

Bevor Jo noch etwas sagen konnte, hatte Winkler schon aufgelegt. Jo lächelte zufrieden – manchmal war der direkte Weg der beste!

Je näher das Gespräch mit Winkler rückte, umso mehr Zweifel kamen Jo. Er konnte Winkler schließlich schlecht fragen, ob er seinen Fischlieferanten umgebracht hatte! Mehrfach war er versucht, den Termin abzusagen. Andererseits – der Austausch mit einem Kollegen tat ihm vielleicht wirklich gut. Seit er das Waidhaus eröffnet hatte, kam Jo viel zu selten dazu, sich bei anderen Restaurants umzusehen. Allerdings waren die kulinarischen Gemeinsamkeiten überschaubar. Winkler kochte eine einfache Hausmannskost und hatte nur die Klassiker auf der Karte – vom panierten Schweineschnitzel mit Pommes frites bis zur Bachforelle mit Bratkartoffeln.

Das Restaurant Zum Schwarzen Hahn residierte in einem alten Fachwerkhaus im Ortszentrum von Bacharach.

Jo spähte durchs Fenster. Die Gaststätte war menschenleer. Er öffnete die Tür und trat ein. Die Gaststube war in dunklem Holz eingerichtet und machte einen gemütlichen Eindruck, auch wenn sie einen neuen Anstrich hätte vertragen können.

»Hallo, jemand zu Hause?«, rief er in Richtung Küche. Ein kräftiger Mann mit einem dunklen Vollbart tauchte auf. Er trug eine schwarze Kochmontur.

»Sind Sie Herr Weidinger?«

Jo nickte.

»Setzen Sie sich schon mal hin. Ich komme gleich.«

Jo sah sich ein wenig genauer um. Der erste Eindruck bestätigte sich – der Schwarze Hahn hatte ein wenig Patina angesetzt. Das Mobiliar wirkte abgenutzt, die Tischwäsche hatte schon bessere Tage gesehen, und die Dekoblumen ließen die Köpfe hängen.

»Schön, dass es geklappt hat«, sagte Jo, als der Hausherr wieder auftauchte. Winkler hatte eine Flasche Wasser und zwei Gläser mitgebracht.

»Sie sind also der Wirt im Waidhaus«, stellte er fest und musterte Jo aufmerksam. »Ich hätte gedacht, Sie wären älter«, meinte er unverblümt.

»Wieso denn das?«

»Alle schwärmen so von Ihren Kochkünsten. Da dachte ich, Sie hätten schon mehr Erfahrung.«

»Ein bisschen was verstehe ich schon vom Kochen«, entgegnete Jo.

»So hab ich es nicht gemeint«, brummte der Gastwirt. Obwohl er allenfalls Mitte vierzig war, hatten sich schon tiefe Furchen in seine Stirn gegraben. Mit seinen breiten Oberarmen und der Tätowierung auf dem linken Unterarm wirkte er eher wie ein Bauarbeiter als wie ein Koch.

»Wie lang sind Sie schon im Geschäft?«

»Ich?«, Winkler lachte. »Fast dreißig Jahre. Ich habe gleich nach der Schule mit der Lehre angefangen. Hab hier in der Gegend gelernt. Zuerst in Bingen, dann in Koblenz. Danach war ich eine Zeitlang in Norddeutschland tätig, bevor ich in Mainz in einem großen Restaurant Sous-Chef war. Als ich hörte, dass der Schwarze Hahn frei wird, hab ich meinen Hut in den Ring geworfen.«

Er fuhr sich mit der Hand durch seinen Bart. »Die ersten Jahre war's nicht so einfach, aber jetzt läuft's gut.«

»Über so viel Erfahrung verfüge ich natürlich nicht«, gab Jo sich bescheiden. »Nach dem Abitur habe ich eine Weltreise gemacht. Als mir das Geld ausging, hab ich in einem Restaurant angeheuert. Hat mir ziemlich viel Spaß gemacht. Dann ergab sich die Chance, auf einem großen Kreuzfahrtschiff in der Küche zu arbeiten. Dort habe ich meine Lehre gemacht und war zuletzt stellvertretender Küchenchef. Das Waidhaus ist mein erstes eigenes Restaurant«, erklärte der junge Küchenchef stolz.

»So, so. Und worüber wollen Sie sich jetzt mit mir austauschen?«

»Ich wollte mal hören, wie andere Kollegen in der Gegend ihren Laden führen ... wo sie einkaufen, ob es eine gemeinsame Vermarktung in der Region gibt.«

»Die vom Tourismusverband machen ein paar Sachen, aber das bringt mir nicht viel. Meine Gäste kommen hauptsächlich aus der Region. Viele Bacharacher, aber ich hab auch Stammgäste aus Sankt Goar, Boppard oder Bingen. Dazu kommen ein paar Fahrradtouristen, die Tagesausflügler, die mit dem Schiff kommen, und wer sonst zufällig durch Bacharach läuft. Wir liegen zum Glück mitten in der Stadt. Ich halte nicht viel von großartigen PR-Aktionen. Für ein Gasthaus wie unseres ist Mundpropaganda die beste Werbung.«

Jo nickte. »Ist bei mir ähnlich. Wir leben hauptsächlich von Weiterempfehlungen.«

»Was wollen Sie wirklich von mir?«, fragte Winkler unvermittelt. »Ich habe mir Ihre Speisekarte im Internet angesehen. Sie ist meilenweit von dem entfernt, was wir machen. Ich koche ohne viel Schnickschnack. Ihre Karte liest sich wie von einem Sterne-Restaurant.«

»Wir haben auch viele regionale Spezialitäten«, verteidigte sich Jo. »Mir ging's aber vor allem um die Lieferanten. Ich versuche mich möglichst aus der Region zu versorgen, deswegen bin ich für jeden Tipp dankbar.«

Winkler kraulte wieder seinen Bart.

»Das Fleisch hol ich im Supermarkt in Simmern«, bekannte der Gastwirt freimütig. »Das ist gute Qualität und günstig im Einkauf. Salat und Gemüse beziehe ich von einem Händler in Bacharach. Der liefert mir alles, was ich brauche, frei Haus.«

»Und die Fische?«

Winkler runzelte die Stirn. Die Zornesfalten traten deutlich hervor. »Ich hab nicht viel Fisch auf der Karte. Was ich brauche, hol ich bei einem Fischladen in Bingen.«

»Sie kaufen nicht bei Erich Sattler ein? Der hat meines Erachtens die besten Fische in der Gegend.«

»Mit dem hab ich's nicht so.« Die Stimme des Gastwirts war schlagartig lauter geworden. »Außerdem ist er vor drei Wochen in seinem Weiher ersoffen.«

Ein boshaftes Lächeln glitt über Winklers Züge.

»Sie mochten ihn wohl nicht?«

»Nein.«

Jo zögerte. »Wie ich gehört habe, hatten Sie Streit mit ihm.«

»Wer sagt das?«, knurrte der breitschultrige Mann.

»Sie sollen mit dem Messer auf ihn losgegangen sein.«

»Was geht dich das an?« Winklers Augen funkelten wütend. Unwillkürlich war er ins »du« verfallen.

»Er ist mein Lieferant gewesen, und da ...«

»Ich wusste gleich, dass mit dir was nicht stimmt.« Winklers Gesicht war rot angelaufen. »Besser, du gehst jetzt«, sagte er nur mühsam beherrscht.

»Ich wollte nur wissen, ob ...«

»Raus aus meiner Gaststube!«, brüllte Winkler. Sein Gesicht hatte sich zu einer Grimasse verzerrt.

»Was ...?« Zu mehr kam Jo nicht. Winkler sprang auf. Polternd fiel sein Stuhl nach hinten. Er packte den jungen Küchenchef am Kragen und drückte ihn gegen die Wand. Jo war so perplex, dass er kein Wort herausbrachte.

»Meinst du, ich lasse mich von dir des Mordes bezichtigen?«

Das wutverzerrte Gesicht des Gastwirts war direkt vor ihm. Jo konnte seinen Atem spüren. Plötzlich legten sich Winklers Pranken um seinen Hals. Erst jetzt realisierte Jo, in welcher Gefahr er sich befand. Er packte seinen Kontrahenten an den Armen und versuchte sich zu befreien.

»Lass ihn los!« Eine schneidende Stimme hallte durch den Raum. Beide Kontrahenten wandten ihren Blick einer schlanken, dunkelhaarigen Frau zu, die aus der Küche aufgetaucht war.

»Ich ...«

»Geh sofort in die Küche.« Ihre Augen funkelten wütend. Mit einem Mal spürte Jo, dass er frei war. Mit gesenktem Kopf ging Winkler an der schlanken Frau vorbei und verschwand durch die Schwingtür.

»Vielen Dank, ich möchte Ihnen ...«

»Gehen Sie und kommen Sie nie wieder«, sagte sie und folgte Winkler in die Küche.

Als Jo an der frischen Luft war, atmete er tief durch. Sein Herz schlug ihm bis zum Hals. Wenn es eines Beweises bedurft hätte, dass Norbert Winkler in der Lage war, einen Menschen zu töten, war dieser eindrucksvoll erbracht. Nicht auszudenken, was passiert wäre, wenn die Frau nicht aufgetaucht wäre, dachte Jo. Er konnte die Szene fast bildlich vor Augen sehen. Der hasserfüllte Gesichtsausdruck, die unbändige Wut, mit der Winkler den Fischhändler in den Teich stieß ...

Ein kalter Schauer lief ihm über den Rücken. Entschlossen ging er zu seinem Wagen und suchte nach seinem Handy. Als er aufblickte, erschrak er. Neben seinem Wagen stand die Frau aus dem Gasthaus. Beunruhigt ließ Jo die Scheibe herunter.

»Was wollen Sie?«, fragte er.

»Mit Ihnen reden.«

»Worüber?«

Sie zögerte. »Bitte gehen Sie nicht zur Polizei.«

»Was?« Jo starrte sie an.

»Mein Mann hat wegen einer anderen Sache Bewährung. Wenn Sie ihn anzeigen, muss er ins Gefängnis.«

Das Gespräch fiel ihr sichtlich schwer.

»Dann sollte er nicht handgreiflich werden.«

»Bitte. Wir haben zwei Kinder.«

Jo schüttelte den Kopf.

»Er macht eine Therapie, um seine Probleme in den Griff zu bekommen.«

»Scheint nicht sehr gut zu wirken«, erwiderte der junge Küchenchef trocken.

»Das stimmt nicht. Er hat seine Wutausbrüche mittlerweile gut unter Kontrolle.«

»Den Eindruck hatte ich nicht.«

»Was erwarten Sie denn, wenn Sie in unser Haus kommen und meinen Mann des Mordes bezichtigen!«

»Hab ich gar nicht«, verwahrte Jo sich.

»Meinen Sie, wir hätten uns nicht über Sie informiert? Austausch über gemeinsame Vermarktung – ein Gourmetrestaurant wie Ihres und eine Gaststätte wie unsere?« Sie lachte verächtlich. »Ich hab gleich gewusst, dass es um Sattler geht. Ich hab meinem Mann gesagt, er soll sich nicht mit Ihnen treffen, aber er wollte nicht hören. Es hat ihm geschmeichelt, dass ein Spitzenkoch wie Sie auf seine Erfahrung zurückgreifen will. Dabei haben wir alles über die Kriminalfälle gelesen, an denen Sie beteiligt waren.«

Jo fühlte sich durchschaut.

»Nach dem Streit mit Sattler habe ich meinen Mann im letzten Jahr vor die Wahl gestellt – entweder er macht eine Therapie, oder ich zieh mit den Kindern aus. Seitdem ist er jedem Streit aus dem Weg gegangen.«

Der junge Küchenchef sah sie zweifelnd an. »Wann genau ist Sattler ertrunken?«, fragte Winklers Frau.

Jo zögerte.

»Jetzt sagen Sie schon.«

»Am Freitag vor drei Wochen.«

»Was war das für ein Datum?«

»Der dreiundzwanzigste April.«

»Uhrzeit?«

»Gegen 16 Uhr.«

»Ha«, rief sie triumphierend. »Da hat mein Mann ein Alibi. Wir waren den ganzen Nachmittag auf der Rheintal Gastronomica in Koblenz.« Sie bemerkte die Skepsis in Jos Augen. »Wenn Sie mir nicht glauben, fragen Sie Leute, die da waren! Es gibt Dutzende Zeugen dafür, dass mein Mann zu der Zeit in Koblenz war.« Sie hielt einen Moment inne. »Werden Sie meinen Mann anzeigen?«

Jo dachte nach. Sicher, es war eine bedrohliche Situation gewesen. Aber was sollte er der Polizei über den Vorfall erzählen – dass er Winkler für mordverdächtig hielt und der deswegen ausgeflippt war?

»Wenn er mit dem Tod von Sattler nichts zu tun hat, ist die Angelegenheit für mich erledigt«, sagte er schließlich.

»Vielen Dank!« Die dunkelhaarige Frau machte auf dem Absatz kehrt und war im nächsten Augenblick verschwunden. Sie schien sich ihrer Sache sehr sicher zu sein. Vermutlich wusste sie, dass man ihrem Mann kaum etwas würde nachweisen können. Jo hatte selbst schon an einer Gastronomiemesse teilgenommen. Die Massen drückten sich durch die engen Gänge, standen Schlange an den Ständen und schlugen sich den Bauch voll. Wer achtete schon darauf, ob eine einzelne Person durchgängig am Messestand war? Klar, seine Ehefrau würde steif und fest behaupten, dass Winkler sich nicht einen Meter vom Stand wegbewegt hatte. Aber wie sollte Jo überprüfen, ob es der Wahrheit entsprach? Vielleicht war es ein Fehler gewesen, ihr den mutmaßlichen Todeszeitpunkt von Sattler zu nennen, dachte er und schüttelte den Kopf.

Als Pedro zum Abendservice im Waidhaus eintraf, passte Jo ihn an der Tür ab und bat ihn zu sich ins Büro.

»Oha«, meinte der junge Spanier. »Muss ich mir jetzt Sorgen machen?«

»Wieso?«

»Meiner Erfahrung nach hat es nichts Gutes zu bedeuten, wenn man überraschend zum Chef ins Büro gebeten wird.«

»Ich wollte nur ungestört mit dir sprechen. Es geht um die Gastromesse in Koblenz.«

»Dafür habe ich ordnungsgemäß Urlaub eingetragen und dich vorher um Erlaubnis gefragt.«

»Darum geht's gar nicht.«

Einer von Pedros zahlreichen Cousins hatte sich vor einiger Zeit mit einem Tapas-Restaurant in Koblenz selbständig gemacht. Um seinen Laden bekannter zu machen, hatte er beschlossen, bei der Rheintal Gastronomica mitzumachen. Unglücklicherweise hatte sich sein Koch am Vortag krankgemeldet. Deswegen hatte er Pedro um Hilfe gebeten.

»Wie viele Stände gab's da?«

»Keine Ahnung. Fünfzig vielleicht?«

»So viele?«

»Tja, so was brummt. Du hast beim Eintritt ein Gutscheinheft bekommen für fünf Speisen und drei Gläser

Wein. Mit den Bons konntest du dann an den verschiedenen Ständen bezahlen.«

»Da war bestimmt einiges los.«

»Als ob's das letzte Abendmahl gewesen wäre. Wir haben geschafft wie die Blöden. Hat aber tierisch Spaß gemacht. Wieso willst'n das wissen? Machen wir nächstes Jahr auch mit?«

»Unsinn.«

»Wär auch Perlen vor die Säue. Bei so einem Event geht es in erster Linie um Masse. Für Ramón war's 'ne gute Gelegenheit, seinen Laden bekannter zu machen. Seitdem sind die Buchungszahlen deutlich raufgegangen.«

»Weißt du, ob Norbert Winkler auch dort war?«

»Der vom Schwarzen Hahn?«

»Ja.«

»Klar. Er und seine Frau hatten den Stand gegenüber von uns.«

»Bist du sicher, dass er es selber war?«

»Der ist ja nicht zu übersehen – so ein Holzfällertyp. Ich war schon ein- oder zweimal in seinem Laden. Hab aber nur was getrunken.«

»Und er war durchgehend am Stand?«

»Was interessiert dich das denn?«

»Nur so.«

Pedro grinste. »Ute hat mir schon erzählt, dass du wieder an einem Fall dran bist. Aber das mit Sattler war doch ein Unfall.«

»Höchstwahrscheinlich.«

»Du bist unverbesserlich«, sagte der junge Spanier und lachte.

»Zurück zu Winkler.«

»Ja, Scheffe. Als Ramón und ich gegen zwölf gekommen sind, war Winkler schon da. Ich glaube, die haben Schupfnudeln aus der Pfanne gemacht. Bis neunzehn Uhr war Halligalli, dann mussten wir noch den Stand abbauen, das ging so bis zwanzig Uhr.«

»Und Winkler?«

»Die haben etwas schneller abgebaut als wir und waren kurz vorher weg.«

»Hm. Aber da war doch ziemlich viel los. Wie kannst du sicher sein, dass er nicht zwischendurch mal weg war?«

»Natürlich ist er mal raus. Aber immer nur kurz. Wahrscheinlich eine rauchen oder für große Jungs.«

»Also nicht länger am Stück, so zwei Stunden vielleicht?«

»Bestimmt nicht. Da hat's echt gebrummt.«

»Aber ihr hattet doch selbst viel zu tun.«

»Ja, aber wir hatten den Ehrgeiz, mehr zu verkaufen als die, deswegen hab ich öfter rübergeguckt, was sich bei denen tut.«

»Und da bist du dir absolut sicher?«

»Definitiv. Länger als fünf Minuten war er nicht draußen. Das hätte seine Frau gar nicht erlaubt. Die hatte die Hosen an, sag ich dir. Hat ihren Alten gehörig rumkommandiert. Da ging's bei Ramón und mir lockerer zu.«

Nachdem Pedro gegangen war, saß Jo noch für einige Minuten an seinem Schreibtisch. Er seufzte. Damit war ihm sein einziger Tatverdächtiger abhandengekommen. Dabei hätte alles so gut gepasst! Auch wenn er tief im Innersten nicht davon überzeugt war, beschloss er, die Sache auf sich beruhen zu lassen. Was sollte er auch sonst tun? Die Polizei wollte partout nicht ermitteln, und er selbst war in einer Sackgasse gelandet.

Kapitel 8

»Was macht ihr denn schon hier?«, fragte Jo, als er in der Küche unerwartet früh auf Ute und Philipp stieß.

»Ute bringt mir bei, wie man Blätterteig macht. Ich hab's selber schon ein paarmal zu Hause ausprobiert, aber irgendwie krieg ich es nicht richtig hin«, antwortete der rothaarige Schlaks.

»Weil du nicht genug Geduld hast«, tadelte Ute. »Ein guter Blätterteig verträgt keine Eile. Ich tu immer ein bisschen Essig mit rein, dann lässt sich der Teig viel leichter rollen.«

»Echt?«

»Wichtig ist, dass man beim Tourieren keine Fehler macht. Ich zeig's dir gleich. Philipp hat sich beim Landeswettbewerb Nachspeise für Rheinland-Pfalz beworben«, erklärte Ute an Jo gewandt, »deswegen übt er jetzt fleißig.«

Philipp sah sie vorwurfsvoll an. »Du solltest das doch nicht weitererzählen«, flüsterte er ihr zu.

»Warum? Find ich klasse, dass du mitmachst«, lobte Jo den peinlich berührten Philipp. »Bei so einem Wettbewerb kann man viel lernen. Gib mir Bescheid, wenn ich dich unterstützen kann.«

»Er will nicht, dass Pedro was mitbekommt. Der nimmt ihn sonst nur auf die Schippe«, erläuterte Ute. «Versprich, dass du nichts sagst.«

»Ich werde schweigen wie ein Grab«, versprach Jo mit ernster Miene.

Die Flut an Bewerbungen war abgeebbt. Es waren noch ein oder zwei Nachzügler hereingekommen, aber ein ernsthafter Kandidat war nicht mehr mit dabei. Jo hatte mit seinen beiden Favoriten Bewerbungsgespräche vereinbart.

Der Tod von Erich Sattler lag gut vier Wochen zurück, und Jo hatte das Gefühl, dass es an der Zeit war, mit dem Kapitel abzuschließen. Am besten setzte er wieder eine Fischwoche an und nutzte seinen neuen Lieferanten. Die Fahrt nach Dahlheim war zwar umständlich, aber was sollte er machen?

»Herr Weidinger, hätte nicht gedacht, dass ich Sie schon so bald wiedersehen würde«, dröhnte Guido Weber über den Hof, als Jo aus seinem Wagen stieg.

»Wird noch öfter vorkommen. Wir haben uns für Sie als Lieferanten entschieden.«

»Toll, das freut mich«, antwortete der Fischzüchter und strahlte. »Frisch, frischer, Weber, sag ich immer.« Er lachte. »Was brauchen Sie diesmal?«

»Zander, Karpfen, Saiblinge und Bachforellen«, zählte Jo auf.

»Wird gemacht!« Weber winkte seinen Gehilfen herbei. »Wenn Sie regelmäßig bei uns einkaufen, können wir Ihnen die Fische auch liefern«, bot er an. »Wenn Sie mir ein paar Tage vorher Bescheid geben, kann ich Sie in eine meiner Touren einplanen. Wir sind öfter auf der anderen Rheinseite unterwegs.«

»Das wäre super!«

»Ist im Kundenservice mit drin«, erklärte Weber. Nachdem die Fische abgeschuppt, ausgenommen und verpackt waren, zahlte Jo an der Kasse. Weber begleitete ihn zurück zum Wagen. Als Jo ihm zum Abschied die Hand reichte, zögerte der Fischzüchter. Er schien noch etwas auf dem Herzen zu haben.

»Stimmt es, dass Sie sich wegen Erich Sattler umhören?«
»Wie kommen Sie darauf?«

»Ich hab so meine Quellen«, meinte Weber geheimnisvoll. »Glauben Sie, es steckt mehr hinter seinem Tod?«

»Die Polizei geht von einem Unfall aus«, antwortete Jo förmlich.

Der Fischzüchter musterte ihn aufmerksam. »Sie aber nicht, oder?« In Webers Blick lag etwas Lauerndes. Der junge Küchenchef zuckte mit den Schultern. Weber dämpfte seine Stimme.

»Angeblich war Sattler spielsüchtig«, raunte er Jo zu und machte ein verschwörerisches Gesicht.

»Woher wissen Sie das?«

»Nicht aus eigener Anschauung«, sagte Weber schnell. »Ich verkehre nicht in solchen Etablissements.« Er lachte künstlich. »Sattler soll öfter in einem Automatencasino in Simmern gesehen worden sein.«

»Warum erzählen Sie mir das?«

»Na, wo Sie sich doch für den Fall interessieren ...« Weber lächelte unsicher. »Wie gesagt, sind nur Gerüchte«, sagte er und machte eine abwehrende Handbewegung. »Die Leute reden ja viel. Ich wollte natürlich nicht das Andenken des Toten beschädigen.«

»Okay, vielen Dank«, erwiderte Jo und schloss die Wagentür. Als er vom Hof fuhr, sah er im Rückspiegel, dass der Fischzüchter ihm lange hinterherblickte.

Warum hatte Weber ihm das erzählt? Glaubte er, Jo damit einen Gefallen zu tun, damit er weiter bei ihm einkaufte? Aber vielleicht wollte er ihm tatsächlich nur helfen. Jos Interesse an Kriminalfällen schien sich jedenfalls in der Gegend herumgesprochen zu haben. Ob an der Geschichte was dran war? Jo versuchte, sich das grobschlächtige Gesicht von Sattler vor einem Spielautomaten vorzustellen. Irgendwie brachte er es nicht zusammen. Ein Spieler war für ihn eine dürre, blasse Figur, die zu wenig an die frische Luft kam, und nicht ein zupackender Typ wie Sattler. Trotzdem konnte es nicht schaden, der Sache nachzugehen. Jos Tatendrang, der nach dem Fehlschlag mit Norbert Winkler einen deutlichen Dämpfer erhalten hatte, war mit einem Mal wieder da.

Später nahm er Pedro beiseite.

»Du kommst doch viel rum.«

»Wer erzählt denn so was? Wo ich so ein häuslicher Typ bin«, antwortete der junge Spanier und lachte.

»Weißt du, wo in Simmern ein Spielcasino ist?«, fragte Jo, ohne auf seinen Scherz einzugehen.

»So was gibt's da nicht. Die nächsten sind in Mainz und Wiesbaden. Ich war mal mit ein paar Kumpels da. Wir dachten, es wär wie bei James Bond. Ging aber eher bodenständig zu.«

»Keine staatliche Spielbank, sondern eine von diesen Spielautomatenbuden.«

»Ach so. Eine ist im Gewerbegebiet an der B50, die zweite in der Innenstadt, und dann gibt's noch eine Spielhalle ein wenig außerhalb, hinter Keidelheim. Das ist aber ein privater Betreiber, glaub ich.«

»Warst du schon mal da?«

»Was soll denn die Frage? Hast du Angst, dass ich dort meinen kärglichen Lohn auf den Putz haue?«

»Quatsch. Sattler soll in einer der Spielbuden verkehrt haben.«

»Ich dachte, die Akte wär schon geschlossen.«

»Ist sie auch.«

Pedro schüttelte den Kopf. »Also da kann ich dir nicht helfen. Von Spielautomaten lass ich die Finger.«

»Kennst du jemanden, der ins Spielcasino geht?«

Der junge Spanier überlegte. »Ein Kumpel von mir ist ab und zu mal da.«

»Kannst du den nicht fragen, ob er Sattler gesehen hat?«

»Wie stellst'n dir das vor? Soll ich ihm ein Foto unter die Nase halten und gucken, ob er ihn wiedererkennt?«

»Warum nicht?«

»Was soll ich dem denn sagen?«

»Versuch's einfach. Wenn er nichts erzählen will, ist es auch okay.«

»Und wo krieg ich ein Foto her?«

»Ich hab eins.«

Jo reichte Pedro einen Computerausdruck.

»Wie bist'n da rangekommen?«, fragte Pedro.

»Sattler war im Vorstand des Fischzuchtverbands. Die haben Fotos von den Vorstandsmitgliedern auf ihrer Internetseite.«

»Clever«, meinte der junge Spanier anerkennend. »Ich versprech aber nichts. Wenn mein Kumpel nichts sagen will, werd ich auch keinen Druck auf ihn ausüben.«

»Musst du auch nicht.«

Einige Tage später klopfte Pedro an die Bürotür. Jo war gerade dabei, die Rechnungseingänge zu sichten.

»Was gibt's?«

»Ich hab inzwischen mit meinem Kumpel gesprochen.«

»Und?«

»Der Name Sattler sagt ihm nichts.«

»Hast du ihm das Foto gezeigt?«

»Fehlanzeige. Er hat den Mann noch nie gesehen.«

»Vielleicht kann er sich bei den anderen Spielern umhören.«

»Ist nicht dein Ernst, oder? Ich bin schon froh, dass er mir überhaupt was gesagt hat. Die Spieler haben es nicht gern, wenn man ihnen hinterherschnüffelt.«

»In welchem Casino verkehrt dein Kumpel?«

»In dem an der B50.«

»Hm, bleiben noch zwei.«

»Mann, Jo, lass die Finger davon. Mit den Leuten ist nicht zu spaßen. Mein Kumpel war da ziemlich deutlich.«

Seinen nächsten freien Tag nutzte Jo zu weiteren Recherchen. Pedro hatte recht – in Simmern gab es zwei Automatencasinos und ein weiteres ein paar Kilometer außerhalb. Jo beschloss, es erst einmal in den zweien zu versuchen, in denen Pedros Freund nicht verkehrte. Er schüttelte den Kopf, als er las, dass sie alle von acht Uhr morgens bis zwei Uhr nachts geöffnet waren. Der Gedanke, den ganzen Tag in einer verrauchten Spielhölle abzuhängen, hatte etwas Abschreckendes. Besser, wenn er erst mal eine Runde Radfahren ging.

Es war ein angenehmer Frühsommertag, und Jo entschied sich für eine längere Tour. Er packte sein Rennrad in den Volvo und machte sich auf den Weg nach Bingen. Obwohl die Schulferien in den meisten Bundesländern erst in einigen Wochen begannen, waren schon etliche Wohnwagengespanne unterwegs. Das war der Nachteil, wenn man in einer so einzigartigen Landschaft lebte – vom Frühjahr bis zum Herbst strömten die Touristen ins Tal. Jo ließ sich davon nicht die Laune verderben und genoss die Aussicht auf den Rhein.

Die letzten Wochen waren sehr trocken gewesen. Der Pegel bei Kaub lag nur noch bei gut einem Meter dreißig. Überall im Rhein kamen Sandbänke und kleine aufgeschüttete Steinwälle zum Vorschein, die sogenannten Kribben. Sie dienten dazu, die Wassertiefe zu vergrößern und die Fahrwasserrinne befahrbar zu halten, indem der Fluss geringfügig aufgestaut und die Fließgeschwindigkeit verringert wurde. Für die Binnenschiffer stellte der niedrige Wasserstand ein großes Problem dar. Anders als die großen Reedereien, die schlicht und einfach mehr Schiffe einsetzten, wenn der Wasserstand niedrig war, mussten die kleinen Betriebe sich in diesen Zeiten mit weniger Zuladung und damit auch mit geringerem Verdienst zufriedengeben. Hinter Bingen bog er in Richtung Dromersheim ab und parkte den Wagen an einer Ausbuchtung. Er nahm sein Rad aus dem Kofferraum, schnallte den Rucksack um und trat in die Pedale. Von da ging es über Wörrstadt nach Nierstein. Jo liebte es, durch die Rheinhessische Schweiz zu fahren. Das sanfte Auf und Ab der Hügel und die Beschaulichkeit der Landschaft hatten eine unheimlich entspannende Wirkung auf ihn. Gleichzeitig konnte er sich auf der Strecke sehr gut verausgaben. Zurück fuhr er über Stadecken-Elsheim und Gau-Algesheim. Gut drei Stunden später kam er wieder an seinem Ausgangspunkt an. Nachdem er sich zu Hause geduscht und umgezogen hatte, setzte er sich auf seine Terrasse und genoss die herrliche Aussicht. So oft Jo schon hier gesessen und hinunter auf den Rhein geblickt hatte – er konnte sich daran nie sattsehen.

Gegen Abend stellte er auf dem Parkplatz am Neuen Schloss in Simmern seinen Wagen ab. Von dort ging er zur Fußgängerzone. Es war noch angenehm mild, und die Cafés in der Innenstadt waren gut besucht. Jo fragte sich, ob angesichts des schönen Wetters überhaupt jemand im Spielcasino sein würde. Vor dem Eingang blieb er stehen. Das Casino war in einem schmucklosen Gebäude aus den Achtzigerjahren untergebracht. Drinnen war es erstaunlich gemütlich. Es gab eine moderne Bar, die in hellem Holz gehalten war. Die Stühle davor waren gut besetzt, genauso wie die Spielautomaten, die sich im hinteren Teil des großen Raumes befanden. Jo setzte sich auf einen der freien Plätze.

»Was darf's sein?«, fragte der ältere Mann hinter der Bar. Er sprach in einem bodenständig-schwäbischen Dialekt, der so gar nicht zum Ambiente der Spielhalle passen wollte.

»Ein Radler, bitte.«

»Kommt sofort. Vielleicht noch 'nen Schnaps dazu?«

»Nee, danke. Ich muss nachher noch fahren«, winkte Jo ab.

»Zum ersten Mal hier?«, fragte der Barmann.

Der junge Küchenchef nickte.

»Schon mal gespielt?«

Jo schüttelte den Kopf.

»Ein Anfänger! Haben wir hier selten.« Der Barmann lachte.

»Wenn Sie wollen, kann ich Ihnen zeigen, wie's funktioniert«, bot ein Mann in einem abgeschabten Tweedsakko an, der neben Jo saß. Er machte einen freundlichen Eindruck, sah aber verlebt aus.

»Vielleicht später, vielen Dank.«

Der Mann mit dem Sakko zuckte mit den Schultern und wandte sich seinem Gesprächspartner auf der anderen Seite zu. In dem Moment öffnete sich die Tür, und ein Neuankömmling betrat den Raum. Jo sah kurz hoch zum Spiegel hinter der Bar und hätte sich am liebsten unter dem Tisch verkrochen.

»Grüß dich, Alfred«, rief der Neuankömmling mit kräftiger Stimme dem Barmann zu. Er sprach ebenfalls in schwäbischem Dialekt. Plötzlich stutzte er.

»Ei, Jo, was machst du denn hier?«, fragte er überrascht und kam auf den jungen Küchenchef zu.

»Bin mit einem Freund verabredet«, nuschelte Jo und wurde rot. »Der wohnt gleich um die Ecke, verspätet sich aber etwas. Hat gemeint, ich soll hier schon mal was trinken.«

»Ach so. Ich hab schon gedacht, ich müsst mir Sorgen um dein Restaurant machen. Wenn ein Gastwirt sein Heil in der Spielhalle sucht, ist's meistens kurz vor knapp«, sagte Wilhelm Stützle. Er gehörte zu einer kleinen Gruppe von Jägern, die sich regelmäßig im Waidhaus zum Stammtisch trafen. Er kam ursprünglich aus der Nähe von Albstadt-Ebingen, hatte sich jedoch seiner Frau zuliebe am Rhein niedergelassen. Er betrieb eine gutgehende Spenglerei in Bacharach, wo er auch wohnte.

»Und was machst du hier?«, entgegnete Jo.

»Meinem Freund Alfred einen Besuch abstatten.« Stützle deutete auf den Mann hinter der Bar. »Ich hatte auf einer

Baustelle in der Nähe zu tun und da dacht ich mir, ich schau für ein Feierabendbier vorbei.« Der Spenglermeister setzte sich auf den freien Platz neben Jo. »Alfred und ich kennen uns seit fünfzehn Jahren. Als er die Spielhalle übernommen hat, musste einiges am Haus gemacht werden, da hab ich die Spenglerarbeiten übernommen.«

»Nur bedauerlicherweise kommt er nie zum Spielen, damit ich mir das Geld zurückholen kann«, antwortete der Barmann und reichte Stützle ein frischgezapftes Pils.

»Ich und spielen? Gott bewahre. Das könnt ich mir gar nicht leisten. Außerdem würde mir meine Frau aufs Dach steigen«, meinte Stützle.

»Nach den Rechnungen zu urteilen, die du mir geschickt hast, müsstest du inzwischen Millionär sein«, brummte Alfred hinter dem Tresen.

»Wenn du wüsstest, was ich für Ausgaben hab«, rief Stützle mit gespielter Verzweiflung.

»Mir kommen gleich die Tränen«, erwiderte der Inhaber des Spielcasinos ungerührt.

»Apropos – ich hab mir beim Reinkommen deine Dachrinne angesehen. Macht einen ziemlich verwitterten Eindruck. Willst du sie nicht verzinken lassen? Hält länger und sieht besser aus. Jo hat das bei seinem Restaurant auch machen lassen«, lobte Stützle und klopfte dem jungen Küchenchef auf die Schulter.

Der Mann hinter dem Tresen schüttelte den Kopf.

»Alfred ist halt ein Schwabe«, seufzte Stützle, als sein Freund in den hinteren Teil des Raumes verschwunden war. »Da wird erst was am Haus gemacht, wenn's nicht mehr anders geht. Aber ich krieg ihn schon dazu, dass er die Rinne machen lässt.«

»Hast du die Geschichte von Erich Sattler gehört?«, fragte Jo.

»Hab's im *Rheinischen Tagblatt* gelesen. Tragische Sache.«

»Kanntest du ihn gut?«

»Wie man die Leute halt so kennt. Seine Mutter hat mir mal einen Auftrag gegeben. Ist aber schon ewig her. Sattler selbst hat nichts reparieren lassen, obwohl das Haus arg heruntergekommen war.«

»Er soll ziemlich aufbrausend gewesen sein.«

»Da sagst du was. Ich war dabei, als er bei uns im Ort fast mit dem Fischerhaken auf den Winkler losgegangen ist. Gott sei Dank sind Helmut Becker und ich dazwischengegangen, sonst hätte die Geschichte bös geendet.«

»Angeblich verkehrte er hier im Spielcasino.«

»Der Sattler? Der hat doch jeden Heller zweimal umgedreht, bevor er ihn ausgegeben hat.«

»Vielleicht deswegen.«

Stützle schüttelte den Kopf. »Du, Alfred«, sagte er zu seinem Freund, der inzwischen hinter den Tresen zurückgekehrt war. »Kennst du Erich Sattler?«

»Den Fischzüchter?«

»Genau den.«

»Ja.«

»Sag bloß, der hat bei dir gespielt?«

»Früher mal. Aber in letzter Zeit nicht mehr. Hatte Hausverbot.«

»Weswegen?«

»Er hat öfter Streit mit anderen Gästen angefangen. Das ging auf die Dauer nicht.«

»Wissen Sie, ob er auch andere Spielcasinos besucht hat?«, schaltete Jo sich ein.

»Keine Ahnung. Er wird wahrscheinlich nicht damit aufgehört haben.«

»Hat er um große Summen gespielt?«

»Ist dein junger Freund immer so neugierig?«, fragte der Casinobesitzer an Stützle gewandt.

»Ei, der Jo kannte den Sattler gut. Hat bei ihm seine Fische fürs Restaurant gekauft.«

»Die Leute haben es nicht gern, wenn man darüber spricht.«

»Den Sattler wird's nicht mehr stören«, erwiderte Stützle geistesabwesend. »Hätt ich nie gedacht, dass der Sattler ein Spieler ist.«

Jo hatte sein Radler inzwischen ausgetrunken. »Ich guck mal, wo mein Freund bleibt. Er wollte sich nur schnell umziehen. Nicht, dass er am Ende eingeschlafen ist.«

»Geht mir manchmal auch so, wenn ich von der Arbeit komme. Aber meine Frau weckt mich schon, wenn's Abendbrot gibt«, sagte der Spenglermeister.

Jo zahlte und verabschiedete sich. Als er draußen war, schüttelte er den Kopf. Wieso musste er ausgerechnet Stützle treffen, die alte Klatschbase? Wenn er Pech hatte, posaunte der überall herum, dass er ihn in einer Spielhalle getroffen hatte.

Der junge Küchenchef sah auf die Uhr. Kurz vor neun. Er überlegte, ob er noch das Spielcasino außerhalb von Simmern besuchen sollte. Einen Versuch war es allemal wert. Er startete den Wagen und fuhr in die Kirchberger Straße ein. Am Kreisel bog er nach rechts in Richtung Keidelheim ab. Einige hundert Meter hinter dem Ort passierte er ein verwittertes weißes Gebäude, das wie eine ehemalige Gastwirtschaft aussah. Es war von Bäumen umsäumt. Über dem Eingang blinkte ein grelles Neonschild mit der Aufschrift

»Casino Hunsrück«. Jo wendete den Wagen und bog auf den Parkplatz ein. Aus der Nähe machte das Gebäude einen noch heruntergekommeneren Eindruck. Überall blätterte der Putz von der Fassade. Die Vorhänge hinter den großen Fenstern waren zugezogen. Neben dem Haus befanden sich einige Fertigbaugaragen, deren Tore verschlossen waren. Zögerlich trat Jo ein und fand sich in einem schlecht beleuchteten Korridor wieder, der an einer schweren, grauen Metalltür endete. Daran war ein weißes Plastikschild mit der Aufschrift »Spielsalon« befestigt. Er öffnete die Tür und blieb überrascht stehen. Vor ihm lag ein hell erleuchteter, langgezogener Raum, der früher eine Gaststube gewesen sein musste. An den Wänden hingen zahlreiche Spielautomaten, die gut besetzt waren. Niemand beachtete ihn. Am hinteren Ende des Saals befand sich ein dunkler Holztresen mit einigen Barhockern davor. Eine junge Frau in einem engen schwarzen Top und mit einer Drachentätowierung auf dem Oberarm bediente die Gäste.

Jo trat auf den Tresen zu. »Ist hier noch was frei?«

»Nach was sieht's denn aus?«, sagte die Bedienung und deutete auf zwei leere Hocker. »Was willst du trinken?«, fragte sie in geschäftsmäßigem Ton. Ihre dunklen Haare fielen ihr immer wieder in die Stirn. Eine Strähne war feuerrot gefärbt.

»Ne Cola.«

Jo schielte unauffällig zu seinen Nachbarn. Neben ihm lümmelte ein schlanker junger Mann in einem AC/DC-T-Shirt auf dem Hocker. Einen Stuhl weiter saßen zwei bullige Kerle, die aussahen wie Fernfahrer.

»Macht zwei fuffzig«, sagte die junge Frau, während sie einen Kaugummi von der linken in die rechte Backe schob.

»Kassiert ihr immer sofort?«, fragte Jo und legte das Geld auf den Tresen.

»Wenn ich jemand nicht kenne. Du glaubst nicht, wie schnell hier manche die Düse machen.«

Jo nippte an seinem Glas und sah sich im Saal um. In der Nähe des Eingangs spielte ein Typ in Jeans und Sportjacke, dessen Blick starr auf den Automaten gerichtet war. Weiter hinten stand ein breitschultriger Kerl in weißer Maurerkluft. Auf der anderen Seite steckte ein Mann in einem dunklen Anzug gerade Geld in einen der Spielautomaten. Einer der beiden Fernfahrer stand auf und stellte sich mit seinem Bier an einen der Automaten. Nach und nach gesellten sich auch die anderen Männer vom Tresen dazu. Jo blieb mit der Bedienung allein zurück. Sie ordnete die Flaschen auf dem Regal hinter sich.

»Ein Freund von mir ist öfter bei euch«, eröffnete Jo das Gespräch.

»Was du nicht sagst«, erwiderte sie desinteressiert.

»Sein Name ist Erich Sattler, vielleicht kennst du ihn.«

Sie zuckte mit den Schultern.

»Breiter Kerl, ungefähr eins achtzig groß. Mitte fünfzig. Sieht aus wie ein Metzger.«

»Was soll'n das werden, 'ne Volksbefragung?«, fragte sie und blies sich die Strähne aus dem Gesicht. Sie warf ihm einen misstrauischen Blick zu.

»Ich wollte nur ein wenig Konversation machen«, antwortete Jo und nahm sein Glas. Er stellte sich zu dem Mann im Anzug.

»Is was?«, fragte dieser, ohne seinen Blick von dem Automaten abzuwenden.

»Läuft's gut?«

»Geht so.«

»Kommen Sie öfter her?«

»Ab und zu.«

»Ich bin zum ersten Mal hier.«

»Schön für dich.«

»Wie funktioniert ...«

»Ey, Alter. Ich will nur in Ruhe spielen, okay?«

Die Freundlichkeit hatten sie in dem Schuppen nicht gerade gepachtet. Jo sah sich suchend um. Der Mann in der Maurerkluft machte noch den sympathischsten Eindruck. Als er sich neben ihn stellte, blickte dieser kurz zu ihm hinüber.

»Dich hab ich hier noch nie gesehen«, sagte der Handwerker und steckte eine neue Münze in den Automaten. »Kommst du aus der Gegend?«

Jo nickte.

»Und du?«

»Aus Simmern. Hey, ich hab gewonnen«, rief er freudig und drückte auf einen Knopf. Einige Münzen fielen in den Ausgabeschacht. »Heute schon mein fünfter Gewinn. Ich glaub, ich hab 'ne Glückssträhne.«

»Spielst du oft?«, wollte Jo wissen.

»Zwei-, dreimal die Woche. Aber nur zur Entspannung nach der Arbeit.«

»Ein Freund von mir ist auch öfter hier.«

»Aha.«

Die Aufmerksamkeit seines Gesprächspartners galt dem Automaten. Er drückte.

»Mist!«, fluchte er. »Knapp vorbei!« Er warf eine neue Münze ein.

»Er heißt Erich Sattler.«

»Wer?«, fragte der Handwerker geistesabwesend.

»Mein Freund. Kennst du ihn?«

Der junge Mann in dem AC/DC-T-Shirt, der an einem Automaten in der Nähe spielte, sah zu ihnen herüber. Plötzlich stand ein breitschultriger, durchtrainierter Mann neben ihnen. Sein Kopf war kahlrasiert und seine muskulösen Oberarme mit bunten Tätowierungen übersät. Offensichtlich machte er Bodybuilding. Er trug ein schwarzes Muskelshirt, auf dem in großen weißen Buchstaben das Wort »Gorilla« aufgedruckt war. Na, das passt ja, dachte Jo und musste sich ein Lächeln verkneifen.

»Gibt's Probleme, Toni?«, fragte der Kerl in dem Gorilla-Shirt den Mann in der Maurerkluft.

»Bei mir nicht«, antwortete dieser.

»Und was ist mit dir?« Der Bodybuilder sah Jo an.

»Ich gucke nur.«

»Das haben wir hier nicht gern.«

»Mich stört er nicht«, meinte Toni, ohne seinen Blick vom Automaten abzuwenden.

»Aber mich. Entweder du spielst, oder du setzt dich an die Bar. Du quatschst nicht die Leute an, verstanden?«, sagte der Gorilla-Typ an Jo gewandt.

»Wieso, wenn's Toni nicht stört?«, erwiderte dieser ironisch.

»Willst du mich verarschen?«

Er klang jetzt sehr aggressiv.

»Lass ihn in Ruhe, Sascha«, versuchte Toni ihn zu beschwichtigen.

»Der Typ macht jetzt die Fliege. René hat es nicht gern, wenn einer blöde Fragen stellt oder den Klugscheißer spielt.«

Der Muskelprotz hatte sich bedrohlich vor Jo aufgebaut.

»Ganz ruhig. Ich geh schon.« Der junge Küchenchef hob abwehrend die Hände und machte zwei Schritte zurück. Dann drehte er sich um und verließ die Spielhalle. Draußen vor der Tür atmete er tief durch. Er fragte sich, warum dieser Sascha so aggressiv reagiert hatte. Und woher war der Kerl so schnell gekommen? Beim Reingehen hatte Jo ihn jedenfalls nicht gesehen. Schon ein merkwürdiger Laden, dachte er und schüttelte den Kopf. Er schloss den Wagen auf und stieg ein. Es hatte zu dämmern begonnen, und Jo nahm die Sonnenbrille vom Armaturenbrett, um sie in seinem Rucksack zu verstauen. Als er wieder hochblickte, erschrak er. Neben seinem Auto stand eine dunkle Gestalt. Es war der junge Mann mit dem AC/DC-T-Shirt aus der Spielhalle. Obwohl er allenfalls fünfundzwanzig war, lagen seine Augen tief in den Höhlen, und seine Wangen wirkten eingefallen. Er klopfte an die Seitenscheibe, wobei er sich nervös nach der Spielhalle umblickte. Jo drückte auf den Knopf für den Fensterheber.

»Ja?«, fragte er durch die offene Scheibe.

»Sind Sie ein Bulle?«

»Was?« Jo lachte ungläubig.

Der junge Mann sah ihn lauernd an.

»Ich bin kein Polizist.«

»Warum interessieren Sie sich dann für die Spieler?«

»Tue ich nicht. Nur für einen. Er heißt Erich Sattler.«

Der junge Mann sah sich erneut um. Er wirkte seltsam fahrig. Schnell drückte er Jo einen Zettel in die Hand. Dieser war völlig verblüfft. Bevor er etwas sagen konnte, war der Mann wieder im Casino verschwunden. Neugierig warf Jo einen Blick auf das Stück Papier. Es schien eilig aus einem

Notizblock herausgerissen. Darauf war eine Handynummer gekritzelt und die Worte: »Morgen Nachmittag.«

Am liebsten hätte Jo die Nummer sofort angerufen. Aber er hielt sich zurück.

Kapitel 9

»Was ist mit dir los?«, fragte Ute, die Hände resolut in die Hüften gestützt.

»Wieso?«, fragte Jo erstaunt.

»Du bist so hibbelig.«

»Ich?«

»Ja, du.«

»Alles bestens.«

Der junge Küchenchef blickte auf die Uhr. Es war kurz vor elf. »Ich muss schnell telefonieren«, sagte er und verschwand in sein Büro.

Ute sah ihm kopfschüttelnd hinterher.

»Vielleicht ist er verliebt«, mutmaßte Pedro.

»Wo soll Jo denn eine Freundin herbekommen?«, antwortete Ute. »Der arbeitet doch die ganze Zeit nur.«

»Er sieht gut aus, hat ein eigenes Restaurant und kocht wie ein Weltmeister. Hast du mal einen Blick in die Gaststube geworfen, wenn er seine Lokalrunde macht? Die Frauen schmachten ihn an. Bestimmt würde die eine oder andere ihn gerne zum Nachtisch vernaschen.«

Philipp und Karl-Heinz prusteten los.

»Ja, ja, so hättet ihr Kerle das gern«, antwortete Ute. »Aber da ist wohl eher der Wunsch der Vater des Gedankens. Ich würde jedenfalls ein gutes Dessert einem schlechten Rendezvous jederzeit vorziehen.«

»Wer redet denn von schlecht? Mein südländischer Charme ist allseits beliebt«, gab Pedro zurück.

Seine Kollegin lachte. »Wenn ich mir deinen Mädelsverschleiß angucke, mein Lieber, wären deine Freundinnen mit einem Dessert besser bedient. Das hält länger vor.«

»Es hat sich noch nie eine beschwert«, gab der junge Spanier zurück.

»Weil du dich immer schon davonmachst, bevor sie dir die Meinung sagen können«, spottete Philipp.

Er war seit einiger Zeit fest liiert und konnte Pedros schnell wechselnden Damenbekanntschaften auch nicht viel abgewinnen.

»Ihr seid nur neidisch«, winkte Pedro ab.

»Bestimmt. Aber jetzt konzentrierst du dich besser darauf, die Sauce fertigzubekommen. Sonst gibt's Ärger, wenn Jo zurückkommt. Da hilft dir auch dein südländischer Charme nicht weiter«, riet Ute ihm und lächelte nachsichtig.

Kati Müller rauschte ins Büro und schlug die Tür krachend hinter sich zu.

»Was ist denn mit dir los?«, fragte ihre Freundin Alexandra und blickte vom Schreibtisch hoch.

»Es ist wegen Roland!« Kati schüttelte wütend den Kopf.

»Jetzt darf ich nicht mal mehr einen von den Kaliforniern streichen.«

Die Tränen schossen ihr in die Augen.

Alexandra seufzte und legte den Tischplan für ein großes Bankett beiseite, an dem sie gearbeitet hatte.

»Einer der Cabernet Sauvignons aus dem Nappa-Valley war ausgetrunken. Ich wollte ihn durch einen Rotwein aus der Südpfalz ersetzen. Ich bin damit zu Roland, und er hat abgelehnt!«, rief Kati entrüstet.

»Und warum?«

»Weil die amerikanischen Gäste ihn angeblich gern bestellen.«

»Stimmt das denn?«

»Bei mir hat noch nie einer einen kalifornischen Wein genommen.«

»Fragen die Gäste oft danach?«

»Ab und zu. Aber dann empfehle ich ihnen einen deutschen Wein oder einen Franzosen.«

»So, so.«

»Kalifornische Weine können sie schließlich auch zu Hause trinken, dafür müssen sie nicht nach Europa fliegen!« Die junge Sommelière schüttelte wieder den Kopf.

»Viele bevorzugen eben einen Wein zum Essen, den sie schon kennen«, sagte Alexandra und zuckte mit den Schultern.

»Bei mir hat noch kein einziger Amerikaner auf einem Cabernet Sauvignon aus Kalifornien bestanden, wenn ich ihm einen anderen Wein empfohlen habe«, erklärte Kati.

»Ja, weil du eine Frau und gutaussehend bist.«

»So ein Quatsch!«

»Und warum ist der Absatz so nach oben gegangen, seit du da bist?«

»Weil ich die Leute gut berate.«

»Träum weiter. Viele Kerle bestellen teure Weine, weil sie bei dir Eindruck schinden wollen.«

»Stimmt gar nicht. Es kommen auch viele Paare zu uns.«

»Und wer ordert den Wein? Das ist immer noch Männersache. Die Verkäufe bei den teuren Weinen sind im Schnitt um dreißig Prozent niedriger, wenn du nicht da bist. Und das liegt bestimmt nicht daran, dass Roland keine Ahnung von Wein hat. Dem fällt es nur nicht so leicht, die Männer um den Finger zu wickeln. Die Kellner sind froh, dass sie amerikanischen Gästen Weine anbieten können, die sie von zu Hause kennen.«

»Wir sollen die Weinkarte also nach der Herkunft der Gäste zusammenstellen? Dann können wir gleich noch englische und russische Weine mit aufnehmen«, ätzte Kati.

»Wenn's mit dem Klimawandel so weitergeht, kommt das bestimmt noch«, erwiderte Alexandra trocken.

»Ich find das nicht witzig. Die haben mir bei der Einstellung fest zugesagt, dass ich meine eigene Linie im Weinkeller verwirklichen darf. Ich geb meinen Namen für so was nicht her!«

»Du tust ja so, als ob du schon ein großer Star wärst. Am Anfang seiner Karriere muss jeder Kompromisse machen.«

»Hab ich lang genug. Wie soll ich mir einen Ruf aufbauen, wenn ich nichts entscheiden darf? Da such ich mir lieber was anderes.«

»Du willst hinschmeißen?« Die Bankettchefin blickte ihre Freundin ungläubig an.

Die junge Sommelière nickte.

»Mensch, Kati! Man kann nicht jedes Mal gleich die Flinte ins Korn werfen, nur weil einem was nicht passt.«

»Darum geht's nicht. Entweder ich hab das Vertrauen vom Chef oder nicht. So will ich jedenfalls nicht arbeiten.«

»Manchmal bist du wie ein bockiges Kind. Du brauchst mal eine längere Station im Lebenslauf. Fällt langsam auf, dass du es nirgends länger als ein Jahr aushältst.«

»Ist mir egal.«

Alexandra sah sie prüfend an. »Es ist dir ernst damit, oder?«

Kati nickte. Ihre Freundin seufzte.

»Eigentlich wollte ich es dir gar nicht zeigen. Die suchen jemand in dem Restaurant, das dir so gut gefällt.«

»Welches?«

»Das gegenüber der Loreley.«

Sie reichte ihr das Magazin *Der Sommelier* herüber. Die Seite mit den Stellenanzeigen war aufgeschlagen. Kati überflog sie.

»Da steht nur, dass es im Mittelrheintal ist«, meinte sie enttäuscht. »Woher willst du wissen, dass es genau dort ist?«

»Ein Freund von mir hat sich auf die Anzeige beworben. Hat eine Absage von denen bekommen.«

Die junge Sommelière las sich die Stellenanzeige gründlich durch.

»Ist wie für dich gemacht: Gastronomieausbildung, Sommelier-Spezialisierung, und Buchhaltung kannst du auch.«

Kati Müller nickte nachdenklich.

»Schlaf erst mal drüber. Morgen sieht die Welt schon wieder anders aus. Und vielleicht lässt Roland noch mit sich reden.«

»Mal gucken«, antwortete die junge Sommelière skeptisch.

Jo starrte auf den Zettel, der vor ihm auf dem Schreibtisch lag. Sollte er oder sollte er nicht? Kurzentschlossen wählte er die Nummer. Es dauerte einen Moment. Dann kam die Ansage, dass die Nummer gegenwärtig nicht erreichbar sei. Enttäuscht legte er auf. Gegen 15 Uhr machte er einen zweiten Versuch. Diesmal hörte er ein Freizeichen.

»Ja?«, sagte eine männliche Stimme. Der junge Küchenchef zögerte. Sollte er seinen Namen nennen?

»Äh, ich rufe an wegen des Zettels. Wir haben gestern miteinander gesprochen. Ich bin der ...«

»Der Volvotyp, ich weiß«, erwiderte die Stimme kurz angebunden.

»Sie können mir etwas über Erich Sattler erzählen?«

»Nicht am Telefon«, zischte die Stimme.

»Aber wie ...?«

»Kennen Sie die Raststätte an der A61?«

»Die an der Moseltalbrücke?«

»Genau. Morgen Abend 22.30 Uhr, Ostseite. Seien Sie pünktlich.«

Bevor Jo etwas antworten konnte, hatte der Mann aufgelegt. Der junge Küchenchef war völlig perplex. Er dachte nach. Dann griff er erneut zum Hörer.

»Sandner.«

»Hier ist Jo.«

»Was gibt's?«

»Ich wollte dich was fragen.«

»Ja?«

»Triffst du dich eigentlich persönlich mit deinen Informanten?«

»Wenn's nicht anders geht. Manche sind ziemliche Geheimniskrämer und wollen am Telefon nicht mit ihren Infos rüberkommen. Haben wahrscheinlich Angst vor der NSA.« Der Journalist lachte.

»Wo finden solche Treffen statt?«

»Unterschiedlich ... in einem Café oder in einem Restaurant. Hängt immer vom Gegenüber ab. Ich hab einen, der will sich immer auf einem großen Parkplatz treffen, weil er Angst hat, dass ihn sonst einer seiner Kollegen sieht.«

»Und wenn du einen Informanten nicht kennst?«

»Du meinst, wenn uns jemand anonym Informationen zuspielen will? Dafür haben wir extra eine E-Mail-Adresse, die besonders geschützt ist.«

»Nee, wenn sich ein Unbekannter mit dir treffen will.«

»Ein völlig Unbekannter? Kommt selten vor. Meistens kennt man die Leute aus offiziellen Kontakten. Warum interessiert dich das überhaupt? Willst du in den Journalismus einsteigen?« Sandner lachte.

Jo zögerte. Dann erzählte er seinem Freund von dem geplanten Treffen mit dem jungen Mann.

»Ist nicht dein Ernst, oder?«

»Warum? Vielleicht weiß er was.«

»Worüber denn? Dass Sattler gespielt hat? Selbst wenn – es war trotzdem ein Unfall.«

»Und wenn er Schulden hatte?«

»Wie denn? Das ist ein staatlich lizenziertes Automatencasino. Da kannst du nicht anschreiben. Die wären schön dumm, wenn sie das machen würden. Und selbst wenn – glaubst du, die schicken jemand los, der dir die Knochen bricht, wenn du deine Schulden nicht bezahlst? Wir sind doch nicht im Wilden Westen.«

»Mein Gefühl sagt mir, dass mehr dahintersteckt«, beharrte Jo.

»Du fantasierst dir da was zusammen.«

»Nur noch diese eine Befragung. Du kannst ja als meine Rückendeckung mitkommen.«

Für einen Augenblick blieb es stumm in der Leitung.

»Sorry, wenn ich das jetzt sage«, antwortete Sandner,

»bist du völlig durchgeknallt? Du kannst dich nicht mit so einem dubiosen Typen an einer dunklen Raststätte treffen! Wahrscheinlich ist der Kerl spielsüchtig und braucht Geld. Der hält dir ein Messer an den Hals und klaut dir die Brieftasche. Was soll ich denn da machen? Ich bin Journalist und kein Leibwächter.«

»Schon gut«, antwortete Jo in beleidigtem Ton. »Ich wollt ja nur mal fragen.«

»Zeit, dass du Urlaub machst. Dann kommst du auf andere Gedanken«, erwiderte Sandner in versöhnlichem Ton. »Der viele Stress im Restaurant ist auf die Dauer nicht gesund. Wann habt ihr eure Sommerpause?«

»In knapp zwei Monaten.«

»Na siehste, die Zeit geht bestimmt schnell vorbei.«

Jo schüttelte den Kopf. Als ob er sich einen Mord einbilden würde, um eine Ablenkung vom Küchenalltag zu haben! Trotzdem gab ihm die eindringliche Warnung seines Freundes zu denken. Am Abend fiel es ihm schwer, einzuschlafen. Immer wieder ging ihm die Szene mit einem Messer an seinem Hals durch den Kopf. Andererseits hatte der junge Mann keinen bedrohlichen Eindruck auf ihn gemacht. Wenn er nur einen unverfänglicheren Treffpunkt vorgeschlagen hätte. Denn mit einem hatte Sandner recht – wenn der Mann in dem AC/DC-T-Shirt ihn ausrauben wollte, wäre eine Autobahnraststätte der ideale Ort dafür.

Nun ja, er musste ja nicht hingehen, wenn er nicht wollte.

Am nächsten Morgen fuhr Jo hinüber nach Wiesbaden. Auch wenn er in erster Linie mit frischen Zutaten aus der Region kochte, liebte er es, seinen Gästen besondere Spezialitäten aus anderen Ecken der Welt aufzutischen. Für die kommende Woche plante er ein großes Degustationsmenü unter dem Motto »Rheintal trifft Bretagne«. Als Vorspeise sollte es frischen Krabbensalat mit Atlantikgarnelen, Kopfsalatmarinade und Zitronensauce geben, danach folgte ein Duett vom heimischen Kaninchen und gebratener Wachtelbrust mit Meerrettich-Schaum. Anschließend servierten sie eine hausgemachte bretonische Hummerterrine mit einer scharfen Tomatensauce und Dillgemüse, gefolgt vom rheinischen Waldpilzsüppchen mit Entenleberspießen. Der Hauptgang bestand aus gegrilltem Wolfsbarsch der Bretagne mit mariniertem Sommergemüse oder, als Fleischgang, aus Tournedo vom jungen Hunsrückrind in einer Spätburgundersauce mit Gemüsenocken und Süßkartoffelküchlein. Als Nachspeise plante er ein knuspriges Eclair mit einer Füllung aus zweierlei Mousse an Beeren der Saison und hausgemachtem Joghurteis. Als besonderen Wein bot er dazu einen trockenen Muscadet aus Coteaux d'Ancenis an, dessen fruchtige Note ihn zu einem idealen Begleiter für den bretonischen Wolfsbarsch machte.

Um alle Zutaten zu bekommen, musste er zu einem Feinkostladen in der Innenstadt und zu einem Fischgroßhändler in der Nähe des Bahnhofs. Dort gab es täglich frische Fische und Meeresfrüchte aus aller Herren Länder. Natürlich hätte Jo sich die Ware auch ins Restaurant liefern lassen können, aber er bevorzugte es, sich vor Ort ein Bild zu machen. Die Auswahl war wie immer hervorragend. Gerade die Bretagne bot ein breites Spektrum unterschiedlichster Fische, Schalen- und Krustentiere. Es reichte von Klassikern wie Wolfsbarsch, Seezunge und Steinbutt bis hin zu in Deutschland weniger bekannten Arten wie der

Roten Meerbarbe und dem Saint Pierre, der sich durch sein festes weißes und sehr köstlich schmeckendes Fleisch auszeichnete. Deshalb wurde er von den Franzosen auch »Poule de mer«, Meerhühnchen, genannt.

Jo war begeistert. Am liebsten hätte er überall zugegriffen. Bei den Schalen- und Krustentieren stachen die Langusten, Taschenkrebse, Seespinnen und natürlich der bretonische blaue Hummer hervor, der wegen seines einzigartigen Geschmacks auf der ganzen Welt geschätzt und begehrt war.

Als er wieder im Wagen saß, bemerkte er einen Laden, dem er bisher nie Beachtung geschenkt hatte. Er stieg aus und warf einen Blick ins Schaufenster. Es gab Selbstverteidigungsmittel aller Art. Er betrat das Waffengeschäft und erwarb ein Pfefferspray. Die Dose war so klein, dass man sie bequem in die Tasche stecken konnte. Trotzdem kam es ihm seltsam vor – der erste Waffenkauf seines Lebens! Schnell verdrängte er den Gedanken. Dass er jetzt ein Pfefferspray besaß, hieß ja nicht, dass er heute Abend zu dem Treffen gehen würde.

Je näher der Abend rückte, umso stärker stieg die Anspannung in ihm. Gegen halb zehn kehrte er von seiner Restaurantrunde in die Küche zurück und knöpfte seine Kochjacke auf.

»Du willst schon Schluss machen?«, fragte Pedro überrascht.

»Ich hab noch einen Termin.«

»Mit wem denn?«

Der junge Küchenchef spürte die neugierigen Blicke seiner Mitarbeiter.

»Kennst du nicht«, sagte er kurz angebunden. »Schließt du nachher ab?«

»Klar.«

Jo verschwand nach oben in seine Wohnung und zog sich um.

»Da steckt bestimmt eine Frau dahinter«, beharrte Pedro, während er eine Nachspeise über den Tresen zu Klara schob.

Ute schüttelte den Kopf. »Vom Wiederholen wird's auch nicht richtiger.«

»Wohin sollte er denn sonst um diese Zeit verschwinden? Ein geschäftlicher Termin kann's kaum sein.«

»Für ein Rendezvous hat er viel zu ernst ausgesehen«, erwiderte Ute und runzelte die Stirn. »Ich hoffe nur, er macht keine Dummheiten.«

»Soll ich ihm nachfahren?«

»Das würde dir so passen, den Chef auszuspionieren!«, rief sie und zog ihn spielerisch am Ohr. »Besser, du räumst deinen Arbeitsplatz auf. Wenn ich mir das so anschaue, hast du damit mehr als genug zu tun.«

Jo hatte inzwischen die Autobahnauffahrt bei Pfalzfeld erreicht und fuhr auf die A61. Die Abenddämmerung hatte eingesetzt. Er blickte auf die Uhr – kurz nach zehn. Die Fahrt dauerte nur fünfundzwanzig Minuten, so dass er ausreichend Zeit haben würde, sich vorher umzusehen. Unmittelbar hinter der Moseltalbrücke bog er in die Raststätte Moseltal Ost ein und parkte den Wagen. Es war inzwischen dunkel geworden und die Sterne zeichneten sich am Himmel ab. Das Rasthaus war hell erleuchtet und tauchte den Parkplatz in ein schemenhaftes Licht. Jo spähte vorsichtig in alle Richtungen. Von dem jungen Mann war nichts zu sehen. Nachdem er einige Minuten gewartet hatte, stieg er aus und machte sich auf den Weg zum Restaurant.

»Wir haben schon geschlossen«, sagte eine junge Frau, die an der Kasse hantierte. An einem Tisch in der Nähe des Eingangs saß ein älteres Ehepaar, das einen gelangweilten Eindruck machte. Der Mann hatte ein halb aufgegessenes Stück Leberkäse mit Spiegelei und ein leer getrunkenes Glas Bier vor sich stehen. Seine Frau stocherte in einem lieblos angerichteten Salatteller herum. Die beiden redeten kein Wort miteinander und vermieden es, sich anzusehen. An einem der hinteren Tische saß ein Mann mittleren Alters, der auffällig groß war. Er musterte Jo aufmerksam, sah aber schnell weg, als dieser seinen Blick erwiderte.

Nach kurzem Überlegen verließ der junge Küchenchef das Restaurant wieder. Als er ins Freie trat, brauchte er einen Moment, bis sich seine Augen an die Dunkelheit gewöhnt hatten. Der Parkplatz machte einen verlassenen Eindruck. Jo ging zurück zu seinem Wagen und stieg ein. Er blickte auf die Uhr. Es war kurz vor halb elf. Auf einmal tauchte der Mann aus dem Restaurant im Türrahmen auf. Er musste knapp zwei Meter groß sein. Er sah sich um und kam mit entschlossenen Schritten auf Jos Wagen zu. Unwillkürlich griff dieser in seine Tasche und umklammerte sein Pfefferspray. Der hünenhafte Kerl näherte sich schnell. Jo überlegte fieberhaft, was er tun sollte. Der Mann war fast bei ihm angelangt. Jo packte den Griff, um die Autotür notfalls aufreißen zu können. Doch zu seiner Überraschung ging der Hüne weiter zu einem abseits von den übrigen Fahrzeugen geparkten VW Polo. Der Mann faltete seine langen Beine überraschend geschickt in den kleinen Wagen. Er startete den Motor und fuhr auf die Autobahn. Jo atmete tief durch. Inzwischen hatte auch das ältere Ehepaar das Restaurant verlassen und ging zu einem Mercedes, der gegenüber von Jo parkte. Es dauerte eine gehörige Zeit, bis beide eingestiegen waren und sich angeschnallt hatten. Der ältere Herr startete den Motor und schaltete das Licht ein. Für einen Moment war Jo geblendet. Plötzlich riss jemand die Beifahrertür auf. Ein Mann in einem schwarzen Kapuzenpullover wuchtete sich auf den Sitz neben ihm. Adrenalin durchzuckte Jos Körper. Er versuchte, nach seinem Pfefferspray zu greifen. Doch der Mann war schon unmittelbar neben ihm. Jo konnte seinen Atem im Gesicht spüren.

»Los, fahren Sie«, zischte er Jo zu. Erst jetzt erkannte Jo den jungen Mann aus dem Spielcasino. Im fahlen Licht, das vom Restaurant herüberleuchtete, wirkte er noch blasser.

»Jetzt fahren Sie schon«, drängte er und kauerte sich in den Sitz.

Jo zögerte. Dann ließ er sein Pfefferspray los. »Schnallen Sie sich an.«

»Was?« Der junge Mann sah ihn mit unsteten Augen an.

»Sie sollen sich anschnallen.«

Widerwillig folgte er der Anweisung. Im Ernstfall half es zwar nicht viel, aber Jo fühlte sich sicherer, wenn sein Beifahrer angeschnallt war. Dann konnte er wenigstens keine abrupten Bewegungen machen, ohne dass der Gurt blockierte.

»Wohin fahren wir?«

»Egal, auf die Autobahn.«

»Sie sind zu spät«, stellte der junge Küchenchef vorwurfsvoll fest.

»Ich musste noch was erledigen«, nuschelte der junge Mann.

Inzwischen waren sie auf die Autobahn eingebogen. Jo fuhr nicht sehr schnell.

»Was soll die Geheimniskrämerei?«, fragte er.

»Besser, wenn die uns nicht zusammen sehen.«

»Wer?«

»Die aus dem Spielcasino.«

Jo schüttelte den Kopf. Das Treffen kam ihm immer absurder vor.

»Und Sie sind wirklich nicht von der Polizei?«

»Nein.«

Der Mann im Kapuzenpullover warf ihm einen lauernden Blick zu. Dann lachte er.

»Hab ich mir gleich gedacht. Die Bullen fahren keine Volvos«, sagte er. »Die haben nur deutsche Autos.« Er schien einschlägige Erfahrungen gemacht zu haben. »Dann sind Sie bestimmt Privatdetektiv.« In seiner Stimme schwang echte Neugier mit.

»So was Ähnliches.«

»Was wollen Sie von Sattler?«

Jo stutzte. Der junge Mann schien nicht zu wissen, dass der Fischzüchter nicht mehr lebte.

»Meine Sache.«

»Gut, aber ich will Geld sehen.«

»Was?«

»Sie glauben doch nicht, dass ich was erzähle, wenn Sie nicht ein paar Scheine rüberwachsen lassen.«

Jo warf ihm einen forschenden Blick zu. Sein Beifahrer grinste zweideutig.

»Wie viel?«

»Einen Hunni.«

Jo lachte auf. »Das glaubst du doch selbst nicht.« Ohne

es zu merken, war er ins »du« verfallen. Der junge Mann machte ein langes Gesicht.

»Dann einen Fuffi.«

»Ich geb dir zwanzig. Und wenn es für mich interessant ist, bekommst du noch mal zwanzig.«

Jo hielt an einem Autobahnparkplatz und zog seine Brieftasche heraus. Er drehte sich zur Seite, so dass sein Beifahrer nicht sehen konnte, wie viel Geld er bei sich hatte. Er reichte ihm einen Zwanzig-Euro-Schein. Die Augen des jungen Mannes leuchteten begierig. Schnell steckte er das Geld ein. Jo stellte den Motor ab. »Woher kennst du Sattler?«

»Aus dem Spielcasino.«

»Bist du oft da?«

»Geht so. Ein paarmal die Woche.«

»Und Sattler?«

»Der kommt meistens Freitag oder Samstag. Hab ihn in letzter Zeit aber nicht oft gesehen.«

»Hat er viel verspielt?«

»Keine Ahnung. Hab ihm ja nicht dauernd über die Schulter geguckt.«

Jo wurde misstrauisch.

»Beschreib ihn mir.«

»Glauben Sie, ich kenne ihn gar nicht?« Der junge Mann lachte. »Er hat mir ein- oder zweimal ein Bier ausgegeben, als ich blank war. Hat immer über seine Fische geredet. Damit ist er allen auf den Senkel gegangen.«

»Hatte er Schulden?«

»Bei mir?«

»Nein, im Casino.«

»Da kann man nicht anschreiben. Die geben auch keinen Kredit oder so. Jedenfalls nicht bei den Automaten.«

Jo wurde hellhörig. »Gibt es noch andere Spiele?«

»Nicht offiziell.«

»Und inoffiziell?«

Der junge Mann schürzte die Lippen. »Kostet extra, wenn ich da was erzählen soll.«

Jo überlegte. Dann gab er ihm einen weiteren Zwanziger.

»Die bieten auch Poker an.«

»Wer?«

»René.«

»Wer ist das?«

»René Ziegler. Ihm gehört der Laden.«

»Das ist doch illegal!«

»Warum? Die pokern nur privat.«

»Kann da jeder mitspielen?«

»Nur, wer sich's leisten kann.«

»Warst du mal bei einer Runde dabei?«

»Nee, dafür hab ich nicht genug Kohle.«

»Und Sattler?«

»Keine Ahnung. Da redet niemand drüber. Jedenfalls nicht von denen, die dabei sind.«

»Um wie viel Geld geht es dabei?«

»Soweit ich weiß, spielen sie ohne Limit. Hab gehört, dass da schnell ein paar Tausend Euro weg sind.«

»Was passiert, wenn einer nicht zahlt?«

»Muss er ja. Sonst werden die anderen böse.«

»Wie böse?«

»Ich würd's nicht ausprobieren.«

»Kennst du jemanden, der mitspielt?«

»Ja.«

»Wen?«

Der junge Mann grinste wieder. »Für Namen verlang ich extra.«

»Woher soll ich wissen, dass du mich nicht anlügst? Gerade hast du gesagt, da redet niemand drüber.«

»Normalerweise. An dem Abend war's 'ne Ausnahme. Der Typ kam aus dem Hinterzimmer und war kreidebleich. Hat sich ein Bier und 'nen Schnaps reingezogen. Ich glaube, der hat 'nen ganzen Monatslohn verzockt.«

Jo überlegte. »Also schön«, gab er nach und reichte dem Mann einen weiteren Schein.

»Langt nicht. Dafür will ich dreißig.«

Widerstrebend gab Jo ihm noch einen Zehn-Euro-Schein.

»Er heißt Daniel Köhler und arbeitet bei der Allgemeinen Genossenschaftsbank in Boppard.«

»Woher weißt du das?«

»Hab ihn mal gesehen, als er reinging. Schnieke im Anzug und mit Namensschild. Hätt ihn fast nicht erkannt. Im Casino läuft er immer mit einer alten Jeans rum.«

»Sonst noch was?«

Er nickte und öffnete wieder die Hand.

»Ich hab dir schon genug gegeben.«

»Sie sagten doch, ich kriege noch einen Bonus.«

»Aber nur, wenn die Information was Besonderes ist.«

»Die ist es auf jeden Fall.«

»Lass hören.«

»Ein paar Tage später lief der Banktyp mit einem Veilchen herum.«

»Die haben ihn verprügelt?«, fragte Jo überrascht.

»Hat behauptet, er wär gestolpert und hätte sich den Kopf an 'nem Türrahmen angeschlagen.« Der junge Mann zuckte bedeutungsvoll mit den Schultern. »Wär schon ein großer Zufall, wenn er sich, ausgerechnet zwei Tage nachdem er ein paar Tausis verzockt hat, die Rübe am Türpfosten anhaut, oder?«

»Sonst noch was?«

Der junge Mann schüttelte den Kopf.

Jo gab ihm den letzten Geldschein. »Wo soll ich dich absetzen?«

»Wär gut, wenn Sie mich zur Raststätte zurückfahren.«

»Das ist aber umständlich.«

»Sie können mich auf der gegenüberliegenden Seite rauslassen.«

Jo startete den Wagen. Bei der nächsten Ausfahrt wendete er. Nach einigen Minuten tauchte die Raststätte Moseltal West auf. Der junge Mann öffnete die Wagentür.

»Wie kommst du nach Hause?«

»Machen Sie sich um mich keine Sorgen.«

»Warum wolltest du dich nicht in einem Café mit mir treffen?«, fragte Jo.

»Wenn René mitkriegen würde, dass ich darüber spreche, schmeißt er mich raus. Normalerweise mach ich so was auch nicht. Aber ich hab gerade einen finanziellen Engpass.«

»Wer ist eigentlich dieser Sascha?«

»Der arbeitet für René. Ist so 'ne Art Rausschmeißer, wenn's Ärger gibt.«

Bevor Jo noch eine Frage stellen konnte, schlug der junge Mann die Tür zu und verschwand in der Dunkelheit. Jo fragte sich, wie er von hier wegkam. Er wusste, dass es einen Fußweg hinunter nach Winningen gab. Er konnte sich allerdings nicht vorstellen, dass der junge Mann im Dunkeln dort hinuntersteigen wollte. Vielleicht hatte er aber auch in der Nähe ein Auto oder ein Moped geparkt. Die beiden Seiten der Raststätte waren schließlich über einen schmalen Fußweg, der unter der Brücke hindurchführte, miteinander verbunden.

Auf der Rückfahrt dachte Jo über das Gespräch nach. Wenn es stimmte, dass in dem Casino illegale Pokerrunden stattfanden, lag hier vielleicht der Schlüssel. Jedenfalls schienen sie mit Schuldnern nicht zimperlich umzugehen. Vorausgesetzt, der junge Mann hatte sich das nicht alles ausgedacht. Jo schüttelte den Kopf. Er hatte fast hundert Euro ausgegeben! Hoffentlich waren die Informationen ihr Geld auch wert. Zumindest hatte er jetzt einen Namen: Daniel Köhler.

Kapitel 10

Die nächsten Tage brachten viel Arbeit für Jo. Zwei seiner Weinlieferanten statteten dem Waidhaus einen Besuch ab, und das erste Bewerbungsgespräch für die Stelle des Restaurantleiters stand an. Johannes Gerlach hatte einen beeindruckenden Lebenslauf. Er war einundvierzig Jahre alt und hatte bei einer Reihe erstklassiger Adressen gearbeitet, unter anderem in München, Berlin und Budapest. Zurzeit war er in einem Hotelrestaurant in Wiesbaden beschäftigt.

»Wieso haben Sie sich auf unsere Anzeige beworben?«, wollte Jo wissen.

»Ich bin schon seit einiger Zeit auf der Suche nach einer neuen Herausforderung. Ich habe lange als Kellner gearbeitet und bin jetzt seit zwei Jahren stellvertretender Restaurantleiter. Da dachte ich, es wäre mal an der Zeit für eine Chefposition.« Er lächelte gewinnend.

»Sie haben vor allem in größeren Häusern gearbeitet – ist Ihnen das Waidhaus nicht zu klein?«

»Gerade das finde ich reizvoll. In einem Restaurant wie Ihrem hat man deutlich mehr Stammgäste und kann viel persönlicher beraten. Außerdem ist alles in einer Hand vereint – Service und Weinkeller. Damit vermeidet man unnötige Reibereien.«

»Sie haben keine klassische Sommelier-Ausbildung?«

»Ich hab einige Kurse beim Deutschen Weininstitut belegt. Die Nachweise finden Sie bei meinen Zeugnissen.« Gerlach beugte sich über den Tisch und blätterte die entsprechende Seite in der Bewerbung auf. »Wein ist meine besondere Leidenschaft. Ich hab mich schon immer dafür interessiert. Deswegen bin ich bei uns im Restaurant auch für den Weinkeller verantwortlich.« Er zog ein in Leder gebundenes Buch aus der Tasche. »Das ist unsere Karte. Wir haben natürlich viele Weine aus der Region – das bietet sich an, wenn man Weinanbaugebiete wie Rheinhessen, das Rheintal oder die Mosel vor der Haustür hat. Aber wir offerieren unseren Gästen auch französische, italienische und spanische Weine.«

Jo blätterte durch die Karte.

»Besonders stolz bin ich auf unsere Exoten«, erklärte Gerlach und deutete auf die Rubrik mit neuseeländischen, australischen und kalifornischen Weinen.

»Da muss man seine Kunden erst überzeugen, aber dann sind sie meistens begeistert. Viele wollen was Neues ausprobieren. Und am Ende ist ja das Wichtigste, wie ein Wein schmeckt, und nicht, wo er herkommt.«

Jo nickte zustimmend. Genau seine Meinung. Wenn er einen Wein für das Waidhaus aussuchte, ging es ihm nur darum, den optimalen Begleiter für seine Kreationen zu finden. Denn erst das komplexe Zusammenspiel aus den Aromen des Essens mit denen des korrespondierenden Weins machte aus einem Gericht ein kulinarisches Ereignis.

»Sind Sie auch für die Buchhaltung zuständig?«

»Dafür hat das Hotel eine eigene Abteilung. Aber ich habe ursprünglich Kaufmann gelernt.«

Jo blätterte auf die entsprechende Seite in der Bewerbungsmappe.

»Ist schon mehr als zwanzig Jahre her.«

»Das ist wie Fahrradfahren. So was verlernt man nicht«, erklärte Gerlach. »Zudem schauen wir täglich auf die Umsätze. Davon hängt schließlich unsere Bonifikation ab.«

Jo stellte ihm noch eine Reihe weiterer Fragen und ging die einzelnen Stationen seines Lebenslaufs mit ihm durch.

»Und? Wie war's?«, fragte Ute, nachdem Gerlach gegangen war.

»Cooler Typ. Hat auf jeden Fall das nötige Auftreten, um ein Restaurant zu leiten. Außerdem kennt er sich gut mit Wein aus.«

»Ich finde, er ist ein Langweiler«, sagte Pedro, während er einen Teller anrichtete.

»Du hast doch gar nicht mit ihm gesprochen«, wandte Ute ein.

»So was seh ich auf den ersten Blick«, meinte der Spanier lässig.

»Wir suchen aber keinen Entertainer, sondern jemanden, der die Arbeit macht«, gab sie spitz zurück.

»Was soll'n das heißen? Ich schaff jeden Tag für zwei – mindestens!«

»Wenn's nach dir geht, würden hier nur solche wie du rumspringen«, brummte Karl-Heinz von hinten.

»Hast du was gegen Spanier?«, fragte Pedro und hob drohend sein Messer.

»Nee, nur wenn sie zu viel babbeln.«

Die anderen lachten. Karl-Heinz war bekannt dafür, dass er auf seinem Posten am liebsten seine Ruhe hatte.

»Jetzt guck ich mir erst mal den anderen Kandidaten an, dann sehen wir weiter«, beendete Jo die Diskussion.

Die Arbeit im Restaurant ließ Jo nicht viel Zeit, weiter an seinem Fall zu arbeiten. Immerhin schaffte er es, auf der Internetseite der Allgemeinen Genossenschaftsbank nach Daniel Köhler zu suchen. Er war unter der Filiale Boppard als Berater für Altersvorsorge aufgeführt. Jo grinste. Vielleicht pokerte er nur, um seine Pension aufzustocken. Jedenfalls schien der junge Mann aus dem Spielcasino nicht gelogen zu haben. Jo konnte sich nicht vorstellen, dass er ihn auf jemanden ansetzte, der damit überhaupt nichts zu tun hatte.

Am folgenden Abend kam Klara, die Chefbedienung, aufgeregt in die Küche gestürmt.

»Ich glaub, wir haben Restauranttester im Haus«, platzte sie heraus.

»Wer soll'n das sein?«, fragte Pedro.

»Die zwei Frauen an Tisch zehn.«

»Das sind niemals Restauranttester.«

»Woher willst du das wissen?«

»Weil die viel zu jung sind. Außerdem sehen sie zu gut aus.«

»Was hat denn das damit zu tun?«, rief Klara empört.

»Restauranttester sind immer fette alte Säcke«, behauptete Pedro.

»Klar, damit sie jeder gleich erkennt«, schnaubte die Chefbedienung.

»Wann warst du überhaupt in der Gaststube, Pedro?«, wollte Jo wissen.

»Vorhin.«

»Ich dachte, du wärst aufs Klo.«

»Ein Cousin von mir ist mit seiner Freundin da. Die hab ich begrüßt.«

»Wie kommst du darauf, dass sie Restauranttester sind?«, fragte Jo an Klara gewandt.

»Weil sie sich die Karte rauf und runter angeguckt haben. Danach haben sie alle möglichen Fragen gestellt. Wie oft wir neue Menüs anbieten, wo wir unsere Zutaten einkaufen und solche Sachen. Die eine hat sich die Weinkarte sehr genau angeschaut und gefragt, was für Weine wir zu welchem Essen anbieten.«

»Das machen Restauranttester immer so, damit jeder gleich Bescheid weiß«, spottete Pedro. »Wahrscheinlich hat sie kürzlich ein Weinseminar absolviert und will ihrer Freundin mit ihrem Wissen imponieren.«

»Du bist so ein Idiot«, fauchte Klara ihn an.

»Die könnte ein Model sein, so wie die aussieht. Die macht niemals so einen Langweilerjob wie Restauranttester.«

»Schluss jetzt«, ging Jo dazwischen. »Ich guck mir die beiden mal an.«

Das Restaurant war gut besetzt. Jo sah einige bekannte Gesichter und begrüßte Stammgäste. Langsam arbeitete er sich zu Tisch zehn vor. Kurz bevor er dort ankam, verwickelte ihn Rüdiger Meynert, ein Unternehmer aus Düsseldorf, der regelmäßig mit Geschäftspartnern ins Waidhaus zum Essen kam, in ein Gespräch über französische Weine. Daher konnte Jo nur ein- oder zweimal zum Nebentisch hinüberschielen. Eine der beiden Frauen hatte blonde kurze Haare, trug eine modische Hornbrille und einen blauen Hosenanzug. Sie hatte ein ebenmäßiges Gesicht und ein freundliches Lächeln. Er schätzte sie auf Mitte zwanzig. Die zweite saß mit dem Rücken zu ihm. Sie hatte schulterlange dunkelbraune Haare und trug ein elegantes schwarzes Sommerkleid, das ihn an Audrey Hepburn erinnerte. Schließlich gelang es ihm, sich von Meynert loszueisen.

»Alles zu Ihrer Zufriedenheit?«, fragte Jo, als er auf Tisch zehn zutrat. Die Blonde lächelte ihn an und nickte.

»Ich hoffe, Sie haben etwas gefunden.«

»Absolut. Sie haben tolle Gerichte auf der Karte«, erwiderte die Frau mit der Hornbrille. Ihre dunkelhaarige Freundin schien in ihre Vorspeise vertieft zu sein. Sie hatte ihr Gesicht zur Seite gedreht, so dass Jo nur einen kurzen Blick auf ihr Profil erhaschte. Soweit er sehen konnte, hatte Pedro recht – sie war sehr attraktiv.

Es entstand eine Pause. Die Blonde musterte ihn aufmerksam, sagte aber nichts weiter. Jo blickte die beiden ratlos an. Sehr gesprächig waren sie nicht gerade.

»Ich wünsche Ihnen noch einen schönen Abend im Waidhaus. Wenn Sie etwas brauchen, geben Sie den Kolleginnen vom Service Bescheid«, sagte er schließlich förmlich.

»Vielen Dank, das machen wir.«

»Und?«, fragte Ute, als Jo in die Küche zurückkehrte. Er zuckte mit den Schultern.

»Ich glaub nicht, dass sie Restauranttesterinnen sind.«

»Also ich finde, wir sollten sie besonders gut bedienen«, forderte Klara.

»Dann strengt euch mal an im Service«, sagte Pedro. »*Wir* liefern sowieso immer nur beste Qualität.«

»Aber vielleicht ...«

»Wir machen unseren Job wie immer«, entschied Jo. »Jeder Gast hat das Recht, von uns eine Topleistung zu bekommen. Da müssen wir uns für irgendwelche Tester nicht verbiegen.«

Pedro grinste triumphierend.

»Macht doch, was ihr wollt«, fauchte Klara und verschwand in die Gaststube.

Als die Hauptgänge für Tisch zehn fertig waren, warf Jo einen besonders gründlichen Blick auf die beiden Teller. Er nickte zufrieden. Ein feinsinniges Lächeln umspielte Utes Lippen.

»Was denn?«, wollte Jo wissen.

»Gar nichts«, antwortete sie und konzentrierte sich zusammen mit Philipp auf die Nachspeisen.

Am Montag fuhr Jo hinüber nach Boppard. Er parkte seinen Wagen am Rhein und erledigte ein paar Einkäufe. Gegen elf Uhr berat er die Filiale der Allgemeinen Genossenschaftsbank am Marktplatz.

»Wie kann ich Ihnen helfen?«, fragte eine ältere Dame hinter dem Schalter.

»Ich hätte gern Herrn Köhler gesprochen.«

»Haben Sie einen Termin?«

»Nein.«

»Worum geht's denn?«

»Ich wollte mich zum Thema Altersvorsorge beraten lassen.«

»Einen Moment, bitte.«

Sie drückte ein paar Tasten auf ihrem Computer. »Herr Köhler ist noch in einem Kundengespräch«, erklärte sie bedauernd. »Aber eine Kollegin von ihm wäre frei.«

»Herr Köhler ist mir von einem Bekannten empfohlen worden. Der hat auch ein Geschäft.«

»Ach, Sie sind selbständig. Das ist natürlich etwas anderes. Da ist Herr Köhler tatsächlich unser Experte. Hätten Sie in einer halben Stunde Zeit?«

»Würde passen.«

»Bestens, dann trage ich den Termin für Sie ein.«

Jo verließ die Bank und setzte sich in ein Café in der Fußgängerzone. Es war ein sonniger Tag, und die Menschen flanierten an ihm vorbei. Er bestellte eine Latte macchiato und ein Stück Kirschstreusel. Der Kuchen sah leckerer aus, als er schmeckte – viel zu trocken. Das konnten sie im Waidhaus entschieden besser.

Zurück in der Bank, brachte ihn die Dame vom Schalter zu einem Besprechungsraum. Die Wände waren in gediegenem Holz getäfelt. In der Mitte des Raums stand ein moderner Glastisch, um den einige Bürostühle gruppiert waren.

Die Tür ging auf und ein schlanker Mann Mitte dreißig betrat den Raum. Obwohl es ziemlich warm war, trug er einen dunkelblauen Anzug und ein Hemd mit Krawatte.

»Bleiben Sie doch sitzen«, rief er Jo zu, der sich halb erhoben hatte, um ihm die Hand zu geben.

»Daniel Köhler«, sagte er und setzte sich. »Leider hat mir meine Kollegin Ihren Namen nicht aufgeschrieben ...«

»Arndt Müller«, stellte Jo sich vor.

»Bevor wir loslegen, muss ich Sie fragen, ob Sie sich beraten lassen wollen oder ob es sich nur um ein Informationsgespräch handelt.«

»Was ist der Unterschied?«

»Bei einer Beratung müssen wir vorab ein umfangreiches Beratungsprotokoll ausfüllen.«

»Dann besser ein Informationsgespräch.«

»Sehr gut. Der Verwaltungskram wird jedes Jahr schlimmer«, seufzte Köhler und lächelte entschuldigend. »Sie sind selbständig?«

Jo nickte.

»Da ist die Altersvorsorge besonders wichtig«, sagte der Bankmitarbeiter. »Darf ich fragen, wie alt Sie sind?«

Der junge Küchenchef hielt kurz inne. »Ehrlich gesagt bin ich bereits gut versorgt«, antwortete er.

»Tatsächlich?« Köhler sah ihn erstaunt an. »Und weswegen sind Sie dann hier?«

»Ich wollte mit Ihnen über Poker sprechen.«

»Was?«

»Wie ich gehört habe, nehmen Sie an illegalen Pokerrunden teil.«

Fassungslos starrte der Bankmitarbeiter ihn an.

»Ich weiß nicht, wovon Sie sprechen«, stammelte er und stand abrupt auf.

»Sagt Ihnen der Name René Ziegler etwas?«

Köhlers Augen flackerten unsicher.

»Sind Sie von der Polizei?«

Jo schüttelte den Kopf.

»Ich will, dass Sie sofort gehen.« Jede Freundlichkeit war aus Köhlers Gesicht gewichen. Jo machte keine Anstalten, sich zu erheben.

»Wenn Sie nicht sofort verschwinden, rufe ich unseren Sicherheitsdienst«, drohte der Bankmitarbeiter.

»Was sind Sie denn so feindselig? Ich will mich nur ein wenig mit Ihnen unterhalten.«

»Ich hab jeden Cent zurückbezahlt – einschließlich Zinsen«, zischte Köhler. »Ich lasse mich nicht erpressen.«

»Hier liegt ein Missverständnis vor. Ich komme nicht von Ziegler.«

»Wer schickt Sie dann?«

»Niemand. Ich brauche nur ein paar Informationen von Ihnen.«

Der Mann in dem dunkelblauen Anzug starrte ihn an. Auf seiner Stirn hatten sich Schweißperlen gebildet.

»Ich kann natürlich auch Ihre Kollegen fragen, ob die wissen, wo Sie normalerweise pokern.«

Köhler wurde blass. Er setzte sich.

»Wer sind Sie?«, fragte er mit tonloser Stimme.

»Ein Freund von Erich Sattler.«

»Kenne ich nicht.«

»Natürlich kennen Sie ihn. Er war einer Ihrer Mitspieler.«

»Hat er Ihnen das erzählt?«

»Tut nichts zur Sache. Mir ist völlig egal, wie Sie Ihre Freizeit verbringen. Wenn Sie mir sagen, was ich wissen will, bin ich in null Komma nichts aus Ihrem schönen Besprechungsraum verschwunden und Sie sehen mich nie wieder.«

»Wieso sollte ich Ihnen trauen?«

»Müssen Sie nicht. Aber über Sie weiß ich ohnehin schon alles. Wenn ich wollte, könnte ich damit zu Ihrem Boss gehen. Er würde sich bestimmt freuen zu hören, dass einer seiner Berater Tausende von Euros in illegalen Pokerrunden verzockt.«

Köhler wurde noch bleicher.

»Ich bin nur an Erich Sattler interessiert.«

»Warum?«

»Wie gesagt, ich bin ein guter Freund von ihm.«

Der Bankmitarbeiter kämpfte mit sich. »Was wollen Sie wissen?«

»Hat Sattler regelmäßig gespielt?«
»Keine Ahnung. Ich war nicht immer dabei.«
»An wie viel Runden mit ihm haben Sie teilgenommen?«
»Fünf oder sechs.«
»Wer waren die anderen Mitspieler?«
»Unterschiedlich.«
»Aber René Ziegler ist jedes Mal dabei?«
»Klar, der ist ja der Organisator.«
»War Sattler ein guter Spieler?«
»Durchschnitt, würde ich sagen.«
»Hat er mehr gewonnen oder verloren?«
»Mehr verloren.«
»Viel?«
»Manchmal ein paar Hundert, an manchen Abenden auch ein paar Tausend.«
»Hatte er so viel Geld bei sich?«
»Nicht, wenn er ein paar Tausender verloren hat.«
»Er hat also auf Pump gespielt.«
Köhler nickte.
»Von wem kam das Geld?«
»Von Ziegler.«
»Hat Sattler den Kredit pünktlich zurückbezahlt?«
»Woher soll ich das wissen? Er war bei der nächsten Runde jedenfalls wieder dabei.«
»Mussten Sie auch Kredit aufnehmen?«
»Ich dachte, es geht nicht um mich.«
»Tut's auch nicht. Ich will nur wissen, wie es abläuft.«
»Von mir hören Sie gar nichts mehr.«
Jo seufzte. »Ich weiß, dass Sie an einem Abend ein Monatsgehalt verspielt haben. Was ist danach passiert?«
»Nichts.«

»Ziegler hat Ihnen was vorgestreckt, und Sie konnten nicht bezahlen.«

Köhler schluckte.

»Haben die Sie bedroht?«

Der Bankmitarbeiter starrte auf die Tischplatte. Seine Hände verkrampften sich.

»Ich weiß, dass das Scheißkerle sind«, sagte Jo mitfühlend.

Köhler ballte die Faust. »Ich hab Ziegler gesagt, er bekommt sein Geld. Aber er wollte nicht warten«, erklärte er mit wütendem Gesichtsausdruck. »Als ich beim nächsten Mal da war, haben sie mich verprügelt.«

»Wer war es? Sascha?«

Der Bankmitarbeiter nickte.

»Wie sind Sie da rausgekommen?«

»Ich bin zu meiner Frau gegangen und hab ihr alles gebeichtet. Wir haben das Geld aus unseren Rücklagen genommen und Ziegler ausbezahlt.«

»Können Sie mich in die Pokerrunde reinbringen?«

»Sind Sie verrückt? Meinen Sie, ich würde nach dieser Sache noch mit denen verkehren?«

Er schüttelte den Kopf. »Ich hab das hinter mir gelassen und spiele nicht mehr.«

Köhler zog ein Taschentuch heraus und wischte sich den Schweiß von der Stirn.

»Ich hab Ihnen alles gesagt, was ich weiß. Jetzt lassen Sie mich in Ruhe.«

Jo warf ihm einen prüfenden Blick zu. Dann nickte er und verließ wortlos den Raum.

Als er zu seinem Wagen zurückging, fragte er sich, ob er zu weit gegangen war. Er wusste selbst nicht, wieso ihn das

Jagdfieber so gepackt hatte. Aber er hatte gleich zu Beginn gespürt, dass er ihn knacken konnte. Hätte er Köhler Zeit zum Nachdenken gegeben, wäre der bestimmt nicht mit so vielen Informationen herausgerückt. Trotzdem fühlte er sich schlecht, dass er ihn so unter Druck gesetzt hatte. Jedenfalls hatte er nun die Bestätigung, dass Ziegler und sein Kumpan Sascha Gewalt anwendeten, um Geld einzutreiben. Gut möglich, dass es dabei zum Streit mit Sattler gekommen war. Auch wenn sie ihn vielleicht nicht hatten umbringen wollen, handelte es sich zumindest um Totschlag.

Er spielte mit dem Gedanken, zur Polizei zu gehen. Schnell verwarf er ihn wieder. Schließlich verfügte er über keinerlei Beweise gegen die beiden. Er musste unbedingt mehr über diesen Ziegler und seine Geschäfte herausfinden. Die Idee, sich in eine der Pokerrunden einschleusen zu lassen, war ihm spontan gekommen. Nach dem ersten Eindruck, den er in der Spielhalle hinterlassen hatte, würde das jedoch nicht einfach werden. Außerdem hatte er keinerlei Ahnung von Poker. Nachdenklich startete er den Motor.

Kapitel 11

Am nächsten Morgen rief Jo bei Klaus Sandner an.
»Ich brauche deine Hilfe.«
»Schon wieder?«
»Kannst du mir Informationen über einen gewissen René Ziegler beschaffen?«
»Wer soll'n das sein?«
»Er betreibt ein Spielcasino in der Nähe von Simmern.«
Es blieb für einen Moment stumm in der Leitung.
»Sag bloß, du hast dich mit diesem Spielsüchtigen getroffen.«
»Warum nicht?«
»Du bist echt verrückt, so ein Risiko einzugehen! Und wofür? Um irgendwelchen Hirngespinsten nachzujagen!«
»Das sind keine Hirngespinste. Ich hab rausgefunden, dass die illegal Poker spielen und Sattler mit dabei war.«
»Hast du ihm Geld gegeben?«
»Wem?«
»Na, deinem tollen Informanten.«
»Vielleicht.«
»Schon mal auf den Gedanken gekommen, dass er dir nur erzählt hat, was du hören wolltest?«
»Ich hab inzwischen noch einen zweiten Zeugen gefunden. Und der ist absolut glaubwürdig.«

»Deswegen bleibt der Tod von Sattler trotzdem ein Unfall.«

»Seid ihr denn nicht an einer Geschichte über illegale Pokerrunden interessiert?«

»Heute daddelt doch jeder im Internet herum. Danach kräht in Deutschland kein Hahn.«

»Die spielen aber um Tausende.«

»Das ist für uns keine Geschichte. So putzig ich dein Detektivhobby auch finde – dafür kann ich keine Ressourcen unserer Zeitung verschwenden.«

Enttäuscht schüttelte Jo den Kopf. Er hatte gehofft, der Journalist würde anbeißen. Bestimmt gab es bei der Polizei eine Akte über Ziegler. Aber wie sollte er ohne Sandners Hilfe da rankommen? Während er darüber nachdachte, fiel ihm etwas ein. Er griff nach seinem Telefonverzeichnis und suchte eine Nummer heraus.

»Ja«, brummte die Stimme am anderen Ende der Leitung.

»Hallo, Otto, hier spricht Jo«, sagte der junge Küchenchef.

»Mensch, Jo, schön, mal wieder von dir zu hören.«

»Wo bist du gerade?«

»Na, wo wohl? Auf meinem Kahn natürlich«, antwortete der Binnenschiffer und lachte. »Wir liegen in Amsterdam und verladen Kohle.«

Otto Keller war zur selben Zeit wie Jo auf der MS *Fantastic Star* gewesen, dem Kreuzfahrtschiff, auf dem er seine Kochausbildung gemacht hatte. Zusammen mit Kenji Matsada, einem ziemlich ausgeflippten Japaner, und Mark Bülow, dem zweiten Schiffsarzt, hatten die beiden sich damals eine Kabine geteilt. Otto war als Zweiter Schiffsingenieur für die 32.000-PS-Motoren des Schiffs verantwortlich gewesen. Er hatte ein Jahr vor Jo abgeheuert und war in das elterliche Binnenschifffahrtsgeschäft eingestiegen. Seitdem führte er als Kapitän einen eigenen Lastkahn und schipperte ununterbrochen den Rhein hinauf und hinunter. Obwohl er oft mit seinem Schiff an der Loreley vorbeikam, hatte er nur selten Gelegenheit, dem Waidhaus einen Besuch abzustatten – zu groß war der Zeitdruck in dem hart umkämpften Gewerbe.

»Hast du 'ne Minute?«

»Klar, das dauert hier noch.«

»Bist du noch in Kontakt mit Maik?«

»Ab und zu.«

»Ist er noch an Bord?«

»Nee, schon lange nicht mehr.«

»Was macht er jetzt?«

»Hab ihn das letzte Mal vor zwei Jahren in Frankfurt getroffen. Er arbeitet in so 'nem Szene-Laden in der Innenstadt.«

»Zockt er noch so viel wie früher?«

»Keine Ahnung. Da haben wir nicht drüber geredet. Der hat uns damals ziemlich ausgenommen, der Gauner.«

»Hast du seine Nummer?«

»Was willst du denn von ihm?«, fragte der Schiffer neugierig.

»Ich wollte ihn was fragen.«

»Suchst du einen Kellner, oder was?«

»Nee, was anderes.«

Otto lachte. »Immer noch der gleiche Geheimniskrämer wie früher«, meinte er nachsichtig. Es piepste ein paarmal, während Otto im Adressbuch seines Handys nach der Nummer suchte.

»Hab sie. Ich schick sie dir per SMS.«

»Vielen Dank. Und wie läuft's sonst?«

»Viel Arbeit. Die Konkurrenz schläft nicht.« Der Binnenschiffer lachte wieder. »Und bei dir?«

»Auch so. Guck doch mal wieder bei uns rein.«

»Würd ich gern. Vielleicht hab ich mal 'ne Ladung bei euch in der Nähe. Dann komm ich.«

Sie verabschiedeten sich. Als kurz darauf die Telefonnummer eintraf, blickte Jo auf die Uhr. Eigentlich müsste er schon wach sein. Maik Richter hatte als Kellner auf der *Fantastic Star* gearbeitet, allerdings meistens in anderen Schichten als Jo. Daher kannte er ihn nicht sehr gut. Nach zweimaligem Läuten meldete sich eine männliche Stimme.

»Richter.«

»Hi, Maik. Hier ist Jo.«

»Wer?«

»Jo Weidinger. Wir kennen uns von der *Fantastic Star*. Ich war damals stellvertretender Küchenchef.«

»Ach, Jo! Das ist ja eine Überraschung. Wie geht's dir?«

»Gut.«

»Hab gehört, du hast jetzt ein eigenes Restaurant.«

»Ja. Im Rheintal, gegenüber der Loreley.«

»Hat Otto mir erzählt – und dass es ein super Laden ist.«

»Danke. Und du – arbeitest du immer noch als Kellner?«

»Wieso, willst du mich abwerben?« Richter lachte. »Ich muss dich enttäuschen. Den Kellner hab ich hinter mir gelassen. Bin aufgestiegen und arbeite jetzt als Barkeeper. Der Laden heißt *Harry's Dancebar*. Coole Location. Wir haben ein exklusives Publikum – Anwälte, Investmentbanker ... da sitzt die Kohle locker.«

»Zockst du immer noch so viel?«

»Ich? Wie kommst'n darauf?«

»Soweit ich mich erinnern kann, hattest du damals ein paar Kartenrunden an Bord laufen.«

»Mit irgendwas musste man sich die Zeit nach Feierabend ja vertreiben.«

»Habt ihr nicht um Geld gespielt?«

»Die paar Kröten.«

»Otto meint, du hättest damals alle ausgenommen.«

»Der soll sich nicht so haben. Als Zweiter Ingenieur hat er genug verdient. Im Gegensatz zu uns – du erinnerst dich bestimmt noch, wie beschissen die Bezahlung war.« Er lachte wieder.

»Bist du immer noch aktiv in der Szene?«

»Schon länger nicht mehr. Ich hab jetzt 'ne Freundin. Die ist aus allen Wolken gefallen, als sie gehört hat, um welche Summen es da geht. Hat mich vor die Wahl gestellt – sie oder die Karten. Tja, was will man da machen?«

Er seufzte theatralisch.

»Wieso willst'n das überhaupt wissen? Du hattest doch nie was mit Karten am Hut.«

»Erzähl ich dir besser persönlich.«

»Jetzt bin ich aber neugierig.«

»Wann würd's bei dir passen?«

»Am besten am Montag oder Dienstag. Das sind meine freien Tage.«

»Willst du rauskommen oder soll ich dich in Frankfurt besuchen?«

»Besser hier. Ich hab nämlich kein Auto. Und die Bahn ist so unzuverlässig.«

Sie verabredeten sich für den kommenden Montag bei Maik Richter zu Hause.

Die nächsten Tage vergingen wie im Flug. Jo arbeitete an einem neuen Menü. Dabei tüftelte er so lange mit den unterschiedlichsten Zutaten, bis die Gerichte perfekt waren. Als ersten Gang plante er eine Variation des Leipziger Allerleis, die er selbstbewusst »Weidingers Allerlei« nannte. Die Basis bildeten Kalbsbries und Flusskrebse. Dazu kam ein in Zwiebeln und Geflügelfonds weichgekochter Hahnenkamm. Beim Gemüse verwendete er weißen und grünen Spargel, Minikarotten und Zuckerschoten. Nicht fehlen durften Morcheln, die in Butter angebraten und mit Madeira und Portwein abgelöscht wurden. Besonders viel Wert legte er auf das Anrichten: Die Grundlage bildete eine geschäumte Spargelcremesuppe. Darauf setzte er zwei Kalbsbriesröschen und baute sie mit Gemüse ein. Anschließend kamen die Flusskrebse und der Hahnenkamm mit angelegten Morcheln dazu. Danach verzierte er es mit Kalbsjus und geschäumter Krustentiersauce, bevor zum Abschluss Estragonspitzen, Kerbel und Dill als Garnitur folgten. Eine ganze Weile beschäftigte ihn auch die Zusammensetzung des Hauptgangs: Eifler Rehrücken in Pils-Preiselbeer-Sauce mit Pastinakenpüree, Pfifferlingen und Macadamianüssen. Für die Sauce mussten zuerst frische Preiselbeeren, Zucker, Portwein, Cognac sowie Zitronen- und Orangenschalen drei bis vier Stunden kalt gerührt werden. Später wurden die Preiselbeeren zusammen mit dem Pils zum Rehjus gegeben und aufgekocht. In Kombination mit dem Pastinakenpüree, das sie punktförmig auf den Rehrücken spritzten, den Macadamianüssen und den Pfifferlingen ergab sich ein wunderbar rundes Wildgericht, das bei seinen Gästen auf große Begeisterung stieß. Zum Abschluss des Drei-Gänge-Menüs servierten sie eine geeiste

Rieslingcreme, die sie mit einem Weinbergspfirsich-Kompott veredelten.

Daneben ging der Stellenbesetzungsprozess für den Posten des Restaurantleiters weiter. Der zweite Kandidat hieß Thomas Franke und stammte wie Jo ursprünglich aus Bayern, genauer gesagt aus der Nähe von Augsburg. Er war fünfunddreißig Jahre alt und verfügte über eine IHK-geprüfte Sommelier-Ausbildung. Er hatte als Kellner unter anderem in zwei Sterne-Restaurants und in einem Hotel in Monaco gearbeitet. Seine Zeugnisse waren sehr gut, und er machte auch im Gespräch einen überzeugenden Eindruck.

»Wie war's?«, fragte Pedro nach dem Vorstellungsgespräch.

»Sehr gut. Sicheres Auftreten, guter Lebenslauf und ein enormes Wissen über Wein. Leider hat er keine kaufmännische Ausbildung. Bei seiner ersten Station hatte er zwar einen kurzen Durchlauf in der Buchhaltung, aber das war's schon.«

»Macht auf mich einen pfiffigeren Eindruck als der andere Kandidat.«

»Wieso denn das?«, spottete Klara. »Nur weil er genauso enge Hosen trägt wie du?«

»Ich seh auf einen Blick, ob's einer draufhat«, erwiderte der Spanier kess.

»Nur leider hat er bisher keine Führungserfahrung«, wandte Jo ein.

»Irgendwann ist immer das erste Mal«, meinte Pedro.

»Welcher der beiden hat dich denn mehr überzeugt?«, wollte Ute wissen.

Jo zuckte mit den Schultern. »Sind beide gut. Jeder hat seine spezifischen Stärken.«

»Und was machst du jetzt?«

»Ich brauche eine zweite Meinung«, antwortete der junge Küchenchef.

»Hab ja schon gesagt, wie ich's sehe«, sagte Pedro.

»Nein, nicht so. Ich meine eine fundierte Einschätzung. Könnt ihr beide euch die zwei Kandidaten noch mal zusammen ansehen?«

Der junge Küchenchef blickte zwischen Pedro und Ute hin und her.

»Du willst, dass wir ein Vorstellungsgespräch mit denen machen?«, fragte der Spanier ungläubig.

»Warum denn nicht?«

Auch die anderen sahen Jo erstaunt an. Bisher hatte er noch nie einen von ihnen in seine Entscheidungsfindung einbezogen. Jedenfalls nicht, wenn es um etwas Wichtiges ging.

»Gern«, sagte Ute. »Es ist übrigens noch eine Bewerbung gekommen. Ich hab sie dir ins Büro gelegt.«

»Der ist aber arg spät dran«, brummte Jo. Er hatte keine Lust, sich noch mit weiteren Kandidaten zu beschäftigen.

»Die solltest du dir auf jeden Fall noch ansehen«, empfahl die Sechzigjährige.

»Wieso? Ist er besonders gut, oder was?«

»Du wirst schon sehen«, erwiderte sie geheimnisvoll.

Nun war Jo doch neugierig. Er ging ins Büro und setzte sich an den Schreibtisch. Vor ihm lag eine elegante Bewerbungsmappe in modernem Design. Er schlug sie auf und blieb sofort am Foto hängen. Im Gegensatz zu den bisherigen Bewerbungen handelte es sich nicht um einen Mann, sondern um eine attraktive junge Frau. Sie lächelte selbstbewusst in die Kamera. Die langen kastanienbraunen

Haare waren zu einem Pferdeschwanz gebunden. Unwillkürlich fragte er sich, wie sie wohl aussah, wenn sie die Haare offen trug. Was ihn an dem Foto am meisten in den Bann zog, waren ihre großen, smaragdgrünen Augen, mit denen sie den Betrachter herausfordernd ansah. Er blickte nach unten und suchte ihr Geburtsdatum. Sein Eindruck hatte ihn nicht getäuscht – sie war gerade einmal fünfundzwanzig Jahre alt. Eindeutig zu jung, dachte Jo, wobei er vergaß, dass er selbst nur ein paar Jahre älter war. Schnell überflog er den Lebenslauf. Die junge Frau hieß Katharina Müller, stammte von einem Weingut an der Mosel und war schon im Alter von neunzehn Jahren deutsche Weinkönigin gewesen. Nach dem Abitur hatte sie eine Ausbildung zur Restaurantfachfrau absolviert und als Jahrgangsbeste abgeschlossen. Danach folgten Stationen in Paris, England und Australien. Vor zwei Jahren war sie zurück nach Deutschland gekommen und hatte berufsbegleitend eine Sommelier-Ausbildung gemacht. Gegenwärtig war sie als Sommelière im Römerhof in Mainz tätig.

Auch wenn er es nie zugegeben hätte: Jo war beeindruckt. Er hatte vor einiger Zeit selbst im Römerhof gegessen. Das war eine Topadresse. Der Küchenchef, Jean Kirchner, ein Franzose aus dem Elsass, hatte vor zwei Jahren seinen ersten Stern verliehen bekommen. Völlig zu Recht, wie Jo fand, denn er verstand es hervorragend, die rheinhessische Küche mit seinem eigenen Stil zu verbinden. Wenn Katharina Müller es geschafft hatte, vor so einem erfahrenen Koch zu bestehen, musste sie etwas von ihrem Handwerk verstehen.

»Und, wie findest du sie?«, fragte Ute, als er zurück in die Küche kam.

»Gut. Ich bin aber nicht sicher, ob sie dem Job gewachsen ist.«

»Da hat sich 'ne Frau beworben?«, platzte Pedro dazwischen.

»Ja.«

»Wie sieht sie aus, und wie alt ist sie?«

»Ist das wichtig?«

»Natürlich. Wenn sie gut aussieht, verkauft sie mehr«, behauptete der junge Spanier.

»Wenn du so weitermachst, kriegst du bald den Preis für den größten Chauvi des Jahres«, tadelte Ute.

»Kann ich doch nichts für. So sind die Gesetze der Natur.«

»Das ist der größte Blödsinn, den ich seit langem gehört habe«, meinte sie und knuffte ihn in die Seite.

»Aua. Ute hat mich gehauen«, rief Pedro weinerlich.

Philipp und Karl-Heinz konnten nicht mehr an sich halten und brachen in lautes Gelächter aus.

»Wie alt ist sie denn jetzt?«, hakte der junge Spanier nach.

»Spielt keine Rolle. Bei mir zählt nur die Expertise. Und jetzt konzentrier dich besser auf deine Arbeit, bevor dir Ute eins mit der Bratpfanne verpasst«, beendete Jo die Diskussion.

Später, nachdem sie mit dem Aufräumen in der Küche fertig waren, steckte Ute zum Abschied den Kopf zur Bürotür herein.

»Meinst du, ich sollte sie mir noch ansehen?«, fragte Jo.

»Warum denn nicht?«

»Ich weiß nicht. Ist doch arg jung.«

»Hast du vorhin nicht gesagt, es kommt nur darauf an, was jemand kann?«

»Schon. Aber länger als ein Jahr hat sie es bisher nirgendwo ausgehalten.«

»Mir gefällt das Mädel. Allein, dass sie mit neunzehn deutsche Weinkönigin war. Da kommt man in der Welt herum.«

»Stimmt schon. Ich denk drüber nach.«

Am Samstag kam Jo endlich wieder dazu, an einem Schachwettkampf teilzunehmen. Als er vor gut drei Jahren ins Rheintal gekommen war, hatte er sich dem Schachclub in Sankt Goar angeschlossen – eigentlich nur, um sich gelegentlich mit Spielern auf seinem Niveau zu einer Partie zu verabreden. Schnell hatte sich im Club herumgesprochen, dass der junge Küchenchef ein erstklassiger Spieler war. Obwohl er nur sehr wenig Zeit erübrigen konnte, kniete ihn der Präsident, in der ersten Mannschaft mitzuspielen. Jo erklärte sich bereit, das Team zu verstärken – mit der Einschränkung, dass er nur an Heimspielen teilnahm. Er spielte an Brett 1 und traf damit auf den stärksten Gegner. Obwohl er früh mit einem Bauern und einem Läufer in Rückstand geriet, erkämpfte er sich noch ein Remis. In der zweiten Partie, in der er die weißen Figuren hatte, setzte er seinen Kontrahenten von Beginn an unter Druck und konnte die Partie klar für sich entscheiden.

Am Sonntag hatte sich eine brasilianische Reisegruppe angekündigt. Sie bestand größtenteils aus Nachfahren deutscher Auswanderer, die im 19. Jahrhundert aufgrund der desolaten wirtschaftlichen Lage dem Hunsrück den Rücken gekehrt und ihr Glück in Rio Grande do Sul, dem südlichsten Bundesstaat Brasiliens, versucht hatten. Der Bürgermeister von Oberwesel, auf dessen Einladung die Gruppe an den Rhein gekommen war, hatte Jo um ein »deftiges« rheinisches Menü mit typischen Gerichten der Region gebeten.

Er hatte sich bei der Zusammenstellung des Menüs kräftig ins Zeug gelegt. Allerdings hatte er die Aufgabe erweitert und ein paar brasilianische Bezüge eingebaut. Als Vorspeise gab es eine feine Kartoffelsuppe mit gerösteten Weißbrot-Speck-Würfeln, Steinpilzen und kleinen Churrasco-Spießen, gefolgt von Tartar von der hausgebeizten Regenbogenforelle auf Endiviensalat mit Dijon-Senfsauce und Roter Bete. Als Zwischengang servierten sie einen scharfen Mini-Eintopf nach Hausfrauenart mit Carurú-Krabben und als Hauptgang Hunsrücker Wildschweinsauerbraten auf feinen Böhnchen mit hausgemachten Steinpilzspätzle. Als Nachspeise gab es ein geschichtetes Küchlein aus Schokoladenbiskuit, Pfirsichcreme und Marzipan an hausgemachtem Erdbeerrahmeis und einen Buttermilchcocktail mit brasilianischer Passionsfrucht und pürierten Mangos. Das Menü war ein voller Erfolg. Als Jo die Gaststube betrat, brandete spontan Beifall auf. Die Brasilianer klopften ihm anerkennend auf die Schultern. Bevor die Gruppe aufbrach, nahm ihn ein älterer Herr beiseite. Obwohl er Deutsch mit ihm sprach, fiel es Jo schwer, ihn zu verstehen, denn er redete in einem starken Hunsrücker Dialekt, der sich seit dem 19. Jahrhundert fast nicht verändert hatte. Er bedankte sich überschwänglich für die Bewirtung und lud Jo zu einem Besuch in Brasilien ein, was diesen mit großem Stolz erfüllte.

Am Montagnachmittag machte Jo sich auf den Weg nach Frankfurt. Nach einer guten Stunde Fahrt rollte er über die Miquelallee in die Stadt hinein. Maik Richter wohnte im Nordend.

Als Jo zum dritten Mal an seiner Wohnung vorbeigekurvt war, verstand er, wieso der Barkeeper kein Auto besaß: Es gab keine Parkplätze – jedenfalls keine freien. Seufzend gab er die Suche auf und fuhr zum Zentralfriedhof, wo er sofort einen fand. Die Toten erhielten anscheinend nicht so viel Besuch.

»Hast du dich verfahren?«, fragte Maik Richter, als er Jo an der Wohnungstür begrüßte.

»Ich wär rechtzeitig da gewesen, aber hier findest du nirgends einen Parkplatz«, knurrte dieser.

»Hätte ich dir vielleicht sagen sollen«, antwortete der Barkeeper und grinste. »Ist hier im Nordend immer so. Aber jetzt hast du's ja geschafft. Schön, dass du da bist.«

Maik Richter wohnte in einer Altbauwohnung mit hohen Decken und Blick auf einen begrünten Innenhof.

»Tolle Wohnung«, sagte Jo anerkennend. »Und so groß!«

»Cool, oder? Meine Freundin arbeitet bei einer Bank. Sonst könnten wir uns so was nicht leisten. Was willst du trinken?«

»Wasser, bitte.«

»Ich kann dir auch einen Drink mixen«, bot Maik an.

»Nee, lass mal, muss noch Auto fahren.«

»Ich kann was Nichtalkoholisches machen.«

»Also schön.«

Kurze Zeit später standen zwei Longdrinkgläser mit einem eiswürfelgekühlten Mix aus Orangen-, Ananas- und Maracujasaft vor ihnen.

»Was ist denn nun die Sache, die du mir am Telefon nicht erzählen wolltest«, fragte Maik und nahm einen Zug von seinem Drink.

»Hast du noch Kontakte in die Poker-Szene?«

»Klar.«

»Hier in Frankfurt oder auch außerhalb?«

»Wenn du richtig pokern willst, musst du nach Bad Homburg, Wiesbaden oder Mainz in die Spielbank. Aber die Jungs spielen natürlich auch im Internet.«

»Ist das legal?«

»In Deutschland nicht. Dummerweise sitzen die Betreiber der Internetseiten auf Gibraltar, den britischen Kanalinseln oder auf Malta. Die interessieren die Gesetze hierzulande herzlich wenig.«

»Aber wie können sie dann im Fernsehen Werbung machen?«

Maik lachte. »Ist nur für die Spielgeldvariante. Aber wenn die Leute mal angefixt sind, wechseln viele auf das Portal, wo's um echtes Geld geht.«

»Und der Staat tut nichts dagegen?«

»In Deutschland spielen ein paar Hunderttausend Leute Internet-Poker. Die kannst du nicht alle einsperren.«

»Gibt es auch Spielerrunden außerhalb von Casinos?«

»Klar. Aber da musst du vorsichtig sein. Die Glücksspieldezernate der Polizei sind sehr dahinterher, die Leute aus dem Verkehr zu ziehen. Der Staat will sich nicht sein schönes Geschäft mit den Spielbanken kaputtmachen lassen.«

»Warum zockt jemand überhaupt illegal, wenn er auch in eine Spielbank gehen kann?«

»Da gibt's viele Gründe. Manche Leute sind in der Spielbank gesperrt. Andere haben keine Lust, unter staatlicher

Aufsicht zu spielen. Außerdem werden im Casino nur bestimmte Pokervarianten angeboten. Der wichtigste Grund ist, dass du in einer illegalen Runde ohne Limit zocken kannst.«

»Hast du selber schon mal an so einer Runde teilgenommen?«

»Natürlich nicht. Ich bin doch ein gesetzestreuer Bürger«, antwortete Maik augenzwinkernd. Es entstand eine Pause. »Wieso willst'n das wissen?«, fragte der Barkeeper schließlich.

Jo zögerte. Dann rückte er mit der Geschichte heraus.

»Find ich abgefahren – 'ne private Mordermittlung. Machst du so was öfter?«

Jo zuckte mit den Schultern. »Was ist jetzt mit den illegalen Pokerrunden?«, hakte er nach.

»Na schön. Aber ich hab dein Wort, dass du es nicht rumerzählst.«

»Versprochen.«

»Als ich von der *Fantastic Star* abgemustert habe, bin ich durch die Weltgeschichte getingelt. Nach einer Weile ist mir das Geld ausgegangen. Vom Kellnern hatte ich die Schnauze voll. Deswegen dachte ich, versuch ich's mal als Poker-Profi. Auf der *Fantastic Star* hab ich mit Pokern gut was nebenher verdient. Zuerst hab ich nur im Internet gespielt. Da sind viele Amateure unterwegs, die man gut abziehen kann. Das verschafft einem das nötige Startkapital. Über einen Kumpel bin ich dann in ein richtiges Spiel reingekommen.«

»Wo war das?«

»Hier in Frankfurt – im Bahnhofsviertel. Aber ich hab auch in Köln, Düsseldorf und Mannheim gespielt.«

»Wie lief's?«

»Mal so, mal so. Aber nach einer Weile hatte ich den Bogen raus und hab ordentlich verdient.«

»Um wie viel Geld ging's dabei?«

»An manchen Abenden hab ich fünftausend Euro verdient. Aber natürlich verlierst du auch. Alles in allem sprang ein guter Monatslohn heraus.«

»Wo finden solche Spiele statt?«

»Unterschiedlich. Manche Runden sind bei jemandem privat zu Hause. Bei anderen findet es in einem Hinterzimmer statt, so wie bei diesem Casino auf dem Hunsrück.«

»Und wie kommt man da rein?«

»Über eine persönliche Empfehlung.«

»Kennst du jemanden, der im Hunsrück aktiv ist?«

»Du willst da mitspielen?«, fragte Maik ungläubig.

»Warum nicht?«

»Hast du schon mal gepokert?«

»Als Kinder haben wir alles Mögliche gespielt.«

Der Barkeeper lachte.

»Und damit willst du gegen Profis antreten?

»Bei einem Glücksspiel ist das doch egal, oder?«

»Da irrst du dich gewaltig. Wenn du es mit einem guten Spieler zu tun hast, nimmt der dich aus wie eine Weihnachtsgans.«

»Krieg ich schon hin«, meinte Jo großspurig.

»Das haben schon viele gesagt, bevor sie alles verzockt haben. So wie du diese Burschen beschreibst, hört es sich nach Halbwelt an. In meiner wilden Zeit hab ich ein paarmal mit solchen Leuten gespielt. Da musst du verdammt vorsichtig sein.«

»Bin ich immer.«

Maik schüttelte den Kopf.

»Hast du jetzt Kontakte in der Gegend oder nicht?«

»Ein Freund von mir stammt aus Kirchberg im Hunsrück. Den könnte ich fragen.«

»Super. Am besten rufen wir gleich an.«

»Jetzt mal langsam. Der wohnt schon seit Ewigkeiten in Köln. Keine Ahnung, ob er noch Verbindungen in die Hunsrücker Szene hat. Außerdem können wir dich nur in eine Runde reinbringen, wenn du wenigstens ein Grundverständnis vom Pokern hast.«

»Und wo kriege ich das her?«

»Ganz einfach – ich werd dir einen Crashkurs verpassen. Das ist so verrückt, dass es schon wieder gut ist. Meine Freundin hat mir strikt untersagt, selber zu spielen. Das heißt aber nicht, dass ich dir nichts beibringen darf.«

»Cool.«

»Beschwer dich aber hinterher nicht, wenn du einen Haufen Geld verzockst.«

»Werd ich nicht. Sollen wir gleich anfangen?«, fragte Jo begierig.

»So schnell schießen die Preußen nicht. Erst mal hör ich mich um, ob mein Kumpel den Laden kennt. Denn wenn wir dich nicht reinbringen können, brauchen wir auch keine Vorbereitung. Außerdem kommt meine Freundin in einer Stunde aus der Arbeit. Wir gehen heute in die Oper.«

»Du interessierst dich für klassische Musik?«

»Nee. Aber meine Freundin«, antwortete Maik.

Als er wieder zu Hause war, rief Jo bei Schreib- und Spielwaren Hermann in Oberwesel an.

»Weinert«, meldete sich der Junior-Chef, der das Geschäft seit einigen Jahren führte.

»Hallo, Franziskus, hier ist Jo. Wie geht's dir?«

»Bestens. Und selbst?«

»Auch so.«

»Ich wollte fragen, ob ihr Poker-Bücher habt.«

»Pokern? Ich dachte, du spielst Schach.«

»Hab einen Film übers Pokern gesehen. Klang sehr spannend.«

»Hm. Aktuell haben wir nichts Entsprechendes da, aber ich schau mal ...«

Jo hörte ihn auf dem Computer tippen.

»Da gibt's 'ne Menge. *Pokern für Dummies* zum Beispiel, oder *Poker – Gewinnstrategien für Einsteiger* ... und hier, *Pokern wie die Profis* – das hat ein Harvard-Professor geschrieben.«

»Klingt alles interessant.«

»Ich kann dir die Bücher zur Ansicht kommen lassen. Dann kannst du gucken, ob was für dich dabei ist.«

»Wie lange wird das dauern?«

»Für morgen sind wir zu spät für die Bestellung. Müsste in zwei Tagen da sein. Ich geb dir Bescheid.«

»Was ist jetzt eigentlich mit der Bewerberin?«, fragte Ute Jo am nächsten Morgen.

»Welche Bewerberin?«

»Katharina Müller.«

»Ich weiß noch nicht.«

»Gib ihr doch eine Chance.«

»Habt ihr denn mit den anderen beiden Termine ausgemacht?«

Ute nickte. »Die beiden kommen morgen Nachmittag.«

Jo überlegte. »Also schön. Schick ihr eine Einladung«, gab er nach. »Aber wenn, dann soll sie bald antanzen. Nur weil sie sich so spät beworben hat, werd ich den Prozess nicht groß in die Länge ziehen.«

»Okay. Ich ruf sie nachher an.«

»Räumst du das noch auf?«, fragte Pedro am nächsten Tag und warf einen kritischen Blick auf Jos Schreibtisch, auf dem sich der Papierkram stapelte.

»Wieso?«, fragte dieser irritiert.

»Gleich kommt dieser Gerlach für die zweite Runde. Ute und ich dachten, wir führen das Gespräch bei dir im Büro.«

»Mist. Hab ich vergessen.«

»Ich kann dir helfen«, bot der junge Spanier an und kam um den Tisch herum. Schnell klickte Jo die Internetseite weg, die er auf seinem Bildschirm aufgerufen hatte.

»Mach ich schon«, sagte er, schob die Papierstapel ineinander und verfrachtete sie in die Schublade.

»So räum ich zu Hause auch immer auf«, meinte Pedro. »Muss man nur aufpassen, dass man danach wieder alles findet.«

»Ich hab das im Griff. Bist du denn vorbereitet?«

»Klar. Ich hab mir die Unterlagen gründlich durchgelesen. Nicht schlecht, der Typ. Ich werd ihm allerdings ein paar Killerfragen stellen. Mal gucken, wie er sich aus der Affäre zieht.«

»Nicht übertreiben, okay? Wir wollen ihn nicht verschrecken.«

»Du kennst mich doch. Hart, aber herzlich. Außerdem ist Ute mit dabei. Die ist fürs Nettsein zuständig.«

Das Gespräch zwischen Johannes Gerlach, Ute und Pedro dauerte gut eine Stunde.

»Wie fandet ihr ihn?«, wollte Jo wissen, nachdem der Bewerber wieder gegangen war.

»Gut«, sagte Ute. »Gewinnendes Auftreten ... sachlich ... und mit viel Berufserfahrung. Ich denke, er würde gut ins Team passen.«

»Und du?«, fragte er an Pedro gewandt.

Der junge Spanier zuckte mit den Schultern. »Fachlich absolut okay – ein solider Arbeiter: fleißig, kompetent, bodenständig. Typisch deutsch halt. Aber mir wär er trotzdem einen Tick zu langweilig.«

»Ein Sommelier soll die Leute ja nicht bespaßen, sondern fachlich beraten.«

»Schon, aber ein bisschen Pep gehört mit dazu. Die meisten haben von Wein sowieso keine Ahnung. Da geht's doch in erster Linie darum, dass man ihnen ein Lebensgefühl verkauft. So von wegen kulinarisches Event und so. Wenn ein Gast zwei Hunderter für ein Essen und den passenden Wein ausgibt, will er bei seinen Freunden damit angeben und zeigen, wie viel er von leckerem Essen und guten Weinen versteht. Dafür muss man den Leuten die passende Munition liefern. Mit zurückhaltender Fachberatung kommst du da nicht weit.«

Jo sah Pedro nachdenklich an. Er war überrascht, dass sich sein oft flapsiger Stellvertreter so viele Gedanken dazu gemacht hatte.

»Schauen wir mal, wie der zweite Kandidat sich schlägt.«, meinte er schließlich.

»Der musste leider für heute absagen«, informierte Ute ihren Chef.

»Wieso denn das?«

»Da ist jemand im Restaurant ausgefallen, deswegen konnte er nicht weg. Dafür hat Katharina Müller ihren Termin bestätigt.«

»Wann?«

»Übernächste Woche. Steht schon in deinem Terminkalender.«

»Ich kann gern mit dazustoßen«, bot Pedro an.

»Lass mal. Das erste Gespräch führe ich besser alleine.«

»Wie, da kommt eine attraktive junge Kandidatin und du willst sie mir vorenthalten? Find ich nicht korrekt.«

Jo schüttelte den Kopf. Pedro war einfach unverbesserlich.

Am folgenden Tag meldete sich Franziskus Weinert und informierte Jo, dass die Bestellung eingetroffen war. Am Nachmittag fuhr er hinunter nach Oberwesel und sah sich die Auswahl an. Weinert hatte noch zwei zusätzliche Poker-Bücher kommen lassen, unter anderem einen dicken Wälzer mit dem Titel *Die Poker-Schule – Tipps und Tricks für Anfänger und Fortgeschrittene*. Nachdem Jo eine Weile darin geschmökert hatte, entschied er sich für die Pokerschule und das Buch des Harvard-Professors.

Da die nächsten beiden Tage relativ ereignislos vergingen, hatte Jo ausreichend Zeit, sich einzulesen. Im Gegensatz zu der Pokerschule war das Buch des Harvard-Professors schwere Kost. Es ging darin vor allem um Mathematik und Wahrscheinlichkeitsrechnung. Es war unfassbar, wie tiefgehend man ein im Grunde einfaches Spiel analysieren konnte. Nun ja, es war ein wenig wie Schach: Die Grundregeln waren leicht zu erlernen, aber schon nach ein paar Zügen fächerte sich das Spiel stark auf, und es gab unendlich viele Variationen und mögliche Züge. Jo war in der Schule in Mathematik immer gut gewesen und hatte sein Mathe-Abitur mit einer Eins abgeschlossen. Nur war das schon knapp zehn Jahre her. Daher brauchte er eine Weile, bis er wieder damit warm wurde.

Am Samstag meldete sich Maik Richter bei ihm.

»Bist du immer noch entschlossen, Poker zu lernen?«, fragte der Barkeeper.

»Bin schon dabei. Ich hab mir Fachliteratur besorgt.«

»Du hängst dich wirklich rein.«

»Hast du deinen Freund erreicht?«

»Jep.«

»Und?«

»Er hat von dem Laden gehört, war aber selber nie da.«

»So ein Mist!«, entfuhr es Jo.

»Die Bude hat keinen guten Ruf. Der Betreiber ist ein zwielichtiger Typ. Angeblich verkauft er in seinem Spielcasino Drogen. Mein Kumpel hat gemeint, mit dem solltest du dich besser nicht einlassen.«

»Du hast ihm von meiner Ermittlung erzählt?«, fragte Jo alarmiert.

»Ich bin ja nicht blöd. Ich hab gesagt, dass du in der Ecke wohnst und nach einer gepflegten Pokerrunde suchst. Da hat mein Kumpel natürlich seine eigene empfohlen.«

»Das hilft mir nichts.«

»Weiß ich auch. Und du willst es wirklich durchziehen? Dieser Ziegler soll nicht zimperlich sein, wenn man ihm krummkommt.«

»Du tust ja so, als wäre er Al Capone höchstpersönlich. Da spielen doch sogar Leute mit, die in einer Bank arbeiten.«

»Ja, das ist diesem Köhler aber nicht gut bekommen.«

»Nur weil er nicht gezahlt hat. Ich verspreche dir, dass ich denen keinen Cent schuldig bleibe.«

»Also schön«, gab Maik widerstrebend nach. »Mein Kumpel hat einen Bekannten, der dort schon mal gezockt hat. Der könnte dich eventuell reinbringen.«

»Super. Wann kann ich mit dem sprechen?«

»Lass uns erst mal gucken, wie du dich beim Pokern schlägst. Natürlich freuen sich alle, wenn ein Anfänger mit einsteigen will. Aber die Grundbegriffe solltest du beherrschen, sonst merken die gleich, dass mit dir was nicht stimmt. Außerdem wollen wir nicht, dass du dich um Kopf und Kragen spielst.«

»Wann fangen wir an?«

»Von mir aus kannst du am Montag vorbeikommen. Ursprünglich wollte ich ins Freibad gehen, aber sie haben Regen angesagt.«

»Weiß deine Freundin, dass du mir hilfst?«

»Gott bewahre. Der hab ich erzählt, dass ich dir zeige, wie man gute Drinks mixt.«

Jo konnte es kaum erwarten, mit dem Pokern loszulegen, und beschäftigte sich intensiv damit. Am Montag fuhr er kurz nach neun Uhr los. Es hatte in der Nacht tatsächlich heftig geregnet, und auf den Straßen stand noch überall das Wasser. Deswegen traf er erst gegen halb elf in Frankfurt ein.

Maik hatte den großen Esstisch mit einer grünen Tischdecke ausstaffiert, um ein wenig Casinoatmosphäre zu schaffen.

»Wie viel weißt du über Poker?«, fragte er, während er die zweiundfünfzig Karten auffächerte.

»Alles«, erwiderte Jo.

Der Barkeeper schüttelte den Kopf. »Schon der erste Fehler.«

»Was?«

»Überheblichkeit.«

»Ich bin nicht überheblich. Ich hab mich in den letzten Tagen intensiv damit beschäftigt und alles über Strategie und Taktik gelesen.«

»Eine alte Weisheit im Poker besagt: Du lernst das Spiel in einer Minute und brauchst ein Leben lang, um es zu meistern.«

»Ist aber arg lang.«

»Nimm das nicht auf die leichte Schulter. Viele glauben, sie lesen zwei Bücher und wüssten, wie es läuft. Welche Poker-Variante spielen die überhaupt?«

»Keine Ahnung.«

»Das weißt du nicht? Ich dachte, du hättest mit einem Typen gesprochen, der in der Pokerrunde war?«

»Das hab ich natürlich nicht gefragt. Wird nicht in den meisten Fällen Texas Hold'em gespielt?«

»Ja, aber in privaten Runden gibt es auch Liebhaber anderer Varianten. In Europa spielen viele ältere Spieler noch gern Draw-Poker. Es macht keinen Sinn, dich für Texas Hold'em zu trainieren, wenn am Ende mit verdeckten Karten gespielt wird. Da ist die Taktik völlig anders.«

Jo machte ein langes Gesicht. Dann hatte er eine Idee. »Kann ich dein WLAN benutzen?«

Maik nickte. Jo machte ein paar Klicks auf seinem Smartphone und wählte dann eine Nummer.

»Allgemeine Genossenschaftsbank, Daniel Köhler«, meldete sich der Angerufene.

»Hier ist Müller.«

»Ah, Herr Müller. Sie rufen bestimmt wegen der Fondsrente an, die ich Ihnen empfohlen habe.«

»Nein. Ich bin der Müller mit dem Pokerspiel.«

Am anderen Ende der Leitung blieb es stumm.

»Hallo, sind Sie noch dran?«

»Was soll das?«, zischte der Banker in den Hörer. »Sie haben versprochen, dass Sie mich in Ruhe lassen.«

»Nur eine Frage, dann sind Sie mich los. Welche Poker-Variante wurde gespielt?«

»Texas Hold'em«, knurrte Köhler. Dann legte er ohne ein weiteres Wort auf.

»Du heißt jetzt also Müller«, sagte Maik und grinste. »Hast du nicht Angst, dass du Ärger bekommst, wenn du einen falschen Namen vorgibst? Schon ein komisches Hobby, das du da hast.«

»Mag sein. Apropos – hast du nicht an illegalen Pokerrunden teilgenommen?«

»Auch wahr. Bevor wir anfangen – spielst du irgendwelche anderen Kartenspiele? Skat oder Schafkopf?«

»Schafkopf hab ich als Jugendlicher viel gespielt. Aber in letzter Zeit hat's nur für Schach gelangt.«

»Bist du ein guter Schachspieler?«

»Glaub schon.«

»Das hilft. Poker ist auf jeden Fall ein Kopfsport. Am besten, wir beginnen mit den Grundlagen.«

»Die können wir überspringen.«

»Also schön. Dann fangen wir im Internet an. Ich hab für dich einen Demo-Account eingerichtet. Da geht es nicht um echtes Geld, aber du kannst ein erstes Gefühl für das Spiel bekommen.«

In der nächsten Stunde spielte Jo zahlreiche Pokerrunden. Maik unterbrach ihn immer wieder, um ihm bestimmte Verhaltensweisen und taktische Manöver zu erklären. Obwohl Jo ein sehr beherrschter Mensch war, merkte er, wie das Spiel ihn zunehmend in den Bann zog. Nach einer Stunde hatte er seine virtuellen Chips mehr als verdoppelt.

»Nicht schlecht«, lobte der Barkeeper. »Poker scheint dir zu liegen.«

»Wann spielen wir um richtiges Geld?«

Maik zögerte. »Du solltest es noch eine Weile so versuchen.«

Jo schüttelte den Kopf. »Da sind doch nur Anfänger. Kein Wunder, dass ich die schlage. Ich will um richtiges Geld spielen, sonst lerne ich nichts.«

Sein Gegenüber sah ihn nachdenklich an. »Also gut«, gab er nach. »Gib mir fünfzig Euro.«

»Was?«

»Das ist der Mindesteinsatz. Ich hab für dich ein Konto angelegt und schon was eingezahlt.«

Jo öffnete seine Geldbörse und reichte ihm das Geld.

»Wir fangen im Limit-Bereich mit ein bis zwei Euro an. Da kannst du nicht so viel verlieren. Auch wenn die Regeln die gleichen sind – zwischen Online-Poker und Live-Poker ist ein großer Unterschied. Im Internet geht alles viel schneller. Da kannst du in kurzer Zeit unheimlich viele Hände spielen. Dafür fällt das weg, was beim Live-Poker das Wichtigste ist: das Lesen deiner Gegner. Natürlich kannst du im Internet auch sehen, wie dein Gegenüber spielt – wann er mitbietet und wann er aussteigt. Aber das ist was anderes als im echten Poker. Außerdem sind im Online-Poker viele Fische unterwegs.«

»Fische?«

»Das sind die Leute, die einfach drauflosspielen. Die kann man wunderbar ausnehmen. Allerdings kannst du bei denen nicht viel bluffen, weil die fast jede Hand sehen wollen.«

»Und was mache ich dann?«

»Du wartest, bis du eine gute Hand hast, und bietest nur dann mit.«

»Das fällt doch auf.«

»Nicht bei diesen Leuten. Die gucken nur auf ihre eigene Hand und haben zu wenig im Auge, was die Mitspieler machen. Also: nicht zu hektisch werden, verstanden?«

Jo nickte. Maik griff nicht mehr weiter ein, sah ihm aber bei jedem Spiel über die Schulter. Schon nach kurzer Zeit vergaß Jo, dass er um Geld spielte. Er geriet in einen regelrechten Rausch. Nach einer Stunde hatte er aus seinen anfänglich fünfzig Euro einhundertdreißig gemacht.

»Lass uns hier stoppen.«

»Wieso? Ich hab gerade einen Lauf.«

Maik schüttelte den Kopf und lachte. »Kaum ein paar Minuten online und schon dem Spielteufel verfallen.«

Ernüchtert starrte Jo auf den Bildschirm mit den bunten Karten. Auch wenn es ihm schwerfiel, loggte er sich aus und schaltete den Computer ab.

»Wie war ich?«

»Erstaunlich gut. Man könnte meinen, dass du das schon länger machst. In einigen Situationen warst du zu hektisch, aber dein Gewinn spricht für sich. In der nächsten Zeit solltest du das Limit sukzessive erhöhen. An den teureren Tischen findest du bessere Gegner.«

»Und wann üben wir Live-Poker?«

»Davon bist du noch weit entfernt. Da hast du es mit Spielern zu tun, die über jahrelange Erfahrung verfügen. Die lesen in dir wie in einem Buch.«

»Ich will nicht ewig warten.«

»Wenn du einigermaßen mithalten willst, musst du ein paar Wochen üben.«

»Bis dahin haben die vielleicht die letzten Hinweise entsorgt. Ich muss so schnell wie möglich in diese Pokerrunde.«

»Also schön. Machen wir einen Test.«

Maik mischte die Karten. Dann schob er Jo zwei Karten verdeckt hinüber und gab sich selbst auch zwei. Danach wanderten drei Karten offen in die Mitte. Es waren die Karo Zehn, die Pik Sechs und die Herz Dame. Jo checkte vorsichtig seine beiden Karten: Pik Dame und Herz Neun. Wenigstens ein Pärchen! Maik hatte inzwischen auch einen Blick auf seine Karten geworfen. Dabei ließ er Jo nicht aus den Augen.

»Steigst du aus?«, wollte er wissen.

Jo schüttelte den Kopf. Maik legte eine weitere Karte in die Mitte: Herz Acht. Dumm. Die half ihm nicht weiter. Es folgte die letzte Gemeinschaftskarte: Karo Dame. Jos Herz machte einen kleinen Sprung. Er hatte einen Drilling, und das gleich im ersten Spiel! Bei Texas-Hold'em-Poker gab es zwei eigene Karten, die verdeckt gehalten wurden, und fünf offen liegende Gemeinschaftskarten. Wer aus den insgesamt sieben Karten die beste Kombination aus fünf Karten besaß, gewann das Spiel.

»Was würdest du jetzt setzen?«, wollte Maik wissen.

»Ein bisschen was.«

»Und wenn ich erhöhen würde?«

»Dann würde ich mitgehen und noch was drauflegen.«
»So, so. Und wenn ich um ziemlich viel erhöhen würde?«
»Würde ich mitgehen und sehen wollen.«
»Was glaubst du, was ich habe?«
»Auf jeden Fall schlechter als mein Blatt.«
»Woraus schließt du das?«
»Weil ich noch eine Dame habe«, sagte Jo und deckte triumphierend seine beiden Karten auf.

»Und was ist, wenn ich auch eine Dame und ein Ass habe?«

»Sehr unwahrscheinlich, dass alle vier Damen im Spiel sind.«

»Und wenn ich einen Buben und eine Neun habe?«

Jo blickte auf die Karten. Dann hätte Maik einen Straight, also eine Straße mit fünf fortlaufenden Karten. Er dachte kurz nach.

»Ich hab ja schon eine Neun. Sind also nur noch drei da, und dass du die in Kombination mit einem Buben hast, ist unwahrscheinlich. Gerade wenn wir noch andere Mitspieler hätten.«

»Für Online-Poker wäre das die richtige Antwort«, sagte Maik. »Da geht es in erster Linie um Wahrscheinlichkeit und wie dein Gegner vorher gespielt hat. Aber was liest du in meinem Gesicht? Habe ich jetzt eine von den beiden Kombinationen, mit der ich dich schlagen könnte, oder nicht?«

Jo beobachtete ihn genau. Der Barkeeper saß mit regungsloser Miene da. Jo blickte ihm in die Augen. Die Sekunden verrannen.

»Was ist? Du kannst nicht ewig mit einer Entscheidung warten«, drängte Maik, wobei sein Gesicht weiter völlig ausdruckslos blieb.

»Du bluffst«, stellte Jo fest und lehnte sich zurück. Sein Gegenüber blieb noch für einen Moment regungslos sitzen. Dann deckte er seine beiden Karten auf: Herz Zwei und Karo Vier.

Jo grinste.

»Pures Glück. Du hast keine Ahnung gehabt, was ich habe«, behauptete Maik.

»Stimmt nicht. Ich hatte im Gefühl, dass du keinen Straight hast.«

»Du hast mich doch gar nicht richtig im Auge behalten, weil du zu sehr mit deinen eigenen Karten beschäftigt warst. Und als die dritte Dame ins Spiel kam, hat man kurzzeitig Freude in deinem Gesicht gesehen.«

»Unsinn. Ich bin völlig cool geblieben.«

Der Barkeeper schüttelte den Kopf. »So kommen wir nicht weiter.«

»Warum? Wir können noch ein paar solche Runden spielen, dann sehen wir ja, wie oft ich richtigliege.«

»Schön. Aber dann machen wir es richtig. Wie viel Geld hast du dabei?«

»Fünfhundert Euro.«

Maik pfiff durch die Zähne.

»Schleppst du immer so viel Kohle mit dir rum?«

Der junge Küchenchef zuckte mit den Schultern. »Ab und zu habe ich spontan eine Idee, was ich am nächsten Tag kochen könnte. Wenn ich dann zum Markt fahre, ist es besser, ich hab schon Geld dabei und muss nicht vorher noch zur Bank.«

»Gib mir die Hälfte.«

»Was?«

»Wir spielen jetzt um Geld.«

»Okay. Will ich aber wiederhaben«, sagte Jo, während er die Scheine über den Tisch schob.

»Wir spielen so lange, bis einer von uns kein Geld mehr hat. Wenn ich gewinne, bekommst du die zweihundertfünfzig nicht zurück, die du mir gegeben hast.«

»Und wenn ich gewinne?«

»Dann darfst du alles behalten.«

»Ist aber kein gutes Geschäft für mich.«

»Soll's auch nicht sein.«

»So ein Käse«, protestierte Jo. »Warum setzt du nicht dein eigenes Geld?«

»Weil ich meiner Freundin versprochen habe, dass ich das nicht mehr tue.«

»Und warum müssen wir um so viel Geld spielen?«

»Wenn du nichts verlieren kannst, wirst du bei jedem guten Blatt dabei bleiben. Ich will aber sehen, wie du reagierst, wenn wirklich etwas auf dem Spiel steht. Im schlimmsten Fall verlierst du heute zweihundertfünfzig Euro. Bist du in einer echten Pokerrunde, verlierst du vielleicht ein paar Tausend.«

Jo dachte nach. Maik hatte recht: Wenn es nicht weh tat, spielte man auch nicht ernsthaft.

»Du gibst«, sagte Maik und reichte ihm die Karten hinüber.

Sie spielten mit Mindesteinsätzen von ein und zwei Euro, aber ohne Limit nach oben. Die ersten paar Spiele tasteten sich beide gegenseitig ab. Es ging meist nur um kleinere Beträge, aber nach einer Stunde hatte Jo trotzdem schon sechzig Euro verloren. Er merkte, dass er zu konservativ spielte. So wie im Internet. Er stieg meist schnell aus, wenn er kein gutes Blatt hatte, und bot nur mit, wenn sein

Blatt ihm gut genug erschien. Langsam riskierte er mehr und bluffte gelegentlich. Dadurch erwischte er Maik einige Male mit einem noch schlechteren Blatt und bekam ein Gefühl dafür, wann sein Gegenüber bluffte. Glaubte er zumindest. Nach einer weiteren halben Stunde und zwei guten Händen hatte er vierzig Euro zurückgewonnen.

»Meine Freundin kommt um fünf nach Hause«, sagte Maik nach einer Weile. »Besser, wenn wir bald Schluss machen.«

Jo hatte jegliches Zeitgefühl verloren. Er sah auf die Uhr – schon kurz nach vier!

»Nur noch ein paar Runden, okay?«

Drei Spiele später nahm er eine neue Hand auf: Ass und Neun. Er blickte kühl auf die drei Gemeinschaftskarten, die Maik in die Mitte legte: Ass, König, Zehn. Schon ein Pärchen mit Assen nach der ersten Runde! Am liebsten hätte er die Faust geballt. Aber er wusste, dass er sich nichts anmerken lassen durfte. Er erhöhte um einen mittleren Betrag, Maik ebenfalls. Danach folgte die nächste Gemeinschaftskarte: eine Neun. Unvermittelt legte sein Gegenüber fünfzig Euro in den Pott. Jo ließ ihn nicht aus den Augen. Die Miene von Maik war undurchdringlich. Nachdenklich sah er ihm in die Augen. Er konnte nicht genau sagen, warum, aber er war sich sicher, dass Maik nicht bluffte. Ein Drilling war unwahrscheinlich. Vermutlich hatte er wie Jo zwei Pärchen – oder vielleicht eine Straße. Fünfzig Euro waren viel Geld. Andererseits konnte er schlecht zwei Pärchen mit Assen wegwerfen. Er legte die fünfzig Euro in den Pott. Anschließend folgte die letzte Gemeinschaftskarte: ein Ass.

Jo konzentrierte sich darauf, völlig ausdruckslos zu bleiben, obwohl sein Puls raste. Sein erstes Full House und gleich mit Assen! Damit konnte Maik ihn nur noch schlagen, wenn er das vierte Ass und einen König auf der Hand hatte. Der Barkeeper sah ihn durchdringend an. Dann warf er weitere fünfzig Euro in die Mitte. Jo zögerte, dann zog er nach und erhöhte um dreißig Euro. Maik gab sein Pokergesicht auf und grinste breit.

»All-in«, sagte er und schob seine restlichen Scheine in die Mitte. Es fiel Jo schwer, sich seine Bestürzung nicht anmerken zu lassen. War es möglich, dass Maik tatsächlich Ass und König auf der Hand hatte? Oder war sein grinsendes Gesicht am Ende nur ein Bluff? Jo rief sich zur Ordnung. Er musste einen kühlen Kopf bewahren. Wenn er jetzt die Karten hinwarf, verlor er einen großen Teil seines Einsatzes. Wortlos legte er sein restliches Geld in den Pott.

»Meine Freundin wird sich freuen, wenn ich sie am Wochenende mit deinem Geld in ein schickes Restaurant ausführe«, feixte Maik triumphierend und deckte seine Karten auf. Es waren zwei Könige. Er griff nach dem Geld.

»Nicht so schnell«, erwiderte Jo und deckte seine Karten auf. Sein Gegenüber starrte auf das Ass und die Neun.

»Unfassbar«, sagte er. »Abgezogen von einem Neuling. Wenn das meine Kumpels wüssten.« Er schüttelte den Kopf. »Was für ein Dusel.«

»Ich dachte, Poker ist kein Glücksspiel«, antwortete Jo.

»In einer einzelnen Runde kann man natürlich Glück haben.«

»Von wegen. Das ist Können.«

»Jetzt bleib mal auf dem Teppich. Weißt du, wie unwahrscheinlich es ist, dass ein Full House mit Königen von einem Full House mit Assen geschlagen wird?«

»Mag sein«, gab Jo zu. »Aber abgesehen davon – wie fandest du mich als Gegenspieler?«

»Erstaunlich gut. Am Anfang konnte ich ziemlich genau in deinem Gesicht lesen. Aber je länger wir gespielt haben, umso schwieriger war's für mich. Hätte nicht gedacht, dass du nach so kurzer Zeit schon so ein Pokerface hinkriegst.«

»Kommt vom Schach.«

»Wie das?«

»Beim Schach geht's darum, das Gegenüber in eine Falle zu locken. Wenn man sich da was am Gesicht anmerken lässt, riecht der Gegner sofort Lunte und passt besonders auf. Man sitzt sich ja 'ne Stunde gegenüber und sieht jede Gesichtsregung.«

»Nicht schlecht. Aber wie gesagt – wir sollten das nicht überbewerten. Du musst noch viel üben.«

Kapitel 12

Die nächsten Tage pokerte Jo viel im Internet. Er hatte sich inzwischen auf die teuren Tische vorgearbeitet. Nachdem er anfänglich etwas Lehrgeld bezahlt hatte, lag er nun deutlich im Plus. Er hätte nie gedacht, dass Poker ihm so viel Spaß machen würde. Jedenfalls konnte er sich dem Nervenkitzel nicht entziehen. Er saß gerade wieder an seinem Computer und spielte eine Runde. Es lagen schon dreißig Euro im Topf, und er war sich sicher, dass er sie gewinnen würde.

Es klopfte an der Tür.

»Ja?«, rief er, während er um fünf Euro erhöhte.

Ute betrat das Büro.

»Hast du eine Sekunde?«

»Klar«, antwortete er, während er gebannt auf den Bildschirm starrte. Sein Mitspieler hatte mitgezogen und wollte sehen. Die Karten wurden aufgedeckt. Sein Kontrahent hatte ein Pärchen mit Fünfern. Jo lächelte zufrieden – er hatte zwei Buben. Aus seinem anfänglichen Einsatz von fünfzig Euro waren inzwischen über dreihundert geworden.

»Was ist mit dir los?«, fragte Ute mit ernster Miene.

»Was soll denn sein?«, antwortete Jo, während er mit einem Auge auf die nächste Runde schielte.

»Seit Tagen hängst du jede freie Minute am Computer und kommst kaum mehr aus deinem Büro raus.«

»Deswegen brauche ich eine Hilfe für die Büroarbeit. Dann kann ich mich wieder voll auf die Küche konzentrieren«, sagte er.

»Von wegen. Meinst du, ich weiß nicht, was du da treibst?«

»Wie bitte?« Er sah sie irritiert an.

»Du hockst jeden Tag hier und pokerst um Geld.«

»Woher weißt du das?«

»Pedro hat's mir gesagt.«

»Was geht den das an? Der soll sich besser um seinen eigenen Kram kümmern«, knurrte Jo.

»Jetzt sag schon. Was ist mit dir?«

»Gar nichts.«

»Du hast doch nie etwas mit Glücksspiel am Hut gehabt. Wieso jetzt?«

»Ich trainiere nur«, wiegelte er ab.

»Trainieren? Wofür?«

»Ich geh einer Spur nach, wenn du es genau wissen willst. Erich Sattler hat gepokert, und ich will mich in diesem Milieu umhören.«

»Bist du immer noch an dem Fall dran?« Sie schüttelte den Kopf. »Man muss etwas auch mal gut sein lassen.«

»Kann ich nicht.«

»Warum?«

»Es lässt mir keine Ruhe.«

»Ist das nicht gefährlich, was du da treibst?«

Er zuckte mit den Schultern. Sie sah in sein verschlossenes Gesicht und seufzte.

»Du solltest nicht vergessen, dass du schon einmal angeschossen worden bist ...«

Jo klingelte bei Maik Richter durch.

»Ich glaub, ich bin so weit«, sagte er.

»Wofür?«

»Für die Pokerrunde.«

»Niemals.«

»Ich hab unheimlich viel trainiert und steh jetzt bei fast vierhundert Euro.«

»Herzlichen Glückwunsch. Du bist offensichtlich ein guter Online-Spieler. Aber du hast noch nie in einer echten Runde mitgezockt, nicht mal privat.«

»Mit dir hat's doch sehr gut geklappt, und du bist schließlich ein Profi.«

»Das war nur Glück.«

»Und wennschon. Ich weiß jedenfalls, wie's läuft und werd dich schon nicht blamieren.«

»Das wäre mir egal. Ich will nur nicht, dass du ein kleines Vermögen verspielst.«

Jo schüttelte den Kopf. Als ob er nicht selbst auf sich aufpassen könnte! »Kann mich dein Kumpel in die Runde reinbringen oder nicht?«

»Also schön«, gab Maik nach. »Du bist alt genug. Aber sag nachher nicht, ich hätte dich nicht gewarnt.«

Zwei Tage später meldete sich Maik zurück.

»Am Samstag steigt die Sache.«

»Wo?«

»Im Spielcasino.«

»Wie hat der Bekannte von deinem Kumpel mich eingeführt?«

»Er hat gesagt, dass du ein Fisch bist, der glaubt, er wär der Weltmeister im Pokern.«

»So ein Unsinn.«

»Warum? Stimmt doch.«

»Wie steh ich denn jetzt da? Wie ein Volltrottel.«

»Du solltest mir dankbar sein. Was Besseres kann dir gar nicht passieren. Außerdem war dieser Ziegler ziemlich misstrauisch. Er wollte zuerst niemand Neues in der Runde haben. Der Bekannte von meinem Kumpel musste ziemlich rudern, um dich überhaupt da reinzubringen.«

»Was hat er ihm denn erzählt?«

»Dass du ein gutgehendes Restaurant am Rhein betreibst und nicht weißt, wohin mit deiner Kohle.«

»Der hat ihm gesagt, wer ich bin?«

»Meinst du, die nehmen dich in ihre Pokerrunde auf, ohne zu wissen, mit wem sie es zu tun haben?«

Jo schwieg betreten. Was passierte, wenn dieser Ziegler spitzbekam, warum er wirklich da war? Er hatte keine Lust, dass so ein zwielichtiger Typ bei ihm im Restaurant aufkreuzte.

»Du kannst immer noch einen Rückzieher machen.«

»Nee, lass mal. Brauche ich ein Passwort oder so was?«

»So konspirativ ist es auch wieder nicht. Du sagst einfach, dass Jonas dir die Runde empfohlen hat.«

»Okay. Sonst noch was, das ich beachten sollte?«

»Aufpassen, dass sie dich nicht zu sehr ausnehmen.«

»Wann muss ich da sein?«

»Um acht.«

»Und wie viel Geld muss ich mitbringen?«

»Hängt davon ab, wie viel du verlieren willst.« Maik lachte.

»Jetzt sag schon.«

»Keine Ahnung. Zwei- bis dreitausend solltest du schon

dabeihaben. Sonst bist du schnell draußen. Die spielen kaum ein zweites Mal mit dir, wenn du nach drei-, vierhundert Verlust schon einen Abgang machst.«

Je näher die Pokerrunde rückte, umso aufgeregter wurde Jo. Er übte intensiv vor dem Spiegel, ein völlig regungsloses Gesicht zu machen, und pokerte weiter im Internet. Eigentlich war er bestens vorbereitet. Trotzdem fühlte er sich unsicher.

»Ich muss heute Abend früher weg«, informierte Jo am Samstagmittag seine Küchenmannschaft.

»Schon wieder? Wird ja langsam zum neuen Standard hier«, meinte Pedro spitz.

»Bei den Vorbereitungen bin ich noch da«, erläuterte Jo, ohne darauf einzugehen. »Den Service müsst ihr aber alleine stemmen. Kriegt ihr das hin?«

»Ich weiß nicht, so ganz ohne deine Führung ...«

»Mach dir keine Sorgen, wir schaffen das schon«, erklärte Ute, bevor der Spanier eine weitere freche Bemerkung machen konnte.

Als Jo später vor dem Spiegel stand, musterte er sich kritisch. Er hatte eine helle Sommerhose und ein blaues Poloshirt angezogen. Unwillig schüttelte er den Kopf. Wie ein Musterschüler beim Sommerausflug sah er aus – viel zu brav. Er kramte eine schwarze Jeans und ein dunkles Hemd aus dem Schrank. Schon besser. Einen Moment lang spielte er mit dem Gedanken, eine Sonnenbrille aufzusetzen. Aber das wäre vielleicht des Guten zu viel, dachte er und schmunzelte.

»Alles klar?«, fragte er, als er zum Abschied den Kopf in die Küche steckte.

»Könnte nicht besser sein«, antwortete Pedro und blickte von dem Hirschbraten mit Preiselbeeren, hausgemachten Kräuter-Kartoffelgnocchi und Cassis-Sauce hoch, den er gerade angerichtet hatte.

»Cooles Hemd«, meinte er anerkennend. »Wie heißt sie denn?«

»Wer?«

»Das Mädel, mit dem du um die Häuser ziehst.«

»Sei nicht so indiskret«, tadelte ihn Ute.

»Man wird doch mal fragen dürfen.«

»Dann bis morgen«, erwiderte Jo vielsagend und zog die Tür hinter sich zu.

»Wusste ich doch, dass da was läuft!«, rief Pedro triumphierend.

»Gar nichts weißt du, mein Lieber«, gab Ute zurück und blickte sorgenvoll hinaus auf den Hof, wo Jo in den Wagen stieg.

Auf dem Weg nach Simmern ließ Jo sich seine Strategie für den Abend durch den Kopf gehen. Sein Ziel war, konservativ zu spielen, nicht zu viel zu riskieren und sich nicht aus der Reserve locken zu lassen. Es war noch hell, als er den Volvo vor dem Automatencasino parkte. Diesmal standen deutlich mehr Fahrzeuge auf dem Hof als bei seinem letzten Besuch. Für einen Augenblick verharrte er regungslos hinter dem Steuer. Dann gab er sich einen Ruck und öffnete die Wagentür.

Im Casino schlug ihm ein Duft nach Zigaretten und kaltem Kaffee entgegen. Die Spielautomaten waren alle belegt. Wie beim letzten Mal stand die junge Frau mit den schwarzen Haaren und der roten Strähne hinter der Theke. Unschlüssig blieb Jo an der Tür stehen. Ein Spieler sah kurz zu ihm hinüber, konzentrierte sich aber gleich wieder auf den flimmernden Bildschirm seines Spielautomaten. Ob die junge Frau wusste, dass in einem der Hinterzimmer eine illegale Pokerrunde stattfand? Jo sah auf die Uhr: zehn vor acht. Entschlossen trat er auf die Bar zu.

»Was willst'n trinken«, fragte ihn die Bedienung. Sie schien ihn nicht wiederzuerkennen.

»Nichts. Ich wollte zu René Ziegler.«

Sie sah ihn durchdringend an. »Besser, du setzt dich und trinkst was.«

Jo bestellte eine Cola. Er bemerkte, dass die junge Frau kurz unter die Theke griff.

»Gibt's da einen Alarmknopf oder was?«, wollte er wissen.

»Wie kommst'n darauf? Wohl zu viele Filme gesehen«, gab sie schnippisch zurück.

»Ist ja wie in der Prohibitionszeit«, gluckste ein Mann, der neben Jo saß. Er machte einen angetrunkenen Eindruck. »Hast du da 'ne Schrotflinte versteckt?«

»Red keinen Scheiß«, sagte jemand hinter ihnen. Beide fuhren erschrocken herum. Eine bullige Gestalt hatte sich vor ihnen aufgebaut. Es war Sascha. Obwohl er diesmal ein Poloshirt trug, sah er aus, als sei er geradewegs aus dem Kraftraum gekommen.

»Wer von denen will was von René?«, fragte er die Bedienung. Wortlos deutete sie auf Jo.

»Dich kenn ich doch«, knurrte der Bodybuilder und musterte ihn von oben bis unten.

»Er war neulich schon mal hier«, erklärte die junge Frau, während sie einem der Gäste ein Bier auf den Tresen stellte.

»Ich erinnere mich. Was willst du von René?«

»Hab 'ne Verabredung mit ihm – um acht.«

»Und wie heißt du?«

»Mein Name ist Jo. Ich komme auf Empfehlung von Jonas.«

Die Bedienung und der Bodybuilder warfen sich einen verstohlenen Blick zu. Sie nickte unmerklich.

»Okay, komm mit.«

»Ist das ein Passwort?«, fragte der Angetrunkene und grinste schmierig. »Bestimmt gibt's im Hinterzimmer 'ne Peepshow.« Er lachte meckernd.

»Vielleicht kannst du ja hier für uns tanzen, Süße«, sagte er zur Bedienung und versuchte über die Theke zu greifen.

Dann ging alles blitzschnell. Sascha packte sein Handgelenk, dreht ihm den Arm auf den Rücken und griff mit der anderen Hand nach seinem Genick. »Halt dein blödes Maul«, zischte er ihm ins Ohr.

»Schon gut, war doch nur Spaß«, sagte der Mann ernüchtert.

»Mit dem werd ich schon fertig, Sascha«, versuchte die Bedienung ihn zu beschwichtigen.

»Sicher?«

Sie nickte. Er ließ den Mann los.

»Komm jetzt«, herrschte er Jo an. Neben der Theke gab es eine Tür, die in den hinteren Teil des Gebäudes führte. Jo folgte Sascha in einen Korridor. Es ging um zwei Ecken, dann standen sie vor einer verschlossenen Tür. Der breitschultrige Mann klopfte.

»Ja?«, rief eine männliche Stimme von innen.

Sascha öffnete die Tür und schob Jo hinein. Hinter einem großen Glasschreibtisch saß ein schlanker Mann mit dunklen Haaren. Über dem Auge hatte er eine Narbe. Jo schätzte ihn auf Anfang vierzig. Er hatte scharf geschnittene Gesichtszüge und ein markantes Kinn. Vor ihm lagen ein aufgeschlagener Ordner und zwei Dokumente, die wie Rechnungen aussahen. Jo musste sich ein Lächeln verkneifen. Anscheinend gab es auch in der Halbwelt Papierkram zu erledigen.

»Das ist der Neue für die Runde«, erklärte Sascha. Sein sonst deutlich zur Schau gestelltes Machogehabe war einem fast unterwürfigen Ton gewichen. Ziegler musterte den jungen Küchenchef abschätzig.

»Wie heißt du?«, fragte er. Seine Stimme war erstaunlich leise.

»Jo Weidinger.«

»Woher kennst du Jonas?«

»Gar nicht.«

»Und wieso hat er dich dann empfohlen?« Ziegler ließ ihn nicht aus den Augen.

»Ging über einen gemeinsamen Bekannten.«

»Schon mal gepokert?«

»Im Internet und privat.«

»Bei uns pokern nur erfahrene Spieler. Wir wollen keine Anfänger, die nach zwei schlechten Runden die Karten hinwerfen.«

»Wär mir auch unangenehm. Ich will ja gewinnen«, antwortete Jo in forschem Ton. Die Spur eines Lächelns huschte über Zieglers Gesicht. »Du weißt, dass wir ohne Limit spielen?«

Jo nickte. Der Casinobesitzer sah ihn nachdenklich an. Dann lächelte er gewinnend.

»Willkommen im Club«, sagte er und gab Jo die Hand.

»Sind die anderen schon da?«, fragte er Sascha. Dieser nickte.

»Dann steht einem schönen Abend nichts entgegen.«

Der junge Küchenchef folgte dem Casinobetreiber in einen Raum zwei Türen weiter. Er war erstaunlich groß. Es gab drei Fenster, die aber mit Folie abgedunkelt waren. Der Raum war durch mehrere Deckenlampen hell erleuchtet. In der Mitte befand sich ein ovaler Tisch, der mit grünem Filz bespannt war. Auf einem Sideboard lagen mehrere verschlossene Päckchen Karten und ein Jetonhalter, der verschiedenfarbige Chips enthielt. Mehrere Männer standen um den Tisch herum und unterhielten sich.

»Guten Abend, Gentlemen«, sagte Ziegler und begrüßte jeden Einzelnen per Handschlag.

»Ich darf euch einen Neuzugang in unserer Runde vorstellen. Sein Name ist Jo.«

Ein untersetzter Mann mit breiten Schultern und Glatze gab ihm die Hand. »Angenehm. Ich bin Jürgen.«

Die übrigen Spieler hießen Alfred, Torsten, Jan und Ingo.

»Habt ihr schon Getränke bestellt?«

Die Männer schüttelten den Kopf. René nahm die Bestellungen auf und griff zum Telefon, das auf einem Tischchen in der Ecke stand. Die Spieler setzten sich. Nur René Ziegler blieb stehen.

»Wir spielen Texas Hold'em ohne Limit. Der Mindesteinsatz beträgt fünf Euro für den Small Blind und zehn Euro für den Big Blind. Alle fünf Runden steigern wir die Mindesteinsätze um zwei Euro. Ich halte wie immer die Kasse. Wer möchte wie viel tauschen?«

Jan und Ingo ließen sich Chips für fünfhundert Euro geben. Alfred wechselte für siebenhundertfünfzig Euro, ebenso wie Jürgen und Torsten. Jo überlegte kurz und entschied sich für eintausend Euro.

»Da will es aber einer wissen«, meinte Jürgen und lachte. Es klopfte an der Tür.

»Komm rein«, rief Ziegler.

Die junge Bedienung tauchte im Türrahmen auf, in der Hand ein großes Tablett. Die Männer nahmen sich ihre Gläser.

»Alle versorgt?«, wollte Ziegler wissen. Die Spieler nickten.

Nachdem die Bedienung gegangen war, öffnete Ziegler eines der Kartenpäckchen und zeigte die Karten in die Runde. Dann begann er zu mischen. Die ersten paar Runden verliefen ereignislos. Die Einsätze blieben niedrig, und jeder achtete genau auf die Spielweise der anderen. Jürgen lachte viel und wurde zweimal beim Bluffen erwischt, was ihn aber nicht zu stören schien. Alfred, ein schlanker Mann Anfang fünfzig, der mit seiner runden Nickelbrille und seinem akkurat gebügelten Hemd wie ein Verwaltungsbeamter aussah, spielte dagegen sehr bedächtig. Ingo und Jan, neben Jo die beiden Jüngsten in der Runde, gaben sich sehr professionell und redeten nicht viel. Torsten, ein Mittvierziger mit Vollbart, trug ein Holzfällerhemd, das um seine Hüften spannte. Er quatschte fast ununterbrochen. Der undurchsichtigste Spieler am Tisch war René Ziegler. Der Casinobesitzer behielt jeden seiner Mitspieler genau im Auge. Immer wieder spürte Jo seinen durchdringenden Blick. Dabei blieb die Miene des Casinobesitzers völlig ausdruckslos. Er redete auch nur das Nötigste. Nach einer halben Stunde hatten sich alle in die Runde eingelebt, die Einsätze erhöhten sich. Jo riskierte etwas mehr, was ihm nicht gut bekam. Nach einer guten Stunde lag er ebenso wie Jürgen mit dreihundert Euro im Minus. Ingo und Jan waren moderat im Plus, Alfred und Torsten in der Nähe der Nulllinie. Eindeutiger Gewinner war Ziegler. Ein- oder zweimal meinte Jo ein Glitzern in seinen Augen zu sehen – immer dann, wenn er am Gewinnen war.

»Braucht jemand eine Pause?«, fragte der Casinobesitzer unvermittelt.

Jan und Ingo nickten.

»Dann sehen wir uns in fünf Minuten wieder.«

»Geht einer mit rauchen?« Jürgen schaute in die Runde. Niemand meldete sich.

»Ich komm mit«, sagte Jo.

Er folgte dem untersetzten Mann zu einer schmalen Hintertür. Jürgen drehte den Schlüssel um und trat auf eine Terrasse hinaus. Er steckte sich eine Zigarette an und hielt Jo die Schachtel hin. Dieser lehnte dankend ab.

»Du rauchst gar nicht?«, fragte Jürgen überrascht.

»Ich wollte nur Luft schnappen.«

Der Mann mit der Glatze lachte. »Ist immer sehr stickig da drin. Besonders im Sommer. Ich weiß auch nicht, wieso René die Fenster nicht kippt. Wird uns schon keiner von draußen belauschen.«

Er lachte wieder.

»Kommst du oft her?«, wollte Jo wissen.

»Ein- bis zweimal im Monat.«

»Sind immer die gleichen Leute dabei?«

»Das wechselt. Ingo und Jan kannte ich bisher nicht. Alfred und Torsten sind öfter da.«

»Kommen die alle aus der Gegend?«

»Vermutlich. Aber genau weiß ich es nicht. Hier wird nicht viel gequatscht. Da achtet René schon drauf.«

»Wird auch mal um richtig viel gespielt?«

»Wieso, langt dir dein Verlust noch nicht?« Der untersetzte Mann lachte dröhnend.

»Ich mein nur. Bisher lief's ja eher moderat.«

»Das ändert sich noch. Je später der Abend, umso höher die Einsätze.«

»Kennst du eigentlich einen ...«, setzte Jo an, als René Ziegler hinter ihm auftauchte.

»Es geht weiter«, sagte er knapp.

Die beiden folgten ihm schweigend. Die Bedienung war in der Pause da gewesen, so dass jeder wieder ein volles Glas vor sich stehen hatte. Jürgen nahm einen kräftigen Zug von seinem Whisky. Wie er prophezeit hatte, gingen die Einsätze nun nach oben. Jetzt wurde auch schon mal um fünfzig Euro erhöht, und der Pott summierte sich auf mehrere hundert Euro. Obwohl er sich vorgenommen hatte, vorsichtig zu spielen, bluffte Jo nun öfter. Schließlich wollte er seine dreihundert Euro zurückgewinnen! Schnell stiegen seine Verluste auf siebenhundert Euro. Er machte ein langes Gesicht. So hatte er sich das nicht vorgestellt. Eine weitere Stunde später hatten sich seine Verluste auf neunhundert Euro erhöht. Auch bei Jürgen und Torsten lief es nicht gut.

In der zweiten Raucherpause gesellte sich Jan mit auf die Terrasse. Im Gegensatz zu Jürgen und Jo lag er fünfhundert Euro im Plus.

»Du zockst uns ja schön ab«, meinte Jürgen zu ihm und lachte. Der Verlust schien ihn nicht groß zu stören.

Jan zuckte wortlos mit den Schultern.

»Was passiert, wenn einem das Bargeld ausgeht?«, fragte Jo.

»Dann war's das für dich. Oder du musst gucken, ob René dir was pumpt.«

»Macht er das denn?«

»Wenn du kreditwürdig bist.«

»Ich würd mir nie was leihen«, wandte Jan ein, schnippte seine Zigarette weg und ging zurück ins Haus.

Jürgen schüttelte den Kopf. »Solche Typen hast du jetzt immer mehr beim Pokern. Denen geht's nur ums Geld. Ist wahrscheinlich ein Mathematik- oder BWL-Student. Die rechnen die ganze Zeit im Kopf herum, wie bei der Kartenkonstellation die Gewinnchancen sind.«

»Machst du das nicht?«

»Ich spiel aus dem Bauch raus. Beim Pokern kannst du nicht alles berechnen. Du musst dir deinen Gegner zurechtlegen und im richtigen Moment zuschlagen.«

Angesichts der Tatsache, dass sie beide deutlich im Minus lagen und Jan im Plus, schien dieser die bessere Strategie zu haben.

»Kennst du Erich Sattler?«, fragte Jo unvermittelt.

»Wieso willst'n das wissen?« Jürgen sah ihn misstrauisch an.

»Nur so. Hab gehört, er ist öfter hier.«

»Wenn du ihn kennst, kannst du ihn ja selber fragen«, sagte der untersetzte Mann kurz angebunden.

»Ich wollte nur ...«

»Wir müssen wieder rein«, erklärte Jürgen und ging nach drinnen.

In der nächsten Runde lief es besser für Jo. Obwohl wie von Jürgen prognostiziert die Einsätze weiter stiegen, gelang es ihm, sein Minus um dreihundert Euro zu verringern.

Nach einer weiteren Stunde wurden die Karten ausgetauscht. Jo war mit dem Mischen an der Reihe und gab jedem zwei verdeckte Karten. Er selbst erhielt die Herz Dame und die Karo Neun – ein eher mäßiges Startblatt. Kühl blickte er in die Runde. Torsten, der als Erster an der Reihe war, erhöhte um zwanzig Euro. Jan und Ingo zogen mit. Nun war René Ziegler an der Reihe. Obwohl Jo ihn genau beobachtete, konnte er keine Regung in seinem Gesicht erkennen. Der Casinobesitzer brachte den geforderten Einsatz und erhöhte um weitere zwanzig Euro.

»Da geh ich doch auch mit«, meinte Jürgen.

Nun war Jo an der Reihe. Entschlossen legte er die nötigen Chips in die Mitte.

»Passe«, sagte Alfred und warf seine Karten achtlos beiseite. Alle Übrigen blieben im Spiel. Jo legte eine Karte, die sogenannte *Burn Card*, verdeckt neben den Stapel. Damit sollte vermieden werden, dass ein Spieler infolge einer nachlässigen Haltung des Gebers die oberste Karte erkennen und einen Vorteil daraus ziehen konnte. Es folgten die drei offenen Karten in der Mitte: Herz Sieben, Herz Neun und Kreuz Dame. Zwei Pärchen! Damit hatten sich seine Chancen schlagartig verbessert, auch wenn man das Blatt nicht überbewerten durfte – schließlich lag die Wahrscheinlichkeit dafür bei knapp fünfundzwanzig Prozent.

»Bin raus«, seufzte Jürgen.

»Dann werd ich mal den Dampf im Kessel erhöhen«, sagte Torsten und legte fünfzig Euro in die Mitte.

Jo war sich nicht sicher, aber etwas sagte ihm, dass Torsten bluffte.

»Passe«, erklärte Jan.

»Ich auch.« Ingo legte seine Karten beiseite.

René Zieglers Miene war undurchdringlich. Er brachte den geforderten Betrag. Jo zögerte, dann zog er mit. Er legte wieder die oberste Karte beiseite und drehte die nächste um: Herz Acht. Torsten grinste. Jo kamen Zweifel, ob er nur eine Show abzog. Wenn die Herz Acht ihm weiterhalf, hatte er entweder eine Straße oder einen Flush, also fünf Karten der gleichen Farbe. Unglücklicherweise waren beide Kombinationen besser als seine eigene. Noch mehr überraschte ihn die Reaktion von René Ziegler. Für den Bruchteil einer Sekunde sah er ein Leuchten in den Augen des Casinobesitzers. Jo war sich instinktiv sicher, dass Ziegler ein hervorragendes Blatt auf der Hand hatte. Damit waren seine eigenen Gewinnchancen denkbar gering. Retten konnte ihn nur noch ein Full House. Dafür brauchte er als letzte Karte eine Neun oder eine Dame. Rein statistisch gesehen eine Chance von unter drei Prozent.

»So, jetzt lasst uns mal den Markt testen«, rief Torsten angriffslustig und legte hundert Euro in den Pott. Für den Fall, dass er bluffte, war es eine erstklassige schauspielerische Leistung. Wortlos legte Ziegler die geforderte Summe in die Mitte. Jo zögerte. Höchstwahrscheinlich würde er sein Geld verlieren. Andererseits – wenn er herausfinden wollte, wie es war, bei René Ziegler Schulden zu haben, musste er über sein Limit von tausend Euro gehen.

»Bin mit dabei«, erklärte er trocken und legte die hundert Euro in die Mitte.

Es folgte die letzte offene Karte: Pik Neun. Es fiel Jo extrem schwer, sich nichts anmerken zu lassen. Full House! Was für ein Glück! Wenn keiner seiner beiden Kontrahenten einen Straightflush hatte, also fünf fortlaufende Karten in der gleichen Farbe, war er mit seinem Blatt nicht zu schlagen. Die Wahrscheinlichkeit dafür lag im Promillebereich.

»Ich bin all-in«, sagte Torsten und schob seine restlichen Chips in die Mitte.

»Ich auch«, erwiderte Ziegler und schob gut tausend Euro in den Pott.

Jo schluckte. War es möglich, dass der Casinobesitzer doch einen Straightflush hatte? Wenn das der Fall war, konnte Jo fast zweitausend Euro verlieren.

»Was ist? Muffensausen?«, sagte René Ziegler und schaute ihn herausfordernd an. Es war das erste Mal an diesem Abend, dass er eine solche Reaktion zeigte. Er schien sich seiner Sache sehr sicher zu sein. Jo spürte einen eigenartigen Nervenkitzel. Sein Verstand sagte ihm, dass er aussteigen sollte, aber etwas in ihm wollte unbedingt gewinnen.

»Bekomme ich Kredit?«, fragte er.

»Sicher«, antwortete Ziegler mit einem feinen Lächeln.

»Dann gehe ich mit.«

»Und du?« Der Casinobesitzer sah Torsten an.

Jeglicher Triumph war aus dem Gesicht von Torsten gewichen. Man konnte sehen, wie er mit sich rang. Seine Augen flackerten unsicher. Schließlich fasste er sich.

»Ich nehm auch Kredit.«

»Lauter mutige Männer heute Abend«, spottete Ziegler.

»Ich will sehen«, erklärte Torsten mit belegter Stimme.

»Na, dann.«

Betont lässig deckte der Casinobesitzer seine beiden Karten auf: Herz Sechs und Herz König. Torsten wurde schlagartig blass.

»Das gibt's doch nicht«, stammelte er und warf seine Karten beiseite.

Ziegler lachte höhnisch und griff nach dem Pott.

In dem Moment deckte Jo seine beiden Karten auf. Es herrschte atemlose Stille am Tisch.

»Da brat mir einer 'nen Storch«, rief Jürgen und lachte laut. »Ich glaube, der Fisch hat euch abgezogen, René!«

»Ein Flush und ein Full House in einem Spiel, unfassbar«, sagte Alfred und schüttelte den Kopf.

»Klasse gespielt«, lobte Jürgen und klopfte Jo anerkennend auf die Schulter. Dieser bemerkte die Berührung kaum. Er hatte die ganze Zeit René Ziegler im Blick behalten. Wie die anderen Mitspieler hatte dieser auf Jos Karten gestarrt. Für einen Moment verlor er die Fassung. Ungläubiges Erstaunen, Wut und blanker Hass zeichneten sich in seinem Gesicht ab. Als er merkte, dass Jo ihn ansah, wechselte sein Ausdruck in eine starre Maske.

»Bravo«, sagte er, klatschte Beifall und lächelte dünn. »Famos gespielt. Ich denke, damit schließen wir unsere heutige Runde, Gentlemen.«

Der Reihe nach reichten die Männer ihre Chips zu ihm hinüber und erhielten Bargeld dafür. Erst jetzt realisierte Jo, dass er gewonnen hatte. Unwillkürlich ballte er die Faust. Er fühlte sich völlig euphorisch. Die anderen Männer erhoben sich.

»Kommst du auch, oder willst du hier übernachten, Cincinnati Kid?«, fragte Jürgen und lachte gutmütig. Dass er mehr als fünfhundert Euro verloren hatte, schien seiner Stimmung keinen Abbruch zu tun. Noch immer im Überschwang der Gefühle, folgte Jo den anderen zum Ausgang. Draußen verabschiedeten sich die Männer per Handschlag und gingen zu ihren Fahrzeugen. Jan und Ingo waren beide mit Motorrädern da und setzten ihre Helme auf.

»Wo ist denn Torsten abgeblieben?«, fragte Jo und blickte sich um. Der Mann in dem Holzfällerhemd war nirgendwo zu sehen.

»Wahrscheinlich muss er seine Schulden als Tellerwäscher abarbeiten«, rief Jürgen und lachte über seinen Scherz. Er öffnete die Tür zu seinem Wagen.

»Wie läuft das denn, wenn man Schulden bei René hat?«, wollte Jo wissen.

»Wieso, willst du fürs nächste Mal vorsorgen?«

»Nee, nur so. Ist ja nicht wie in einer Bank.«

Jürgen zuckte mit den Schultern. »Ich hatte noch nie Schulden. Hab immer genug mit, um bar zu bezahlen. Ist mir lieber, als René was schuldig zu bleiben. Ich glaub, an der Stelle ist mit ihm nicht gut Kirschen essen ... mach's gut. Vielleicht sieht man sich bei Gelegenheit mal wieder. Dann lässt du deinen Anfängerdusel aber zu Hause, okay?«

Jo stieg in den Volvo und atmete tief durch. Die Euphorie, die ihn eben noch umfangen hatte, war abgeklungen. Was für ein Riesenglück mit der letzten Karte! Es war inzwischen dunkel geworden. Das Licht der Neonreklame tauchte den Parkplatz in ein schemenhaftes Licht. Wo blieb nur dieser Torsten? Ob Sascha ihn gerade in die Mangel nahm, weil er nicht bezahlen konnte? Die hassverzerrte Miene von René Ziegler hatte sich in sein Gedächtnis gebrannt. Ratlos starrte er auf die Casinotür. Sollte er drinnen nach dem Rechten sehen?

In diesem Augenblick trat Torsten aus dem Casino. Mit unsicheren Schritten kam er die Stufen herunter. Er sah sich suchend um und marschierte dann zu einem großen

Mercedes, der schon ein paar Jahre auf dem Buckel hatte. Der schwankende Gang des Mannes ließ nur eine Schlussfolgerung zu – er hatte getrunken! Bevor Jo reagieren konnte, hatte Torsten sich in seinen Wagen gesetzt und fuhr vom Hof. Der junge Küchenchef startete den Volvo und folgte dem Mercedes. Es ging an Keidelheim vorbei nach Simmern. Einige Hundert Meter hinter dem Ortschild bog der Mercedes in ein Gewerbegebiet ab. Er wurde langsamer und parkte in einer Einfahrt. Jo fuhr ein Stück weiter und wendete. Als er zurück zu der Einfahrt kam, war Torsten bereits im Haus daneben verschwunden. Es stand neben einem großen, umzäunten Gelände, das mit zahlreichen Pflanzen vollgestellt war. Über dem Tor, das wenige Meter weiter vorne auf das Gelände führte, hing ein Schild mit der Aufschrift: »Gärtnerei Hermann«.

Als Jo ins Waidhaus zurückkehrte, war das Restaurant bereits geschlossen. Er inspizierte die Küche und den Gastraum. Die Tische im Restaurant waren für den nächsten Tag eingedeckt, und die Weingläser standen am richtigen Platz. Auch die Küche glänzte und blinkte, als wäre darin nicht gekocht worden. Erstaunlich, wie gut seine Mannschaft funktionierte, wenn er nicht da war. Einerseits freute es ihn, andererseits wurmte es ihn ein wenig, dass es augenscheinlich auch ohne ihn ging. Schnell schob er den Gedanken beiseite. Er konnte froh sein, dass er über so gute Mitarbeiter verfügte.

Kapitel 13

Am Montag fuhr Jo erneut nach Simmern. Er parkte den Wagen vor der Gärtnerei Hermann und sah sich um. Es gab mehrere Gewächshäuser, und überall standen Sträucher, Büsche und kleine Obstbäume herum. Durch das breite Tor betrat er das weitläufige Gelände.

»Kann ich Ihnen helfen?«, fragte eine junge Frau, die wie aus dem Nichts aufgetaucht war.

»Ich seh mich nur ein wenig um«, erwiderte Jo.

»Wir haben Gerbera im Angebot, gleich neben dem großen Gewächshaus«, sagte sie. »Wenn Sie Fragen haben, geben Sie Bescheid.«

Jo spazierte an dem Gewächshaus vorbei und bog in einen Seitengang ab, wo sich Blumenkübel in einem hohen Regal stapelten. Von Torsten war weit und breit nichts zu sehen. Vielleicht arbeitete er gar nicht in der Gärtnerei und wohnte nur auf dem Gelände. Jo überlegte, ob er nach ihm fragen sollte.

Plötzlich sah er ihn. Er trat aus einem der Gewächshäuser und hielt einen Blumenkasten mit Petunien in den Händen, den er auf ein Regal stellte. Er machte kehrt und verschwand wieder in dem Gewächshaus. Jo folgte ihm unauffällig. Als er das sonnendurchflutete Gebäude betrat, schlug ihm ein Schwall feuchter Luft entgegen. Suchend sah er sich um. Torsten stand an einem großen Tisch und hantierte mit Geranien und Blumenerde. Er wandte ihm den Rücken zu.

»Hallo, Torsten«, sagte Jo mit fester Stimme.

Der bärtige Mann zuckte erschrocken zusammen und fuhr herum. Er brauchte eine Sekunde, ehe er Jo erkannte.

»Was machst du denn hier?«, fragte er unwillig. Er trug wieder ein buntes Holzfällerhemd und darüber eine dunkelgrüne Schürze mit dem Schriftzug der Gärtnerei.

»Blumen kaufen«, meinte Jo.

»Die gibt's draußen«, brummte der bärtige Mann und drehte sich wieder zu seiner Arbeit um. Jo trat neben ihn.

»Die sehen hübsch aus«, sagte er und deutete auf die Geranien.

Torsten legte die kleine Schaufel beiseite, die er in der Hand hielt.

»Was soll das?«, fuhr er Jo an. Jede Freundlichkeit war aus seinem Gesicht gewichen. »Wie hast du mich überhaupt gefunden?«

In diesem Moment tauchte eine zierliche, etwa vierzigjährige Frau auf. Sie hatte kurzgeschnittene blonde Haare und ein freundliches Gesicht.

»Kann ich helfen?«, fragte sie.

»Nee, ich mach schon, Schatz«, gab Torsten zurück.

»Wolltest du nicht die Geranien in die Kästen packen?«

»Mach ich auch. Aber erst bediene ich den Kunden. Er interessiert sich für einen Gartenteich.«

»Gut. Dann bis gleich.«

Jo folgte Torsten nach draußen. Schweigend gingen sie in den hinteren Teil des Geländes. Dort waren teichförmige Plastikwannen in unterschiedlicher Größe aufgestapelt. Torsten blieb stehen.

»Was willst du?«, fragte er.

»Wie gesagt, nur ein paar Blumen kaufen«, antwortete Jo und machte ein unschuldiges Gesicht.

»Lass den Mist. Du bist doch nicht wegen der scheiß Blumen hier. Wer hat dir meinen Namen gegeben – Jürgen, dieser Schwätzer?«

»Spielt das eine Rolle?«

»Spuck aus, was du willst, oder verzieh dich. Ich hab zu tun.«

»Also schön. Ich wollte wissen, wie das mit dem Kredit bei René läuft.«

»Was für ein Kredit?«

»Musstest du nicht anschreiben lassen?«

»Was geht dich das an?«

»Nichts. Ich will nur wissen, wie es abläuft.«

»Dann frag doch René.«

»Ich frag lieber dich.«

»Wenn er rausfindet, dass du ihm hinterherschnüffelst, reißt er dir den Kopf ab und stopft ihn in eine Mülltüte.«

»Dann hoffen wir mal, dass er nichts davon erfährt.«

»Ich könnte ihn anrufen«, drohte Torsten mit einem bösen Lächeln im Gesicht.

Jo hielt inne. »War das deine Frau? Ich meine, die im Gewächshaus?«

»Geht dich einen Dreck an.«

»Sie sieht nett aus. Weiß sie, womit du dir den Samstagabend vertreibst?«

»Lass meine Frau aus dem Spiel, du Schwein«, zischte Torsten und packte den jungen Küchenchef am Kragen.

In dem Moment tauchte ein älterer Herr in der grünen Montur der Gärtnerei auf.

»Was ist denn hier los?« Er sah die beiden entgeistert an. Torsten ließ Jo augenblicklich los.

»Nichts, Rudi. Ist ein Kumpel von mir. Wir machen nur Spaß.« Torsten lachte aufgesetzt und knuffte Jo in die Seite.

»Helga meinte, ich soll dir mit dem Kunden helfen.«

»Nee, lass mal. Mein Freund steht auf Chefbetreuung.« Er lachte wieder dröhnend.

»Gut, dann helf ich Helga vorne«, erwiderte der ältere Mann und verschwand.

»Ich will keinen Ärger mit dir«, beschwichtigte Jo sein Gegenüber. »Mich interessiert nur, wie es mit den Schulden abläuft.«

»Warum?«

»René soll nicht zimperlich sein. Bevor ich wieder mit ihm spiele, will ich wissen, mit wem ich es zu tun habe.«

Der bärtige Mann musterte ihn misstrauisch. »Also gut«, gab er nach. »Es läuft ganz einfach. Du gehst mit ihm in sein Büro. Dort unterschreibst du einen Schuldschein und fertig.«

»Wie lange hat man Zeit, das Geld zurückzuzahlen?«

»Hängt von dir ab.«

»Es gibt kein Zahlungsziel?«, fragte Jo erstaunt.

»Hab jedenfalls keins vereinbart.«

»Jemand hat mir von einem Fall erzählt, bei dem Ziegler sein Geld sofort wieder zurückwollte.«

»Vielleicht hatte er einen Engpass. Oder er hatte Zweifel, dass er es später wiedersieht.«

Jo dachte nach. »Muss man auch Zinsen zahlen?«

»Klar.«

»Wie viel?«

»Keine Ahnung. Wenn du neu bist, ein Prozent vielleicht.«

»Das ist aber billig«, entfuhr es Jo.

Der bärtige Mann lachte verächtlich. »Nicht im Jahr, du Einfaltspinsel. Pro Tag, natürlich.«

»Was?« Jo sah ihn ungläubig an. »Das sind ja mehr als dreihundert Prozent im Jahr!«

»René ist ja nicht die Heilsarmee. Du musst ihm eben das Geld am nächsten Tag wiedergeben. Dann hast du kein Problem.«

»Und wenn man das nicht kann?«

»Pech.«

»Hast du mal ...«

»Ich hab dir schon mehr als genug gesagt.«

»Nur noch eine Frage: Was passiert mit dem Schuldschein, wenn man bezahlt hat?«

»Na, was wohl? Du bekommst ihn zurück.«

»Und wenn ...«

»Genug jetzt. Verzieh dich, und lass dich nie mehr hier sehen.«

Er machte einen bedrohlichen Schritt auf Jo zu.

»Ich geh ja schon«, erwiderte dieser und hob abwehrend die Hände.

Als er wieder im Wagen saß, dachte er über das Gespräch nach. Wenn Torsten die Wahrheit sagte, musste es Schuldscheine von Erich Sattler geben. Zumindest, wenn er Ziegler Geld schuldig geblieben war. Oder hatte der Casinobesitzer sie vernichtet, nachdem Sattler tot war?

Jo startete den Wagen und fuhr zum Casino. Als er das Gebäude passierte, öffnete jemand die Vordertür. Aus den Augenwinkeln sah er die bullige Figur von Sascha im Türrahmen. Der Bodybuilder hielt eine Zigarette und ein Feuerzeug in der Hand. Schnell wandte Jo den Blick ab und gab

Gas. Hoffentlich hatte Sascha ihn nicht bemerkt! Er bog in den nächsten Waldweg ab, parkte den Wagen und nahm das Fernglas aus dem Handschuhfach. Dann schlug er sich quer durch den Wald. Plötzlich sah er das Casinogebäude zwischen den Bäumen durchschimmern. Er spähte durch sein Fernglas.

Sascha stand immer noch an der Tür. Seine Zigarette hatte er inzwischen zu Ende geraucht. Der kahlrasierte Mann mit den breiten Schultern blickte aufmerksam um sich. Er machte den Eindruck, als würde er auf jemanden warten. Obwohl der junge Küchenchef mindestens dreihundert Meter von ihm entfernt war, konnte er durch die Vergrößerung des Fernglases dessen Tätowierungen gestochen scharf in Augenschein nehmen. Auf dem rechten Oberarm war ein Motorradfahrer mit Stahlhelm und Totenschädel abgebildet. Darunter rankte sich eine kunstvoll ausgemalte Schlange um den Unterarm. Als Jos Blick nach oben wanderte, sah er dem bulligen Mann direkt in die Augen. Unwillkürlich duckte er sich. Sascha konnte ihn unmöglich gesehen haben. Dafür war er zu weit weg. Vorsichtig lugte er zwischen dem Buschwerk hindurch. Von Sascha war nichts mehr zu sehen. War er ins Casino zurückgekehrt, oder hatte er sich auf den Weg in Jos Richtung gemacht? Unsicher lauschte Jo in den Wald. Es war nichts zu hören.

Die nächste Viertelstunde tat sich nichts. Dann tauchte ein alter Golf auf dem Parkplatz auf. Ein junger Mann in Bermudashorts stieg aus und verschwand im Gebäude. Langsam bekam Jo Hunger. Er sah auf die Uhr – kurz nach halb elf.

Als er gerade mit dem Gedanken spielte, sich auf den Rückweg zu machen, trat René Ziegler aus dem Casino. Obwohl es gut fünfundzwanzig Grad warm war, trug er eine lange Hose und ein dunkles Hemd. Er blinzelte in die Sonne. Hinter ihm tauchte Sascha auf. Die beiden Männer hielten inne, dann gingen sie hinüber zu einer der Garagen. Ziegler zog einen Schlüssel aus der Tasche und öffnete das Tor. Kurz später hörte Jo einen Motor anspringen. Das sonore Blubbern klang nach einem großen Achtzylinder – und richtig, langsam rollte ein alter Ford Mustang auf den Hof. Sascha, der draußen gewartet hatte, schloss das Garagentor und stieg zu seinem Chef in den Wagen. Langsam fuhr der schwarze Mustang vom Parkplatz und bog in Richtung Simmern ab.

Das war Jos Chance! Eilig machte er sich auf den Weg zu seinem Wagen. Kurz darauf parkte er vor dem Casino. Er stieg aus und betrat das Gebäude. Obwohl es noch früh am Tag war, roch es in dem großen Saal nach abgestandenem Bier und kaltem Zigarettenrauch. In der Nähe des Eingangs saß der junge Mann in den Bermudashorts an einem Spielautomaten. Er sah nicht einmal hoch, als Jo an ihm vorbeiging. Die Stühle vor der Theke waren unbesetzt. Statt der jungen Frau, die ihn bei seinen letzten beiden Besuchen bedient hatte, stand eine hagere, ältere Frau hinter dem Tresen. Sie hielt ein Glas in der Hand, das sie mit einem Tuch auf Hochglanz zu polieren versuchte. Sie warf ihm einen gelangweilten Blick zu und konzentrierte sich dann wieder auf ihre Arbeit. Unauffällig bewegte sich Jo auf den Spielautomaten zu, der sich in unmittelbarer Nähe der Tür befand, die in den hinteren Teil des Gebäudes führte. Er stellte sich davor und warf eine Münze ein. Das Geld wurde innerhalb von Sekunden am Bildschirm in Punkte umgewandelt. Dann konnte er spielen.

»Was zu trinken?«, fragte die Bedienung.
»Nee, danke.«
»Auch keinen Kaffee?«
»Ich bleib nicht lange.«
»Das sagen sie alle«, antwortete die Frau und lachte.

Er wählte ein Spiel aus, bei dem bunte Orangen, Zitronen, Kirschen und Kleeblätter nebeneinander angeordnet waren. Sie waren einem mechanischen Spielautomaten nachempfunden. Die bunten Symbole setzten sich in Bewegung. Es ging unheimlich schnell. Nach gefühlt einer Minute hatte er mehrere Euro verspielt. Während er die nächste Münze in den Schlitz schob, schielte er zu der Bedienung hinüber. Sie war immer noch damit beschäftigt, die Gläser zu polieren. Die Tür zum hinteren Teil des Casinos war zum Greifen nah ... er spürte, wie die Spannung in ihm anstieg. Wenn er vorsichtig ... sie sah hoch, und ihre Blicke kreuzten sich. Er biss sich auf die Lippen. Was hatte er sich nur dabei gedacht! Es war unmöglich, nach hinten zu schlüpfen, ohne dass die Frau es bemerkte. Zudem wusste er nicht, ob sich im hinteren Bereich noch jemand aufhielt. Fieberhaft dachte er nach. Es musste doch eine Möglichkeit geben, unbemerkt in das verdammte Büro zu kommen! Er schüttelte unwillig den Kopf. Da hatte er eine Idee. Wenn der Zugang zu der Terrasse, auf der die Raucherpausen stattgefunden hatten, nicht verschlossen war, konnte er von der Rückseite des Gebäudes aus einsteigen. Die Tür zum Saal ging auf. Ein Mann in einer khakifarbenen Hose trat herein und ging geradewegs auf die Bedienung zu.

»Getränkelieferung«, sagte er. »Ist der Chef da?«

Die hagere Frau schüttelte den Kopf.

»Dann müssen Sie dafür unterschreiben.«

»Darf ich nicht. Da kümmert sich René drum.«

»Und warum ist er nicht da? Wir haben extra einen Termin vereinbart«, erklärte der Mann vorwurfsvoll.

»Für wann denn?«

Er warf einen Blick auf seine Armbanduhr. »Halb elf.«

»Um die Zeit war er noch hier. Selber schuld, wenn Sie nicht pünktlich sind«, meinte sie schnippisch.

»Hey, Lady, es ist viel Verkehr. Ich kann ja nicht hexen.«

»Ihr Pech. Müssen Sie eben warten, bis er wieder da ist.«

»Ich hab noch andere Kunden auf meiner Tour und bin schon spät dran.«

Sie zuckte mit den Schultern.

»Schön, dann fahre ich wieder. Aber dass mir hinterher keine Beschwerden kommen. René hatte es mordseilig mit der Lieferung. Hab ihn extra noch dazwischengeschoben.«

Sie zögerte. »Was haben Sie denn dabei?«

»Zwei Kisten Whisky, drei Fässer Bier und noch ein paar Kästen Cola und so 'n Zeug. Hier ist der Lieferschein.«

Sie warf einen Blick darauf. »Ich kann es annehmen, aber ich geb Ihnen kein Geld. Das macht René selber.«

»Kein Problem. Ich lasse die Rechnung da, dann soll er es überweisen.«

»Am besten bringen wir die Getränke runter in den Keller.«

Der Getränkelieferant nickte.

»Ich muss mal raus«, rief die Bedienung in den Raum. »Braucht ihr was, bevor ich wieder zurück bin?«

Von dem Mann in den Bermudashorts kam keine Reaktion.

»Ich nicht«, sagte Jo zu ihr. »Ist mein letztes Spiel. Irgendwie hab ich heute kein Glück.« Er seufzte vernehmlich.

Die Frau schloss die Kasse ab und folgte dem Getränkemann zum Ausgang. Jetzt musste es schnell gehen! Kaum war die Tür hinter ihr ins Schloss gefallen, sah er sich nach dem jungen Mann um. Dessen Blick war auf den Spielautomaten fixiert. Jo bewegte sich unauffällig zur Tür, öffnete sie und schlüpfte hinein. Der Flur vor ihm war, wie beim letzten Mal, nur spärlich erleuchtet. Lautlos schlich er sich zu Zieglers Büro. Vor der Tür blieb er stehen und lauschte. Es war nichts zu hören. Er zögerte. Noch konnte er umkehren. Dann gab er sich einen Ruck und klopfte. Nichts tat sich. Er klopfte erneut. Diesmal kräftiger. Im Büro blieb es still. Sein Herz schlug ihm bis zum Hals. Vorsichtig drückte er die Klinke nach unten und öffnete die Tür. Im Raum war es dunkel. Er tastete nach dem Lichtschalter und zuckte erschrocken zusammen, als die Deckenlampe flackernd ansprang. Er wischte sich den Schweiß von der Stirn und lehnte die Tür hinter sich an. Schließlich wollte er so schnell wie möglich wieder verschwinden. Im Regal hinter dem Schreibtisch waren mehrere Aktenordner aufgereiht. Jo griff nach dem ersten und schlug ihn auf. Er enthielt Rechnungen von Lieferanten. Schnell blätterte er ihn durch. Der zweite Ordner umfasste Unterlagen zur Buchführung. Soweit Jo sehen konnte, machte alles einen ordnungsgemäßen Eindruck. Nirgendwo ein Hinweis auf Schuldscheine oder gar illegale Pokerrunden. Einen Ordner nach dem anderen sah er durch: Fehlanzeige.

Als Nächstes warf er einen Blick auf den Schreibtisch – ein modernes Ungetüm aus Glas und Stahl. René Ziegler schien ein Ordnungsfanatiker zu sein. Alle Stifte und Arbeitsutensilien waren akkurat und wie mit dem Lineal gezogen angeordnet. In den offenen Ablagefächern des Schreibtischs waren verschiedenfarbige Papierstapel sortiert. Nirgends auch nur die Spur eines Schuldscheins zu entdecken. Enttäuscht sah er sich in dem karg möblierten Raum um.

»Wo hast du sie versteckt?«, murmelte er halblaut vor sich hin. Unvermittelt blieb sein Blick an einem Bild neben dem Regal hängen. Es war ein Nachdruck von Van Goghs Sonnenblumen. Eine eigenartige Wahl für einen Casinobesitzer, dachte Jo. Außerdem war es ungewöhnlich groß. Er hob es an und spähte dahinter. Sofort spürte er ein Kribbeln im Bauch. Vorsichtig hängte er das Bild ab und stellte es auf den Boden. Vor ihm war ein Tresor in die Wand eingelassen. Es schien sich um ein älteres Modell zu handeln. Der Safe war mit einem mechanischen Zahlenschloss ausgestattet, das mit einem Drehregler bedient wurde. Prinzipiell war das ein Vorteil, denn es hieß, dass man ihn ohne Schlüssel öffnen konnte. Vorausgesetzt, man kannte die Kombination. Ratlos starrte Jo auf den Drehregler. Darauf waren Zahlen von Null bis Einhundert markiert. Dazwischen lagen jeweils zehn kleine Striche. Da Jo selbst keinen Tresor besaß, war alles, was er darüber wusste, dass man den Knopf nach einem bestimmten Muster nach rechts und nach links drehen musste. Aber nach welchem? Es musste Tausende Kombinationen geben! Im Fernsehen sah das immer so einfach aus. Die Tresorknacker lauschten an der Tresortür, ob ein Knacken zu hören war, und fanden darüber die richtigen Zahlen heraus. Er drehte den Kopf zur Seite, legte das Ohr an das kühle Metall und begann den Knopf zu bewegen. Er lauschte gespannt. Es war nichts zu hören. Er schloss die Augen und richtete seine ganze Aufmerksamkeit darauf. Millimeter für Millimeter drehte er den Regler weiter. Jo war so in seine Arbeit vertieft, dass er nicht bemerkte, dass die Tür hinter ihm lautlos aufschwang.

»Sieh mal an, ein Panzerknacker«, sagte eine Stimme hinter Jo in spöttischem Ton. Erschrocken fuhr er herum. Vor ihm standen René Ziegler und Sascha.

»Schon erfolgreich gewesen mit dem Schloss?«, fragte der Casinobesitzer und deutete auf den Tresor.

»Äh, ich kann das erklären«, stotterte Jo und errötete.

»Sicher kannst du das«, erwiderte Ziegler und lächelte boshaft.

Jos Gedanken rasten. Er musste unbedingt weg von hier! Gehetzt blickte er zwischen den beiden Männern und der Tür hin und her. Instinktiv spannte er seine Muskeln an. Sascha war unmerklich in Angriffsstellung gegangen. Er hatte seine linke Schulter nach vorne geschoben und die Fäuste geballt.

»Ich hab dir gesagt, dass mit dem Kerl was nicht stimmt. Wir hätten die Ratte gleich rauswerfen sollen«, knurrte der Bodybuilder.

»Na, na, so kannst du doch nicht über unsere Gäste sprechen«, tadelte ihn sein Chef.

»Bestimmt hat Herr Weidinger eine gute Erklärung dafür, wieso er sich in meinem Büro aufhält«, erklärte er und machte einen Schritt auf Jo zu. »Ist wahrscheinlich alles nur ein Missverständnis.«

Jo starrte ihn verständnislos an.

»Ich ...«, setzte er an. Im letzten Moment bemerkte er ein tückisches Glitzern in Zieglers Augen. Er versuchte sich wegzuducken, aber es war zu spät. Der Casinobesitzer erwischte ihn mit einem kurzen, trockenen Haken. Jo sah noch sein höhnisches Grinsen, dann wurde ihm schwarz vor den Augen.

Jo spürte einen pochenden Schmerz, der sich anfühlte wie tausend kleine Nadelstiche. Er stöhnte. Mühsam versuchte er sich zu konzentrieren. Der Schmerz zog sich zusammen und dehnte sich wieder aus. Mit einem Mal merkte er, dass es nicht sein Kopf war, sondern das Kinn. Es brannte wie Feuer. Er fuhr sich mit der Zunge über die Lippen. Sie schmeckten nach Blut. Seine Augenlider flatterten. Vorsichtig versuchte er sich zu bewegen. Aber irgendetwas hielt ihn davon ab. Es roch leicht modrig, und er spürte Feuchtigkeit auf der Haut. Langsam öffnete er die Augen. Um ihn herum war es stockfinster. Er lauschte, aber es war nichts zu hören. Wieder versuchte er sich zu bewegen. Erst jetzt realisierte er, dass er an Händen und Füßen gefesselt und an einen Stuhl gebunden war. Er zerrte an seinen Fesseln, aber das Seil schnitt ihm dadurch nur noch tiefer in die Handgelenke. Mit klammen Fingern tastete er nach dem Knoten. Er war sehr fest gezurrt. Sein Kinn schmerzte wie verrückt. Trotzdem versuchte er sich zu konzentrieren. Er musste sich unbedingt befreien! In dem Moment hörte er, wie jemand einen Schlüssel im Schloss umdrehte und die Tür öffnete. Jo schloss die Augen und legte den Kopf zur Seite, als wäre er noch ohnmächtig. Die Deckenlampe sprang flackernd an. Durch die geschlossenen Augenlider bemerkte er, wie es hell im Raum wurde. Die Tür wurde wieder geschlossen, und Schritte näherten sich. Dem Klang nach zu urteilen, waren es zwei Personen. Obwohl ihm das Herz bis zum Hals pochte, stellte Jo sich weiter schlafend.

»Du kannst mit der Komödie aufhören, wir wissen, dass

du wach bist«, sagte eine Stimme in gehässigem Ton. Jo rührte sich nicht. Er spürte, dass eine Person an ihn herantrat. Unwillkürlich spannte er den Körper an. Trotzdem traf es ihn völlig unvorbereitet: Jemand schlug ihm rechts und links hart ins Gesicht. Er riss die Augen auf und starrte in das Gesicht von Sascha.

»Du blödes Schwein«, entfuhr es ihm. Unwillkürlich zuckte er zusammen, als der bullige Mann zum nächsten Schlag ausholte.

»Genug«, rief Ziegler in scharfem Ton.

»Der Wichser hat mich blödes Schwein genannt«, empörte sich Sascha.

»Das bist du manchmal auch«, erwiderte sein Boss ungerührt.

»Komm, nur ein paar Ohrfeigen. Dann redet er wie ein Wasserfall.«

»Ich glaube nicht, dass das nötig ist. Herr Weidinger hat sicherlich verstanden, dass es besser für ihn ist, wenn er mit uns kooperiert, oder?«

»Wo bin ich?«, fragte Jo und blickte sich um. Er befand sich in einem alten, gemauerten Gewölbekeller. An den Wänden waren Weinregale angebracht, die allerdings leer waren.

»Früher war das Casino eine Gaststätte. Hier unten haben die Wirte Bier und Wein gelagert«, erklärte Ziegler. »Der Keller liegt zwei Stockwerke unter der Halle. Denkt man gar nicht, wenn man das Gebäude sieht, nicht? Ich sag dir das nur für den Fall, dass du auf den Gedanken kommen solltest, um Hilfe zu rufen. Hier unten kannst du schreien, bis du schwarz wirst.« Der Casinobesitzer grinste boshaft. »Kommen wir zum geschäftlichen Teil.« Jede Spur von

Freundlichkeit wich aus seinem Gesicht. »Ich werde dir jede Frage nur einmal stellen. Antwortest du nicht oder lügst du mich an, wird Sascha dir eine verpassen. Und eins verspreche ich dir – ich merke immer, wenn ich angelogen werde.« Er lächelte feinsinnig, wobei sein Blick kalt und abschätzig blieb.

»Wer schickt dich?«, fragte er den jungen Küchenchef.

Dieser spürte eine ohnmächtige Wut in sich aufsteigen. Was glaubte Ziegler, wer er war? Ihn einfach in diesem Dreckloch festzuhalten und zu verhören, als wäre er die CIA! Von ihm würden sie gar nichts erfahren! Unwillkürlich presste er die Lippen zusammen. In dem Moment schlug Sascha erneut zu. Der Schlag war ein Schock für Jo. Tränen der Wut schossen ihm in die Augen. Und mit einem Mal spürte er Todesangst. Der glatzköpfige Mann mit den breiten Schultern machte einen Schritt auf ihn zu.

»Schon gut«, rief Jo, »ich hab keinen Auftraggeber, okay?« Er hielt Zieglers durchdringendem Blick stand.

»Du wolltest mich also beklauen«, stellte dieser fest.

Jo schüttelte den Kopf.

»Und wieso hast du dann versucht, meinen Tresor zu knacken?«

»Ich war auf der Suche nach Informationen.«

»Worüber?«

»Über Erich Sattler.«

»Den Teichbesitzer?« Ziegler schien ehrlich verblüfft.

»Wie kommst du darauf, ich könnte etwas über ihn wissen?«

»Er hat bei Ihnen gepokert.«

»Und? Das tun viele.«

»Ich hab gehört, er hatte Schulden bei Ihnen.«

»Wer sagt das?«

»Mehrere Leute, die bei Ihnen gespielt haben.«

»Dummes Geschwätz.«

»Sie haben ihm mehrfach Kredit gegeben.«

»Ja, und er hat alles zurückbezahlt.«

Jo sah ihn ungläubig an.

Ziegler merkte, dass ihm das Gespräch entglitten war.

»Was geht dich das an?«, knurrte er verärgert.

Jo schwieg.

»Spuck's schon aus, oder muss Sascha dir wieder eine langen?«

»Ich untersuche die Umstände seines Todes.«

»Was? Du bist gar kein Koch?«

Er drehte sich zu Sascha um. »Ich dachte, du hast diesen Clown überprüft?«

»Hab ich auch«, verteidigte sich der bullige Mann. »Er hat sogar eine Internetseite mit seinem Bild drauf.«

Er zog sein Smartphone aus der Tasche, tippte etwas ein und zeigte es seinem Chef. Ziegler nahm das Mobiltelefon und hielt es Jo hin. Es zeigte den jungen Küchenchef im Waidhaus am Herd.

»Das bist du doch, oder?«

Jo nickte.

»Ist also nur ein Fake, eine Legende, oder was?«

»Nein, ich bin wirklich Koch.«

»Und warum interessierst du dich dann für einen Toten?«

»Ist ein Hobby.« Jo war bewusst, wie seltsam sich das für Ziegler anhören musste.

»Du bist also Koch und Hobbydetektiv. Und was willst du von mir?«

»Ich wollte checken, ob Sattler Schulden bei Ihnen hatte.«

»Du warst auf der Suche nach Unterlagen?«

Der junge Küchenchef nickte.

»Und um da ranzukommen, spazierst du hier rein und machst dir an meinem Tresor zu schaffen? Hast du überhaupt eine Ahnung, wie man so ein Ding knackt?«

»Ich wusste nicht, dass Sie einen Safe haben.«

»Du bist ja ein großartiger Detektiv. Was spielt das alles überhaupt für eine Rolle? Der Mann ist tot. Selbst wenn er noch Schulden bei mir hätte, wär das jetzt egal. Oder bist du sein Erbe?«

»Nein.«

Dem Casinobesitzer dämmerte, worauf das Ganze hinauslief. »Du glaubst, er hat seine Schulden nicht bezahlt und wir haben ihn umgebracht?« Ziegler lachte amüsiert. »Du bist mir ein Spaßvogel. Meinst du, ich bin so blöd und bringe jemanden um, der Schulden bei mir hat?« Er schüttelte den Kopf. »Mir ist noch nie einer was schuldig geblieben. Auch Sattler nicht. Der hat immer pünktlich bezahlt.«

»Ich hab gehört, Sie fassen Leute hart an, wenn sie nicht zahlen können.«

»Ich stopf dir gleich dein freches Maul«, rief Sascha und hob bedrohlich die Faust.

»Lass mal«, brummte Ziegler. »Dass wir unseren Forderungen gelegentlich Nachdruck verleihen, ist doch klar. Deine Bank schickt dir auch die Inkassoleute vorbei, wenn du nicht zahlst. Deswegen ertränken wir aber niemanden in seinem Teich. Es würde wohl kaum einer zu uns zum Pokern kommen, wenn sich rumspricht, dass ich Leute um die Ecke bringe.« Er lachte wieder, als er Jos Blick bemerkte.

»Ich seh schon, unser Hobby-Poirot ist nicht so leicht zu überzeugen. Aber ehrlich gesagt ist es mir scheißegal, was du denkst.«

Er sah Jo nachdenklich an.

»Was schnüffelst du überhaupt in der Sache rum? Ich dachte, es war ein Unfall.« In Zieglers Stimme schwang echte Neugier mit.

»Das glaubt die Polizei. Ich aber nicht.«

»Na, dann ermittel mal schön weiter. Soweit ich weiß, war Sattler an einer großen Sache dran. Hat jedenfalls dauernd davon gefaselt, dass er bald eine Bombe platzen lässt.«

»Weswegen?«

»Keine Ahnung. Ich hab es für ein Hirngespinst gehalten. Sattler hat sich gern mit Leuten angelegt. Steckte nie viel dahinter.«

»Aber was ...?«

»Genug gequatscht«, sagte Ziegler. »Ich bin ja kein Auskunftsbüro.«

»Was machen wir jetzt mit ihm?«, wollte Sascha wissen.

»Bind ihn los und schmeiß ihn raus.«

»Und wenn er uns verpfeift?«

»So dumm ist Herr Weidinger nicht. Sonst müsste er den Bullen erzählen, dass er bei uns eingebrochen ist. Welche Strafe steht da noch mal drauf, Sascha?«

»Mindestens sechs Monate.« Der bullige Mann trat hinter den Stuhl, zog ein Klappmesser aus der Tasche und durchschnitt die Handfesseln.

Jo rieb sich die Handgelenke und versuchte, die Blutzirkulation wieder in Gang zu bekommen. Sascha steckte das Messer weg.

»Hey, was ist mit den Füßen?«, protestierte Jo.

»Bin ich dein Dienstmädchen, oder was?« Sascha machte keine Anstalten, ihm zu helfen.

Jo starrte ihn wütend an. Dann versuchte er den ersten Knoten zu lösen. René Ziegler beugte sich zu ihm hinunter. »Halt dich von meinen Geschäften fern. Wenn ich deine Visage noch einmal hier sehe, lernst du mich richtig kennen. Schönes Restaurant, was du da hast. Wär schade, wenn es abbrennen würde ...«

Er erhob sich und war im nächsten Moment verschwunden. Sascha beobachtete hämisch, wie Jo sich mit den Knoten abmühte. Endlich schaffte er es, seine Beine von den Fesseln zu befreien. Sein Aufpasser schob ihn zur Tür und brachte ihn nach oben. Statt zur Vordertür ging es zum Hinterausgang.

»Lass dich hier nie mehr sehen, sonst polier ich dir die Fresse«, drohte er.

Mit zögerlichen Schritten trat Jo hinaus. Unvermittelt versetzte der bullige Mann ihm einen Stoß, so dass er auf die Terrasse hinausstolperte und beinahe gestürzt wäre. Sascha lachte hämisch und schlug die Tür hinter ihm zu. Jo umrundete das Haus, stieg in seinen Volvo und fuhr mit durchdrehenden Reifen vom Parkplatz. Auf der Landstraße nach Simmern ließ seine Anspannung unvermittelt nach. Tränen schossen ihm in die Augen und liefen ihm über die Wangen. Sein Gesicht brannte von den Ohrfeigen, die Sascha ihm verpasst hatte, sein Kinn pochte, und seine Handgelenke kribbelten. Am schlimmsten aber schmerzte sein verletzter Stolz. Wie hatte er nur so unvorsichtig sein können! Die Demütigung trieb ihm die Schamesröte ins Gesicht. Er hätte vor Wut schreien können. Entschlossen gab er Gas. In Simmern bog er in die Bingener Straße ein. Vor einem einstöckigen weißen Gebäude hielt er an. Die obere Etage war mit dunkelgrauen Schindeln überzogen. Davor war an einem Metallpfosten ein Schild angebracht. Darauf prangte in großen Buchstaben das Wort »Polizei«.

Sein Verstand setzte wieder ein. René Ziegler hatte absolut recht: Er konnte nicht zur Polizei gehen! Jedenfalls nicht, ohne sich selbst zu belasten. Seine Hände umklammerten das Lenkrad, bis die Knöchel weiß hervortraten. Mühsam zwang sich Jo, langsam ein- und auszuatmen ... ein und aus ...

Mit bitterer Miene startete er den Wagen und machte sich auf den Heimweg.

Kapitel 14

Jo wachte früh auf. Er hatte schlecht geschlafen und fühlte sich, als hätte er einen Boxkampf über zwölf Runden absolviert. Am liebsten hätte er sich die Decke über den Kopf gezogen und wäre im Bett geblieben. Aber er hatte keine Wahl, das Restaurant öffnete in einigen Stunden. Im Bad warf er einen kritischen Blick auf sein Spiegelbild. Sein Kinn wies einen deutlich sichtbaren blauen Fleck auf, und das Gesicht war noch geschwollen. Er frühstückte, las die Zeitung und begab sich dann nach unten ins Restaurant.

»Was ist denn mit dir passiert?«, fragte Ute entgeistert, als sie ihn sah.

»Wieso?«

»Du siehst aus, als hättest du dich geprügelt.«

»Bin im Bad ausgerutscht und hab mir am Becken das Kinn angeschlagen«, nuschelte er.

»Wann?«

»Gestern.«

»Warst du schon beim Arzt?«

»Wegen dem bisschen?«

»Ich würd das nicht auf die leichte Schulter nehmen. Vielleicht ist was angeknackst.«

»Nee, alles gut.«

Sie schüttelte missbilligend den Kopf.

»Bist du vor 'n Bus gelaufen?«, fragte Pedro gewohnt direkt, als er als Letzter in der Küche eintraf. Philipp, Karl-Heinz und Anton hatten diskret darüber hinweggesehen.

»Wie heißt sie denn?«

»Wer?«

»Das Mädel, wegen dem du dich geprügelt hast.«

»Ich hab mich nicht geprügelt, verstanden?«, fuhr Jo ihn an. »Ich bin ausgerutscht und hab mich angehauen. Und jetzt will ich nichts mehr davon hören! Wieso bist du überhaupt wieder so spät?«

Die anderen sahen ihn verblüfft an. Dass er Pedro seine Unpünktlichkeit vorwarf, war schon lange nicht mehr vorgekommen.

»Mein Auto ist nicht angesprungen«, verteidigte sich der junge Spanier halbherzig.

»Das kannst du deiner Oma erzählen! Mach dich an die Arbeit und setz den Fond für die Sauce an.«

»Der Chef hat heute eine Laune«, raunte Pedro Ute zu, als Jo kurz ins Kühlhaus verschwunden war. »Weißt du, was passiert ist?«

»Angeblich hat er sich am Waschbecken gestoßen.«

»Da müsste er aber schon sehr unglücklich gefallen sein.«

»Besser, du sprichst ihn nicht mehr drauf an. Du weißt ja, wie er ist.«

Am Nachmittag fand das verschobene Bewerbungsgespräch von Thomas Franke mit Ute und Pedro statt.

»Und?«, fragte Jo die beiden, nachdem Franke wieder gegangen war.

»Ich bleib dabei, dass ich den pfiffiger finde als den Gerlach«, sagte Pedro. »Er redet vielleicht etwas viel.«

»Wenn du das schon sagst«, meinte Ute spöttisch.
»Wie ist dein Eindruck?«, hakte Jo nach.
»Gut. Sicheres Auftreten, fundiertes Weinwissen.«
»Hm. Und wer ist dein Favorit?«
»Aus meiner Sicht könntest du beide nehmen. Wenn ich es entscheiden müsste, würde ich zu Gerlach tendieren.«

Unglücklicherweise war Jo jetzt nicht viel schlauer als vorher: Pedro votierte für den einen, Ute für den anderen, und er selbst war unentschlossen.

Als er am Abend schlafen ging, war die Schwellung im Gesicht abgeklungen und sein Kiefer tat nicht mehr so weh. Am liebsten hätte er den Vorfall aus seinem Gedächtnis gelöscht. Ein Gedanke ging ihm jedoch nicht aus dem Kopf. Was hatte es mit dieser großen Sache auf sich, an der Sattler angeblich dran gewesen war? Natürlich bestand die Möglichkeit, dass Ziegler ihn angelogen hatte, um von sich abzulenken. Aber Jo hatte ihm einen Abend lang beim Pokern gegenübergesessen und hatte nicht das Gefühl, dass der Casinobesitzer ihm etwas vorgemacht hatte. Sein Erstaunen und seine Erheiterung darüber, dass Jo ihn für einen Mörder hielt, hatten echt gewirkt. War nur die Frage, wie Jo weiter vorgehen sollte. Nachforschungen in Zieglers Umfeld waren zu gefährlich. Jo glaubte zwar nicht, dass der Casinobesitzer seine Drohung wahrmachen würde, im Waidhaus Feuer zu legen. Aber weder er noch Sascha hatten einen Zweifel daran gelassen, dass ein weiterer Besuch im Casino noch schmerzhafter für Jo enden würde. Er seufzte. Vielleicht sollte er die Sache auf sich beruhen lassen. Der Fall hatte ihm schon genug Ärger eingetragen! Während er darüber nachgrübelte, kam ihm eine Idee. Zufrieden knipste er die Nachttischlampe aus und war kurz darauf eingeschlafen.

Am nächsten Tag hatten sich zwei Reisegruppen aus Japan angesagt, so dass das Waidhaus schon am Mittag bis auf den letzten Platz besetzt war. Gegen sechs Uhr fand Jo Zeit für ein kurzes Telefonat.

»Eckert«, meldete sich eine weibliche Stimme.

»Hier ist Jo Weidinger. Ich hätte gern Ihren Mann gesprochen.«

»Einen Moment – ich hol ihn.«

Er hörte jemanden im Hintergrund wispern. Dann wurde der Hörer wieder aufgenommen.

»Herr Weidinger, was verschafft mir die Ehre Ihres Anrufs?«, fragte Paul Eckert mit sonorer Stimme.

»Ich habe noch eine Frage zu Erich Sattler.«

»Ich dachte, der Fall sei schon zu den Akten gelegt«, antwortete der Verwaltungsbeamte erstaunt.

»Ist er auch«, gab Jo zu. »Ich bin der Einzige, der noch herumstochert.«

»Und wie kann ich Ihnen dabei helfen?«

»Mir ist zu Ohren gekommen, dass Sattler einer großen Sache auf der Spur war.«

»In welcher Hinsicht?«

»Ich hatte gehofft, Sie könnten mir das sagen. Er sprach davon, dass er demnächst eine Bombe platzen lassen würde.«

»Ach, diese Geschichte«, winkte der Verwaltungsbeamte ab.

»Worum ging es dabei?«, fragte Jo gespannt.

»Keine Ahnung. Erich hat oft Andeutungen gemacht,

dass irgendwo was nicht stimmt. Er war ein großer Anhänger von Verschwörungstheorien. Hat sich mit Elan auf solche Geschichten gestürzt. Meist ist dabei nicht viel herausgekommen.«

»Er soll mehrfach davon gesprochen haben.«

»Stimmt schon. Aber wie gesagt, ich hab dem keine Bedeutung beigemessen. Er hat sich oft wegen Kleinigkeiten mit Leuten angelegt.«

»Und Sie haben gar keine Idee, um was es sich handeln könnte?«

Eckert dachte nach. »Ich glaube, es ging um jemanden, mit dem er geschäftlich zu tun hatte. Angeblich arbeitete der Mann nicht sauber.«

»Wissen Sie seinen Namen?«

»Nein. Bei so was war Erich ein großer Geheimniskrämer.«

»Schade.«

Jo dachte nach. »Gibt es inzwischen einen Erben?«

»Nicht, dass ich wüsste.«

»Was passiert jetzt mit den Teichen und dem Haus?«

»Wenn sich nicht noch jemand findet, geht alles an den Fiskus.«

»Warum geht das Vermögen nicht an seine Freunde?«

Eckert lachte. »Schön wär's! Ist nicht so, dass wir es nach dem Hausbau nicht brauchen könnten. Aber wenn Erich kein Testament gemacht hat und keine gesetzlichen Erben da sind, fällt es ans Land.«

»Haben Sie denn geguckt?«

»Nach was?«

»Ob es ein Testament gibt.«

»Warum sollte ich?«

»Sie waren sein Freund. Deswegen dachte ich, Sie hätten vielleicht einen Schlüssel fürs Haus.«

»Ich schnüffle nicht in fremder Leute Angelegenheiten herum. Das ist Aufgabe des Nachlassgerichts«, erklärte Eckert in bestimmtem Ton.

»Man könnte doch mal nachsehen«, schlug Jo vor.

Am anderen Ende der Leitung blieb es still.

»Hallo, sind Sie noch dran?«

»Natürlich, aber so etwas mache ich nicht.«

»Es ist ja nicht ...«

»Ich habe alle Schlüssel bei der Stadt abgegeben«, sagte Eckert schnell.

Der junge Küchenchef machte ein langes Gesicht. »Und wie geht es jetzt weiter?«, wollte er wissen.

»Soweit ich gehört habe, wurde ein Nachlasspfleger bestellt. Der kommt nächste Woche und sichtet die Unterlagen.«

»Vielen Dank für die Auskunft.«

»Keine Ursache.«

Am Donnerstag stand das Bewerbungsgespräch mit Kati Müller an. Obwohl der Termin erst gegen 15 Uhr stattfand, waren erstaunlicherweise noch alle da, als die junge Frau mit dem Wagen vorfuhr.

»Guck mal, da isse«, rief Pedro und deutete mit dem Messer auf den Hof. »Die sieht echt gut aus.« Schnell hatte sich die restliche Küchencrew um ihn versammelt. Selbst Ute sah neugierig hinaus.

»Habt ihr nichts Besseres zu tun?«, fragte Jo missbilligend. »Die kriegt ja einen tollen Eindruck von euch, wenn ihr wie die Ölgötzen am Fenster steht und sie angafft.«

Kati Müller trug ein eng geschnittenes dunkelblaues Kostüm, das ihre makellose Figur hervorragend zur Geltung brachte. Ihre kastanienbraunen Haare hatte sie zu einem Pferdeschwanz nach hinten gebunden. Jo riss sich von ihrem Anblick los und empfing sie an der Eingangstür.

»Toll, dass es so schnell geklappt hat«, sagte sie zur Begrüßung. Sie hatte einen festen Händedruck.

»Gehen wir in mein Büro«, schlug Jo in förmlichem Ton vor.

»Sehr gern.«

»Möchten Sie etwas trinken?«, fragte er, als sie Platz genommen hatte.

»Zu einem Glas Wasser würde ich nicht nein sagen«, antwortete sie und lächelte.

»Sind Sie aus Mainz herübergekommen?«

Sie schüttelte den Kopf.

»Ich habe heute einen Tag frei und war zu Hause an der Mosel.«

Nachdem Jo sich gesetzt hatte, sah er ihr erstmals direkt ins Gesicht. Ihre ausdrucksvollen smaragdgrünen Augen kamen in Wirklichkeit noch wesentlich besser zur Geltung als auf ihrem Foto. Er konnte sich nicht erinnern, schon einmal ein so intensives Grün gesehen zu haben. Obwohl er sich sicher war, dass er sie noch nie getroffen hatte, kam sie ihm irgendwie bekannt vor. Er räusperte sich. »Äh, ich hoffe, Sie hatten eine gute Anfahrt.«

»Bestens. Sieht man von dem vielen Verkehr ab. Aber so hatte ich Gelegenheit, die Schönheit des Rheintals zu genießen. Ich kann mich daran nie sattsehen. Apropos: Sie haben einen sehr schönen Schreibtisch.«

»Danke«, sagte Jo und fühlte sich geschmeichelt. Er

hatte lange nach dem richtigen Modell für sein Büro gesucht, bis er bei einer kleinen italienischen Manufaktur in der Nähe von Bologna fündig geworden war.

»Ich habe Ihre Bewerbung natürlich gelesen, aber vielleicht geben Sie mir noch mal einen Überblick über Ihre wichtigsten Karrierestationen.«

»Sehr gern. Sie können mich übrigens Kati nennen, das tun alle.« Sie lächelte entwaffnend. »Meine ersten Erfahrungen habe ich auf dem Weingut meiner Eltern gesammelt. Meine Brüder und ich sind mit dem Weinbau aufgewachsen.«

»Wieso arbeiten Sie nicht im Weingut mit?«

»Hab ich 'ne Weile. Aber dann wurde es mir zu eng. Meine Brüder sind alle bei uns im Betrieb aktiv. Und einer ist ein größerer Önologe als der andere«, meinte sie spöttisch. »Im elterlichen Betrieb ist es besonders schwer, sich durchzusetzen. Vor allem, wenn man vier ältere Brüder hat. Die sehen in mir immer noch das kleine Mädchen. Deswegen dachte ich, ich versuch mal was anderes.«

»Und wieso sind Sie in den Service gegangen?«

»Gelegentlich hat mein Vater Weinverkostungen mit einem bekannten Sommelier bei uns im Weingut organisiert. Der konnte stundenlang über das Zusammenspiel von Wein und Essen erzählen. Das hat mich fasziniert. Außerdem kann man als Servicekraft überall auf der Welt arbeiten.«

»Von der Möglichkeit haben Sie reichlich Gebrauch gemacht – wie ich gesehen habe, waren Sie schon in Frankreich, Australien und England.«

»Wennschon, dennschon«, sagte sie kokett.

»Wo hat's Ihnen am besten gefallen?«

»In Paris. Ich finde die Stadt absolut umwerfend. An der Mosel ist alles so beschaulich und ruhig. Paris hat mich umgehauen. Der Trubel in den Straßen, die vielen Menschen, die schicken Geschäfte ... Und alle haben einen Sinn für leckeres Essen und gute Weine. Die Arbeit hat mir total Spaß gemacht, auch wenn es oft stressig war.«

»Sie waren im Hotel Plaza Athénée. Eine erstklassige Adresse.«

»War sicher sehr optimistisch von mir, mich ausgerechnet da zu bewerben. Die sind sehr wählerisch.«

»Wie haben Sie es trotzdem geschafft?«

»Ich hatte ja nichts zu verlieren. War eine harte Schule. Monsieur Claude, der Chef de Service, hat uns jeden Tag getriezt mit seinem manischen Perfektionismus. Aber ich hab sehr viel bei ihm gelernt.«

Jo nickte verständnisvoll. »Über eine Zwischenstation in London ging's gleich weiter nach Australien.«

»Ich hab 'ne freie Stelle im Internet gesehen – in der Altstadt von Sydney. Wird ja viel darüber geredet, dass die australischen und neuseeländischen Weine inzwischen Weltklasseniveau haben. Da dachte ich mir, das gucke ich mir vor Ort an.«

»Dort waren Sie vier Monate?«

»Insgesamt sechs. Vier Monate hab ich gearbeitet, danach bin ich zwei Monate durch Australien und Neuseeland gereist. Bin quasi von Weingut zu Weingut getrampt und hab die besten Weine probiert.«

»Wie lautet Ihr Fazit?«

Kati Müller zuckte mit den Schultern. »Die machen tolle Weine, keine Frage, aber ich finde sie trotzdem überbewertet. Ich hab dort jedenfalls nichts getrunken, was wir in

Deutschland nicht mindestens auf vergleichbarem Niveau bieten können.«

Ziemlich forsch, die junge Dame, dachte Jo. Er hatte jedenfalls einige sehr gute Weine aus Neuseeland im Keller liegen, die er keinesfalls missen wollte.

»Warum haben Sie sich bei uns beworben? Der Römerhof hat immerhin einen Stern. Das können wir Ihnen im Waidhaus nicht bieten. Außerdem sind Sie dort noch nicht einmal ein Jahr. Gefällt es Ihnen nicht bei Jean Kirchner?«

»Doch«, antwortete sie schnell. »Der Römerhof ist eine Topadresse. Ich möchte aber mehr Verantwortung übernehmen. Den Stellenzuschnitt bei Ihnen finde ich ideal – man ist für den Weinkeller und den Service verantwortlich. Das würde mich sehr reizen.«

»Trauen Sie sich den Job denn zu?«

»Absolut. Ich hab in so vielen großen Häusern gearbeitet, dass ich ziemlich genau weiß, was die Gäste von einem erstklassigen Service erwarten.«

»Bisher haben Sie aber noch nie Personal geführt«, wandte er ein.

»Als Sommelière muss man den Kellnerinnen und Kellnern auch Anweisungen geben. Zudem bin ich laufend in Kontakt mit Lieferanten und mit dem Management des Hotels. Der Hauptgrund, warum ich mich bei Ihnen beworben habe, ist aber die Kreativität Ihrer Küche. Ich finde es großartig, was Sie an verschiedenen Gerichten auf den Teller bringen. Das ist für jeden Sommelier ein Traum!«

Sie beugte sich zu ihrer Handtasche hinunter und kramte darin. Als Jo ihr seitliches Profil sah, erkannte er sie. Kati Müller war eine der beiden »Restauranttesterinnen«, die neulich im Waidhaus gewesen waren! Deswegen hatte sie sich weggedreht, als er an ihren Tisch gekommen war!

»Das ist unsere Weinkarte«, erklärte sie stolz und schob eine Mappe mit Fotokopien über den Tisch. Mit Begeisterung ging sie durch die einzelnen Positionen und erläuterte ihm, welchen Wein sie zu welchem Essen empfahl. Jo hörte gar nicht richtig hin, die Informationsfülle überforderte ihn ein wenig.

»Ist was?«, fragte Kati Müller und blickte ihn unsicher an.

»Äh, nein. Sehr beeindruckend.« Er hielt inne. Eines musste man ihr jedenfalls lassen: Sie hatte sich gründlich vorbereitet.

»Was halten Sie von unserer Weinkarte?«, wollte er wissen.

»Sie decken eine enorme geschmackliche Bandbreite ab. Bei Ihnen kann man für jedes Essen den optimalen Wein finden!«

»Ich hab übrigens zwei Rieslinge aus dem Weingut Ihrer Eltern auf der Karte«, sagte er beiläufig.

»Ist mir sofort aufgefallen«, antwortete sie und strahlte. »Das spricht natürlich für die Qualität Ihres Weinkellers«, fügte sie augenzwinkernd hinzu. »Sind beide vom Erdener Treppchen. Ist eine der besten Weinlagen an der Mosel. Und es sind meine beiden Lieblinge aus unserem Sortiment.«

»Was Sie nicht sagen.« Jo sah ihr in die Augen, konnte aber keine Anzeichen dafür erkennen, dass sie ihn anflunkerte. Erstaunlich, dass sie beide exakt die gleichen Weine am liebsten mochten.

»Wie sieht es mit Ihren betriebswirtschaftlichen Kenntnissen aus?«

»Sehr gut. War ja Teil meiner Ausbildung. Zusätzlich

habe ich für ein knappes Jahr bei uns im Weingut die Bücher geführt, als meine Mutter krankheitsbedingt länger ausgefallen ist.«

»Der Schreibkram schreckt Sie nicht ab?«

»Nö, das gehört dazu. Am Ende ist ja entscheidend, was unterm Strich rauskommt.«

Jo warf einen Blick auf seinen Spickzettel. »Eine Frage hätte ich noch.«

»Ja?«

»Wie wird man deutsche Weinkönigin?«

Sie lachte. »Als Teenager wäre ich lieber gestorben, als mich zur Weinkönigin wählen zu lassen. Ich fand das schrecklich altmodisch und hätte mir nie vorstellen können, mit einem Krönchen im Haar von Weinfest zu Weinfest zu tingeln.« Sie schüttelte den Kopf. »Als ich achtzehn geworden bin, stand der Chef vom Weinbauverband bei uns vor der Tür. Sie hatten in dem Jahr nur Kandidatinnen, mit denen sie nicht zufrieden waren. Am Ende habe ich mich breitschlagen lassen und bin auf Anhieb Moselweinkönigin geworden. Damit ist man automatisch für die Wahl zur deutschen Weinkönigin nominiert. Ich hätte nie gedacht, dass ich da auch noch gewinne.«

Ihr koketter Augenaufschlag sagte etwas anderes.

»Für meine persönliche Entwicklung war es ein riesiger Schub. Ich musste alle drei Tage woanders auftreten, man begegnet wahnsinnig vielen interessanten Menschen, und ich durfte quer durch Deutschland und ins benachbarte Ausland reisen. Und natürlich kann man überall Wein probieren. Davon profitiere ich heute noch. Zum krönenden Abschluss durfte ich sogar nach Japan fliegen. Die haben mich hofiert, als wär ich tatsächlich eine Königin.«

»Sehr beeindruckend«, sagte Jo. »Haben Sie Fragen an mich?«

»Eigentlich nur eine: Wie suchen Sie die Weine aus, die Sie auf die Karte setzen?«

Jo dachte nach. »Bei mir steht immer das Essen im Vordergrund. Wenn ich ein neues Gericht kreiere, habe ich meistens eine genaue Vorstellung davon, wie der Wein schmecken muss. Dann gucke ich in meinem Keller, ob ich einen Wein habe, der dazu passt, oder hole mir nötigenfalls einen neuen.«

Sie nickte zustimmend. »Und ich hätte bei Ihnen wirklich die alleinige Verantwortung für den Weinkeller und das Restaurant?«

»Klar. Ich suche jemanden, auf den ich mich verlassen kann und der mir den Rücken freihält: Lieferanten einbestellen, Rechnungen begleichen, den Service beaufsichtigen – das würde ich liebend gern abgeben.«

»Wie viele Mitarbeiter beschäftigen Sie eigentlich im Waidhaus?«

»Fünf in der Küche und fünf im Service.«

Sie lächelte zufrieden. Der perfekte Job für sie!

Die beiden klärten noch Katis Gehaltsvorstellungen, und Jo versprach, sich in den nächsten Tagen zu melden. Auf dem Flur lief ihnen Pedro über den Weg.

»Hallo«, sagte er. »Sie sind die Bewerberin für den Chefposten im Service, stimmt's?«

Sie nickte.

»Mein Name ist Pedro Sanchez. Ich bin stellvertretender Küchenchef im Waidhaus.«

»Angenehm«, erwiderte sie und schüttelte ihm die Hand. Dann brachte Jo sie zur Tür.

»Hast du auf uns gewartet?«, fragte Jo misstrauisch, als er zurück in die Küche kam.

»Nö. War reiner Zufall.«

Der Spanier machte ein unschuldiges Gesicht.

»Wie war sie denn?«, fragte er neugierig.

»Ganz okay.«

»Ich finde sie sehr charmant.«

»Du hast doch kaum ein Wort mit ihr gewechselt.«

»So was seh ich sofort.«

Jo lachte. »Dann können wir uns in Zukunft Bewerbungsgespräche sparen und du guckst den Leuten nur kurz ins Gesicht.«

»Ernsthaft, Jo. Die hat das gewisse Etwas. Die Geschäftsleute werden uns die Bude einrennen, wenn die bei uns arbeitet.«

»Die sollen wegen der Küche kommen und nicht wegen der attraktiven Sommelière«, meinte Jo pikiert.

»Natürlich geht's in erster Linie ums Essen. Das ist ja klar. Aber die würde definitiv den Umsatz steigern.«

Jo war davon nicht so überzeugt. Als er später in seinem Büro saß und über die Kandidaten nachdachte, steckte Ute den Kopf herein. Vor ihm lagen die drei Bewerbungsmappen.

»Und, schon eine Entscheidung getroffen?«

Er zuckte mit den Schultern.

»Hast du wenigstens eine Tendenz?«

»Auf seine Art hat jeder gewisse Stärken.«

»Du klingst nicht begeistert.«

Er schüttelte den Kopf und lachte. »So meine ich es nicht. Die sind alle drei sehr gut.«

»Dann bist du in einer komfortablen Position.«

»Ja, aber das Dumme ist, dass ich nicht weiß, wen von ihnen ich nehmen soll.«

»Bei Pedro und mir hast du dich doch auch schnell entschieden.«

»Das hat sich damals so ergeben. Hier muss ich eine bewusste Entscheidung treffen.«

»Ich würde auf mein Bauchgefühl hören.«

»Das ist leider nicht eindeutig.«

Ute hielt inne.

»Schnell – wenn du an die Stelle denkst, wer fällt dir als Erstes ein?«

Vor seinem inneren Auge tauchte das Gesicht von Kati Müller auf.

»Und?«

»Die von eben. Aber das zählt nicht. Da war logischerweise der Eindruck noch am frischesten.«

Die Sechzigjährige lachte. »Männer! Ihr müsst aus allem eine Kopfsache machen, statt euch auf eure Gefühle zu verlassen. Was spricht denn gegen sie?«

»Eigentlich nichts. Sie macht einen sehr überzeugenden Eindruck.«

»Also.«

»Auftreten ist nicht alles. Ich bin nicht sicher, ob sie der Aufgabe gewachsen ist.«

»Ich seh schon. Du willst dich nicht entscheiden. Aber wenn man sich vor etwas drückt, wird es auch nicht einfacher.«

Wie wahr, dachte Jo und schnitt eine Grimasse.

Kapitel 15

Am nächsten Morgen werkelte Philipp bereits in der Küche, als Jo aus seiner Wohnung herunterkam.

»Was machst du denn schon hier?«, wollte er von seinem Jungkoch wissen.

»Ich übe für den Nachspeisenwettbewerb.«

»Wann steigt das Ganze denn?«

»Kurz vor der Sommerpause.«

Jo blickte ihm über die Schulter. »Hast du den Blätterteig inzwischen im Griff?«

»Ute hat ein paarmal mit mir geübt. Jetzt klappt's super. Ich mach sogar was mit Blätterteig bei der Kür.«

»Welche Kür?«

»Es gibt ein Pflichtprogramm mit vier Nachspeisen, die vorgegeben sind. Da weiß man noch nicht, was es ist. Anschließend darf ich vier Sachen zubereiten, die ich mir selbst ausgedacht habe. Das nennen sie Kür. Die Jury bewertet dann alles zusammen.«

»Was wird das?«

»Ein Tiramisu bianco.«

»Klingt interessant. Wie machst du es?«

»Basis ist ein Savoyer Biskuit. Das Rezept hab ich aus Italien. Von der Machart ist er so ähnlich wie ein Genueser Biskuit, aber man nimmt mehr Eigelb und weniger Mehl. Außerdem hat er einen deutlichen Kaffeegeschmack. Für die Tiramisu-Creme nehme ich Mascarpone und mische sie mit steifgeschlagenem Eigelb und Puderzucker. Den Biskuit schneide ich in Boden und Deckel, tränke beides mit Kaffeesirup und dann kommt die Creme dazwischen. Am Ende garniere ich es mit Mandelblättchen, die ich mit Orangenblütenwasser, Zuckersirup und gemahlener Vanille unter dem Salamander geröstet habe.«

»Hört sich lecker an.«

»Ich bin noch nicht zufrieden. Die Tiramisu-Creme ist nicht süß genug. Dabei hab ich extra einen milden Mascarpone genommen.«

Jo schnappte sich einen Löffel und probierte. »Warum gibst du nicht etwas Zabaglione dazu? Wenn du sie gut schaumig rührst, kannst du sie leicht unterheben. Das sollte zusätzlichen Geschmack reinbringen.«

»Super Idee, Chef, danke für den Tipp.«

»Was sind die anderen Desserts, die du für deine Kür vorbereitest?«

»Als Zweites mache ich kleine Törtchen mit Chiboust-Creme und Mandarinenmousse, als Drittes eine Blätterteigtorte mit Vanillecreme und marinierten Früchten und zum Abschluss Quarkravioli mit Aprikosenrösti und frischen Beeren.«

»Wenn du deine Nachspeisen vor der Jury präsentiert hast, können wir sie anschließend bei uns auf die Karte nehmen.«

Philipp strahlte vor Stolz.

»Wär schade drum, wenn wir dein kreatives Talent nicht fürs Waidhaus nutzen würden«, sagte Jo und lächelte Philipp aufmunternd an.

Die Sommerpause rückte näher, und die Mitarbeiter im Waidhaus beschäftigten sich mit ihren Urlaubsplänen.

»Was machst du dieses Jahr?«, fragte Pedro seinen Chef.

Jo zuckte mit den Schultern. »Hab noch nicht drüber nachgedacht. Vielleicht fliege ich nach Mallorca und radel ein wenig. Und du?«

»Andalusien natürlich.« Pedros Familie stammte ursprünglich aus Südspanien, so dass er im Urlaub meist seine Verwandten besuchte.

Was Jo mehr beschäftigte als sein Urlaub, war die Frage, wie er im Fall Sattler weiter vorgehen sollte. Nach der demütigenden Erfahrung im Casino wäre es sicherlich am besten gewesen, endgültig einen Schlussstrich unter seine Ermittlungen zu ziehen. Aber das konnte er nicht. Sein Stolz war tief verletzt – so durfte es nicht enden! Immerhin hatte sich ein neuer Ansatzpunkt ergeben. Auch wenn er Ziegler keinen Zentimeter weit traute – Paul Eckert hatte bestätigt, dass Sattler einer dubiosen Angelegenheit auf der Spur gewesen war. Zu dumm, dass der Verwaltungsbeamte keinen Schlüssel mehr für Sattlers Haus hatte. Jo hätte gern gewusst, ob sich bei den Unterlagen des Teichbesitzers etwas fand, das Aufschluss darüber geben konnte, worum es sich handelte.

Am Samstagabend entschied er sich, nach dem Abendservice noch einen Stadtspaziergang zu machen. Er fuhr nach Oberwesel hinunter und stellte den Wagen am Rhein ab. Bevor er ausstieg, nahm er die Taschenlampe aus dem Handschuhfach und steckte sie ein. Trotz der späten Stunde war es noch angenehm warm. Jo schlenderte durch das Stadttor am Marktplatz. Im Restaurant gleich an der Ecke saßen ein paar Gäste und unterhielten sich gut gelaunt. Er spazierte am Kulturhaus vorbei, das vor einigen Jahren aufwendig renoviert worden war. Jo fand die Verbindung zwischen dem alten Gebäudeteil, einem denkmalgeschützten ehemaligen Weingut, und der modernen Architektur äußerst gelungen. Er blieb immer wieder an Schaufenstern stehen, um die Auslage zu bewundern. Am Kölner Torturm stieg er die schmale Treppe zur Niederbachstraße hinunter, die in ein Seitental führte. Dicht an dicht drängten sich hier die Häuser entlang der Straße. Die Lampen warfen nur ein spärliches Licht, so dass die Gebäude weitgehend im Dunklen lagen. Stadtauswärts dünnte sich die Besiedlung aus, und der Wald reichte an vielen Stellen bis an die Straße heran.

Am Ortsausgang befand sich ein mehrstöckiges Haus. Der Putz blätterte an verschiedenen Stellen ab, und das Anwesen machte einen heruntergekommenen Eindruck. Vorsichtig spähte Jo in alle Richtungen. Niemand war zu sehen. Nur das Rauschen des Bachs war vernehmbar. Schnell betrat Jo das Grundstück und umrundete das Gebäude. Die Rückseite lag völlig im Dunkeln. Er zuckte zusammen, als eine Windbö die Blätter der Bäume rauschen ließ, und knipste seine Taschenlampe an. Ein gemauerter Aufgang führte mehrere Stufen hinunter zum Kellereingang. Vorsichtig setzte er einen Fuß vor den anderen. An der Tür angekommen, drückte er die Klinke hinunter. Abgeschlossen! Wäre auch zu schön gewesen, dachte er und seufzte. Das Licht der Taschenlampe fiel auf das Türschloss. Es handelte sich um ein uraltes Modell. Er schaltete die Taschenlampe aus und machte sich auf den Rückweg.

Am folgenden Morgen stand Jo noch früher auf als gewöhnlich. Im Schuppen gegenüber dem Haupthaus hatte er sich eine Werkstatt eingerichtet. Dort suchte er aus seinem Fundus ein gut fünf Millimeter dickes Drahtstück heraus. Er spannte die Spitze des Drahts in einen Schraubstock ein. Mit einer Rohrzange packte er das freie Ende. Zuerst leistete der Draht Widerstand, aber mit etwas mehr Druck gelang es ihm, ihn im Neunziggradwinkel zu biegen. Das Gleiche machte er mit dem anderen Ende des Drahtstücks. Zufrieden betrachtete er sein Werk. Es erinnerte schon entfernt an einen Schlüssel. Er nahm einen schweren Hammer von der Wand, hielt den Draht mit der Rohrzange fest und begann das vordere, abgebogene Stück mit kräftigen Schlägen auf dem Amboss zu bearbeiten. Nach gut einer Viertelstunde hatte er es geschafft: Er hatte die Spitze breit gehämmert. Es sah zwar nicht sehr professionell aus, aber er hoffte, dass sein selbstgebasteltes Werkzeug seinen Zweck erfüllen würde. Als Kind hatte ihm sein Großvater gezeigt, wie man aus einem großen Nagel mit etwas Handarbeit einen brauchbaren Dietrich herstellen konnte. Der alte Herr hatte nämlich die Angewohnheit gehabt, den Schlüssel zum Gartenschuppen zu verlegen, so dass ihm der Dietrich ein ums andere Mal nützliche Dienste erwiesen hatte.

Gegen Mitternacht fuhr er erneut hinunter nach Oberwesel. Er hatte eine schwarze Hose und ein schwarzes Polohemd angezogen. Er stellte den Wagen am Rhein ab und machte sich zu Fuß auf den Weg. Das Haus der Familie Sattler lag genauso still und verlassen da wie am Vorabend. Er umrundete das Gebäude. Das fahle Leuchten des Mondes tauchte die Szenerie in ein schemenhaftes Licht. Er brauchte einen

Moment, bis sich seine Augen an die Dunkelheit gewöhnt hatten. Lautlos stieg er die Stufen zum Hintereingang hinab. Er streifte sich Gummihandschuhe über, wie er sie auch in der Küche benutzte, wenn er Fleisch bearbeitete. Unschlüssig starrte er auf die Tür. Noch konnte er zurück. Unwillkürlich musste er an seine Erlebnisse im Spielcasino denken. Schnell schob er den Gedanken beiseite. Hier bestand glücklicherweise kein Risiko, entdeckt zu werden.

Er zog seinen selbstgebastelten Dietrich aus der Tasche und steckte ihn ins Schloss. Langsam drehte er ihn gegen den Uhrzeigersinn. Er spürte einen leichten Widerstand, aber der Dietrich drehte leer durch. Mit zitternden Händen versuchte er es erneut – wieder erfolglos. Jo fluchte. Schweißperlen bildeten sich auf seiner Stirn. Er atmete tief durch und versuchte sich zu konzentrieren. Diesmal klappte es und er bekam die Schließe zu fassen. Knirschend drehte er den Dietrich herum. Er drückte die Klinke herunter, und mit einem leisen Quietschen öffnete sich die Tür. Hastig schlüpfte er hinein und zog sie hinter sich zu. Geschafft! Für ein paar Sekunden verharrte er regungslos im Dunklen. Atemlos lauschte er ins Gebäudeinnere. Ein seltsam modriger Geruch lag in der Luft. Er knipste seine Taschenlampe an.

Vor ihm lag ein schmaler Gang, der mit einer beigebraunen Tapete aus den siebziger Jahren ausstaffiert war. Über einen Absatz ging es ins Erdgeschoss. Er öffnete die erste Tür – die Toilette. Es folgten die Küche und ein großes Wohnzimmer. Alles wirkte, als wäre seit den Siebzigerjahren nicht mehr renoviert worden. Kein Wunder, dass Sattler das Haus in der Stadt nach dem Tod seiner Mutter nur noch selten genutzt und seine Zeit lieber in der Hütte bei den Teichen verbracht hatte. Wobei es dort auch nicht viel behaglicher ausgesehen hatte. Das Licht der Taschenlampe tanzte über eine abgenutzte Couch und einen voluminösen Ledersessel. Es gab einen großen, alten Fernseher, einen Esstisch und ein Bücherregal. An der gegenüberliegenden Wand thronte eine wuchtige Schrankwand – ein Prachtexemplar des Gelsenkirchener Barocks. Jo öffnete eine der furnierten, wellenförmigen Türen. Zum Vorschein kamen ein Kaffee-Service und eine große Suppenterrine. Er durchstöberte die übrigen Schrankelemente und Schubfächer. Außer Geschirr, Besteck, Tischdecken und Servietten war darin nichts zu finden.

Er verließ das Wohnzimmer und trat hinaus in den Flur. Dort führte eine alte Holztreppe nach oben. Prüfend setzte er einen Fuß auf die erste Stufe und erschrak, als sie vernehmbar knarzte. Schritt für Schritt tastete er sich voran, wobei sein Aufstieg vom lauten Ächzen und Stöhnen der alten Holzstufen begleitet wurde. Er fragte sich, wie ein richtiger Einbrecher so was anstellte – unbemerkt konnte er jedenfalls nicht in den ersten Stock gelangen. Oben gab es zwei Schlafzimmer, in denen es besonders muffig roch. Schnell ließ Jo die beiden Räume hinter sich und öffnete eine weitere Tür. Dahinter lag ein großzügig geschnittenes Arbeitszimmer. In der Ecke stand ein Paravent in japanischem Stil, der mit dunkelrotem Papier bespannt war. Es gab mehrere Holzschränke. Darin befanden sich alte Zeitschriften, mehrere Fotoalben und eine umfangreiche Plattensammlung. Erstaunlich, denn er hatte nirgendwo einen Plattenspieler gesehen. Als ihm eine Schallplatte der Beatles in die Hände fiel, hielt er inne. Es handelte sich um *Yellow Submarine*. Das quietschbunte Cover weckte alte Erinnerungen in ihm. Seine Eltern hatten dieses Album auch besessen.

Schlagartig wurde ihm bewusst, was er hier tat: Er wühlte in den Erinnerungen einer Familie! Schnell stellte er die Platte zurück und schloss die Schranktür. Am liebsten hätte er das Haus sofort verlassen. Aber er rief sich zur Ordnung. All die Mühe und Vorbereitung wären vergeblich gewesen, wenn er jetzt aufgab. Sein Blick fiel auf den Schreibtisch, der in der Mitte des Raums stand. Es war ein wuchtiger alter Sekretär im Kolonialstil. Er trat darauf zu und öffnete die oberste Schublade. Sie enthielt einige Plastikschnellhefter mit Steuerunterlagen. In der zweiten Schublade befanden sich persönliche Unterlagen: das Familienstammbuch, Geburtsurkunden, die Sterbeurkunden der Mutter und des Großvaters. Die letzten beiden Schubladen enthielten private Korrespondenz und Schriftverkehr mit Behörden. Die Behördenschreiben stammten fast ausschließlich von Erich Sattler. Meist handelte es sich um Beschwerden gegen Auflagen für seinen Fischzuchtbetrieb. Sattler hatte Kopien der Schreiben sorgfältig archiviert und zusammen mit den Antwortschreiben abgelegt. Soweit Jo beim Überfliegen feststellen konnte, war Sattler mit seinen Einsprüchen nicht sehr erfolgreich gewesen. Er schüttelte den Kopf. Jetzt hielt er sich schon fast eine Stunde im Haus auf und hatte bisher nichts Verwertbares gefunden. Auf der linken Seite des Schreibtischs befand sich ein verschließbares Fach. Er drehte den Schlüssel herum und öffnete es. Vor ihm lag eine Geldkassette. Sie war dunkelblau und von mittlerer Größe. Jo hob sie an und nahm sie aus dem Fach. Sie war ungewöhnlich schwer. Im Licht der Taschenlampe begutachtete er sie. Es handelte sich um eine einfache Metallbox. Das Schloss machte keinen sehr ausgefeilten Eindruck. Vielleicht konnte er es mit einem dünneren Stück Draht aufbekommen. Dummerweise hatte er keines zur Hand. Für einen Moment spielte er mit dem Gedanken, sie mitzunehmen. Aber was, wenn ihn ein Nachbar damit sah? Ratlos blickte er sich um. Wo verwahrte Sattler den Schlüssel dafür? Hatte er ihn bei sich getragen? Jo hielt das für unwahrscheinlich. Er besaß selbst eine derartige Kassette, in der er Wechselgeld aufbewahrte. Den Schlüssel dafür versteckte er in einer Pappschachtel in seinem Schreibtisch. Kein sehr originelles Versteck, aber es handelte sich auch nur um Kleingeld im Wert von unter Hundert Euro. Meist vergaß er ohnehin, den Schlüssel abzuziehen.

Er machte sich auf die Suche. Auf der Tischplatte stand ein drehbarer Stifteköcher, der neben verschiedenen Schreibwerkzeugen auch Heftklammern und eine Schere enthielt. Daneben lag eine schmale hölzerne Box mit japanischen Schriftzeichen darauf. Zu Jos Enttäuschung fand sich auch darin kein Schlüssel. Während er auf die Geldkassette starrte, kam ihm ein Gedanke. In einem Lifestylemagazin hatte er vor einiger Zeit einen Bericht gelesen, dass antike Schreibsekretäre als stylisches Wohnaccessoire gerade sehr im Trend lagen. Als besonderen Clou strich der Artikel heraus, dass diese oftmals Geheimfächer enthielten. Stück für Stück inspizierte er den Schreibtisch. Nirgendwo auch nur die Spur eines Geheimfachs. Er schloss die Augen und fuhr langsam mit der Hand an den verschiedenen Leisten entlang. An der Frontseite, gleich unterhalb der Schreibtischplatte, gab es eine rund zwei Zentimeter dicke Verblendung. Auf einmal spürte er etwas – eine minimale Unebenheit. Er drückte fest darauf und hörte ein leises

Klicken. Die schmale Verkleidung sprang ein Stück hervor, so dass man sie zur Seite drehen konnte. Dahinter tauchte eine flache Schublade auf. Vorsichtig zog Jo sie heraus. Im Licht der Taschenlampe glitzerte etwas: zwei Schlüssel! Der eine war klein und schmal, der andere gut sieben Zentimeter lang. Er wies auf beiden Seiten einen komplizierten Schlüsselbart auf. Jo nahm ihn heraus und begutachtete ihn. Er lag kühl in seiner Hand. Am oberen Ende war deutlich sichtbar eine Nummer eingestanzt: die Siebenundzwanzig. Schnell steckte er ihn ein. Danach nahm er den kleineren Schlüssel aus dem Geheimfach und schob ihn ins Schloss der Geldkassette. Er drehte ihn um und öffnete den Deckel. Die Kassette enthielt ein Bündel Geldscheine, einige Ein- und Zwei-Euro-Stücke und zwei Goldmünzen. Neugierig zählte er die Scheine. Es waren fast tausend Euro. Unwillkürlich fragte er sich, wofür Sattler so viel Geld zu Hause aufbewahrt hatte. Und was mochten die beiden Goldmünzen wert sein? Er nahm eine davon in die Hand. Sie war erstaunlich schwer und trug den Aufdruck: Canada, Fine Gold, 1 Oz. Er legte sie zurück und schloss die Geldkassette wieder ab.

In diesem Moment hörte er etwas. Es klang wie das Quietschen einer Tür. Augenblicklich knipste er seine Taschenlampe aus. Gebannt lauschte er in die Dunkelheit. Nichts war zu hören. Wahrscheinlich hatten ihm seine Nerven einen Streich gespielt, dachte er und schaltete die Taschenlampe wieder ein. Er wollte gerade den Schlüssel der Geldkassette abziehen, als er erneut ein Geräusch vernahm. Diesmal deutlich lauter – das Knarzen einer Treppenstufe. Jo erstarrte. Die zweite Treppenstufe knackte, dann die dritte. Er war vor Schreck wie gelähmt. Sein Magen krampfte sich zusammen. Panisch sah er sich nach einer Fluchtmöglichkeit um. Die Schritte des Unbekannten kamen immer näher. Sein Blick fiel auf den Paravent. Blitzschnell schob er die Geldkassette zurück ins Fach, knipste die Taschenlampe aus und versteckte sich hinter dem Paravent. Das Knarzen der alten Holztreppe war schlagartig verstummt. Jos Herz pochte ihm bis zum Hals. Verzweifelt hielt er seine Taschenlampe umklammert. Leise drückte jemand die Klinke herunter. Fast lautlos schwang die Tür auf.

Kati Müller und ihre Freundin Alexandra saßen in einer Kneipe in Wiesbaden. Beide hatten ein Glas Rotwein vor sich stehen.

»Wie war's?«, fragte Alexandra und sah ihre Freundin neugierig an.

»Was denn?«

»Dein Vorstellungsgespräch im Waidhaus.«

»Ach so, das ... ganz okay.«

»Hört sich ja doll an.«

»Nee, war ein nettes Gespräch.«

»Und wie ist er so?«

»Wer?«

»Jo Weidinger natürlich.«

Kati zuckte mit den Schultern.

»Jetzt lass dir doch nicht alles aus der Nase ziehen!«

»Keine Ahnung. Eigentlich haben wir vor allem über mich geredet.«

»Ein Vorstellungsgespräch ist doch keine Einbahnstraße. Wenn er gar nichts von sich erzählt hat, ist das kein gutes Zeichen.«

»Der fand mich auf jeden Fall gut«, behauptete die junge Sommelière und strich sich die Haare aus der Stirn.

»Sei dir da nicht zu sicher.«

Alexandra sah ihre Freundin aufmerksam an.

»Was ist er denn für ein Typ?«, wollte sie wissen.

»Keine Ahnung. Spielt das eine Rolle?«

»Na ja, ihr werdet täglich zusammenarbeiten. Da ist es wichtig, dass die Chemie stimmt …«

»Ach was«, wischte Kati die Bemerkung beiseite. »Ich bin im Restaurant, er ist in der Küche. Das geht schon.«

»Ich finde ihn interessant – irgendwie hat er eine geheimnisvolle Aura.«

»So ein Quatsch.«

Auch wenn sie es nie zugegeben hätte, machte Kati das Gespräch nachdenklich. So sicher, wie sie vorgab, war sie sich nämlich nicht. Jo Weidinger hatte bei aller Freundlichkeit tatsächlich einen distanzierten Eindruck auf sie gemacht. Und irgendwie fuchste sie das. Sie war es nicht gewohnt, als zweiter Sieger vom Platz zu gehen.

Jos Nerven waren zum Zerreißen gespannt. Durch die Ritzen des Paravents sah er, wie ein schmaler Lichtkegel in den Raum fiel. Er wagte kaum zu atmen. Jemand betrat den Raum und schloss die Tür. Jo duckte sich noch tiefer in sein Versteck. Die Person kam immer näher. Unwillkürlich spannte er die Muskeln an, die Taschenlampe pulsierte in seinen Händen. Jo war kurz davor aufzuspringen, als die Schritte abrupt verstummten. Nur mit Mühe unterdrückte er den Fluchtimpuls. Leise wurde eine der Schubladen aufgezogen. Kurz danach die nächste und dann noch eine. Obwohl er vor Aufregung zitterte, riskierte Jo einen Blick durch die Ritzen des Paravents. Ein dunkel gekleideter Mann stand vor dem Sekretär. In der Hand hielt er eine Taschenlampe. Im schemenhaften Licht zeichnete sich sein Gesicht ab. Um ein Haar hätte Jo hysterisch aufgelacht: Es war Paul Eckert! Der Verwaltungsbeamte zog das Fach des Sekretärs auf. Fassungslos beobachtete Jo, wie Eckert die Geldkassette herausnahm und auf den Schreibtisch stellte. Er drehte den Schlüssel um und öffnete den Deckel. Als er den Inhalt sah, leuchteten seine Augen. Begierig griff er nach den Scheinen. Er ließ sie durch die Hände gleiten und zählte sie. Als er fertig war, hielt er inne. Nachdenklich starrte er auf die Scheine. Zweifel und Scham zeichneten sich in seinem Gesicht ab. Doch plötzlich verhärteten sich seine Züge. Er griff nach dem Geld, steckte es in seine Tasche und nahm die beiden Goldmünzen aus der Kassette. Die restlichen Münzen ließ er liegen. Er schlug den Deckel zu, verstaute die Geldkassette im Schreibtisch und war im nächsten Augenblick aus dem Zimmer verschwunden. Jo hörte, wie sich seine Schritte rasch entfernten. Eine Tür quietschte leise, dann wurde es still im Haus. Die Minuten verrannen.

Jo kauerte in seinem Versteck, unfähig, einen klaren Gedanken zu fassen. Er spürte, dass seine rechte Hand schmerzte. Er hatte die Taschenlampe so fest umklammert, dass es ihm schwerfiel, sie loszulassen. Behutsam legte er sie auf den Boden und schüttelte die Hand aus. Er atmete tief durch und strich sich die Schweißtropfen von der Stirn. Dann machte er sich auf den Weg nach draußen.

Als Jo am nächsten Morgen erwachte, fühlte er sich erschöpft und ausgelaugt. Er kochte sich einen Kaffee und setzte sich auf die Terrasse. Die frische Morgenluft machte ihn ein wenig munterer. Im Licht des neuen Tages erschienen ihm seine nächtlichen Erlebnisse noch unwirklicher. Für einen Augenblick fragte er sich, ob er nicht alles nur geträumt hatte. Aber der Schlüssel mit den vielen Zacken und der eingestanzten Siebenundzwanzig, der vor ihm auf dem Tisch lag, belehrte ihn eines Besseren. Nachdenklich nahm er ihn in die Hand. Dann zog er seinen Schlüsselbund aus der Tasche. Als er einen seiner eigenen Schlüssel betrachtete, bestätigte sich, was er vermutet hatte. Sie waren identisch. Nur dass sein Schlüssel die Nummer Zwanzig trug. Damit war klar, dass Erich Sattler ein Schließfach des örtlichen Bankhauses sein Eigen nannte – ebenso wie Jo. Nach dem Frühstück machte er sich auf den Weg nach Oberwesel. Er parkte seinen Wagen am Marktplatz und betrat die Schalterhalle der Bankfiliale.

»Herr Weidinger, schön, Sie zu sehen«, begrüßte ihn Toni Meurer, der stellvertretende Filialleiter. »Was können wir für Sie tun?«

»Ich wollte an mein Schließfach.«

»Gern. Mein Kollege bringt Sie hinunter.«

Er winkte einen jungen Mann herbei, dessen schlaksige Figur und linkische Bewegungen nicht so recht zu dem coolen Gesichtsausdruck passen wollten, mit dem er versuchte, seine Unsicherheit zu überspielen. An seinem Revers steckte ein Schild mit der Aufschrift »Auszubildender«.

»Neu hier?«, fragte Jo, als er dem jungen Mann zum Treppenabsatz folgte.

»Ist meine zweite Woche«, antwortete der und grinste verlegen.

»Macht's Spaß?«

»Eigentlich schon. Herr Meurer lässt mich bei vielen Kundengesprächen mit dabei sein. Aber ich hätte trotzdem lieber eine Lehre im Tierpark gemacht.«

»Tut mir leid, dass es nicht geklappt hat«, sagte Jo mitfühlend.

»Hätte es ja. Aber meine Eltern wollten, dass ich eine Banklehre mache, weil da die Karrieremöglichkeiten besser sind.«

Sie waren bei den Schließfächern angekommen. Normalerweise brachten die Bankmitarbeiter ihn nur nach unten und ließen ihn dann allein. Der Auszubildende blieb jedoch am Eingang stehen und wartete. Jo überlegte, ob er seine Handschuhe überstreifen sollte. Aber das hätte vermutlich komisch ausgesehen. Außerdem war der Tresorbereich videoüberwacht. Er trat an Schließfach Nummer Siebenundzwanzig heran und öffnete es. Sattler hatte ein mittelgroßes Fach. Jo zog die graue Metallbox heraus, in der die Wertgegenstände verwahrt wurden, und stellte sie auf einen Tisch, der in der Mitte des Raumes stand. Er spürte einen eigenartigen Nervenkitzel. Schnell sah er sich nach dem jungen Mann um, aber dieser schien sich nicht für ihn zu interessieren und spielte an seinem Smartphone herum. Jo hob den Deckel der grauen Metallbox an und spähte hinein. Er schluckte. Darin befanden sich weitere Goldmünzen – mindestens fünfzehn Stück. Woher hatte Sattler so viel Geld gehabt?

Was ihn jedoch viel mehr interessierte, waren die Unterlagen, die sich in der Box befanden. Er nahm eine schwarze Mappe heraus. Sie war unbeschriftet. Er schlug sie auf und überflog die erste Seite. Es handelte sich um einen Schuldschein. Ausgestellt von René Ziegler und unterschrieben von Erich Sattler. Er belief sich auf zwölfhundert Euro und stammte von Ende Februar. Jo blätterte weiter und fand noch weitere Schuldscheine – allesamt von Ziegler. Insgesamt ging es um mehrere Tausend Euro. Unfassbar, dass der biedere Teichbesitzer um solche Summen gespielt hatte! Dass die Schuldscheine in seinem Schließfach lagen, deutete darauf hin, dass sie zurückbezahlt worden waren – sonst hätte Sattler sie wohl kaum von Ziegler zurückerhalten.

Jo fragte sich, warum er sie aufgehoben hatte. Als mahnende Erinnerung? Als Druckmittel gegen den Casinobesitzer, falls er ihn wegen der illegalen Spielrunden anzeigen wollte? Der junge Küchenchef legte die schwarze Dokumentenmappe beiseite. In der Box lag noch eine weitere. Auch sie war unbeschriftet. Als er sie in die Hand nahm, merkte er, dass sie ungleich schwerer war. Er öffnete den Deckel und warf einen Blick auf die oberste Seite. Darauf stand in einer ungelenken Handschrift:

Untersuchung über Unregelmäßigkeiten in der Teichwirtschaft
Von Erich Sattler

Ich bin selbständiger Teichwirt mit eigenem Betrieb in Oberwesel. Seit mehr als dreißig Jahren bin ich in diesem Gewerbe tätig, verfüge über eine fundierte Ausbildung und langjährige Erfahrung. In den letzten Jahren habe ich einige seltsame Beobachtungen gemacht. Die Betriebsgrößen verschiedener Wettbewerber sind sprunghaft angestiegen. Dies geschah einerseits durch die Übernahme von Flächen bei Betriebsaufgaben, zum Teil wurden von den bestehenden Betrieben aber auch mit großem Aufwand neue Teiche geschaffen. Mehrfach bin ich von Konkurrenten angesprochen worden, die meine Teiche kaufen oder pachten wollten – teilweise in sehr aggressiver Form. Dies erschien mir angesichts des Preisverfalls und der damit einhergehenden geringeren Verdienstmöglichkeiten in unserem Gewerbe auffällig. Ich habe mich gefragt, wie solch umfangreiche Investitionen ohne ausreichende Refinanzierungsmöglichkeit getätigt werden können. Ich habe mich daher mit mehreren Betrieben intensiver befasst. Dabei sind zahlreiche Unregelmäßigkeiten zutage getreten. Ich habe nicht unerhebliche eigene Mittel investiert, um diese zu analysieren und zu dokumentieren. Alle meine Erkenntnisse sind in diesen Unterlagen niedergelegt und teilweise durch wissenschaftliche Analysen eines angesehenen Instituts belegt.

Während meiner Nachforschungen bin ich mehrfach bedroht worden. Diese Aufzeichnungen sollen als Basis für weitergehende behördliche Ermittlungen dienen.

Gez.
Erich Sattler, Teichwirt, Oberwesel

Jo überflog die nächsten Seiten. Akribisch hatte Sattler aufgelistet, was ihm an Unregelmäßigkeiten aufgefallen war: verdächtige Futtermittel, die nicht über den normalen Handel bezogen wurden, ungewöhnlich schnelles Wachstum der Fische, Gewichtszunahmen, die seiner Meinung nach nicht mit herkömmlichen Methoden zu erzielen waren. Er hatte Fische seiner Konkurrenten in verschiedenen Entwicklungsstadien vermessen, gewogen und ihr Erscheinungsbild überprüft. Zudem hatte er Proben der Futtermittel und der Fische von einem Institut für Lebensmittelanalyse untersuchen lassen. Die verschiedenen Gutachten waren im Original beigefügt. Auch wenn Jo kein Spezialist für derartige Analysen war, verfügte er durch seine Ausbildung als Koch über ausreichendes Wissen, um die Brisanz der Ergebnisse zu erkennen: Sattler war offensichtlich einem groß angelegten Lebensmittelskandal auf die Spur gekommen. Wenn Sattlers Untersuchung tatsächlich der Wahrheit entsprach, wurden von den fraglichen Betrieben in großem Stil illegale Zusätze und Wachstumshormone eingesetzt. Augenscheinlich hatte der Fischzüchter kurz davor gestanden, seine Erkenntnisse zu veröffentlichen. Der Teichwirt hatte Indizien gegen fünf oder sechs Betriebe zusammengetragen. Intensiv in Augenschein genommen hatte Sattler drei von ihnen. Dummerweise gab es in den Unterlagen keinen Hinweis darauf, um welche Betriebe es sich handelte. Sattler bezeichnete sie durchweg als Betrieb A, B und C. Auch wer ihn konkret bedroht hatte, war nur in verklausulierter Form vermerkt. So hatte er am 4. April notiert:

Heute erneut von Teichwirt A ertappt worden. A stellte mich zur Rede und sagte mir auf den Kopf zu, dass ich seinen Betrieb ausspioniere, was ich geleugnet habe. A wollte meinen Rucksack kontrollieren, was ich mir verbeten habe. Daraufhin wurde er sehr wütend, verwies mich des Hofs und drohte mir, mich mit dem Filetiermesser aufzuschlitzen, sollte ich mich erneut bei ihm sehen lassen.

Fassungslos starrte Jo auf die Unterlage. Lag hier der Grund für Sattlers Tod? War er mit einem seiner Konkurrenten in Streit geraten, der hatte ihn ermordet und es wie einen Unfall aussehen lassen? Wenn herauskam, dass ein Teichbesitzer seine Fische mit illegalen Methoden mästete, konnte es das wirtschaftliche Aus für seinen Betrieb bedeuten. Aber würde jemand so weit gehen und Sattler deswegen ermorden?

Am liebsten wäre Jo mit den Informationen zur Polizei gegangen. Es gab nur ein Problem: Wie sollte er erklären, dass sich Sattlers Tresorschlüssel in seinem Besitz befand und er sich Zugang zu dessen Schließfach verschafft hatte? Das ist die Kehrseite, wenn man es mit den üblichen Regeln nicht so genau nimmt, dachte er. Besser, wenn er die Dokumente in der Box beließ. Wenn es stimmte, dass ein Nachlasspfleger für Sattlers Erbe ernannt worden war, musste eine Bestandsaufnahme der Vermögenswerte gemacht werden. Sicherlich würde dabei auch das Schließfach geöffnet werden. Er notierte sich die Anschrift des Lebensmittelinstituts, bei dem Sattler seine Analysen hatte anfertigen lassen. Anschließend legte er die Unterlagen in den Kasten zurück, klappte den Deckel zu und schob die Box wieder ins Schließfach.

»Fertig?«, fragte der junge Mann. Jo nickte und folgte ihm nach oben. In der Schalterhalle wandte er sich nochmals an den stellvertretenden Filialleiter.

»Und, noch alles da?«, fragte Herr Meurer launig.

»Denke schon«, erwiderte Jo und lachte. »Ich hätte noch eine Frage.«

»Ja?«

»Wie ist aktuell der Preis von Gold?«

»Was wollen Sie kaufen – Barren oder Münzen?«

»Gibt es da einen Unterschied?«

»Letztlich zahlen Sie immer den Goldpreis. Nur ist der Verarbeitungsaufwand bei kleinen Einheiten größer. Ich würde Ihnen daher empfehlen, mindestens eine Unze zu erwerben.«

»Was kostet das?«

»Bei den aktuellen Kursen müssen Sie mit gut tausend Euro rechnen.«

»So viel?«

»Natürlich verkaufen wir Ihnen auch eine halbe oder viertel Unze.«

»Ich überleg's mir.«

Jo fragte sich, wieso Sattler Goldmünzen im Wert von über fünfzehntausend Euro in seinem Schließfach aufbewahrte. Noch mehr beschäftigte ihn die Frage, wie er mit Paul Eckert umgehen sollte. Der hatte fast dreitausend Euro gestohlen. Das konnte Jo ihm unmöglich durchgehen lassen. Er überlegte, ob er den Verwaltungsbeamten damit konfrontieren sollte. Aber was, wenn dieser alles abstritt? Dann stand Aussage gegen Aussage. Und wie sollte er erklären, dass er überhaupt von dem Diebstahl wusste? Was für eine vertrackte Situation. Erst die Sache mit René Ziegler, dann der Diebstahl von Eckert und nun auch noch die Machenschaften einiger Teichwirte. Wenn man bedachte, von wie vielen illegalen Aktivitäten er wusste, kam er sich selbst fast wie ein Krimineller vor. Am meisten ärgerte ihn, dass *er* es wahrscheinlich gewesen war, der Eckert auf den Gedanken mit dem Diebstahl gebracht hatte.

»Jo Weidinger, der Pate vom Mittelrheintal«, murmelte er halblaut vor sich hin und schnitt eine Grimasse.

Als er wieder im Waidhaus angelangt war, machte er sich Pasta mit Tomaten und Meeresfrüchten. Nachdem er diese mit Genuss verspeist hatte, holte er seinen Liegestuhl aus dem Schuppen, setzte sich in die Sonne und dachte nach. Er spielte mit dem Gedanken, eine anonyme Anzeige gegen Paul Eckert einzureichen. Wobei er sich nicht sicher war, ob die Polizei so einer Meldung nachging. Und selbst wenn – sie konnten auf einen anonymen Hinweis hin wahrscheinlich nicht das Haus eines unbescholtenen Bürgers durchsuchen. Da Eckert nur Bargeld und zwei Goldmünzen entwendet hatte, würde man ihm kaum nachweisen können, dass es sich dabei um Diebesgut handelte. Er konnte es drehen und wenden, wie er wollte: Ihm waren die Hände gebunden. Blieben noch Erich Sattlers Nachforschungen. Wer waren die geheimnisvollen Teichwirte A, B und C, die illegale Wachstumshormone einsetzten? Zu dumm, dass der alte Geheimniskrämer nicht die richtigen Namen aufgeschrieben hatte. Ob einer der Teichwirte, denen er jüngst einen Besuch abgestattet hatte, darunter war? Sie hatten auf ihn alle einen seriösen Eindruck gemacht. Wobei, wenn er an diesen Holger Kraus dachte ... der Mann war aalglatt. Zudem hatte er seltsam kühl auf den Tod von Sattler reagiert. Und hatte er nicht erwähnt, dass er seinen Betrieb kürzlich durch Geschäftsaufgaben von Wettbewerbern erweitert hatte? Das machte ihn auf jeden Fall verdächtig.

Wer aber waren die beiden anderen? Vor seinem inneren Auge tauchte das rundliche Gesicht von Guido Weber auf. Klar, er hatte versucht, ihn mit ein paar lockeren Sprüchen einzuwickeln, aber das gehörte zum Geschäft. Jo schmunzelte, als er sich an das Gespräch mit dem jovialen Fischzüchter erinnerte. Plötzlich durchzuckte ihn ein Gedanke. Schlagartig wurde er ernst. Falscher Köder! Er war einem falschen Köder auf den Leim gegangen!

Es war für ihn unbegreiflich, dass er nicht schon früher darauf gekommen war! Guido Weber hatte ihn auf die Fährte mit den Spielcasinos gebracht. Zuerst hatte er so getan, als würde er Erich Sattler kaum kennen, aber als Jo das zweite Mal bei ihm gewesen war, hatte er mit Gerüchten über Sattlers Spielsucht angefangen. Schon damals war Jo dieser Hinweis seltsam vorgekommen. Und bei der Frage nach seiner Informationsquelle war Weber eigenartig vage geblieben. Dass Sattler an illegalen Pokerrunden teilgenommen hatte, war allenfalls einem begrenzten Personenkreis bekannt. Wie hatte der Fischzüchter, der auf der anderen Rheinseite wohnte, davon erfahren? Hatte er Sattler nachspioniert? Möglicherweise arbeiteten mehrere Fischzüchter in einem illegalen Netzwerk zusammen und hielten sich gegenseitig auf dem Laufenden. Je intensiver Jo darüber nachdachte, desto mehr Fragen taten sich auf. Eines wurde ihm jedoch klar – er musste bei seinen weiteren Ermittlungen sehr vorsichtig sein. Wenn er es wirklich mit einem illegalen Netzwerk zu tun hatte, war mit den Leuten sicher nicht zu spaßen!

Zum Glück stand bald die Sommerpause an. Dann hatte er ausreichend Zeit, sich mit dem Fall zu beschäftigen. Jetzt aber musste er sich erst einmal ums Waidhaus kümmern. Er wollte sich von seinen Stammgästen mit einem begeisternden kulinarischen Schlussakkord in den Sommer verabschieden. Für die Woche vor dem Urlaub plante er, jeden Tag eine andere Spezialität auf den Teller zu zaubern. Den Auftakt machten ein in sommerlichen Kräutern gegartes Rinderfilet mit Portweinsauce, Tomatenspargelragout und Topinambur-Pastinaken-Gratin. Am Mittwoch stand Lammrücken in Gewürzteig auf feinen Bohnen mit getrüffelten Kartoffelröschen auf der Karte, und am Donnerstag ging es mit deftigem Spanferkel im Honigmantel mit Gewürzsauce und hausgemachten Kartoffelnocken weiter. Für den Freitag plante er ein mit Parmaschinken und Parmesan gefülltes Steak vom Bentheimer Bioschwein mit Karottengemüse, Steinpilzrahm und Butterspätzle. Der krönende Abschluss war der sommerliche Küchen-Kehraus: ein großes Degustationsmenü, bei dem sie alles an Lebensmitteln aufbrauchten, was noch im Kühlhaus und in den Vorratsschränken lagerte. Der Küchen-Kehraus war ein fester Termin in Jos kulinarischer Jahresplanung und erfreute sich bei seinen Gästen großer Beliebtheit.

Kapitel 16

Am Nachmittag rief Jo bei Klaus Sandner an.

»Jo, altes Haus«, rief der Journalist fröhlich. »Ich dachte, du wärst schon in Urlaub.«

»Nee. Dauert noch ein bisschen.«

»Spann mal aus und gönn dir eine Auszeit.«

»Mach ich. Vorher wollte ich noch was fragen.«

»Schieß los.«

»Kennst du dich im Fischgewerbe aus?«

»Ich? Fällt wohl mehr in dein Ressort«, sagte Sandner und lachte. »Mein Vater hatte einen Angelschein. Hat mich als Kind ein paarmal mitgeschleppt. War tierisch langweilig.«

»Es geht um einen Lebensmittelskandal.«

»Mit Fischen? Wär mir neu. Über Gammelfleisch haben wir schon einige Male berichtet. Bei Fischen ist mir nichts Derartiges bekannt. Die kann man auch schlecht wieder aufhübschen, wenn sie über der Zeit sind. Das riecht man, glaube ich. Warum interessierst du dich überhaupt dafür? Hat dir einer deiner Händler einen schlechten Fisch angedreht?«

»Nee, nur so.«

Der Journalist stutzte. »Sag bloß, du bist immer noch an dem Fall Sattler dran?«, fragte er ungläubig.

»Und wenn's so wäre?«

Sandner seufzte. »Wenn du dich in eine Sache verbissen

hast, bist du wie ein Bullterrier. Zuerst stellst du mir Fragen zum Spielermilieu, und jetzt geht's auf einmal ums Thema verdorbene Fische. Kommt mir so vor, als wolltest du auf Teufel komm raus was finden – egal was. So läuft es aber bei einer Recherche nicht. Da stehen am Anfang Fakten und nicht an den Haaren herbeigezogene Vermutungen. Ich sag's dir nur ungern, Jo: Du bist Koch und kein Kriminalermittler! Das sind zwei verschiedene Paar Schuhe.«

Jo sah das anders. Die Lösung eines Kriminalfalls war in seinen Augen durchaus mit der Arbeit eines Kochs vergleichbar. Wenn er ein leckeres Gericht serviert bekam, fragte er sich immer, wie es dem Koch gelungen war, es so perfekt hinzubekommen. Die Grundzutaten ließen sich meist relativ einfach erraten. Schwieriger war es, die richtige Mischung zu finden. Besonders knifflig wurde es, wenn der Koch ein oder zwei Zutaten verarbeitet hatte, die man nicht so leicht herausschmecken konnte, die dem Gericht aber erst seine spezifische Note verliehen. Als Jungkoch hatte er oft so lange in der Küche experimentiert, bis es ihm gelungen war, dem Geheimnis auf die Spur zu kommen. Letztlich war es bei der Lösung eines Mordfalls nicht anders: Man musste ein Verbrechen in seine Einzelteile zerlegen und daraus die richtigen Schlussfolgerungen ziehen. Hier hatte ihm jemand ein mörderisches Menü serviert, ihm dafür jedoch die falschen Zutaten genannt. Und dieser jemand war Guido Weber. Jo hatte nicht vor, den Fischzüchter damit davonkommen zu lassen.

»Hast du denn schon Urlaubspläne?«, wechselte Sandner das Thema.

»Ja, Mallorca – zum Radfahren«, erwiderte Jo geistesabwesend.

»Hört sich gut an. Da kommst du mal auf andere Gedanken.«

Als Nächstes rief Jo bei dem Lebensmittelinstitut an, bei dem Sattler seine Analysen hatte anfertigen lassen.

»Institut Kielmann. Was können wir für Sie tun?«

»Mein Name ist Weidinger. Ich würde gern einen Termin bei Ihnen vereinbaren.«

»Warum handelt es sich?«

»Ich möchte einige Lebensmittel analysieren lassen.«

»Sind Sie für ein Unternehmen oder eine Behörde tätig, Herr Weidinger?«, wollte die Telefonistin wissen.

»Ist für mich privat.«

»Ach so. Privatanalysen machen wir nur im Ausnahmefall. Worum geht es konkret?«

»Ich wollte verschiedene Proben von Speisefischen überprüfen lassen und dazu einige Futtersorten.«

»Es ist also keine Einzelanalyse, sondern ein größeres Projekt?«

»Richtig.«

»Einen Moment. Ich verbinde Sie mit der zuständigen Abteilung.«

»Kroll«, meldete sich eine männliche Stimme.

»Hier spricht Weidinger. Ihre Kollegin sagte mir, Sie sind der Richtige für Lebensmittelanalysen?«

»Kommt darauf an. Was brauchen Sie denn?«

»Ich wollte verschiedene Proben von Fischen und von Fischfutter analysieren lassen.«

»Sind Sie Züchter?«

»So was Ähnliches.«

»Um welches Auftragsvolumen geht es?«

»Das würde ich gern persönlich mit Ihnen besprechen.«

»Sie wollen bei uns vorbeikommen?«

»Wenn's geht.«

Restlos begeistert schien sein Gegenüber nicht zu sein. »Also schön«, gab er nach. »Wie wäre es Mittwochvormittag?«

»Ginge auch nachmittags?«

Jo hörte, wie Kroll in seinem Terminkalender blätterte.

»15 Uhr?«

»Perfekt.«

Am folgenden Tag nahm Ute Jo nach dem Mittagessen beiseite.

»Hast du dich schon entschieden?«

»Wobei?«

»Na, wen du als Sommelier einstellen willst.«

Jo schüttelte den Kopf.

»Du kannst die drei nicht ewig warten lassen.«

»Ich weiß«, brummte er unwillig.

»Durch Aufschieben wird die Entscheidung auch nicht einfacher.«

Da hatte Ute völlig recht. Er wusste selbst nicht, warum er sich so schwer damit tat. Vielleicht lag es daran, dass ein Restaurantchef bedeutete, dass er ein Stück Kontrolle über das Waidhaus abgeben musste.

»Was ist dir bei der Person am wichtigsten?«

»Dass sie den richtigen Wein aussucht.«

»Und wem traust du es am ehesten zu?«

Wieder kam ihm als Erstes Kati Müller in den Sinn. Wenn sie nur nicht so jung wäre ...

Spontan schoss ihm ein Gedanke durch den Kopf. »Wir machen einen Test«, rief er begeistert.

»Aha.« Utes Skepsis war unüberhörbar.

»Keine Sorge – das wird gut. Wir bestellen die drei zusammen ein und lassen sie verschiedenen Gerichten den richtigen Wein zuordnen.«

»Klingt aufwendig.«

»Gar nicht. Die sollen zum Mittagessen da sein, und wir nehmen etwas von der Karte. Dann müssen sie nur noch einen passenden Wein aussuchen.«

»Okay. Ich rufe sie an.«

Kurz später steckte Ute wieder den Kopf zu ihm hinein. »Diesen Freitag könnten alle drei.«

»Super!«

»Kati Müller hat gefragt, ob wir ihr zur Vorbereitung unsere Weinkarte mailen können.«

»Mach ich. Die anderen beiden wollten sie nicht haben?«

Ute schüttelte den Kopf. Der junge Küchenchef dachte nach. »Der Fairness halber müssen wir sie allen dreien schicken. Dann hat jeder die gleiche Chance.«

Die Sechzigjährige nickte zustimmend. Jo lächelte fröhlich. Er freute sich auf den Test.

Am Mittwochnachmittag machte er sich auf den Weg nach Wiesbaden. Er fuhr am Rhein entlang zur Autobahn. Auf der Schiersteiner Brücke geriet er in den obligatorischen Stau und verlor fast fünfzehn Minuten. Wieder einmal ärgerte er sich darüber, dass die neue Brücke nie fertig wurde.

Das Institut Kielmann hatte seinen Sitz in einem Gewerbegebiet. Obwohl Jo quer durch die Stadt fahren musste, kam er erstaunlich gut durch. Er passierte den Bahnhof und bog in die Mainzer Straße ab. Das Lebensmittelinstitut war in einem modernen Flachbau untergebracht. Er parkte seinen Wagen vor der Eingangstür und betrat das Gebäude.

»Sie wünschen?«, fragte ihn die Empfangsdame.

»Ich habe einen Termin bei Herrn Kroll.«

Sie warf einen Blick auf die vor ihr liegende Liste und griff zum Hörer. »Dr. Kroll ist in einer Minute bei Ihnen«, informierte sie ihn.

Kurze Zeit später tauchte ein Mittfünfziger in der Halle auf. »Herr Weidinger?«

Jo nickte.

Dr. Kroll reichte ihm die Hand. Sie fuhren in den zweiten Stock, wo der junge Küchenchef seinem Gastgeber in ein Besprechungsbüro folgte. Der Mitarbeiter des Lebensmittelinstituts schlug einen Notizblock auf.

»Womit können wir helfen?«, wollte er wissen.

»Ich möchte einige Fische und verschiedene Futterproben testen lassen.«

»Haben Sie die Proben dabei?«

Er schüttelte den Kopf. »Ich werde sie Ihnen nach und nach zukommen lassen.«

»Ach, es geht gar nicht um einen Einzelauftrag, sondern um mehrere Chargen?«

»Exakt.«

»Von wie vielen Proben sprechen wir?«

»Weiß ich noch nicht genau, vielleicht zwanzig Fische in unterschiedlichen Wachstumsphasen und verschiedene Futterproben.«

»Um welche Arten von Fischen handelt es sich?«

»Nur heimische Süßwasserfische – Forellen, Bachsaiblinge, vielleicht auch Karpfen und Hechte.«

Dr. Kroll machte sich eine entsprechende Notiz. »Was

die Futterproben angeht – auf was sollen wir sie untersuchen?«

Jo blickte ihn ratlos an. »Auf alles – Nährwert, Zusammensetzung, was Sie so testen. Und natürlich, ob Hormone oder andere Wachstumsbeschleuniger drin sind.«

Der Mann vom Lebensmittelinstitut stutzte. »Sie wissen, dass mit Hormonen gemästete Fische nicht zum Verzehr freigegeben sind?«

»Ich habe nicht vor, sie in Umlauf zu bringen. Mir geht es nur um die Frage, ob sie belastet sind.«

»Ach, Sie sind im Umweltschutz aktiv?«

»So könnte man es sagen«, erwiderte Jo, ohne eine Miene zu verziehen.

Obwohl es sich dabei offensichtlich um eine Lüge handelte, fragte der Mann vom Lebensmittelinstitut nicht weiter nach.

»Was kostet so eine Analyse?«, wollte er wissen.

»Das hängt vom Umfang ab. Da Sie die Proben breit testen lassen wollen, ist es aufwendiger. Mit einigen Hundert Euro müssen Sie rechnen.«

»Insgesamt?«

»Nein, pro einzelner Analyse«, antwortete Dr. Kroll.

Jo machte ein langes Gesicht. So viel Geld wollte er nicht ausgeben.

»Vielleicht schicke ich doch ein paar Proben weniger«, meinte er. »Wie lange dauert die Auswertung?«

»Je nach Umfang – zwei bis drei Tage. Wir haben aber auch einen Express-Service. Wenn Sie uns die Proben morgens bis neun Uhr liefern, erhalten Sie taggleich das Ergebnis. Aufgrund des deutlich höheren Aufwands berechnen wir dafür einen Aufschlag.«

»Muss ich die Proben selbst vorbeibringen?«

»Sie können sie uns auch per Post schicken. Bei frischem Fisch würde ich allerdings einen Kurierdienst empfehlen. Ich kann Ihnen dafür entsprechende Boxen mitgeben. Die Fischproben sollten zusätzlich gekühlt werden.«

Nachdem der Vertrag unterschrieben war, übergab Kroll ihm die versprochenen Probenbehälter.

»Eine Frage hätte ich noch«, sagte Jo.

»Ja?«

»Kennen Sie Erich Sattler?«

Der Mitarbeiter des Lebensmittelinstituts verzog keine Miene.

»Er war Kunde bei Ihnen«, half Jo nach.

»Über Kundenbeziehungen erteilen wir keine Auskünfte«, erwiderte Dr. Kroll kühl und erhob sich.

Am Freitag waren sie schon früh mit dem Mittagsservice fertig, so dass nur noch wenige Bestellungen offen waren, als gegen 14 Uhr die drei Bewerber eintrafen.

»Danke, dass Sie sich die Zeit nehmen. Ich weiß, dass mein Auswahlverfahren etwas aufwendig ist. Dafür werde ich im Anschluss auch direkt eine Entscheidung treffen«, versprach Jo.

Die drei nickten beiläufig.

»Wir werden kleine Portionen unserer heutigen Gerichte für Sie anrichten. Für jedes Gericht habe ich drei Weine für Sie zum Probieren. Sie notieren sich, welchen Sie am besten finden. Dann sind wir auch schon fertig. Alles verstanden?«

Die drei Bewerber nickten wieder.

»Pedro wird Ihnen jetzt unsere heutigen Tagesempfehlungen servieren: Als Vorspeisen gibt es gebrannte Creme vom weißen Spargel an buntem Kräuterspargelsalat sowie Dreierlei von Saibling und Landgurke. Die Hauptgerichte sind gedämpfte Lachsforelle im Kohlrabiblatt an glasiertem Gemüse und Weißburgundersauce sowie ein Schweinskarreebraten vom Wollschwein an weißem Bohnenpüree, Kapuzinerkresse-Pesto und Sommergarten vom Blech. Bei den Nachspeisen haben wir feinen Rhabarberkuchen und Maibowle mit Erdbeereis und Holunderblütenmousse mit karamellisierten Rhabarberfäden sowie warmen Kirschauflauf mit Sabayon auf spontan angesetztem Rumtopf aus Weinbergspfirsich und Sommerbeeren.«

Jo deutete auf seinen Stellvertreter, der die drei aufmunternd anlächelte.

»Guten Appetit und viel Glück!«

Die Bewerber zogen sich auf die Terrasse zurück.

Kati Müller kostete ein Stück des gebeizten Saiblings. Wie bei ihrem ersten Besuch im Waidhaus war sie beeindruckt von der Virtuosität und dem handwerklichen Können, mit denen die Vorspeise zubereitet war. Sie bestand aus einem Saiblingstatar mit Gurkensalsa, aus gebeiztem Saibling mit Holunder-Caipirinha-Creme und gebratenem Saibling auf Gurkengemüse. Die verschiedenen Geschmacksnuancen des Gerichts machten es nicht einfach, dafür den perfekten Wein auszuwählen. Am prägnantesten waren die aromatisch-würzigen Noten von Curry, Gurke und Dill sowie die süßsauren Komponenten des Gurkengemüses, die zarten Röstaromen vom gebratenen Saibling und die leichte Schärfe von Chili und der Kressegarnitur.

Beim Wein war ein wahrer Tausendsassa gefragt. Er benötigte eine erfrischende Fruchtnote, eine würzige und fein eingebundene Säure und einen klaren, präsenten Charakter, denn er musste sowohl mit Süße als auch mit Säure harmonieren und gekonnt mit leichter Schärfe umgehen können. Zur Auswahl standen eine bukettreiche Scheurebe aus der Pfalz, ein säurebetonter Kerner von der Mosel und ein Riesling aus Westhofen in Rheinhessen. Sie probierte der Reihe nach die drei Weine. Als sie den Westhofener Riesling am Gaumen vorbeiführte, ging ein Lächeln über ihr Gesicht. Der Wein verfügte über viel saftige Gelbfrucht und reichlich Kräuterwürze, er war fein und rassig und trotzdem wunderbar frisch und mit kraftvoller Statur. Man schmeckte eindeutig die mineralische Note von Kalk, Schiefer und Quarzit, welche die unterschiedlichen Geschmacksnuancen der Vorspeise perfekt ergänzte.

Sie wandte sich dem Schweinskarreebraten zu. Er war auf den Punkt gebraten: Das saftige Fleisch hatte nichts von seinem kräftigen Aroma verloren und zerschmolz geradezu auf der Zunge. Das cremige Bohnenpüree sorgte für Süße und eine leicht erdige Würze, das Pesto für nussige, zartbittere Frische, und das Sommergemüse rundete das Gericht sanft ab. Wieder ein Gang mit vielen Facetten, wobei der Geschmack und die Qualität des Fleisches die Hauptrolle spielten. Damit war eindeutig ein kraftvoller, eleganter Rotwein gefragt, um dem Schweinskarree Paroli zu bieten. Der Wein musste eine feine Säure- und Tanninstruktur aufweisen, damit sowohl das Bohnenpüree als auch das Gemüse einen Frischekick bekamen und die Fruchtnote die verschiedenen Geschmacksnuancen harmonisch verband. Spontan kam ihr ein Spätburgunder aus Gau-Odernheim in den Sinn, den sie kürzlich probiert hatte. Er verfügte über ein feines Aroma aus Kirsch- und Himbeerfrucht, gepaart mit leicht rauchigen Noten, feinkörnigem, seidigem Gerbstoff und einer komplexen Fülle aus subtiler Mineralität und einem langen, finessenreichen Nachhall. Zu dumm, dass kein Spätburgunder zur Auswahl stand.

Stattdessen bot Weidinger einen australischen Shiraz, einen Barbera aus Italien und einen Pinot Meunier aus dem Burgund. Eine eigenartige Zusammenstellung, dachte sie. Unglücklicherweise kannte sie keinen der drei Weine aus eigener Erfahrung. Soweit sie wusste, müsste das Profil des Franzosen am besten passen. Sie nahm einen Schluck und ließ ihn im Mund kreisen. Ungläubig starrte sie auf das Etikett. Sie hätte Stein auf Bein geschworen, einen Spätburgunder im Glas zu haben. Fast zu einhundert Prozent das gleiche Geschmacksprofil. Erstaunlich, dass Weidinger auf diesen Wein gestoßen war. Falls sie die Stelle bekam, würde sie den französischen Rotwein schnellstmöglich durch einen Spätburgunder ersetzen. Die Weinkarte würde damit an Profil gewinnen, ohne dass es einen geschmacklichen Unterschied gab. Nur der guten Ordnung halber probierte sie noch den italienischen und den australischen Wein, die in der Kombination mit dem Gericht jedoch deutlich abfielen. Es würde sicherlich einiges an Arbeit bedeuten, die Weinkarte neu zu ordnen und aufzuräumen. Gleichzeitig reizte sie die Aufgabe, denn dadurch konnte sie zum ersten Mal in ihrem Leben ihre eigene Karte zusammenstellen. Sie wandte sich den übrigen Gerichten zu. Schnell hatte sie die jeweilig passenden Weine zugeordnet. Nur beim Rhabarberkuchen kam sie kurzzeitig ins Grübeln. Das feine Zusammenspiel von Süße und Säure des Rhabarberkuchens mit den hellen und duftigen Blütenaromen der Mousse und den beerigen Noten des Erdbeereises ließ sich kaum mit einem einzigen

Wein auffangen. Als sie jedoch die österreichische Scheurebe, die Weidinger dafür ausgesucht hatte, am Gaumen schmeckte, waren alle Zweifel verflogen. Der Wein betörte mit feinen Aromen von Grapefruit und Holunderblüte und brachte in der Ausbaustufe als Spätlese etwas Restsüße mit, deren verspielte Fruchtigkeit sich in anregender Weise mit den Geschmacksnuancen der Nachspeise verband.

Als Jo von seiner Lokalrunde in die Küche zurückkehrte, hatten die drei den Praxistest abgeschlossen und ihre bevorzugten Weine auf einer Karteikarte notiert. Der junge Küchenchef warf einen Blick darauf und konnte sich ein anerkennendes Lächeln nicht verkneifen. Kati Müller lag unangefochten an der Spitze. Sie hatte allen sechs Gerichten den optimalen Begleiter zugeteilt. Franke lag zweimal richtig, Gerlach nur einmal.

Jo bat die drei nacheinander in sein Büro. Er kam sich vor wie bei einer Casting-Sendung im Fernsehen: »Nein, ich habe heute leider keine Weinkarte für dich.« Er schnitt eine Grimasse. Im echten Leben war es leider nicht so einfach. Er erläuterte den beiden Männern seine Entscheidung, traf dabei aber auf viel Unverständnis. Insbesondere Franke machte aus seiner Unzufriedenheit keinen Hehl.

»Die sahen nicht happy aus«, meinte Kati Müller, als sie sich im Stuhl vor ihm niederließ. »Ich hoffe, wir sind nicht alle drei durchgefallen!«, sagte sie, wobei sie feinsinnig lächelte. Ernsthafte Sorgen, die Stelle nicht zu bekommen, schien sie nicht zu haben.

»Sie haben am besten abgeschnitten«, informierte Jo sie. »Wenn Sie mögen, können Sie zum nächstmöglichen Zeitpunkt bei uns anfangen.«

»Super! Ich freue mich sehr!«, rief sie und strahlte. »Ich finde das Waidhaus absolut klasse! Als ich das erste Mal daran vorbeigefahren bin, dachte ich, es muss toll sein, hier zu arbeiten. Allein die Aussicht ... es gibt kein Restaurant im Mittelrheintal, das seinen Gästen etwas Vergleichbares bieten kann. Und dann erst Ihre Küche. Der Sabayon-Kirschauflauf mit dem Rumtopf aus Weinbergspfirsich und Sommerbeeren hat göttlich geschmeckt. Ich glaube, davon könnte ich drei Portionen auf einmal essen!«

»Äh, danke«, sagte Jo, der sich von ihrer überschwänglichen Begeisterung etwas überrumpelt fühlte.

»Wenn Sie mich fragen, hätten Sie auf jeden Fall einen Stern verdient«, sprudelte sie hervor.

In ihren Augen las er nichts als ehrliche Bewunderung. Obwohl sie noch nicht über sehr viel Berufserfahrung verfügte, fühlte er sich durch ihr Lob geschmeichelt. Denn dass sie über einen außergewöhnlichen Geschmackssinn verfügte, hatte sie eben mit Bravour bewiesen.

»Bis zu einem Stern ist es noch ein weiter Weg. Außerdem ist das nicht unser Ziel«, fügte er schnell hinzu. »Uns geht es im Waidhaus primär darum, unsere Gäste zufriedenzustellen«, erklärte er förmlich.

»Ich werde jedenfalls mein Bestes dafür geben«, sagte sie. »Es kommt dabei ja auch maßgeblich auf guten Service und einen erstklassigen Weinkeller an.«

Jo wollte ihren Enthusiasmus nicht bremsen, aber für einen Stern war natürlich die Kochleistung ausschlaggebend. Außerdem verfügte das Waidhaus schon über einen exquisiten Weinkeller. Schließlich hatte er ihn selbst zusammengestellt. Im Service konnte dagegen ein wenig frischer Wind nicht schaden.

»Wie war noch mal Ihre Kündigungsfrist?«, wollte er wissen.

»Sechs Wochen zum Quartal, aber vielleicht lassen sie mich im Römerhof schon früher gehen. Dann könnte ich gleich nach der Sommerpause anfangen.«

Jo versprach, ihr den Arbeitsvertrag in den nächsten Tagen zuzusenden.

Kapitel 17

Am Montag klingelte Jos Wecker schon um sechs Uhr. Nach zwei Tassen Kaffee fühlte er sich wach und voller Tatendrang. Er packte einige der Plastikbehälter, die er im Lebensmittelinstitut erhalten hatte, in seinen Rucksack. Dazu steckte er ein Messer, Einweghandschuhe und sein Fernglas ein. Anschließend nahm er einige Kühlakkus aus dem Gefrierfach und legte sie in seine Kühlbox. Jetzt brauchte er nur noch Verpflegung, denn der Tag würde lang werden. Als er alles in den Wagen packte, kam er sich vor, als würde er auf einen Campingausflug gehen.

Er fuhr zum Fähranleger in Sankt Goar. Es war ein sonniger Morgen, und der Wetterbericht hatte fast dreißig Grad angekündigt. Einige holländische Touristen mit Fahrrädern warteten ebenfalls auf die Überfahrt. Sie trugen schreiend bunte Hemden und erinnerten ihn an einen Schwarm Papageien.

Nachdem er in Sankt Goarshausen von der Fähre gerollt war, fuhr er nach Wellmich und anschließend weiter nach Dahlheim. Vor der Ortschaft stellte er den Wagen ab. Er nahm seinen Rucksack und eine Picknickdecke vom Rücksitz. Um nicht aufzufallen, schlug er einen weiten Bogen um das Anwesen von Guido Weber und näherte sich dem Fischzuchtbetrieb von der Rückseite. Auf einer Anhöhe, von der aus er den gesamten Hof und die angrenzenden

Fischteiche gut überblicken konnte, richtete er sich einen Beobachtungsposten ein. Er holte sein Fernglas heraus und legte sich auf die Lauer.

Die nächste Viertelstunde tat sich nichts. Das gab Jo die Zeit, sich die einzelnen Gebäude und die Lage der Teiche genau einzuprägen. Sein Blick blieb am Wohnhaus hängen. Das alte Backsteingebäude erinnerte ihn an Norddeutschland. Die weißen Sprossenfenster schienen vor einigen Jahren neu eingesetzt worden zu sein und passten hervorragend zu dem dunklen Rot der Backsteine. Das Haus machte einen sehr gepflegten Eindruck. Weber musste einiges an Geld investiert haben, um es so schön herzurichten. Jos Blick wanderte weiter zu dem langgezogenen Wirtschaftsgebäude, das auf der gegenüberliegenden Seite des Hofs lag. Es handelte sich um eine moderne Wellblechhalle in dunklem Grau. Sie war augenscheinlich in mehrere Abschnitte unterteilt, jedenfalls gab es verschiedene Eingänge. Eine der Türen ging auf, und ein Mann in einer grünen Latzhose trat heraus. Die kräftige Figur war unverkennbar – Guido Weber. In den Händen hielt er einen braunen Pappkarton, und hinter ihm schob ein junger Bursche eine Schubkarre. Sie war randvoll mit einer Substanz, die Jo nicht genau erkennen konnte. Er zoomte sie näher mit dem Fernglas heran. Es sah aus wie eine Art buntes Granulat.

Die beiden marschierten über den Hof zu den Fischteichen. Am ersten angekommen, warf der junge Mann das Granulat mit einer Schaufel ins Wasser. Augenblicklich kam Bewegung in den Teich. Fische stießen nach oben und schnappten danach. Ihr torpedoförmiger Körper und der braungefärbte Rücken mit olivfarbener Marmorierung ließen keinen Zweifel zu – es handelte sich um Bachsaiblinge. Sie sahen wohlgenährt aus und waren teilweise bis zu einem halben Meter lang – ungewöhnlich groß für diese Fischart, die in Europa meist eine Länge von rund dreißig Zentimeter erreichte. Nachdem die Bachsaiblinge versorgt waren, wandten sich die beiden dem nächsten Teich zu. Darin befanden sich wesentlich kleinere Fische. Jo konnte die Art nicht eindeutig ausmachen. Im Gegensatz zum ersten Teich griff Weber diesmal auch in seinen Karton und streute mit weit ausholenden Bewegungen etwas ins Wasser. Nach und nach klapperten die beiden Männer die übrigen Teiche ab. Dazwischen mussten sie zurück, um Futternachschub zu holen. Die Vorgehensweise blieb die gleiche – Weber fütterte aus seinem Karton nur jedes zweite Mal zu. Nach gut einer Stunde waren sie fertig. Der junge Mann stellte die Schubkarre in einem Unterstand ab, während Guido Weber die Tür zum Futterraum abschloss. In diesem Moment fuhr ein blauer Lieferwagen auf den Hof. Er trug die Werbeaufschrift »Fischhandel Meyer – das Beste aus Meer und Flüssen«. Der Fahrer stieg aus und trat auf die beiden zu. Schnell entspann sich ein Gespräch zwischen ihnen. Ein-, zweimal konnte Jo Guido Webers dröhnendes Lachen bis zu seinem Beobachtungsposten herauf hören. Sein Mitarbeiter verschwand in einem anderen Teil des Wirtschaftsgebäudes und kehrte kurz darauf mit einem Kescher und einer grünen Plastiktonne zurück. Zusammen marschierten die drei zu dem Teich, der am nächsten zu Jos Position lag. Während sich Guido Weber weiter mit dem Kunden unterhielt, holte sein Mitarbeiter nach und nach zwei Dutzend Regenbogenforellen aus dem Teich und verstaute sie in der Tonne: prächtige Tiere, die über dreißig Zentimeter groß waren.

Der junge Mann legte den Kescher auf den Boden und hob die Tonne an. Sie schien ziemlich schwer zu sein. Gemeinsam schleppten Weber und sein Mitarbeiter die Fracht zum Wirtschaftsgebäude und verschwanden im Inneren. Der Fahrer des Lieferwagens folgte ihnen. Offensichtlich wurden die Fische nun ausgenommen und entschuppt. Das war seine Chance!

Er schnappte sich seine Kühltasche, spurtete den Hügel hinunter und stieg über den Zaun. Am Teich angekommen, spähte er zu der grauen Halle hinüber. Niemand war zu sehen. Er griff nach dem Kescher und versuchte, eine Regenbogenforelle zu fangen. Das war gar nicht so einfach, wie er gedacht hatte. Erst beim dritten Versuch gelang es ihm, einen der Fische aus dem Wasser zu ziehen. Er schnappte nach Luft und schlug wild im Netz um sich. Jo zog sein Messer aus der Tasche und gab dem Fisch mit dem Griff einen kräftigen Schlag auf den Kopf. Dann steckte er ihn in seine Kühltasche.

Er warf einen Blick auf den danebenliegenden Teich. Darin tummelten sich junge Bachsaiblinge. Sie waren nur etwa halb so groß wie die ausgewachsenen Exemplare. Da sie noch wendiger waren, brauchte er eine Weile, bis er ein Jungtier gefangen hatte. Auch dieses verstaute er in seiner Tasche und legte den Kescher zurück. Dann machte er sich auf den Weg zu seinem Versteck. Gerade als er sich wieder auf seiner Decke niedergelassen hatte, kamen die drei Männer aus dem Wirtschaftsgebäude. Jeder von ihnen hielt ein großes Paket im Arm, das sie nacheinander in dem blauen Lieferwagen verstauten. Der Fahrer zückte die Geldbörse und reichte Guido Weber einige Geldscheine, die dieser schnell in seine Hosentasche steckte. Nachdem der Lieferwagen vom Hof gefahren war, begaben sich Weber und sein Mitarbeiter wieder in die Halle.

Eigentlich hätte Jo mit seiner Ausbeute zufrieden sein können, doch etwas hatte ihn stutzig gemacht. Der Karton, aus dem Weber die Fische gefüttert hatte, war unbeschriftet gewesen. Das erschien ihm verdächtig, denn normalerweise druckten die Hersteller von Futtermitteln verschiedene Angaben darauf. Zu gern hätte er davon eine Probe genommen. Zu seinem Pech hatte Weber den Raum jedoch abgesperrt und den Schlüssel eingesteckt. Die Halle war offensichtlich erst in den letzten Jahren errichtet worden. Höchstwahrscheinlich waren die Türen mit modernen Sicherheitsschlössern ausgestattet, bei denen er mit seinem selbstgebastelten Dietrich nichts ausrichten konnte – abgesehen davon, dass er ihn gar nicht mitgenommen hatte.

Jo dachte nach. Vielleicht gab es auf der Rückseite ein offenes Fenster, durch das er einsteigen konnte. Aber was, wenn er dabei erwischt wurde? Unschlüssig spähte er durch sein Fernglas. Dann traf er eine Entscheidung. Er packte zusammen, brachte seine Sachen zum Auto und legte die Fische in die Kühlbox. Anschließend nahm er einen der Probenbehälter aus dem Rucksack und brach erneut auf zum Hof. Vorsichtig schlich er sich von hinten an die graue Halle heran. Zu seiner Enttäuschung gab es kein Fenster, durch das er hätte einsteigen können. Er schüttelte den Kopf. Im Fernsehen sah das immer so einfach aus. Leise pirschte er sich an der Seite des Gebäudes entlang. Er spähte um die Ecke auf den Hof. Niemand war zu sehen. Da hörte er ein Fahrzeug kommen. Schnell zog er den Kopf zurück. Jemand fuhr auf den Hof und stellte den Motor ab. Die Wagentür wurde geöffnet.

»Ah, Herr Weber«, sagte eine unbekannte Stimme. »Schön, dass Sie wieder auf der Lieferliste stehen.«

»Nicht so laut«, zischte der Fischzüchter dem Unbekannten zu.

»Warum? Ist doch nichts Ehrenrühriges, wenn man sich *spezielles* Kraftfutter liefern lässt«, antwortete der Unbekannte süffisant. »Sie sind ja nicht der Einzige in der Region.«

Die Art und Weise, wie er das Wort »speziell« aussprach, machte Jo stutzig.

»Wie viel haben Sie dabei?«, wollte Weber wissen.

»Drei Pakete.«

»Nur drei?«

»Ist Ihre übliche Lieferung.«

»Sie wissen doch, dass ich das Zeug eine Weile abgesetzt habe. Deswegen brauche ich mehr.«

»Hätten Sie mir vorher sagen sollen. Ich bringe das nächste Mal ein paar zusätzliche Packungen mit.«

»Aber nicht vergessen.«

»Werd ich schon nicht«, brummte der Unbekannte.

Jo hörte, wie die Tür am Fahrzeug geöffnet wurde.

»Wo soll's hin?«

»Ins Lager«, antwortete Weber. Der Fischzüchter schloss die Tür auf. In dem Moment war ein entferntes Klingeln zu vernehmen.

»Mist. Das Telefon im Büro.«

»Lassen Sie's doch klingeln.«

»Geht nicht. Meine Frau ist nicht da. Könnte eine Bestellung sein. Bringen Sie die Pakete schon rein. Ich bin gleich wieder da.«

»Okay.«

Weber verschwand im Haus. Der Unbekannte schien zwischen seinem Fahrzeug und der Halle hin und her zu gehen. Dann wurde die Tür am Fahrzeug geschlossen. Jo riskierte einen Blick. In der Mitte des Hofs parkte ein in die Jahre gekommener weißer Lieferwagen, ein Fiat Ducato. Daneben stand ein bulliger Mann in Shorts und einem ausgewaschenen T-Shirt. Er wandte Jo den Rücken zu und starrte hinüber zum Haus. Die weitgeöffnete Tür zum Lagerraum war nur drei Meter von Jo entfernt. Jetzt oder nie, schoss es ihm durch den Kopf. Auf leisen Sohlen schlich er zu der Tür, wobei er den bulligen Mann nicht aus den Augen ließ. Dieser hatte ein Päckchen Zigaretten aus der Tasche gezogen und steckte sich eine an. Schnell verschwand der junge Küchenchef im Lagerraum. Er brauchte einen Moment, bis sich seine Augen an das Halbdunkel gewöhnt hatten. Neben der Tür standen mehrere große Plastiktonnen, die mit verschiedenfarbigen Sticks gefüllt waren. Eine weitere trug die Aufschrift »Fischmehl«. Gegenüber dem Eingang befand sich ein Regal mit unterschiedlichen Utensilien wie Kellen, Eimern und Netzen. Der junge Küchenchef hatte jedoch nur Augen für die braunen Pappkartons, die im untersten Fach lagerten. Einer davon war offen. Er enthielt grüne, rund zwei Zentimeter große Pellets. Jo nahm einige aus dem Karton und steckte sie in den mitgebrachten Probenbehälter. Vorsichtig spähte er auf den Hof. Der bullige Mann wartete immer noch neben dem Lieferwagen und rauchte. Vorsichtig trat Jo den Rückzug an. In dem Moment wurde die Haustür geöffnet. Mit einem Satz war er um die Ecke verschwunden und rannte los. Hoffentlich hatte Weber ihn nicht bemerkt! Obwohl die Gefahr, dass er verfolgt wurde, gering war, lief er, bis er bei seinem Wagen angelangt war. Er warf den Probenbehälter auf den Beifahrersitz und fuhr los. Mehrfach blickte er in den Rückspiegel, doch es war niemand zu sehen. Erst als er auf die Bundesstraße einbog, entspannte er sich.

Er war sich nicht sicher, ob der Fischzüchter ihn gesehen hatte. Ausschließen konnte er es nicht. Aber selbst wenn, die Wahrscheinlichkeit, dass er Jo erkannt hatte, war denkbar gering. Er hatte ihn maximal für den Bruchteil einer Sekunde von hinten gesehen. Außerdem konnte er ihm nicht nachweisen, dass er etwas hatte mitgehen lassen.

Obwohl er für einen Tag genug Abenteuer erlebt hatte, beschloss er, auch noch dem Betrieb von Holger Kraus einen Besuch abzustatten. Im Vergleich zu Guido Weber hatte er ihn auf Anhieb unsympathisch gefunden – aalglatt und eiskalt. So stellte er sich schon eher jemanden vor, der illegale Fischzucht betrieb. Bei Rüdesheim setzte er mit der Fähre nach Bingen über und fuhr weiter nach Bad Kreuznach. In der Nähe des Hofs von Holger Kraus stellte er den Volvo am Straßenrand ab und schlug sich querfeldein zu den Teichen durch. Da die Fischteiche abseits des Hauses lagen, musste er nicht befürchten, entdeckt zu werden. An einer durch Buschwerk verdeckten Stelle stieg er über den Zaun und warf einen Blick in den nächstgelegenen Teich: Karpfen. Suchend blickte er sich um. Etwas weiter vorne gab es einen Geräteschuppen. Jo drückte die Klinke herunter – unverschlossen! Jo griff sich einen Kescher und fischte zunächst ein erwachsenes Tier heraus und anschließend aus dem benachbarten Teich ein Jungtier. Offensichtlich trennte auch Kraus ältere und jüngere Fische. Vielleicht, weil die Jungtiere nicht stark genug waren, sich im Kampf ums Futter gegen ihre erwachsenen Artgenossen zu behaupten.

Jo überlegte, ob er sich auch noch eine Futterprobe besorgen sollte, entschied sich aber dagegen. Für heute hatte er sein Glück genug strapaziert. Er packte die beiden Fische in seine Kühltasche und machte sich auf den Weg zurück zum Auto. Er hatte den Betrieb schon fast hinter sich gelassen, als er auf dem Sträßchen zum Hof einen weißen Lieferwagen bemerkte. Er machte kehrt und fand ein Versteck hinter einem hohlen Baumstamm. Derselbe bullige Kerl, den er bei Guido Weber gesehen hatte, stieg aus. Unvermittelt tauchte Holger Kraus auf. Sie unterhielten sich, dann lud der Fahrer wieder drei braune Pappkartons aus und brachte sie ins Wirtschaftsgebäude. Einige Geldscheine wechselten den Besitzer. Dann stieg der Mann in sein Fahrzeug. Jo drehte sich um und spurtete zu seinem Wagen. Doch er hatte keine Chance: Als er bei seinem Volvo ankam, war der weiße Ducato längst verschwunden. Jo fluchte. Er hätte zu gern gewusst, wer der Kerl war und für wen er arbeitete. Er packte die Fische zu den anderen in die Kühlbox.

Ein paar Kilometer weiter hielt er auf einem Parkplatz an. Er holte sein Messer aus dem Rucksack und begann die Fische auszunehmen. Anschließend schnitt er kleine Stücke heraus, packte sie in die Probenboxen und nummerierte diese. Die Reste entsorgte er im Mülleimer. Dann setzte er seine Fahrt nach Wiesbaden fort. Er gab die Proben im Institut Kielmann ab – die Ergebnisse sollten in zwei bis drei Tagen ankommen – und fuhr dann zurück zum Waidhaus. Dort angekommen, fühlte sich Jo völlig ausgelaugt. Die Hitze hatte ihm zugesetzt, und er hatte den Tag über zu wenig getrunken. Er legte sich auf seine Liege und war fünf Minuten später eingeschlafen.

»Ja?«, meldete sich eine unfreundliche Stimme.

»Hier spricht Guido Weber.«

»Sie sollen mich doch nicht anrufen«, herrschte ihn sein Gegenüber an.

»Ist aber dringend.«

»Also schön. Ich rufe zurück.«

Ohne ein weiteres Wort legte der Mann auf.

Keine zehn Sekunden später klingelte Webers Mobiltelefon. Das Display zeigte eine verdeckte Nummer. Er nahm ab.

»Was gibt's?«, meldete sich die unfreundliche Stimme von eben.

»Dieser Weidinger ist wieder aufgetaucht.«

»Wieso so panisch? Ich dachte, Sie sind sein Fischlieferant«, meinte der Anrufer amüsiert.

»Er hat heimlich auf meinem Hof herumgeschnüffelt.«

Für einen Moment blieb es still in der Leitung. »Hatte ich Ihnen nicht gesagt, Sie sollen ihn auf diesen Casinobesitzer ansetzen?« Jede Freundlichkeit war aus der Stimme des Mannes gewichen.

»Hab ich auch. Ich weiß nicht, wieso er sich auf einmal für mich interessiert«, verteidigte sich Weber. »Vielleicht hat er etwas herausgefunden.«

»Dass wir von allen Köchen auf der Welt gerade an einen geraten müssen, der sich für Sherlock Holmes hält.«

»Und was soll ich jetzt tun?«

»Gar nichts.«

»Möglicherweise hat er Proben genommen.«

»Was machen Sie sich Sorgen darüber? Seit der Sache mit Sattler haben Sie das Zeug doch abgesetzt.«

»Ja, schon.«

Etwas in der Stimme des Fischzüchters machte den Anrufer misstrauisch.

»Sie haben doch nicht wieder angefangen, oder?«

»Seit gestern.«

»Sie verdammter Idiot«, zischte der Mann böse.

»Ihre Leute sitzen mir dauernd im Nacken, dass ich nicht schnell genug liefere«, empörte sich Weber.

»Schon gut«, erwiderte der Angesprochene kühl. »Lassen Sie ihn die Fische ruhig analysieren. Nach einem Tag lässt sich noch nichts nachweisen.«

Guido Weber räusperte sich. »Es kann sein, dass er etwas von dem Hormonfutter abgegriffen hat.«

»Was? Sie sollen es doch jederzeit unter Verschluss halten!«

»Mache ich doch. Bin ja nicht blöd. Aber heute kam Hoffmann mit einer neuen Lieferung. Gerade als er das Zeug ins Lager gebracht hat, klingelte das Telefon. Als ich wieder rauskam, sah ich Weidinger um die Ecke verschwinden. Gut möglich, dass er was davon mitgenommen hat.«

»Tja, dann haben Sie jetzt ein Problem.«

»Ich? Wenn er was gestohlen hat, sind wir alle dran.«

»Wollen Sie mir drohen?« Die Stimme des Mannes klang gefährlich leise.

»Nein, natürlich nicht«, beteuerte der Fischzüchter. »Aber wenn er zum Gewerbeamt geht, bekommen wir alle ein Problem. Sie wissen doch, wie schnell so ein Skandal um sich greift.«

Der Mann am anderen Ende der Leitung dachte nach.

»Also schön«, beschied er den Fischzüchter. »Ich schicke jemanden, der sich darum kümmert.«

Ehe Weber noch etwas sagen konnte, hatte er aufgelegt.

Kapitel 18

Am folgenden Tag klingelte gegen neun Uhr das Telefon im Restaurant.

»Hier spricht Kati Müller. Ich habe tolle Neuigkeiten!«

»Ja?«

»Ich hab mit meinem Chef gesprochen. Der Römerhof lässt mich zum ersten September aus meinem Vertrag. Ich kann nach der Sommerpause bei Ihnen anfangen.«

»Super!«, erwiderte Jo. »Ich schicke Ihnen dann den Arbeitsvertrag zu.«

»Ich freue mich total auf die neue Aufgabe«, meinte die junge Frau voller Begeisterung. »Sie haben so ein nettes Team.«

Bestimmt hatte Pedro während des Praxistests den Charmebolzen herausgekehrt, dachte Jo. Nun ja, wenn es half, eine gute Kraft an Bord zu bekommen ...

»Ich finde es großartig, dass Sie die Stelle nach Leistung vergeben und nicht nach Alter oder Berufserfahrung«, plauderte Kati Müller munter weiter.

Gut, dass sie nicht wusste, wie schwer sich Jo mit ihrer Bewerbung getan hatte.

»Wir freuen uns auch schon alle auf Sie«, sagte er galant.

Nach dem Telefonat passte er den Arbeitsvertrag entsprechend an und druckte ihn aus. Als er ihn unterschrieben und in ein Kuvert gesteckt hatte, fühlte er sich erleichtert.

Auch bei seiner Ermittlung im Fall Sattler ging es voran. Er musste nur noch die Ergebnisse der Analyse abwarten, dann konnte er alles der Polizei übergeben. Zusammen mit den Unterlagen in Sattlers Schließfach ergab sich ein schlüssiges Bild. Weber hatte illegale Wachstumshormone verwendet, Sattler hatte es herausgefunden, und die beiden waren darüber in Streit geraten. Die Situation war eskaliert, und Weber hatte seinen Kontrahenten in den Teich gestoßen. Natürlich war das nur eine Theorie. Aber Jos Nachforschungen sollten ausreichen, damit die Polizei ihre Ermittlungen wieder aufnahm.

Das Einzige, was nicht so recht ins Bild passen wollte, war der bullige Mann in dem Lieferwagen. Handelte es sich bei ihm um ein kleines Rädchen im Getriebe, oder war er ein zentraler Bestandteil des Netzwerks? Jo seufzte. Je mehr er darüber nachgrübelte, umso deutlicher wurde ihm, dass noch viele Fragen offen waren. Aber darum konnte sich ja dann Hauptkommissar Wenger mit seinen Kollegen kümmern.

Der Mittagsservice war fast fertig, als Klara den Kopf in die Küche hereinsteckte.

»Da will dich einer sprechen, Chef.«

»Wer denn?«

»Keine Ahnung. Ist keiner von unseren Stammgästen.«

»Hat er gesagt, was er will?«

»Nee, macht aber einen superwichtigen Eindruck: schnieker Anzug, teure Schuhe ...«

»Woher willst du wissen, wie teuer seine Schuhe waren? Warst du beim Kauf mit dabei?«, fragte Pedro anzüglich.

»So was sieht man auf den ersten Blick. Die Schuhe waren jedenfalls teurer als deine Billigtreter«, gab sie zurück und verschwand aus der Küche.

»Sag nix gegen meine Sneakers! Die sind saubequem«, rief der junge Spanier ihr hinterher.

Als Jo die Gaststube betrat, stach ihm der Mann sofort ins Auge. Trotz des warmen Wetters trug er einen blauen Nadelstreifenanzug, eine elegante Krawatte und ein dazu passendes Einstecktuch. Seine dunklen Haare waren nach hinten gegelt und gaben ihm ein jugendliches Aussehen, obwohl er schon jenseits der vierzig sein musste.

»Sie wollten mich sprechen?«, fragte Jo.

»Sind Sie Jo Weidinger?« Der junge Küchenchef nickte.

»Nehmen Sie Platz«, forderte der Mann im Anzug ihn auf und machte eine einladende Handbewegung. Dabei kamen seine Manschettenknöpfe aus massivem Sterlingsilber zum Vorschein.

Jo setzte sich widerwillig.

»Ich möchte Sie zu Ihrer exquisiten Küche beglückwünschen«, sagte der Mann. »Ich hatte den Rücken vom Hunsrücklamm mit Paprikapüree, Artischocken und den hausgemachten Kartoffelcrêpes. Schmeckt ausgezeichnet.«

»Freut mich«, erwiderte Jo, ohne eine Miene zu verziehen.

»Das Paprikapüree hatte eine angenehme Schärfe. Ich grüble schon die ganze Zeit, wie Sie das hinbekommen. Verwenden Sie Peperoni-Öl?«

»Nein, Tabasco und etwas Limonenabrieb.«

»Sehr raffiniert. Wäre ich nie drauf gekommen«, erklärte der Mann im Nadelstreifenanzug gönnerhaft. Er musterte Jo unverhohlen.

»Kennen wir uns?«, fragte dieser misstrauisch.

»Wo sind nur meine Manieren?« Der Unbekannte lächelte entschuldigend. »Ansgar von Neustetten«, stellte er sich vor und reichte Jo die Hand. Sie fühlte sich kalt und unpersönlich an.

»Weswegen sind Sie hier?«, fragte Jo. »Ihnen geht es doch nicht um mein Paprikapüree.«

»Sie tun mir unrecht«, protestierte von Neustetten. »Ich bin ein großer Bewunderer guter Küche.« Er hielt inne. »Aber da Sie damit angefangen haben – es gibt tatsächlich noch einen anderen Grund für meinen Besuch. Ich bin Rechtsanwalt und vertrete die Interessen des Fischzuchtbetriebs Guido Weber.«

Jo verzog keine Miene.

»Der Name sagt Ihnen etwas?«

»Natürlich. Herr Weber ist einer meiner Lieferanten.«

»Umso bedauerlicher ist, dass Sie sich unrechtmäßig Zugang zu seinem Hof verschafft haben.«

»Ich? Warum sollte ich so etwas tun?«

»Sagen Sie es mir.«

Von Neustetten ließ ihn nicht aus den Augen. Jo hielt dem Blick des Anwalts stand, ohne auch nur mit der Wimper zu zucken.

»Ich weiß nicht, wen oder was Ihr Mandant meint gesehen zu haben, aber bestimmt nicht mich«, antwortete er kühl.

»Herr Weber ist sich aber sicher, dass Sie es waren.«

»Was soll das Ganze überhaupt? Wollen Sie mir unterstellen, ich hätte bei ihm eingebrochen? Das ist absolut lächerlich! Ich bin weder Kleptomane, noch haben wir im Waidhaus die Angewohnheit, unsere Lieferanten zu bestehlen.«

»Vielleicht wollten Sie ihn ausspionieren.«

»Wozu denn das?«

»Der Markt ist hart umkämpft. Einige seiner Wettbewerber würden jeden Vorwand nutzen, um ihn schlechtzumachen.«

»Ihr Mandant verwechselt da etwas: Ich betreibe ein Restaurant und keine Fischzucht.«

»Möglicherweise sind Sie auch einer von diesen Weltverbesserern, die hinter jedem modern geführten Lebensmittelbetrieb einen potentiellen Umweltverschmutzer vermuten.«

»Bestimmt«, antwortete Jo in zynischem Ton. »Deswegen habe ich meine Fische bisher auch bei ihm bezogen.« Er schüttelte den Kopf. »Richten Sie Ihrem Mandanten schöne Grüße von mir aus. Er muss sich keine Gedanken mehr um mich machen. Meine Fische werde ich zukünftig jedenfalls woandersher beziehen.« Mit diesen Worten erhob er sich.

»Schön«, gab von Neustetten zurück. »Aber lassen Sie sich eines gesagt sein: Herr Weber legt äußerst viel Wert auf seinen guten Ruf. Er wird sich gegen falsche Verdächtigungen mit allen rechtlichen Mitteln zur Wehr setzen. So eine Schadensersatzklage kann schnell in die Zehntausende gehen. Ich weiß ja nicht, ob sich ein Restaurant wie Ihres so ein Rechtsrisiko leisten kann.«

Ohne ein weiteres Wort machte Jo kehrt und verließ die Gaststube.

Als er später über den Besuch des Rechtsanwalts nachdachte, musste er über sich selbst lachen. Ob Ansgar von Neustetten ihm seine Empörung abgenommen hatte, wusste er nicht. Aber es war definitiv eine große schauspielerische Leistung gewesen. Unschön war nur, dass Weber ihn gesehen hatte. Er musste bei seinen weiteren Ermittlungen vorsichtiger sein. Die Tatsache, dass der Fischzüchter nicht die Polizei gerufen, sondern einen Anwalt vorgeschickt hatte, ließ in Jos Augen nur eine Schlussfolgerung zu: Der Mann hatte Dreck am Stecken. Er hätte viel dafür gegeben, wenn er die Ergebnisse der Lebensmittelanalyse schon vorliegen gehabt hätte.

»Hallo?«, meldete sich eine männliche Stimme.
»Hier spricht Ansgar.«
»Hast du den Auftrag erledigt?«
»Klar.«
»Wie ist es gelaufen?«
»Ich glaube nicht, dass wir von diesem Weidinger viel befürchten müssen.«
»Wie kommst du darauf?«
»Ich war in seinem Restaurant und hab mit ihm gesprochen. Der Junge ist gerade mal Mitte, Ende zwanzig.«
»Und?«
»Das ist ein Koch, kein James Bond.«
»Du solltest ihn nicht unterschätzen. Er war an der Aufklärung von zwei Mordfällen beteiligt.«
»Ich hab mit einem Kontakt bei der Kripo gesprochen. Der meinte, dass die Medien das völlig übertrieben haben. In Wirklichkeit hat die Polizei die Hauptarbeit gemacht.«
»Trotzdem.«
»Ich hab ihn mit Webers Vorwurf konfrontiert. Ich hatte nicht den Eindruck, dass er wusste, was ich meine. Vielleicht hat Guido Gespenster gesehen. Außerdem kocht dieser Weidinger absolut göttlich.«

»Was hat denn das damit zu tun?«

»Auf so ein Niveau kommst du nicht, wenn du nebenher den Hobbydetektiv spielst.«

»So ein Blödsinn«, knurrte der Mann am anderen Ende der Leitung.

»Mit guten Restaurants kenn ich mich aus«, prahlte der Anwalt.

»Vielleicht solltest du mehr Zeit im Gerichtssaal verbringen, als in Gourmettempeln abzuhängen. Dann würdest du dir von einem hergelaufenen Koch nicht so leicht Sand in die Augen streuen lassen«, ätzte sein Gegenüber.

»Von wegen. Ich merke sofort, wenn ich angelogen werde«, verwahrte sich von Neustetten gegen den Vorwurf.

»Ich werd mich jedenfalls nicht auf deinen Gaumen verlassen. Ich will, dass du einen von deinen Leuten auf diesen Kerl ansetzt.«

»Rund um die Uhr? Weißt du, was so was kostet?«

»Scheißegal. Bei Weber hat er schon auf der Matte gestanden. Ich hab keine Lust, dass er demnächst vor meiner Tür auftaucht.«

»Schön. Aber beschwer dich hinterher nicht, wenn die Rechnung zu hoch ist.«

»Vielleicht kürze ich dafür deinen Stundensatz.«

»Einen Anwalt von meinem Format bekommst du nirgendwo günstiger.«

»Dann tu was für dein Geld und halt mir diesen Koch vom Hals.«

»Schon gut. Ich kümmere mich darum.«

Die nächsten beiden Tage wartete Jo fieberhaft auf die Ergebnisse der Lebensmittelanalyse. Der Besuch des Anwalts hatte ihn nicht etwa eingeschüchtert, sondern in seiner Überzeugung bestärkt, dass er auf der richtigen Spur war. Als am Donnerstag ein großer brauner Umschlag mit dem Absender Institut Kielmann bei ihm eintraf, riss er ihn eilig auf. Er überflog die Ergebnisse und ballte die Faust. Volltreffer! Beim gründlichen Durchlesen fiel ihm etwas auf. Er griff zum Hörer.

»Institut Kielmann«, meldete sich eine weibliche Stimme.

»Ich hätte gern Dr. Kroll gesprochen.«

»Einen Moment, ich verbinde.«

Es knackte in der Leitung.

»Kroll.« Die sonore Stimme des Lebensmittelchemikers hatte etwas Beruhigendes.

»Hier spricht Weidinger.«

»Ihre Analyse haben wir rausgeschickt.«

»Ist soeben eingetroffen. Ich hätte noch eine Frage dazu.«

»Ja?«

»Dieses Glenbutinat, das in Ihrer Analyse erwähnt wird, ist ein Wachstumshormon, richtig?«

»Ja. Es hat ein ähnliches Profil wie Clenbuterol. Das kennen Sie vielleicht aus der Dopingdiskussion im Radsport. Tatsächlich handelt es sich jedoch um eine komplette Neuentwicklung aus Osteuropa. Der Wirkstoff ist erst seit einigen Jahren auf dem Markt.«

»Ist der Einsatz zulässig?«

»In Europa nicht.«

»Das heißt, wenn einer damit Fische mästet, macht er sich strafbar?«

»Wenn er sie als Lebensmittel in den Verkehr bringt, auf jeden Fall.«

»Ist das nicht Sinn und Zweck davon?«

»Nicht unbedingt. Man könnte sie auch zu Fischmehl vermahlen und als Tierfutter verwenden.«

»Das wäre erlaubt?«

»Es gibt Länder, wo so etwas zulässig ist. Darf ich fragen, wo Sie die Proben herhaben?«

»Ich fürchte nein.«

»Wenn Sie Hinweise auf etwas Illegales haben, sollten Sie die Lebensmittelaufsicht informieren.«

»Was ich bei der Analyse nicht verstehe: Sie haben bei der Karpfenprobe des Jungtieres Glenbutinat festgestellt, bei dem alten aber nicht«, überging Jo den Einwand des Lebensmittelchemikers.

»Wenn jemand das Mittel mit krimineller Absicht einsetzt, wäre das nicht überraschend. Es ist wie beim Doping im Sport. Sie setzen das Mittel im Training ein, hören aber rechtzeitig vor dem Wettkampf damit auf. Das Mittel baut sich im Körper ab und ist anschließend nicht mehr nachweisbar.«

»Also man gibt es den jungen Tieren, damit sie schneller wachsen, und setzt es irgendwann ab?«

»Exakt.«

Das erklärte, warum die Tiere in unterschiedlichen Becken gehalten wurden.

»Und man kann bei den erwachsenen Tieren überhaupt nichts finden?«

»Jedenfalls nicht mit den Standardtests. Wenn man weiß, wonach man sucht, und einen entsprechenden Aufwand treibt, wäre ein Nachweis unter Umständen möglich.«

»Bei der Regenbogenforelle und dem Bachsaibling haben Sie gar nichts gefunden – weder bei dem alten noch bei dem Jungtier. Sind Sie sicher, dass die Proben ordnungsgemäß untersucht wurden?«

»Die Wissenschaft lügt nicht. Wenn wir nichts gefunden haben, ist auch nichts da.«

»Das kann nicht sein. Laut Ihrer Analyse der Futterprobe sind die Pellets mit Glenbutinat versetzt. Ich weiß zufällig, dass der junge Bachsaibling damit gefüttert wurde.«

»Vielleicht hat er es nicht gefressen.«

»Nein, die haben auf jeden Fall was davon bekommen.« Jo überlegte. »Wie lange dauert es, bis es nachweisbar ist?«

»Hängt von der Dosierung ab.« Dr. Kroll blätterte in der Analyse. »Bei der Konzentration in den Pellets würde ich von einigen Tagen ausgehen.«

»Vielen Dank! Das hilft mir sehr.«

»Keine Ursache.«

Dass die Fischproben von Weber unbelastet waren, gab Jo einen Dämpfer. Natürlich gab es dafür eine schlüssige Erklärung: Nach der Auseinandersetzung mit Sattler hatte er kalte Füße bekommen und die illegale Mast ausgesetzt. Ob Jo Hauptkommissar Wenger mit diesem Argument würde überzeugen können, war jedoch mehr als fraglich. Die Mutmaßung, dass sich der Fischzüchter zurückgehalten hatte, weil er wusste, dass Jo an dem Fall dran war, würde Wenger wahrscheinlich nur ein müdes Lächeln entlocken. Klar, es gab das hormonbelastete Futter. Aber wenn Guido Weber es inzwischen entsorgt hatte, konnte Jo nicht beweisen, dass die Probe, die er sich auch noch illegal besorgt hatte, aus dessen Betrieb stammte. Ein Gericht würde sie vermutlich nicht als Beweismittel zulassen. Jo schüttelte den Kopf. Hätte er sich bloß nicht erwischen lassen! Das machte alles viel komplizierter. Zumal er nun auch noch diesen Anwalt an den Hacken hatte. Ratlos starrte er auf seinen Schreibtisch.

Vielleicht musste er das Pferd von hinten aufzäumen: Wenn er beweisen konnte, dass es nicht nur ein oder zwei kriminelle Fischzüchter gab, sondern ein ganzes Netzwerk, musste die Polizei ermitteln! Dabei würden sie bestimmt auf den Mann im weißen Lieferwagen stoßen. Wenn er auspackte, ließ sich beweisen, dass Weber an den illegalen Machenschaften beteiligt war. Wenn dann noch die Aufzeichnungen von Sattler in Betracht gezogen wurden, kam die Polizei an einer gründlichen Untersuchung seines Todes nicht mehr vorbei.

Jo schaltete den Computer ein und suchte nach weiteren Fischzüchtern in der Gegend. Er stieß auf den Fischzuchtbetrieb Kramer, den er bereits besucht hatte. Die Leute waren ihm nicht verdächtig vorgekommen. Allerdings hatte er das bei Guido Weber auch gedacht. Nach kurzer Überlegung entschied er sich, sie mit auf seine Liste zu nehmen. Bei Rheinböllen, in Waldalgesheim und in der Nähe von Kastellaun im Hunsrück gab es weitere Betriebe. Er notierte sich die Adressen und ging hinüber in die Küche, wo seine Mitarbeiter bereits mit den Vorbereitungen fürs Mittagessen beschäftigt waren.

»Ich muss heute früher weg«, sagte er zu Pedro.

»Wann denn?«

»Um halb zwei.«

»Du nimmst dir den Nachmittag frei?«, fragte der junge Spanier verblüfft. Es kam nur sehr selten vor, dass Jo den Mittagsservice nicht bis zum Schluss beaufsichtigte.

»Warum denn nicht? Wo ich doch mit dir einen so kompetenten Stellvertreter habe.«

»Du kannst dich jederzeit auf mich verlassen.«

»Sehr gut. Ich denke, dass ich gegen sechs Uhr wieder da bin. Vielleicht schaffe ich es auch bis fünf.«

»Keinen Stress, Scheffe. Wir kriegen das schon hin.«

Gegen zwei schob Pedro seinen Chef mit sanfter Gewalt aus der Küche, sonst hätte dieser vermutlich noch den letzten Teller eigenhändig angerichtet.

Jo zog sich um und packte seinen Rucksack. Auf einer Landkarte hatte er sich die Standorte der verschiedenen Betriebe markiert. Zuerst wollte er nach Rheinböllen, dann nach Kastellaun und – wenn die Zeit noch reichte – nach Waldalgesheim. Er startete den Volvo und fuhr auf der schmalen Straße hinauf nach Urbar. Jo war so in die anstehende Untersuchung vertieft, dass er nicht bemerkte, wie sich ein unauffälliger Opel Kombi in Bewegung setzte und ihm folgte.

Der Fischzuchtbetrieb lag ein Stück außerhalb von Rheinböllen. Trotzdem ging Jo sehr vorsichtig zu Werke. Er wollte keinesfalls ein weiteres Mal entdeckt werden. Er stellte den Wagen in sicherer Entfernung ab. Als der Hof in Sichtweite kam, bezog er hinter einer wuchtigen Eiche Position und holte sein Fernglas heraus. Sorgfältig ließ er seinen Blick über das Anwesen wandern. Es lag ruhig und beschaulich vor ihm.

Plötzlich hatte er das Gefühl, beobachtet zu werden. Er konnte es fast physisch spüren. Nervös spähte er in alle Richtungen. Doch es war niemand zu entdecken. Er lauschte angespannt, aber bis auf das Rauschen des Windes war nichts zu hören. Er versuchte sich zu entspannen. Nachdem er abermals alles mit dem Fernglas abgesucht hatte, machte er sich auf zu den Teichen. Unglücklicherweise war die

Hütte, in der mutmaßlich Futter und Arbeitsgeräte verwahrt wurden, abgeschlossen. Diesmal hatte er jedoch vorgesorgt und sich einen zusammenklappbaren Kescher besorgt. Er fischte eine junge Regenbogenforelle und einen jungen Saibling aus zwei benachbarten Teichen und packte sie ein. Auf dem Weg zurück bemerkte er, wie sich ein weißer Fiat Ducato dem Hof näherte. Schnell duckte er sich hinter ein Gebüsch. Er erhaschte einen Blick auf den Fahrer – es war derselbe Mann, den er bei Guido Weber und Holger Kraus gesehen hatte. Jo ballte die Faust. Was für ein glücklicher Zufall, dass er wieder zur gleichen Zeit wie Jo aufgekreuzt war! Diesmal durfte er ihn nicht verlieren! Er lief zurück zum Wagen und verstaute die beiden Fische im Kofferraum. Dann startete er den Motor. Keine fünf Minuten später holperte der klapprige Ducato über den unbefestigten Weg und bog auf die Landstraße ein. Unauffällig klemmte Jo sich hinter ihn. In Rheinböllen wechselte der Lieferwagen auf die Landstraße nach Mörschbach. Jo ließ sich zurückfallen. Es ging weiter nach Kastellaun. Die ländliche Idylle ließ das Ganze noch unwirklicher erscheinen. War es tatsächlich möglich, dass so viele Fischzüchter mit illegalen Methoden arbeiteten? Der Verfolgte wurde langsamer und setzte den Blinker. Er bog in einen landwirtschaftlichen Betrieb ab. Über der Einfahrt hing das Schild: »Julius Kemmer – Fischzuchtbetrieb seit 1962«. Auch hier lieferte der Fahrer drei verdächtige braune Pappkartons ab. Jo notierte sich Datum und Uhrzeit.

Der Ducato fuhr vom Hof. Die Straße war inzwischen dicht befahren. Der Fahrer gab Gas und überholte mehrfach. Jo musste sich konzentrieren, um ihn nicht zu verlieren. Auf dem Beifahrersitz lag immer noch die Karte, auf der er die Fischbetriebe markiert hatte. Doch er musste gar keinen Blick darauf werfen, um zu wissen, welcher der nächste auf der Liste war – Fischzucht Kramer bei Waldesch.

Bei Emmelshausen fuhr der Lieferwagen auf die A61. Jo schloss dichter auf, um ihn im Feierabendverkehr nicht zu verlieren. Die Ausfahrt Waldesch rückte immer näher. Zu Jos Überraschung fuhr er jedoch weiter und verließ erst hinter der Moseltalbrücke die Autobahn. Es ging hinunter nach Winningen. Ratlos blickte Jo auf seine Karte. In dieser Gegend waren keine Teiche verzeichnet.

Unvermittelt bremste der Verfolgte ab, bog ins Industrieviertel oberhalb des Orts ein und fuhr auf ein Werksgelände. Am Pförtnerhäuschen zeigte er durchs offene Fenster einen Ausweis. Die Schranke vor ihm öffnete sich, und im nächsten Augenblick war der Ducato auf dem weitläufigen Gelände verschwunden. Jo fuhr vorbei und wendete. Als er die Einfahrt erneut passierte, sprang ihm ein großes Schild ins Auge: »Deutsche Fische GmbH«. Sprachlos starrte er darauf. Hinter ihm hupte jemand und riss ihn aus seinen Gedanken. Er gab Gas und fädelte sich in den Verkehr zur Autobahn ein.

Den Rückweg über dachte er intensiv nach. Die Deutsche Fische GmbH gehörte zu den größten Fischbetrieben Deutschlands. Soweit er wusste, war die Firma in den zurückliegenden Jahren stark gewachsen und machte den etablierten Anbietern scharfe Konkurrenz. Wenn der Fahrer des Ducato zu dieser Firma gehörte, nahm der Fall eine neue Dimension an. Dann ging es nicht nur um einige Fischzüchter, sondern um ein Netzwerk, das halb Deutschland umfasste. Das erklärte auch, wieso ein hochbezahlter Anwalt wie Ansgar von Neustetten bei ihm auftauchte und ihn einschüchtern wollte: Er war nicht der Anwalt von Guido Weber, sondern von der Deutsche Fische GmbH!

Gegen halb sechs traf Jo am Waidhaus ein.

»Schönen Nachmittag gehabt?«, fragte Pedro.

»Kann man sagen.«

»Wo warst du denn?« Der junge Spanier konnte seine Neugier nicht verbergen.

»In Sachen Fische unterwegs.«

»Ich dachte, wir hätten einen neuen Lieferanten.«

»Den müssen wir leider wechseln.«

»Hab ja gleich gewusst, dass ein Betrieb von der rechten Rheinseite nichts taugt«, meinte Pedro und tranchierte weiter den Rehrücken, der vor ihm auf dem Brett lag. Wenn es wirklich nur die rechte Rheinseite gewesen wäre, dachte Jo grimmig. Um weiteren Fragen aus dem Weg zu gehen, filetierte Jo die mitgebrachten Fische in der Küche in seiner Wohnung.

Am nächsten Morgen fuhr er hinüber nach Wiesbaden und gab die Proben im Institut Kielmann ab. Diesmal entschied er sich für die Expressanalyse, auch wenn sie deutlich teurer war. Anschließend ging er auf den Markt und erledigte einige Einkäufe. Gegen halb zehn war er zurück im Waidhaus und griff nach dem Hörer.

»Sandner«, meldete sich der stellvertretende Chefredakteur des *Rheinischen Tagblatts*.

»Hier spricht Jo.«

»Bist du immer noch nicht im Urlaub?«

»Erst ab Ende nächster Woche.«

»Na, immerhin. Bei mir dauert's noch drei Wochen.«

»Wo fahrt ihr hin?«

»Malediven.«

»Da seid ihr 'ne Weile unterwegs.«

»Ja. Aber wir wollen mal was Neues ausprobieren. Dort soll man sehr gut tauchen können.«

»Ist echt schön – azurblaues Wasser, paradiesische Strände ...«

»Wann warst du denn auf den Malediven?«

»Ist schon einige Jahre her. Mit der *Fantastic Star*.«

»Ich vergess immer wieder, dass du auf einem Kreuzfahrtschiff gearbeitet hast. Schon komisch. Jahrelang warst du jeden Tag an einem anderen Ort, und jetzt kommst du kaum noch aus deiner Küche raus.«

»So ändern sich die Zeiten. Was ich dich fragen wollte: Sagt dir die Deutsche Fische GmbH etwas?«

»Klar. Ist einer der wichtigsten Arbeitgeber in der Region. Die sitzen in Winningen.«

»Was hört man so über den Laden?«

»Nur das Beste. Ist eine der großen unternehmerischen Erfolgsgeschichten der vergangenen Jahre. Über die haben wir in unserer Zeitung viel berichtet. Vor zehn Jahren waren sie noch ein kleiner Mittelständler. Jetzt beschäftigen sie rund 1.500 Mitarbeiter und gehören zu den größten drei Fischbetrieben in Deutschland.«

»Weißt du, wem das Unternehmen gehört?«

»Da gibt es mehrere Gesellschafter. Aber der starke Mann heißt Kai Bergmann. Der hat das Unternehmen vor Jahren mit einem Kompagnon übernommen und umstrukturiert. Bis dahin war das praktisch nur ein großer Fischhändler. Heute sind sie über die gesamte Wertschöpfungskette aktiv – von der Fischzucht über die Verarbeitung bis hin zur Haustürlieferung.«

»Wie kommt es, dass du darüber so gut Bescheid weißt?«, fragte Jo überrascht.

Der Journalist lachte. »Ich hatte vor einiger Zeit das Vergnügen, eine exklusive Werksführung mit der Pressedame zu machen. Warum interessierst du dich für den Laden?«

»Ich glaub, die sind in was Illegales verwickelt.«

»Nie im Leben. Das ist ein erstklassig geführter Betrieb.«

Jo zögerte. Dann rückte er mit der Geschichte heraus. Nur die Sache mit Sattlers Schließfach ließ er außen vor. Besser, wenn der Journalist nicht wusste, dass er bei dem toten Fischzüchter eingebrochen war. Das würde Sandner bestimmt nicht gutheißen. Als er mit seiner Erzählung zu Ende war, blieb es still in der Leitung.

»Hallo, bist du noch dran?«, fragte er.

»Ja, aber ich mache mir ernsthafte Sorgen um dich.«

»Warum?«

»Du versuchst mittlerweile seit Monaten, aus einem Unfall einen Mordfall zu konstruieren, und jetzt kommst du mir mit einem Lebensmittelskandal?«

»Die mästen die Fische mit verbotenen Wachstumshormonen, und Sattler ist ihnen auf die Schliche gekommen. Deshalb haben sie ihn aus dem Weg geräumt.«

»Weißt du, wie du dich anhörst? Wie einer von diesen abgedrehten Verschwörungstheoretikern.« Sandner seufzte. »Du hast vier Fische analysieren lassen, und eine Probe war positiv. Klingt mir nicht nach einer großen Sache.«

»Und was ist mit den Pellets, die ich bei Weber gefunden hab? Wieso sollte er das Zeug haben, wenn er es nicht benutzt? Bestimmt setzt er es rechtzeitig wieder ab, daher ist es nur bei Jungtieren nachweisbar. Und nach der Sache mit Sattler hat er eine längere Pause eingelegt.«

»Das ist reine Spekulation. Du hast nicht den geringsten Beweis, dass Sattler davon wusste.«

Jo biss sich auf die Lippen. Wenn er nur darüber sprechen könnte, was er im Schließfach des toten Fischzüchters gefunden hatte!

»Und was ist mit dem Gespräch zwischen Weber und dem Fahrer des Lieferwagens? Dem hat er selbst gesagt, dass er erst kürzlich wieder damit begonnen hat. Die Futterprobe beweist eindeutig, dass er mit drinhängt.«

»Nehmen wir an, du hast recht. Dann sind es trotzdem nur zwei schwarze Schafe.«

»Morgen bekomme ich die Analyse von dem Betrieb bei Rheinböllen. Wenn die auch positiv ist, steht fest, dass es sich um ein Netzwerk handelt.«

»Heißt aber nicht, dass die Deutsche Fische GmbH darin verstrickt ist.«

»Die beziehen das illegale Futter alle von dem Mann im weißen Lieferwagen, und der ist bei ihnen angestellt.«

»Das ist nur eine Vermutung. Vielleicht ist er nur ein Lieferant.«

»Und wieso hat er dann einen Werksausweis?«

»Es könnte auch ein Besucherausweis sein.«

Jo schüttelte den Kopf. »Die stecken da mit drin. Das hab ich im Gefühl.«

»Warum sollte ein erfolgreiches Unternehmen wie die Deutsche Fische GmbH bei so einer Sache mitmachen und seinen guten Ruf riskieren?«

»Wegen des Profits. Wahrscheinlich ist die Bude deswegen so schnell gewachsen.«

»Jetzt mach mal halblang. Nur weil eine Firma erfolgreich wirtschaftet, hat sie nicht gleich Dreck am Stecken.«

»Wieso verteidigst du die eigentlich so?«, fragte Jo vorwurfsvoll.

»Ich verteidige gar niemanden. Du solltest nur keine Anschuldigungen erheben, die du nicht beweisen kannst.«

»Deswegen wende ich mich an dich. Vielleicht könnt ihr euch dort umhören.«

»Wie stellst du dir das vor? Soll ich bei der Pressestelle anrufen und fragen, ob sie ihre Lieferanten mit verbotenen Wachstumshormonen versorgen?«

»Ihr könntet einen Reporter einschleusen.«

»Was?«

»Macht man das nicht so im investigativen Journalismus?«

»Nee.«

»Aber da gibt's doch diesen Typen, der sich unter falschem Namen in Firmen einschleicht und Skandale aufdeckt.«

»Weißt du, wie aufwendig so was ist? Es dauert Monate, und man weiß nicht, ob am Ende was Verwertbares rauskommt. Das können sich nur große Nachrichtenmagazine leisten, aber keine Regionalzeitung wie wir. Außerdem bewegt man sich dabei in einer rechtlichen Grauzone. Wir können jedenfalls nicht bei einem Fischzüchter auf den Hof marschieren und ihm Fische aus dem Teich klauen.«

»Ihr macht also gar keinen investigativen Journalismus?«, fragte Jo provozierend.

»Natürlich recherchieren wir Exklusivgeschichten«, erwiderte der Journalist verärgert. »Aber da ermitteln wir nicht selber, sondern suchen uns Informanten.«

»Ihr habt doch einen.«

»Wen denn?«

»Mich.«

»Ich glaube nicht, dass meine Chefs dich als Informanten akzeptieren würden. Da bräuchte ich einen Mitarbeiter aus dem Unternehmen mit entsprechenden Insider-Kenntnissen.«

»Ich kann dir die Analysen geben und meine Beobachtungen runterschreiben. Dann hättet ihr eine gute Ausgangsbasis. Ein Lebensmittelskandal – direkt vor eurer Haustür –, so was muss deine Chefs doch interessieren!«

Sandner dachte nach. »Warum gehst du mit deiner Geschichte über die Fischzüchter nicht zur Lebensmittelaufsicht? Die können von amtlicher Seite ermitteln. Darüber würden wir natürlich berichten.«

»Und wenn die Firma mit drinhängt?«

»Das wäre was anderes. Aber ein paar vage Vermutungen reichen dafür nicht aus. Wenn ich meinen Chefredakteur und den Verleger überzeugen soll, ein oder zwei Leute über Monate auf so einen Fall anzusetzen, brauchen wir handfeste Beweise.«

»Wir haben den Fahrer aus dem Lieferwagen.«

»Ist mir viel zu vage. Wir brauchen Fakten. Du kannst ja noch nicht einmal beweisen, dass der Mann dort angestellt ist.«

»Wie soll ich das denn bewerkstelligen?«, fragte Jo ratlos.

»Gar nicht. Gib dein Zeug der Lebensmittelaufsicht und fertig.«

Jo war enttäuscht. Wenn Sandner ihm schon nicht glaubte, wie sollte er dann die Lebensmittelaufsicht überzeugen? Von der Polizei ganz zu schweigen. Schließlich konnte er bei der Lebensmittelaufsicht schlecht seine Analysen vorlegen, ohne zuzugeben, dass er die Fische gestohlen hatte. Eine anonyme Anzeige kam auch nicht in Frage.

Denn auf Nachfrage würde das Institut Kielmann seinen Namen bestimmt herausrücken. Was für eine verfahrene Situation!

Die Sprechanlage auf dem Schreibtisch von Kai Bergmann summte. Unwillig blickte er von dem Ordner hoch, in dem er gerade las. Er drückte einen Knopf.

»Ja?«, fragte er kurz angebunden.

»Herr von Neustetten ist da.«

»Schicken Sie ihn rein.«

Die Tür öffnete sich, und der Anwalt betrat das Büro. Er machte ein dienstbeflissenes Gesicht.

»Soll ich Kaffee bringen?«, fragte die Sekretärin.

»Herr von Neustetten bleibt nicht lange«, antwortete Bergmann. Die Sekretärin nickte und schloss die dickgepolsterte Tür hinter sich.

»Setz dich«, befahl der Unternehmer und deutete auf einen der schweren Ledersessel vor seinem Schreibtisch.

»Ich hab eben den Bericht von deinem Privatdetektiv bekommen«, erklärte er und deutete auf den Ordner, der vor ihm lag. »Hast du ihn schon gelesen?«

»Ich komme von einem Mandanten und war noch nicht in der Kanzlei.« Der Anwalt linste auf die Unterlage.

»Bitte schön.« Bergmann schob die Akte über den Tisch. Ansgar von Neustetten überflog den Text und warf einen Blick auf die Fotos.

»So ein Mistkerl! Steckt seine Nase weiter in Dinge, die ihn nichts angehen, obwohl ich ihn ausdrücklich davor gewarnt habe«, empörte sich der Anwalt.

»So viel zum Thema, du merkst sofort, wenn dich einer anlügt«, meinte Bergmann in gehässigem Ton.

»Ich gebe zu, dass ich diesen Weidinger unterschätzt habe. Dafür haben wir jetzt was gegen ihn in der Hand.«

Er zeigte auf eines der Fotos. »Damit kriege ich ihn auf jeden Fall klein«, behauptete er vollmundig.

»Bevor du in Jubelgeschrei ausbrichst, solltest du dir noch die nächste Seite ansehen.«

Etwas in Bergmanns Ton ließ von Neustetten vorsichtig werden. Er blätterte um. Das nächste Foto zeigte Jos Volvo vor der Einfahrt der Deutsche Fische GmbH.

»Wofür bezahle ich einen verdammten Privatdetektiv, wenn er ihn geradewegs vor meine Haustür führt!«, donnerte der Unternehmer los.

»Also hergeführt ist vielleicht nicht…«

»Hör mir mit diesem spitzfindigen Scheiß auf. Du solltest deinen Mann auf Weidinger ansetzen, damit er ihn mir vom Hals hält!«

Von Neustetten machte eine betretene Miene.

»Das wäre nicht passiert, wenn du deine Arbeit gründlich machen würdest«, fuhr Bergmann verärgert fort. »Warum gibt dein toller Detektiv nicht sofort Bescheid, wenn er merkt, dass der Koch hinter einem unserer Leute her ist? Dann hätte ich Hoffmann warnen können, und er wäre nicht aufs Werksgelände gefahren.«

»Woher hätte der Detektiv das wissen sollen? Der Lieferwagen hat ja keine Werksaufschrift«, verteidigte sich der Jurist.

»Aus gutem Grund, wie du weißt.«

»Deswegen habe ich der Detektei auch nicht viel gesagt. Je weniger Leute von der Verbindung zwischen Hoffmann und der Firma wissen, desto besser.«

Von Neustetten zuckte mit den Schultern.

»Ich kann doch nicht ahnen, dass Hoffmann ausgerechnet dann in Rheinböllen aufkreuzt, wenn Weidinger dort herumschleicht.«

»Wenn du nur halb so clever wärst, wie du immer behauptest, würdest du so was ins Kalkül ziehen. Man nennt das Antizipation.«

»Ich tue mein Bestes«, erwiderte von Neustetten kühl. »Bisher bist du damit immer gut gefahren.«

»Nichts ist älter als die Erfolge von gestern.«

»Wie auch immer. Du musst dir über Weidinger keine Sorgen machen. Mit den Fotos haben wir ihn in der Hand. Ich werde ihm eine Unterlassungserklärung vorlegen, die sich gewaschen hat.«

»Verlass dich aber nicht nur auf deine juristischen Tricks. Ich will, dass er einen Denkzettel bekommt, den er nicht so schnell vergisst.«

»Wie weit sollen wir dabei gehen?«

»Ist mir egal. Ich will von diesem Kerl nie wieder etwas hören.«

»Ich kümmere mich darum.«

»Aber diesmal richtig, verstanden?«

Von Neustetten nickte stumm und verließ das Büro.

Kapitel 19

Jo saß immer noch an seinem Schreibtisch und grübelte darüber nach, was er als Nächstes unternehmen sollte, als es an der Bürotür klopfte.

»Kommst du probieren?«, fragte Ute.

»Was denn?«

»Morgen ist Philipps großer Tag – schon vergessen? Er hat alle Nachspeisen zubereitet, die er beim Landeswettbewerb präsentieren will.«

»Ich bin gleich da.«

Als er die Küche betrat, stand die Küchenmannschaft schon vollständig am Tresen. Jo begutachtete die Teller von allen Seiten. »Aussehen tut's toll«, lobte er.

Der Reihe nach probierte er sich durch die verschiedenen Desserts. Das Tiramisu Bianco war eine Wucht. Jo konnte schmecken, dass Philipp noch einmal daran gefeilt hatte. Das Zusammenspiel zwischen der herben Kaffeenote und der Süße der Creme war absolut perfekt.

»Großartig«, rief er und klopfte Philipp anerkennend auf die Schulter.

»Meinst du, es reicht für eine gute Platzierung? Ich hab von Leuten gehört, die wahnsinnig anspruchsvolle Sachen auffahren«, fragte Philipp verunsichert.

»Beim Kochen geht es um Geschmack und nicht darum, wie aufwendig ein Gericht ist. Mir ist wichtig, dass du dein

Bestes gibst. Was für eine Platzierung dabei rauskommt, ist zweitrangig.«

»Das gibt man Verlierern mit auf den Weg«, stichelte Pedro.

»So meine ich es nicht«, verwahrte sich Jo. »Schmeckt absolut super. Ich bin stolz auf dich.«

Philipp strahlte und ließ sich auch von Pedros Feixen nicht beirren.

»Ist ja unsere Schule«, fügte der junge Spanier gönnerhaft hinzu, während er sich einen Bissen von dem Blätterteigtörtchen genehmigte.

»Also wenn, dann ist es Utes Schule. Aber Philipp hat sich das in den letzten Jahren selbst erarbeitet. Da könnte sich so manch erfahrener Koch noch was abschauen«, sagte Jo spitz und sah Pedro bedeutungsvoll an.

»Was denn? Nachspeisen sind was für Anfänger. Die Königsdisziplin sind immer noch die Saucen, oder?«, antwortete der Spanier mit vollem Mund.

Jo schüttelte den Kopf. Pedro war einfach unverbesserlich!

Am nächsten Tag traf die Expressanalyse aus Wiesbaden ein. Gespannt öffnete Jo den Umschlag und überflog das Dokument. Sowohl die Regenbogenforelle als auch der Saibling wiesen deutliche Spuren von Glenbutinat auf. Damit hatte er den eindeutigen Beweis in Händen, dass es sich um einen groß angelegten Betrug handelte. Mochte Sandner darüber denken, wie er wollte – er war davon überzeugt, dass die Deutsche Fische GmbH darin verstrickt war.

Er schaltete den Computer ein und suchte nach der Internetseite des Unternehmens. Wie Sandner gesagt hatte, war der Betrieb in den letzten Jahren stark gewachsen. Neben dem Hauptsitz in Winningen unterhielt er rund zwanzig Vertriebsstandorte im ganzen Bundesgebiet. Auf der Website fand er auch ein Foto von Kai Bergmann. Darunter stand: geschäftsführender Gesellschafter. Jo schätzte ihn auf Ende vierzig. Er hätte nicht sagen können, warum, aber der Mann war ihm auf Anhieb unsympathisch. Vielleicht lag es an dem herrischen Ausdruck in seinen Augen. Mit dem war bestimmt nicht gut Kirschen essen, dachte er.

In Winningen betrieb das Unternehmen offenbar auch eine Produktionsanlage, in der Fischfilets in Konservendosen eingelegt wurden. Ein Satz in der Rubrik »Unternehmensprofil« stach Jo besonders ins Auge: »Um uns unabhängiger von Lieferanten zu machen, sind wir vor einigen Jahren selbst in die Aufzucht heimischer Fische eingestiegen«, hieß es da. »Nach und nach haben wir teichwirtschaftliche Betriebe in Rheinland-Pfalz und den angrenzenden Bundesländern übernommen. Gegenwärtig betreibt die Deutsche Fische GmbH zwölf eigene Aufzuchtanlagen für Regenbogenforellen, Saiblinge, Karpfen und andere heimische Fischarten. Dabei arbeiten wir streng biologisch und nach modernsten wissenschaftlichen Methoden.«

Streng biologisch? Da konnte Jo nur lachen. Während er darüber nachdachte, wie er die einzelnen Zuchtbetriebe finden konnte, hatte er eine Idee. Er klickte auf eine bestimmte Unterrubrik. Schnell wurde er fündig. Vor seinem inneren Auge zeichnete sich ein Plan ab.

Gegen halb elf, mitten während der Vorbereitungen fürs Mittagessen, kam Klara in die Küche.

»Der Typ ist wieder da«, sagte sie salopp.

»Welcher Typ?«, fragte Jo irritiert.

»Der mit dem schnieken Anzug.«

»Sag ihm, dass ich beschäftigt bin.«

»Hab ich schon. Er will trotzdem mit dir reden.«

Jo verspürte nicht die geringste Lust, sich erneut mit diesem aufgeblasenen Wichtigtuer herumzuärgern.

»Soll ich ihn wegschicken?«

»Nee, ich komm schon.«

Er band sich die Schürze ab und folgte ihr in die Gaststube. »Was wollen Sie denn schon wieder?«, fragte er von Neustetten, ohne sich mit einer Begrüßung aufzuhalten.

»Mit Ihnen sprechen.«

»Ich hab nicht viel Zeit.«

»Es dauert nicht lange.«

»Schießen Sie los.«

»Wir sollten besser in Ihr Büro gehen.«

Widerstrebend leistete Jo der Aufforderung des Anwalts Folge. »Ich wusste gar nicht, dass Anwälte am Wochenende arbeiten«, sagte er, nachdem sie sich gesetzt hatten.

»Die Rechtspflege ruht nie«, antwortete von Neustetten von oben herab. Er musterte den jungen Küchenchef abschätzig.

»Was ist denn nun?«

»Ich dachte, ich hätte mich bei meinem letzten Besuch klar ausgedrückt. Sie sollten doch nicht mehr herumschnüffeln!«

»Keine Ahnung, was Sie meinen.«

Wortlos legte der Anwalt ein Foto auf den Tisch. Es zeigte Jo, wie er in Rheinböllen einen Fisch mit seinem Kescher aus dem Teich zog.

»Wo haben Sie das her?«, entfuhr es ihm.

»Spielt das eine Rolle?« Von Neustetten lächelte böse.

»Meine Kanzlei vertritt auch den Fischzuchtbetrieb Hans Zimmer in Rheinböllen. Das Foto überführt Sie des Diebstahls.«

»Ich seh nur einen x-beliebigen Teich. Könnte überall sein«, erklärte Jo cool.

»Sie vergessen den Fotografen. Er kann bezeugen, wo das Foto aufgenommen wurde.«

Der junge Küchenchef zuckte mit den Schultern. »Dann steht Aussage gegen Aussage. Zeigen Sie mich an. Ich bin gern bereit, der Polizei Rede und Antwort zu stehen.«

»Wollen Sie denen dann auch erzählen, dass Sie Fische gestohlen und im Institut Kielmann haben untersuchen lassen?«

Jo schluckte. Offensichtlich hatte der Anwalt ihn beschatten lassen!

»Glauben Sie wirklich, einer meiner Mandanten hätte etwas mit dem Tod von diesem Sattler zu tun? Das ist absolut lächerlich. Es war ein Unfall. Das haben die Untersuchungen der Polizei zweifelsfrei ergeben.«

»Wie kommen Sie darauf, dass ich mich mit dem Fall beschäftige?«

»Meinen Sie, wir wissen nicht, was Sie da treiben? Es ist allgemein bekannt, dass Sie sich für einen begnadeten Hobbyermittler halten. Sie sollten Ihre freie Zeit sinnvoller verwenden.«

»Was ich in meiner Freizeit mache, geht Sie gar nichts an.«

»In diesem Fall geht es uns schon was an. In Ihrem Wahn, um jeden Preis einen Kriminalfall erfinden zu wollen, gefährden Sie die Interessen meiner Klienten.«

»Wenn Ihre Auftraggeber sauber arbeiten, haben sie von mir nichts zu befürchten.«

»Tja, genau da liegt das Problem. Wer sagt mir, dass Sie nicht unlautere Mittel verwenden? Vielleicht haben Sie bei meinen Mandanten etwas ins Futter gemischt – nur um die Polizei zu neuen Ermittlungen zu veranlassen.«

»Was?« Jo starrte den Anwalt ungläubig an. »Mit so einer Unterstellung kommen Sie niemals durch.«

»Jemand, der nachweislich andere bestiehlt, ist sicher zu noch schlimmeren Straftaten fähig«, erwiderte von Neustetten vielsagend.

»Netter Versuch. Aber Sie übersehen dabei etwas: Wenn ich das Futter mit Wachstumshormonen versetzt hätte, bräuchte ich kaum die Proben. Ich müsste nur eine Anzeige bei der Lebensmittelaufsicht machen.«

»Ich seh schon, im Guten kommen wir nicht weiter«, erklärte von Neustetten verärgert. »Reden wir nicht um den heißen Brei herum. Ich habe hier drei Unterlassungserklärungen. Eine von Guido Weber, eine vom Fischzuchtbetrieb Zimmer in Rheinböllen und eine vom Betrieb Julius Kemmer aus Kastellaun.«

Er zog drei Dokumente aus seiner Aktentasche und schob sie über den Tisch.

»Was soll ich damit?«

»Sie werden unterschreiben, dass Sie meine Mandanten nicht weiter belästigen und sich nicht in der Öffentlichkeit zu ihnen äußern. Andernfalls wird eine Vertragsstrafe von jeweils zwanzigtausend Euro fällig.«

»Wie viel?« Jo lachte ungläubig. »Warum sollte ich das unterschreiben?« Er nahm eines der Dokumente und warf es über den Tisch. »Ich bin erstaunt, dass Sie nicht noch eines von der Deutsche Fische GmbH dazugepackt haben«, sagte er. »Die sind doch in Wahrheit Ihr Auftraggeber, oder?« Er sah den Anwalt herausfordernd an.

Dessen Augen verengten sich zu schmalen Schlitzen. Er beugte sich zu Jo hinüber. »Sie wissen nicht, mit wem Sie sich anlegen«, zischte er. »Wir werden Sie bis aufs letzte Hemd verklagen. Dann ist Ihr schönes Restaurant schneller weg, als Sie gucken können.« Seine Augen funkelten hasserfüllt.

Jo war perplex. Er hätte nie für möglich gehalten, dass seine Bemerkung so eine Reaktion hervorrufen würde. Doch schon im nächsten Augenblick hatte der Anwalt sich wieder im Griff. Er lehnte sich zurück, zog ein weiteres Stück Papier aus seiner Aktentasche und hielt es Jo vor die Nase. Es war ein vergilbter Zeitungsausschnitt. Jo brauchte einen Moment, bis er erkannte, worum es sich handelte. Schlagartig wurde er bleich.

»Woher haben Sie das?«, fragte er mit tonloser Stimme.

»Meinen Sie, wir lassen uns von Ihnen ans Bein pinkeln und informieren uns nicht über Sie?«

»Tun Sie das weg«, schrie Jo ihn an.

»Unschön, wenn man mit seiner Vergangenheit konfrontiert wird, was? Vor allem, wenn es um so etwas geht. Kein Wunder, dass Sie kein Interesse daran haben, dass die Leute in der Gegend davon erfahren.« Der Anwalt lachte höhnisch.

Jo griff nach dem Zeitungsausschnitt und knüllte ihn zusammen.

»Das nutzt Ihnen gar nichts, ich habe tonnenweise Kopien davon. Wenn Sie nicht wollen, dass wir sie in Ihrer Nachbarschaft verteilen, sollten Sie besser mit mir kooperieren.«

Jo starrte gedankenverloren auf die Schreibtischplatte. Er war immer noch blass im Gesicht. Wortlos griff er nach einem Stift und unterzeichnete die drei Unterlassungserklärungen.

»Es hat mich gefreut, mit Ihnen Geschäfte zu machen«, sagte von Neustetten hämisch und sammelte die drei Dokumente ein. Dann erhob er sich und verließ grußlos den Raum.

Als Jo einige Minuten später in die Küche kam, wirkte er deutlich gefasster.

»Was war denn das für ein Typ?«, fragte Pedro. »Sah aus wie der Bösewicht aus einem zweitklassigen Hollywoodstreifen.«

»Niemand Wichtiges«, antwortete Jo.

Den restlichen Vormittag war er seltsam einsilbig. Am Nachmittag kehrte Philipp gut gelaunt von seinem Nachspeisenwettbewerb zurück. Er hatte den dritten Platz belegt und präsentierte stolz den gewonnenen Pokal. Jo spendierte spontan Champagner für alle. Damit kamen sie beschwingt durch den Abendservice, und Jos Stimmung hellte sich ein wenig auf. Trotzdem gelang es ihm nicht, von Neustettens Drohung aus dem Kopf zu bekommen.

»Wie ist es gelaufen?«, wollte Kai Bergmann wissen.

»Bestens«, antwortete Ansgar von Neustetten. »Er hat alles unterschrieben.«

»Und du bist dir sicher, dass wir ihn damit los sind?«

»Definitiv. Wenn Weidinger sich in der Nähe eines Fischbetriebs sehen lässt, treiben wir die Vertragsstrafe ein. Dann ist sein Laden ruck, zuck pleite. Der kann sich so eine Zahlung nicht leisten. Diese Gourmetrestaurants pfeifen finanziell meist aus dem letzten Loch.«

»Bei den Preisen?«

»Die haben einen enorm hohen Wareneinsatz. Ist ja nicht wie bei dir im Betrieb, wo du deine Lieferanten Jahr für Jahr mehr auspresst.« Der Anwalt lachte.

»Trotzdem, ich traue diesem Koch nicht über den Weg.«

»Du hättest ihn sehen sollen, als ich ihm den Zeitungsausschnitt gezeigt habe. Er war kurz davor, in Tränen auszubrechen.«

»Geschieht ihm recht, diesem Pisser«, knurrte der Unternehmer. »Den Denkzettel verpasst du ihm aber noch.«

»Klar.«

»Wann wird die Sache steigen?«

»Heute Nacht.«

»Wer kümmert sich darum?«

»Ein Rumäne.«

»Ist er zuverlässig?«

»Ich hab ihn vor einiger Zeit wegen Einbruchs verteidigt. Er kam mit einer überschaubaren Strafe davon. Deswegen ist er mir noch einen Gefallen schuldig.«

»Ich will aber nicht, dass sich das zu uns zurückverfolgen lässt.«

»Keine Sorge. Der Mann ist absolut verschwiegen.«

Jo schreckte aus dem Schlaf hoch. Er brauchte einen Augenblick, um sich zu orientieren. Der Wecker neben seinem Bett zeigte halb drei. Ihm war, als hätte er ein Geräusch gehört. Angespannt lauschte er in die Dunkelheit. Da war es wieder! Es klang wie ein Klappern. Unschlüssig stützte er sich auf. Er spürte immer noch den Alkohol in seinem

Blut und wäre am liebsten liegen geblieben. Da vernahm er das Geräusch erneut. Diesmal klang es noch näher. Seufzend schlug er die Decke zurück, tastete nach seinen Schuhen und stand auf. Unten angekommen, öffnete er die Haustür und drückte auf den Schalter für die Lampe im Hof. Nichts tat sich. Die Glühbirne musste durchgebrannt sein. Merkwürdig, denn er meinte, sie vor kurzem ausgetauscht zu haben. Er griff nach der Taschenlampe, die für alle Fälle auf dem Kästchen neben der Haustür lag, und trat ins Freie. Ein kalter Windhauch wehte über den Hof. Jo fröstelte. Es klapperte wieder. Angestrengt starrte er in die Dunkelheit. Das Geräusch schien vom Schuppen herzukommen. Mit zögernden Schritten ging er darauf zu und schaltete die Taschenlampe ein. Jetzt erkannte er die Ursache: Die Tür stand offen. Er spürte einen neuerlichen Windstoß. Mit lautem Klappern schlug die Holztür auf und zu. Jo zuckte erschrocken zusammen. Dann schüttelte er den Kopf. Er wusste selbst nicht, wieso er so angespannt war. Es war schließlich nur die Tür. Er machte einen Schritt nach vorn und bückte sich, um nach dem Schloss zu sehen. In dem Moment raschelte es neben ihm. Er spürte die Bewegung mehr, als dass er sie sah. Instinktiv ließ er sich zur Seite fallen. Die Katze fauchte, als sie auf ihn zusprang. Mit einem großen Satz verschwand sie in der Dunkelheit. Jo lachte nervös. Nur eine Katze! Es war nur eine Katze, beruhigte er sich. Er hob die Taschenlampe auf, die ihm aus der Hand gefallen war. Dann schloss er die Tür ab.

Als er am nächsten Morgen nach dem Türschloss am Schuppen sehen wollte, bemerkte er etwas an seinem Wagen. Zögerlich trat er darauf zu. Jemand hatte mit einem scharfen Gegenstand eine Botschaft in die Motorhaube geritzt. In ungelenken Buchstaben las er die Worte: »Letzte Warnung«.

Fassungslos starrte er darauf. Ihn überkam ein unbändiger Zorn. Dafür würden sie bezahlen! Von Neustetten und seine feigen Hintermänner! Sie hatten Jo beschatten lassen, ihn bedroht und mit seiner Vergangenheit erpresst. Und jetzt versuchten sie ihn auch noch mit dieser lächerlichen Botschaft einzuschüchtern. Aber damit hatten sie den Bogen überspannt. Bisher hatte ihn nur seine Neugier angetrieben. Ab jetzt war es persönlich. Er würde nicht eher aufgeben, bis er jeden einzelnen von diesen Halunken hinter Gitter gebracht hatte! Mit grimmiger Miene parkte er den Wagen in der Garage, damit niemand die Botschaft zu sehen bekam.

Den Schaden meldete er seiner Versicherung, dann machte er einen Termin in einer Werkstatt in Boppard aus, um die unangenehme Botschaft schnellstmöglich verschwinden zu lassen.

Als er zwei Tage später eine Tour mit seinem Fahrrad unternahm, bemerkte er, dass er von einem silbernen Opel Kombi verfolgt wurde. Der Fahrer gab sich alle Mühe, Abstand zu halten und nicht aufzufallen, was sich bei seiner langsamen Fahrweise allerdings als schwierig erwies. Hinter Urbar bog Jo auf einen unbefestigten Wirtschaftsweg ein. Er lächelte boshaft, als er sah, dass der Opel anhielt und der Fahrer ihm ratlos hinterherblickte. Er radelte nach Niederburg, von dort weiter nach Damscheid und anschließend hoch nach Wiebelsheim. Dann schlug er einen Bogen über Laudert und den Nenzhäuserhof, bevor er durch den

Wald zurück nach Urbar fuhr. Als er schon fast am Waidhaus angelangt war, kam er am Tennisplatz oberhalb des Restaurants vorbei. Dort waren mehrere Autos geparkt, unter anderem der silberne Opel. Der Fahrer, ein korpulenter Mann Mitte dreißig, tat so, als würde er in einem Reiseführer blättern. Jo stieg von seinem Rad ab und trat auf den Wagen zu. Der Mann machte keine Anstalten auszusteigen. Da er Jo weiterhin ignorierte, klopfte dieser an die Fensterscheibe. Nach kurzem Zögern drückte der Mann auf den Knopf des Fensterhebers.

»Haben Sie sich verfahren?«, fragte der junge Küchenchef und machte ein unschuldiges Gesicht.

»Wie kommen Sie darauf?«, antwortete der Mann unfreundlich.

»Sie blättern so verzweifelt in Ihrem Reiseführer.«

»Äh, nein. Ich war nur am Überlegen, was ich mir als Nächstes ansehen will«, versuchte der Mann den Schein zu wahren.

»Um Ihnen die Arbeit zu erleichtern – ich werde diese Woche nicht mehr viel unterwegs sein, wir haben nämlich unsere Abschlusswoche vor den Betriebsferien und sind durchgehend ausgebucht. Morgen werde ich meinen Wagen in die Werkstatt bringen. Jemand hat ein paar Kratzer in die Motorhaube gemacht. Sie haben nicht zufällig eine Idee, wer das gewesen sein könnte?«

»Ich weiß nicht, wovon Sie sprechen.«

»Sie können Ihren Chefs ausrichten, dass ich ihre Botschaft verstanden habe. Am Sonntag werde ich für zwei Wochen nach Mallorca fliegen. Wenn Sie mich dort auch verfolgen wollen, sollten Sie sich ein Rennrad ausleihen. Das fällt nicht so auf. Schicken Sie aber besser jemanden, der trainierter ist als Sie. Ich werde nämlich einige Pässe hochradeln und habe keine Lust, auf Sie zu warten.«

Mit diesen Worten machte Jo kehrt und verschwand im Waidhaus.

Die Abschlusswoche vor den Sommerferien wurde ein voller Erfolg. Speziell für das große Degustationsmenü am Samstag bekamen sie viel Lob. Besonderen Anklang fanden das Jakobsmuschelcarpaccio in Limetten-Chili-Marinade mit Gurken-Mango-Relish und das Duett von Kalbsfilet und Seeteufel an scharfem Tomatenchutney mit herzhafter Kartoffelrösti.

Nachdem sie mit dem Abendservice fertig waren, bat Jo seine Küchenmannschaft in die Gaststube. Als sie der Reihe nach hereinmarschierten, brandete langanhaltender Beifall auf. Sie blickten in viele zufriedene Gesichter, und Jo konnte sehen, wie stolz sein Team auf ihre gemeinsame Leistung war.

Obwohl das Waidhaus nur drei Wochen schloss, war es für ihn jedes Mal ein bewegender Moment, wenn sich alle verabschiedeten – abgekämpft, müde und voller Vorfreude auf den anstehenden Urlaub.

Nachdem alle gegangen waren, kehrte Ruhe in das alte Gebäude ein. Jo saß noch eine Weile gedankenverloren in der Küche. Dann straffte er die Schultern und löschte das Licht.

Kapitel 20

Am nächsten Tag stand die Abreise in den Urlaub an. Jo packte seine Reisetasche, machte im Haus klar Schiff und fuhr gegen sechzehn Uhr zum Flughafen. Zum Glück hatte er den Volvo rechtzeitig aus der Werkstatt zurückbekommen. Am Flughafen stellte er seinen Wagen auf einem der äußeren Parkplätze ab. Aus den Augenwinkeln bemerkte er, wie ein blauer Ford in der Nähe anhielt. Der Fahrer wartete, bis Jo an ihm vorbeigegangen war, bevor er sein Fahrzeug verließ und ihm unauffällig folgte. Jo gab seine Reisetasche am Terminal auf und reihte sich in die Schlange vor der Sicherheitskontrolle ein. Sein Verfolger machte keine Anstalten, sich ebenfalls anzustellen. Offensichtlich hatte er nur den Auftrag, seinen Abflug zu überwachen. Zufrieden ließ sich Jo am Abfluggate nieder.

Als er eine halbe Stunde später die Treppe zum Flugzeug hochstieg, warf er einen Blick hinauf zur Besucherlounge. Das Sonnenlicht spiegelte sich in den großen Panoramascheiben wieder, so dass er nicht erkennen konnte, ob sein Verfolger ihn noch beobachtete.

»Ist er abgeflogen?«, wollte Ansgar von Neustetten wissen.
»Pünktlich um 18.25 Uhr.«
»Sehr schön.«

»Und Sie sind sicher, dass wir ihn nicht auf Mallorca überwachen sollen?«

»Das würde euch so passen – Urlaub auf unsere Kosten!«, sagte der Anwalt und lachte.

»Dass er zwei Wochen bleibt, wissen wir nur von ihm selber«, gab der Mann am anderen Ende der Leitung zu bedenken. »Was, wenn er früher zurückkommt?«

»Kein Problem. Sie schicken jeden Tag einen von Ihren Leuten am Flughafen vorbei und checken, ob sein Auto noch da steht.«

»Das verursacht auch Kosten.«

»Aber bei weitem nicht so viele wie eine Observation rund um die Uhr auf Mallorca.«

»Was, wenn er heimlich zurückkommt und sich einen Mietwagen nimmt?«

»Mann, Schröder, der Kerl ist Koch und kein Geheimagent. Wahrscheinlich ist er gottfroh, dass er ein paar Tage auf Mallorca ausspannen kann.«

»Sollen wir ihn weiter beobachten, wenn er zurück ist?«

»Das entscheiden wir, wenn es so weit ist.«

»Okay.«

»Sollte sein Auto nicht mehr auf dem Parkplatz stehen, will ich sofort eine Meldung, klar?«

»Selbstverständlich.«

Jo saß an einer langgezogenen Theke in der Abflughalle. Sein Cappuccino aus dem Kaffeeautomaten war nur noch lauwarm und schmeckte abscheulich. Er seufzte, als er hinaus auf die sonnige Landebahn blickte. Sandner hatte völlig recht – was mischte er sich ständig in Dinge ein, die ihn nichts angingen? Er konnte es sich in einer schönen Finca gemütlich machen, jeden Tag Fahrrad fahren und die leckere Mittelmeerküche genießen. Der Gedanke war verlockend. Schnell schob er ihn beiseite. Die Nacht hatte er in einem Hotel am Flughafen verbracht und leidlich gut geschlafen. Er sah auf die Uhr. In einer Dreiviertelstunde ging sein Flieger. Schon verrückt, dass er nach nur einer Nacht auf der Insel wieder nach Deutschland zurückflog.

Am Flughafen Hahn angekommen, schnappte er sich sein Gepäck und begab sich zum Schalter einer Mietwagenagentur.

»Ich bräuchte ein Auto«, sagte er.

»Was für ein Glück, dass wir welche vermieten«, entgegnete die junge Frau launig. »Wie lange brauchen Sie den Wagen?«

»Eine Woche.«

»Welche Kategorie?«

»Die günstigste, die Sie haben.«

»Ich kann Ihnen ein kostenloses Upgrade auf einen Seat Leon anbieten.«

»Sehr schön.« So hatte er wenigstens etwas Spanienflair.

Jo hatte lange überlegt, ob er überhaupt einen Wagen mieten sollte. Wenig wahrscheinlich, dass der Flughafen von seinen Gegenspielern überwacht wurde. Der Seat schaltete sich ein wenig ruckelig, lief ansonsten aber problemlos. Er fuhr nach Rheinböllen und wechselte dort auf die A61. Hinter Koblenz verließ er die Autobahn. In einer Pension in Winningen hatte er ein Zimmer gemietet.

»Kommen Sie aus Bayern?«, fragte die Eigentümerin ihn, als er eincheckte.

Jo lächelte. Obwohl er seine bayerische Heimat schon

vor über zehn Jahren verlassen hatte, hörte man seinen Dialekt immer noch. Er nickte.

»Sind Sie zum ersten Mal bei uns an der Mosel?«

»Nein. Ich war schon öfter in der Region unterwegs.«

»Dann kennen Sie sich ja aus. Wenn Sie trotzdem Tipps für Ausflüge brauchen oder eine Restaurantempfehlung, sagen Sie Bescheid.«

»Gibt es hier einen Fahrradverleih?«, wollte Jo wissen.

»Selbstverständlich«, erklärte sie stolz. »Der Fahrradladen ist im Bahnhofsgebäude untergebracht. Da können Sie nicht nur Räder kaufen, sondern auch welche mieten.«

»Sehr gut.«

Nach dem Einchecken machte Jo sich mit dem Wagen auf den Weg ins Industriegebiet. Er spürte einen gewissen Nervenkitzel, als er sich der Einfahrt zum Werksgelände der Deutsche Fische GmbH näherte. Er hielt am Pförtnerhäuschen an und ließ die Seitenscheibe herunter.

»Sie wünschen?«, fragte der Wachmann.

»Ich habe einen Termin bei Frau Lautenschläger«, erklärte Jo.

»Name?«

»Weidinger.«

Der Mann warf einen Blick auf eine Liste, die vor ihm lag.

»Da hab ich Sie«, meinte er und hakte Jo ab. »Haus C, 2. Etage, Zimmer 17. Sie müssen links abbiegen, dann ist es das zweite Gebäude auf der rechten Seite.«

Jo bedankte sich. Das hatte ihm im Vorfeld das meiste Kopfzerbrechen bereitet: dass er auf einer schwarzen Liste des Unternehmens stehen könnte. Aber dies schien nicht der Fall zu sein. Er parkte den Wagen vor dem Eingang zu Haus C, meldete sich am Empfang und wurde in ein Besprechungszimmer geführt. Kurze Zeit später öffnete sich die Tür, und eine Frau in einem dunklen Kostüm betrat den Raum.

»Herr Weidinger?«

»Korrekt.«

»Mein Name ist Lautenschläger. Ich bin in der Personalabteilung für den Bereich Produktion zuständig«, sagte sie und gab ihm die Hand. »Schön, dass Sie sich so kurzfristig Zeit nehmen konnten. Hatten Sie eine lange Anfahrt?«

»Nein. Im Moment wohne ich in der Nähe.«

»Das konnte ich Ihrer Online-Bewerbung ehrlicherweise nicht eindeutig entnehmen«, gab sie zu und blätterte in ihrer Unterlage. »Haben Sie jetzt einen festen Wohnsitz in Deutschland oder nicht?«

»Hatte ich eine Zeitlang. Aber ich bin so viel auf See unterwegs, dass sich eine eigene Wohnung nicht lohnt. Wenn ich Landurlaub habe, wohne ich meist bei Freunden oder miete mich in einer Pension ein.«

»Sie arbeiten auf einem Containerschiff?«

Jo nickte.

»Wieso haben Sie sich dann bei uns als Aushilfe beworben?«

»Sommerflaute«, antwortete Jo. »Mein Schiff liegt in Amsterdam vor Anker. Die nächste Ladung bekommen wir frühestens im September.«

»Wieso machen Sie nicht Urlaub in der Zeit?«

»Ist nicht die erste Pause in diesem Jahr. Wir haben bereits vier Wochen vor Hongkong gelegen. Deswegen käme mir der Aushilfsjob bei Ihnen sehr gelegen.« Die Frau blätterte in Jos Zeugnissen. »Sie haben eine ausgezeichnete Abiturnote«, wunderte sie sich. »Wieso arbeiten Sie dann auf einem Containerschiff?«

»Nach dem Abi hatte ich keine Lust auf einen Bürojob. Ich wollte raus und die Welt sehen.«

In dem Moment klopfte es, und ein grobschlächtiger Mann mit einem kantigen Gesicht betrat den Raum.

»Herr Meister, was machen Sie denn schon hier?«, fragte Frau Lautenschläger überrascht. »Ihr Gespräch mit Herrn Weidinger beginnt in einer halben Stunde.«

»Ich hab aber jetzt Zeit«, gab er unfreundlich zurück und setzte sich.

»Nun gut, darf ich vorstellen: Norbert Meister, er ist der zuständige Schichtleiter.«

»Und stellvertretender Betriebsleiter Produktion«, fügte dieser hinzu.

»Sie wollen also bei uns arbeiten?«, fragte er und musterte Jo gründlich.

»Wenn ich darf.«

»Schon mal in einem Fischbetrieb beschäftigt gewesen?«

»Nein.«

»Ich hab gesehen, Sie haben auf einem Kreuzfahrtschiff in der Küche angefangen?«

»Ja.«

»Da haben Sie bestimmt mit Fisch gearbeitet, oder?«

»Hab sie abgeschuppt und ausgenommen. Aber mit dem Kochen hatte ich nichts zu tun.«

»Das brauchen Sie bei uns auch nicht«, erwiderte der Schichtleiter.

»Dort waren Sie aber nur zwei Jahre, richtig?«, schaltete sich Frau Lautenschläger wieder ins Gespräch ein.

»Stimmt.«

»Laut Ihrem Anschreiben sind Sie danach als Hilfsmatrose auf ein Containerschiff gewechselt.«

»Ich hab über einen Bekannten ein Angebot bekommen. Das lag deutlich oberhalb von dem, was sie mir auf dem Kreuzfahrtschiff gezahlt haben.«

»Darüber finde ich nichts in Ihren Unterlagen.«

»Ich bin ja noch da beschäftigt«, nuschelte Jo. Er hatte vorher überlegt, ob er seine Unterlagen manipulieren sollte, hatte sich aber dagegen entschieden. Jetzt klaffte eine Lücke zwischen seiner Zeit als Küchenhilfe auf der *Fantastic Star* und heute.

»Haben Sie kein Zwischenzeugnis bekommen?«

»Das Schiff fährt unter panamesischer Flagge. Die Reederei hat es nicht so mit Zeugnissen.«

»Was machen Sie denn auf dem Containerschiff?«, wollte Norbert Meister wissen.

»Alles, was anfällt. Ich helfe auf Deck oder im Maschinenraum. Gelegentlich bin ich auch in der Küche eingeteilt.«

»Sie haben darüber aber keinerlei Arbeitsnachweise?«, hakte die Dame aus der Personalabteilung nach.

Jo schüttelte bedauernd den Kopf.

»Gut, dann geben Sie mir, was Sie haben. Außerdem brauche ich Ihren Personalausweis«, sagte Frau Lautenschläger.

»Ich hab nur einen Reisepass«, entgegnete Jo und reichte ihr das Dokument.

»Ich mache eine Kopie für unsere Unterlagen«, erklärte die Dame vom Personal und erhob sich. »Ich bin gleich zurück.«

Kaum hatte sie den Raum verlassen, beugte sich Nobert Meister zu Jo hinüber.

»Sie gefallen mir, auch wenn Sie nicht über jede Berufsstation tausend Nachweise haben«, meinte er und zwinkerte Jo zu. »Die Personaler immer mit ihrer Bürokratie! Ich seh sofort, ob einer in den Laden passt. Die meisten Deutschen sind arge Mimosen. Kaum wird's dreckig oder laut, will keiner die Arbeit machen. Bei Ihnen hab ich den Eindruck, dass Sie zupacken können. Das ist mir das Wichtigste. Am besten machen wir Nägel mit Köpfen, bevor unsere Personaldame wiederkommt. Wann können Sie anfangen?«

»Im Prinzip sofort.«

»Großartig! Mir sind nämlich diese Woche zwei von unseren Bulgaren abgesprungen. Zudem sind viele meiner festen Leute im Urlaub. Wie sind Ihre Gehaltsvorstellungen?«

»Auf dem Schiff kriege ich achtzehn Euro die Stunde.«

»Als Hilfsmatrose? Das können Sie Ihrer Großmutter erzählen. Ich zahl Ihnen zwölf fuffzig. Damit liegen Sie fünfzig Prozent über Mindestlohn.«

»Ist mir zu wenig. Ich hab laufende Kosten, die ich begleichen muss.«

»Mehr geht nicht. Die bulgarischen Aushilfen bekommen gerade mal die Hälfte.«

»Ich sprech aber Deutsch und bin vielseitig einsetzbar.«

»Ist 'n Argument. Ich mach Ihnen 'nen Kompromissvorschlag. Im August brennt bei uns die Hütte. Ich weiß oft nicht, wie ich die Abendschicht besetzen soll. Wenn Sie die vollen vier Wochen durchhalten und ich mit Ihrer Leistung zufrieden bin, gibt's einen Bonus von dreihundert Euro – bar auf die Hand.«

»Sie meinen ohne Steuern?«

»Ja.«

»Woher nehmen Sie das Geld, wenn es nicht offiziell über die Bücher geht?«

»Machen Sie sich darum keinen Kopf. Aber kein Wort darüber zu den Bulgaren oder unserer Personaldame. Haben wir einen Deal?« Er hielt Jo seine Pranke hin.

Dieser dachte kurz nach, dann schlug er ein.

In dem Moment tauchte Frau Lautenschläger wieder auf.

»So, Ihre Unterlagen habe ich kopiert. Bleibt die Frage, ob Sie nicht doch irgendeinen Tätigkeitsnachweis für die letzten Jahre vorlegen können.«

»Nicht nötig – Herr Weidinger und ich sind uns schon einig geworden.«

»Ohne mich?«, fragte Frau Lautenschläger pikiert. »Es stehen noch die Hintergrundchecks aus.«

»Für eine Aushilfe? Machen Sie sich nicht lächerlich«, fuhr der Schichtleiter sie an. »Herr Weidinger fängt morgen in der Abendschicht an, und damit basta!«

»Ich weiß nicht, ob ich die Formalien bis morgen hinbekomme«, erklärte Frau Lautenschläger in beleidigtem Ton.

»Dann beeilen Sie sich besser. Ich brauche jeden Mann. Oder wollen Sie morgen in der Spätschicht aushelfen?«

Die Mitarbeiterin aus der Personalabteilung schwieg.

»Wusst ich's doch«, meinte der Schichtleiter hämisch. »Ich zeig Herrn Weidinger jetzt die Produktion. Bis wir zurückkommen, können Sie den Papierkram fertig machen. Dann kann er seinen Vertrag unterschreiben, bevor er geht.«

Ohne ihre Zustimmung abzuwarten, erhob er sich und bedeutete Jo, ihm zu folgen. Sie verließen das Gebäude. Vor ihnen lag eine riesige Produktionshalle.

»Hier treten Sie morgen an und melden sich bei mir«, befahl Meister. »Dienstbeginn ist um zwei, Schichtende um zehn.«

»Und wenn's länger dauert?«

»Überstunden werden nicht bezahlt, wenn Sie das meinen«, brummte er. »Hängen Sie sich rein, dann sind Sie auch pünktlich fertig.«

Als sie die Produktionshalle betraten, blieb Jo erstaunt stehen. Sie hatte die Ausmaße eines Fußballfeldes. Dutzende von weißgekleideten Mitarbeitern waren emsig am Arbeiten. Die meisten trugen eine Plastikhaube auf dem Kopf und blaue Gummihandschuhe.

»Beeindruckend, nicht?«, sagte Meister stolz. »Wir sind einer der größten Hersteller von Fischkonserven in Deutschland und haben einen Ausstoß von bis zu zweihunderttausend Stück.«

»Im Monat?«

»Unsinn – pro Tag natürlich.«

Jo sah den Schichtleiter ungläubig an. Unwillkürlich fragte er sich, wer das alles aß. Schon allein bei dem Gedanken an einen kalten, in eine vorproduzierte Sauce eingelegten Hering schauderte es ihn.

»An Station 1 kommen die Heringsfilets an. Sie sind bereits geschnitten und werden von uns auf Qualität und Frische überprüft«, erklärte Norbert Meister. »Anschließend folgt der erste Produktionsschritt – das Blanchieren. Da werden die Filets abgebrüht und bekommen ihre typische helle Färbung. Damit ist der Fisch optimal für die weitere Verarbeitung vorbereitet. Gleichzeitig setzen wir die Saucen und Cremes an.«

Jo sah den Arbeitern aufmerksam zu.

»Dann werden die blanchierten Fische per Hand in die mit Sauce vorgefüllten Dosen gelegt.«

»Wieso wird das nicht maschinell erledigt?«, fragte Jo.

»Weil es noch keine Abfüllanlage gibt, die das ordentlich hinbekommt. Wenn man nicht aufpasst, spritzt alles herum, und es gibt eine Mordssauerei.« Norbert Meister lachte. »Anschließend werden die Dosen bis zum Rand aufgefüllt und luftdicht verschlossen.«

Mittlerweile waren sie an einem abgetrennten Bereich angekommen. Dort standen Maschinen, die Jo entfernt an riesige Wäschetrockner erinnerten, auch wenn die großen runden Türen aus Metall waren.

»Da drin werden die Dosen für zwanzig Minuten auf 121 Grad Celsius erhitzt. Durch die Hitze werden schädliche Mikroorganismen abgetötet und die Konserven sterilisiert. So erreichen wir die Mindesthaltbarkeit von vier Jahren.«

»Wo werde ich arbeiten?«, wollte Jo wissen.

»Qualitätskontrolle fällt für Sie flach. Dafür ist viel Erfahrung nötig. Sie legen Heringsfilets in die Dosen.«

»Gibt's dafür eine Einweisung?«

»Gucken Sie, wie die anderen es machen, und konzentrieren Sie sich. Dann gibt's keine Probleme.«

Auf dem Weg nach draußen fiel Jo auf, dass es im vorderen Teil der Halle einen abgeschlossenen Bereich gab. Meister bemerkte Jos neugierige Blicke.

»Da sitzt die Geschäftsleitung«, erklärte der Schichtleiter.

»Mitten in der Produktionshalle? Ich dachte, die Chefs sitzen immer im schönsten Gebäude.«

»Nicht bei uns«, sagte der Schichtleiter trocken. »Herr Bergmann hat gern alles im Blick, vor allem die Produktion.«

Sie waren am Ausgang angelangt.

»Noch Fragen?«

Jo schüttelte den Kopf.

»Dann sehen wir uns morgen um vierzehn Uhr – aber pünktlich.«

»Klar.«

»Und vergessen Sie Frau Lautenschläger nicht. Ich hoffe, sie hat inzwischen Ihren Arbeitsvertrag fertig.«

Die Personalabteilung hatte die Unterlagen tatsächlich vorbereitet, so dass Jo nur noch unterschreiben musste. Jetzt war er offiziell Mitarbeiter der Deutsche Fische GmbH.

Am Abend entschied er sich, essen zu gehen. Die Pensionsinhaberin empfahl ihm eine alte Gutsschänke im Ortskern von Winningen. Das Gasthaus war in einem liebevoll restaurierten Gebäude aus dem achtzehnten Jahrhundert untergebracht. Da er einige Tage harte körperliche Arbeit vor sich hatte, stand ihm der Sinn nach etwas Herzhaftem. Er bestellte sich mit geräucherter Blut- und Leberwurst gefüllte Semmelknödel auf dicken Bohnen und Kräutersahne.

Am nächsten Tag lieh er sich ein Mountainbike aus. Wenn er schon Mallorca sausenließ, wollte er zumindest seine freie Zeit für Fahrradtouren nutzen. Kurz später radelte er an der Mosel entlang bis Cochem und machte dort Pause in einem Café. Er gönnte sich ein Stück hausgemachtes Tiramisu, das ausgesprochen lecker schmeckte, und genoss die Aussicht auf die steilen Weinberghänge. Das versöhnte ihn ein wenig mit der Tatsache, dass er den restlichen Tag in einer Halle voller blanchierter Heringsfilets verbringen würde.

Punkt vierzehn Uhr traf er in der Produktionshalle ein. Norbert Meister wartete schon auf ihn.

»Gut geschlafen?«, fragte der Schichtleiter.

»Immer«, antwortete Jo und zog sich einen weißen Arbeitskittel über.

»Sehr gut. Heute wird's anstrengend. Mir sind noch zwei weitere Leute ausgefallen. Im Sommer haben wir viele Aushilfen aus Bulgarien. Normalerweise sind die Leute sehr zuverlässig. Aber dieses Jahr ist es wie verhext. Gut möglich, dass ich Sie die Tage noch in anderen Bereichen einsetzen muss.« Er winkte einen dunkelhaarigen Mann von einem der Blanchiertische heran. »Fred, das ist der Neue für dein Team.«

Der Mann nickte und bedeutete Jo, ihm zu folgen.

»Wie heißt du?«, fragte er.

»Jo.«

»Zum ersten Mal hier?«

»Ja.«

»Dann pass auf, wie es die anderen machen. Das sind Elena, Hristo, Petar und Kiril.«

Die vier warfen Jo einen kurzen Blick zu, arbeiteten aber wortlos weiter.

»Setz die auf.« Er gab Jo eine durchsichtige Plastikhaube. »Handschuhe sind da drüben.« Jo streifte beides über und trat an den Tisch heran. Fred schien weitere Erklärungen nicht für nötig zu halten. Jo sah seinen neuen Kollegen zu. Auf einem Förderband liefen offene Dosen am Rand des Tisches entlang. Sie waren etwa einen Zentimeter hoch mit einer roten Sauce gefüllt. Mit flinken Bewegungen nahmen die Mitarbeiter seines Teams einzelne Filets vom Blanchiertisch und legten sie in die Sauce.

»Was ist, brauchst du 'ne Extraeinladung?«, fragte Fred und warf ihm einen vorwurfsvollen Blick zu. Jo reihte sich ins Team ein. Auch wenn es grundsätzlich nicht schwer war, ein Filet in eine Dose zu legen, merkte er, dass alle am Tisch deutlich schneller waren als er.

»Wie lange seid ihr schon dabei?«, fragte er leutselig in die Runde.

»Nicht quatschen, schaffen«, knurrte Hristo, ein gedrungener Mann mit dunklen Augen und tiefen Furchen im Gesicht. »Sonst muss Kollega mitarbeite.«

Um sich keine weitere Blöße zu geben, versuchte Jo, sich dem Tempo der anderen anzupassen. Dabei entglitt ihm eines der Filets und klatschte in die Dose. Die rote Sauce spritzte hoch und bekleckerte seinen bis dato weißen Arbeitskittel.

»Nicht so einfach, wie's aussieht, was? Mach lieber langsamer, bevor du uns hier alle einsaust«, merkte Fred an.

Nach einer guten Stunde hatte Jo den Dreh einigermaßen raus. Die Monotonie der immer gleichen Handbewegungen erwies sich mit zunehmender Dauer als anstrengender als gedacht.

»Gibt's auch mal 'ne Pause?«, fragte er an Fred gewandt.

»Bei uns im Betrieb haben wir jede Stunde fünf Minuten«, entgegnete der Vorarbeiter. »Unser Team hat entschieden, dass wir zweimal zwanzig Minuten pausieren.«

Jo sah auf die Uhr – vierzig Minuten musste er noch durchhalten.

Pünktlich nach zwei Stunden vierzig zogen seine Kollegen die Handschuhe aus und stellten die Arbeit ein.

»Kommst du mit?«, fragte Fred ihn.

»Wohin?«

»Nach draußen – rauchen.«

»Ich bin Nichtraucher«, erklärte Jo entschuldigend.

»Habt ihr einen Aufenthaltsraum?«

»Ist zu klein«, erklärte Hristo. »Daher gehen alle raus.«

»Ich guck ihn mir trotzdem mal an«, meinte Jo.

»Deine Entscheidung«, brummte Fred. Zusammen mit dem übrigen Team verschwand er zum Ausgang.

Keiner schien es für nötig zu halten, ihm den Pausenraum zu zeigen. Durch eine Metalltür gelangte Jo in den benachbarten Abschnitt der Halle. Dort sah es ähnlich aus wie an seinem Arbeitsplatz. Hinter der nächsten Metalltür änderte sich das Bild. Hier wurden Heringe angeliefert und filetiert. Die Mitarbeiter schienen ebenfalls Pause zu haben. Jedenfalls fand er die Arbeitsplätze verlassen vor. In einem großen Becken lagen Berge von Fischen. Jo nahm einen in die Hand und prüfte die Frische. Die Augen wirkten trüb und die Haut war matt. Das kam ihm merkwürdig vor. Offensichtlich wurden hier Heringe verarbeitet, die schon einige Tage tot waren. Dabei musste man bei fettreichen Fischen wie Heringen oder Makrelen besonders aufpassen, da sie schneller schlecht wurden.

»Was machst du da?«, brüllte jemand hinter ihm. Erschrocken fuhr er herum.

Ein Mann mit grauem Vollbart baute sich bedrohlich vor ihm auf.

»Äh, ich wollte mir die Anlieferung ansehen.«

»Leg sofort den Fisch zurück.«

Jo warf den Hering zurück auf den Haufen.

»Wer bist du?«, fragte der Bärtige und musterte ihn misstrauisch.

»Mein Name ist Jo Weidinger. Ich bin neu.«

»Und warum schnüffelst du hier rum?«

»Tu ich gar nicht. Herr Meister hat gemeint, ich werde vielleicht noch in anderen Bereichen eingesetzt. Deswegen wollte ich schon mal gucken.«

»Davon hat er mir nichts gesagt«, erklärte der Mann eine Spur freundlicher. »Ist nicht so, dass ich nicht noch zusätzliche Mitarbeiter brauchen könnte.«

»Kommen die Fische von der Ostsee?«, wollte Jo wissen.

»Manche ja. Einen Teil beziehen wir auch von Zwischenhändlern.«

Kein Wunder, dass sie nicht mehr frisch sind, dachte der junge Küchenchef grimmig. Nach dem Blanchieren fällt es nicht mehr auf, dass die Fische von zweifelhafter Qualität sind.

»Gibt's hier noch andere Fischarten?«

»Nicht im Konservenbereich. Da arbeiten wir ausschließlich mit Heringen.«

»Und wo ...«

»Schluss jetzt. Bin ja kein Auskunftsbüro«, brummte der bärtige Mann. »Am besten gehst du wieder an deinen Arbeitsplatz. Falls du zu uns kommst, kriegst du schon noch eine Einweisung.«

Widerstrebend leistete Jo seiner Aufforderung Folge. Auf dem Weg zurück überlegte er sich, wie er mehr herausfinden könnte. Letztlich blieben ihm für seine Nachforschungen nur die Pausen, denn er konnte sich schlecht während der Arbeit davonstehlen.

»Ich komme mit«, sagte Jo, als Fred das Zeichen für die nächste Arbeitsunterbrechung gab. Er folgte seinen Kollegen nach draußen. Vor dem Gebäude standen schon zahlreiche andere weißgekleidete Arbeiterinnen und Arbeiter. Jos Team stellte sich zusammen in eine Ecke. Hristo reichte eine Zigarettenschachtel mit kyrillischen Buchstaben herum, aus der sich jeder bediente.

»Wie lange bist du schon dabei?«, fragte er Fred.

»Zu lange«, sagte der Vorarbeiter und zog an seiner Zigarette.

»Immer im gleichen Abschnitt?«

»Nee.«

Gesprächig schien der Mann nicht gerade zu sein.

»Und du?«, wandte sich Jo an Hristo.

»Zehn Jahre. Aber immer nur drei Monate in Sommer. Rest des Jahres Arbeit in Bulgarien«, erklärte der dunkelhaarige Mann in gebrochenem Deutsch.

»Und warum bleibst du nicht länger?«

»Wegen Familie. Außerdem ist Arbeit sehr anstrengend. In Deutschland Chef will immer Tempo, Tempo, Tempo.« Er machte eine wegwerfende Handbewegung.

»Zwingt dich ja keiner herzukommen, wenn's dir nicht gefällt«, meinte Fred lakonisch.

Hristo zuckte mit den Schultern. »Ist wegen Geld. Auch wenn Lohn schlecht – für bulgarische Verhältnisse ist Spitzenklasse.«

»Arbeitest du immer im gleichen Abschnitt?«

Der Bulgare schüttelte den Kopf. »Immer da, wo Not am Mann ist.«

»Was für Jobs gibt es denn außer den Konserven noch?«

»Alles Mögliche. Wir liefern auch frische Fische aus. Ist viel Arbeit. Anlieferung, Filetierung, Umverpackung. Braucht viele Leute.«

»Ist das auch bei uns in der Halle?«

»Nein. In andere Gebäude dahinter.«

»Warum interessiert dich das?«, wollte Fred wissen. »Hast du schon genug von den Heringen?«

»Nö. Aber ich finde es spannend, was so eine große Firma alles macht«, gab Jo zurück.

»Mach dir keine Hoffnungen, dass es woanders besser ist. Hier sind alle Jobs gleich beschissen«, beendete der Vorarbeiter das Gespräch, schnippte seine Zigarette in den Mülleimer und verschwand nach drinnen.

Der letzte Teil der Schicht erwies sich für Jo als besonders anstrengend. Sein Rücken schmerzte, und er war froh, als ein lautes Tuten das Ende des Arbeitstages ankündigte. Er fuhr zurück zur Pension, gönnte sich ein heißes Bad und legte sich ins Bett. Keine fünf Minuten später war er eingeschlafen.

Am nächsten Morgen schlief er bis neun. Zum Frühstück gab es frische Brötchen und Croissants, verschiedene Sorten selbstgemachte Marmelade und eine große Auswahl an Wurst und Käse. Obwohl er am Vorabend hart gearbeitet hatte, schwang er sich auf sein Rad. Er hatte eigentlich vorgehabt, eine längere Tour zu machen, entschied sich aber doch lieber für eine kurze Runde durch den Koblenzer Stadtwald. Er setzte mit der Fähre nach Lay über und radelte hoch bis zum Plateau. Über einen Waldweg fuhr er zum Aussichtspunkt Rittersturz. Der Legende nach ging der Name auf einen Ritter zurück, der im Mittelalter die schroffe Felswand hinabgestürzt war. Von dort hatte man einen herrlichen Blick über Koblenz und auf die Festung Ehrenbreitstein. Auf dem Rückweg stoppte er am Waldhotel Forsthaus Remstecken und aß zu Mittag.

Bevor er sich auf den Weg zur Arbeit machte, öffnete er seine Reisetasche und nahm eine kleine Box heraus. Darin befand sich ein Kugelschreiber. Jo hatte ihn vor einigen Tagen im Internet bestellt. Er sah aus wie ein normaler Stift. Das unauffällige Schreibgerät hatte es jedoch in sich. Es verfügte über eine HD-Kamera und einen Akku, der für die Aufzeichnung von rund dreißig Minuten ausreichte. Das Objektiv der Kamera befand sich oberhalb des Metallclips und war mit bloßem Auge kaum zu erkennen. Somit konnte man den Stift in die Brusttasche stecken und unbemerkt Videoaufnahmen machen. Er kam sich vor wie ein Geheimagent. Hoffentlich funktionierte das Ding auch.

Kapitel 21

»Ist was?«, fragte Fred und musterte Jo über den Blanchiertisch hinweg.

»Nö, wieso?«, antwortete dieser und versuchte sich seine Nervosität nicht anmerken zu lassen.

»Du schaust alle fünf Minuten auf die Uhr.«

»Wann ist denn die nächste Pause?«

»Da geb ich schon rechtzeitig Bescheid.«

Zehn Minuten später war es so weit, und Jo folgte seinen Kollegen nach draußen.

»Wo willst du hin?«, wollte der Vorarbeiter wissen, als der junge Küchenchef Anstalten machte, sich von der Gruppe zu entfernen.

»Ich hab meine Brötchentüte im Wagen vergessen«, sagte er. Fred sah ihn unwillig an.

»Mein Auto steht nicht weit weg.«

»Also schön«, gab er nach. »Aber nicht, dass du dich verspätest.«

»Keine Sorge.«

Jo verschwand in Richtung Parkplatz. Kaum außer Sichtweite seiner Kollegen, schlug er einen Bogen und lief zu dem Gebäude hinter der großen Halle. Unauffällig marschierte er an einigen Arbeitern vorbei. Keiner achtete auf ihn. Drinnen lagen auf den zahlreichen Metalltischen halbfiletierte Fische – Zander, Karpfen, Hechte. Offensichtlich wurden hier die Süßwasserfische verarbeitet. Jo sah sich um. Niemand war zu sehen.

Er zückte seinen Kugelschreiber, schaltete die Kamera ein und steckte ihn in die Brusttasche seines Arbeitskittels. Er griff nach einem herumliegenden Filetiermesser und schnitt aus verschiedenen Fischen kleine Stücke heraus. Aus seiner anderen Tasche zauberte er einen kleinen Probenbehälter hervor und legte die Fischstücke hinein. In dem Augenblick hörte er Schritte, die rasch näher kamen. Hektisch sah er sich um. Zum Ausgang war es zu weit. Er duckte sich hinter einen Plastikwagen, der mit Wasser und frischen Fischen gefüllt war.

»Wo ist er?«, fragte eine männliche Stimme aufgebracht. Es handelte sich unverkennbar um Norbert Meister.

»Keine Ahnung. Grade eben war er noch hier«, antwortete ein anderer Mann.

Die Schritte der beiden verstummten abrupt. Jo machte sich noch kleiner in seinem Versteck.

»Ich hab dir gesagt, du sollst ihn festhalten, bis ich da bin«, rief Meister wütend.

»Was kann ich denn dafür, wenn er gleich wieder abhaut?«, verteidigte sich sein Gesprächspartner.

»Ist das die Fuhre?«

»Ja.«

»Das ist mindestens ein Drittel zu wenig«, erklärte der Schichtleiter wütend.

»Ich hab Guido Weber gesagt, er muss seine Lieferquote erfüllen und dass du mit ihm reden willst.«

»Wieso wartet er dann nicht?«

»Keine Ahnung. Hatte wahrscheinlich keinen Bock, sich noch mal eine Standpauke von dir anzuhören.«

»So geht es nicht weiter. Ich werde mit Bergmann sprechen. Soll der sich um ihn kümmern.«

»Dann kriegt er aber richtig Ärger.«

»Ist nicht mein Problem«, antwortete Meister. »Ich hab Guido genug Chancen gegeben. Er kennt ja die Konsequenzen.«

Die Männer entfernten sich. Jo erhob sich aus seinem Versteck und starrte in die Richtung, in der die beiden verschwunden waren. Ein Geräusch riss ihn aus seinen Gedanken. Die Arbeiter kehrten aus der Pause zurück. Jo verließ eilig das Gebäude. Draußen knipste er die Kamera aus.

Unvermittelt tauchte Fred neben ihm auf.

»Was machst du hier?«, fragte der Vorarbeiter unwirsch.

»Nichts. Ich hab mir die Beine vertreten. Die Arbeit geht ziemlich aufs Kreuz«, rechtfertigte er sich.

»Ich dachte, du wolltest deine Brotzeit aus dem Auto holen?«

»Hab ich auch.«

»Und wo ist sie?«

»Alles schon aufgegessen. Ich hatte ziemlich Hunger.«

Der Vorarbeiter sah ihn misstrauisch an.

»Das nächste Mal machst du deine Pause bei uns vor dem Gebäude. Meister hat es nicht gern, wenn man sich auf dem Werksgelände herumtreibt.«

»Werd ich mir merken.«

Am nächsten Morgen schickte Jo die Proben mit einem Kurierdienst nach Wiesbaden ins Institut Kielmann. Er telefonierte mit Dr. Kroll und beauftragte ihn, sie spezifisch auf Spuren von Glenbutinat zu untersuchen. Anschließend lud er die Videoaufnahme des Vortags auf seinen Laptop herunter, den er von zu Hause mitgebracht hatte. Auch wenn die Bilder etwas verwackelt waren, konnte man deutlich erkennen, wie er die Proben herausschnitt. Auch die Halle war im Hintergrund erkennbar. Von der Unterhaltung zwischen Norbert Meister und dem anderen Mann hatte er zwar keine Videobilder, dafür waren ihre Stimmen gut zu verstehen. Damit hielt er einen eindeutigen Beweis in Händen, dass die Deutsche Fische GmbH Guido Weber unter Druck setzte, seine Produktion zu steigern. Das erklärte auch, warum er illegale Wachstumshormone einsetzte. Er fragte sich, ob die Deutsche Fische GmbH das illegale Futter selbst herstellte oder von einem Lieferanten bezog. So oder so, er musste beweisen, dass es aus der Fischfabrik stammte.

Jo hatte sich inzwischen an die Abläufe gewöhnt, und die Arbeit ging ihm leichter von der Hand. Jedenfalls kam ihm die Zeit bis zur Pause deutlich kürzer vor. Am liebsten hätte er sich wieder auf dem Werksgelände umgesehen, aber Fred ließ ihn nicht aus den Augen. Fieberhaft dachte er über eine Ausrede nach, um sich von der Gruppe abzusetzen. Seine Kollegen unterhielten sich auf Bulgarisch. Fred rauchte.

»Stellt die Firma auch Fischfutter her?«, fragte Jo den Vorarbeiter.

»Warum interessiert dich das?«

»Ein Freund von mir hat einen Fischteich. Als er gehört hat, dass ich in einer Fischfirma arbeite, hat er mich gefragt, ob ich ihm günstig Futter beschaffen kann.«

Fred lachte. »Kannst du dir abschminken. Außerdem stellen wir kein Fischfutter her.«

»Aber die haben doch eigene Fischteiche. Wäre es nicht billiger, wenn die Firma das Futter selber produziert?«

»Keine Ahnung. Ist mir auch egal.«

Fred machte nicht den Eindruck, als wollte er noch weitere Fragen beantworten. Während der nächsten Arbeitsunterbrechung wurde er ins Büro gerufen. Jo nutzte die Gelegenheit und schlich sich davon. Er wollte noch ein paar zusätzliche Fischproben nehmen, um seinen Fall wasserdicht zu bekommen. Als er sich dem Eingang zum Nachbargebäude näherte, stutzte er. Ein weißer Lieferwagen bog in die Gasse ein und fuhr an ihm vorbei. Jo erhaschte einen Blick auf den Fahrer – es war derselbe Kerl, den er bei Guido Weber auf dem Hof gesehen hatte!

Der Fiat Ducato verschwand um die Ecke. Schnell machte der junge Küchenchef kehrt und folgte ihm. Am liebsten wäre er gerannt, aber er wollte nicht auffallen. Es war ohnehin ein aussichtsloses Unterfangen. Wie sollte er auf dem weitläufigen Werksgelände an einem Fahrzeug dranbleiben? Wenn er wenigstens ein Fahrrad gehabt hätte! Als er um die Ecke bog, fuhr der weiße Lieferwagen gerade rückwärts durch ein geöffnetes Hallentor. Vorsichtig pirschte Jo sich heran. Neben dem offenen Tor blieb er stehen und lauschte. Die Fahrzeugtür wurde geöffnet. Er wartete noch einige Sekunden, dann riskierte er einen Blick. Überall waren Kisten aufgestapelt. Von dem Mann aus dem Lieferwagen fehlte jede Spur. Jo versteckte sich hinter einem Stapel Kisten. Für einige Minuten blieb es still. Dann näherten sich Stimmen. Eine Tür im hinteren Teil der Halle wurde geöffnet.

»Da vorn ist es doch«, hörte Jo eine männliche Stimme. Er spähte durch einen Spalt zwischen den Kisten. Einige Meter von ihm entfernt standen Norbert Meister und der Fahrer des Lieferwagens. Jo zückte den Kugelschreiber und schaltete die Kamera ein.

»Ich seh nur Paletten mit jeder Menge Kartons«, sagte der Fahrer des Ducato.

»Genau. Da ist das Zeug drin«, antwortete der Schichtleiter.

»Aber da ist ja noch nichts ausgepackt. Geschweige denn, dass es jemand umgefüllt hat.«

»Die Lieferung ist eben erst angekommen.«

»Dann sag deinen Leuten, sie sollen sich schleunigst dranmachen.«

»Die Jungs aus dem Lager sind schon alle weg.«

»Ich muss morgen früh acht Pakete ausliefern. Wer packt die mir jetzt?«

»Selbst ist der Mann«, erwiderte Meister trocken.

»Ich bin seit sechs Uhr morgens auf den Beinen«, protestierte sein Gegenüber. »Können das nicht die Bulgaren aus der Spätschicht machen?«

»Nichts da. Der Chef will nicht, dass einer von denen die Originalkartons sieht.«

»Wieso?«

»Weil da draufsteht, dass Wachstumshormone drin sind.«

»Das ist doch auf Russisch.«

Der Schichtleiter seufzte. »Schon mal daran gedacht, dass Bulgaren Kyrillisch lesen können? Am Ende stellt noch einer dumme Fragen.«

»Sind doch alles Analphabeten«, sagte der Fahrer abfällig.

»Du solltest die nicht unterschätzen. Manche davon sind sogar auf der Uni gewesen.«

»Und wieso arbeiten sie dann hier?«

»Weil sie zu Hause keinen Job finden.«

»Aber wieso …?«

»Jetzt quatsch nicht rum, Hoffmann. Mach dich an die Arbeit.«

»Immer ich«, maulte der Angesprochene. »Dafür will ich aber einen Zuschlag haben.«

»Als ob wir dir nicht schon genug bezahlen würden.«

»Ich arbeite inzwischen Tag und Nacht. Wenn das so weitergeht, brauch ich bald einen Gehilfen.«

»Ja, und dazu ein Büro mit Sekretärin und Fahrer«, spottete der Schichtleiter.

»Dann hilf du mir wenigstens.«

»Es sind nur acht Pakete. Die wirst du wohl alleine schaffen.«

Mit diesen Worten verschwand der Schichtleiter im Gebäudeinneren. Mit erkennbarem Unmut machte Hoffmann sich an die Arbeit. Er zog ein Teppichmesser aus der Hosentasche und begann einen der mit russischen Buchstaben bedruckten Kartons aufzuschlitzen.

»Wo sind denn die verdammten Umfüllkartons«, murmelte er vor sich hin. Er sah in den Regalen nach, wurde aber nicht fündig. »Alles muss man selber machen«, brummte er und verschwand durch die hintere Tür.

Das war Jos Chance! Er sprintete zu dem geöffneten Karton. Er enthielt die gleichen grünen Pellets, die er bei Guido Weber im Schuppen gefunden hatte. Jo hielt seinen Stift mit der Kamera genau darauf und filmte sich, wie er mehrere der Pellets herausnahm und sie einsteckte. Anschließend machte er eine Nahaufnahme der kyrillischen Schriftzeichen auf dem Karton. Zufrieden steckte er den Stift wieder in seine Brusttasche.

»Was machst du hier?«, rief jemand hinter ihm. Jo fuhr

herum. In der Tür stand der Fahrer des Lieferwagens. Er hatte einige noch nicht zusammengesteckte Kartons in der Hand, die er augenblicklich fallen ließ. Jo starrte auf das Teppichmesser in seiner Hand. Der bullige Mann kam bedrohlich näher und hatte ihn schon fast erreicht. Für eine Flucht war es zu spät. Jos Gedanken rasten.

»Meister schickt mich«, sagte er schnell.

»Was?« Hoffmann blieb stehen und sah ihn verdutzt an.

»Er hat gesagt, ich soll Ihnen helfen. Sie sind doch Herr Hoffmann, oder?«

»Äh, ja.«

»Stimmt was nicht?«, fragte Jo. Hoffmann starrte ihn immer noch an.

»Ich kann auch wieder gehen, wenn Sie lieber alleine arbeiten«, bot er an.

»Nee, schon gut. Ich dachte nur im ersten Moment, du willst was klauen.«

»Ach, so«, meinte Jo und lachte.

»Wir müssen die Pellets umfüllen. Du kannst die dahinten schon mal zusammenstecken«, befahl Hoffmann und deutete auf die Kartons, die er hatte fallen lassen.

»Gleich hinter der Tür findest du einen Stapel davon. Ich brauche acht Stück.«

Jo nickte und holte weitere Kartons. Als er in die Halle zurückkam, hatte Hoffmann schon einen gefaltet und schüttete grüne Pellets hinein.

»Was iss'n das für ein Zeug?«, wollte Jo wissen.

»Fischfutter.«

»Und warum füllen wir es um?«

»Weil unsere Kunden in kleineren Mengen bestellen«, erwiderte Hoffmann und deutete auf die russischen Kartons, die fast dreimal so groß waren. Mit vereinten Kräften ging die Arbeit schnell voran. Einige Minuten später waren sie fertig, klebten die Kartons zu und trugen sie zum Lieferwagen.

»Sollten wir sie nicht beschriften?«, fragte Jo.

»Nicht nötig. Die Empfänger wissen schon, was drin ist.«

»Soll ich noch aufräumen?«, bot der junge Küchenchef an.

»Lass mal. Du kannst jetzt gehen.«

Jo nickte und verließ die Halle. Kaum war er außer Sichtweite, sprintete er zurück zu seinem Arbeitsplatz.

»Du bist zu spät«, knurrte Fred, als er dort eintraf.

»Musste dringend telefonieren«, entschuldigte Jo sich.

»Zwanzig Minuten lang? Deinen Privatkram kannst du nach der Arbeit erledigen. Wenn das noch mal vorkommt, muss ich Meldung machen.«

»Schon gut«, brummte Jo.

»Telefon für Sie.« Die Redaktionssekretärin steckte den Kopf zu Klaus Sandner ins Büro.

»Ich hab keine Zeit. Ich muss was redigieren«, erklärte der stellvertretende Chefredakteur des *Rheinischen Tagblatts* unwillig. »Wer ist es denn?«

»Herr Weidinger. Hat gemeint, es ist dringend.«

»Bei dem ist immer alles dringend.«

»Soll ich ihn abwimmeln?«

»Nein, sonst kommt er noch fünfmal durch«, erwiderte Sandner und seufzte.

»Wie ist das Wetter auf Mallorca?«, fragte er.

»Keine Ahnung«, erwiderte Jo. »Hab mich kurzfristig entschieden, zu Hause zu bleiben.«

»Wieso denn das?«

Jo brachte den Journalisten auf den neuesten Stand. Sandner hörte ihm mit zunehmender Fassungslosigkeit zu.

»Bist du von allen guten Geistern verlassen?«, sagte er, als Jo mit seinem Bericht zu Ende war.

»Wieso?«

»Du kannst dich doch nicht in ein Unternehmen einschleichen!«

»Hab ich auch nicht. Ich bin als Aushilfe angestellt.«

»Nachdem du dich unter Vorspiegelung falscher Tatsachen beworben hast.«

»Vielleicht habe ich ein paar Sachen nicht erwähnt. Aber meine Bewerbungsunterlagen sind in Ordnung.«

»Haarspalterei! Dieser Anwalt wird dich in der Luft zerreißen.«

»Die können mir gar nichts.«

»Und was ist mit den Unterlassungserklärungen, die du unterschrieben hast?«

»Die beziehen sich auf die Fischzüchter, nicht auf die Deutsche Fische GmbH.«

»Solche Spitzfindigkeiten werden dir im Ernstfall nicht helfen.«

»Ich stehe kurz vor der Aufklärung des Falls. Heute Morgen hab ich das Futter aus der Firma ans Analyseinstitut geschickt. Wenn die Proben positiv sind, kann ich beweisen, dass Guido Weber das Zeug von dort bezieht.«

»Hörst du mir eigentlich zu? Mach, dass du da rauskommst!«

»Ich weiß nicht, was du hast. Schließlich hast du mich auf die Idee gebracht.«

»Das wär mir neu.«

»Du hast gesagt, wir brauchen mehr Beweise gegen die Deutsche Fische GmbH.«

»Von wegen. Ich hab dir klipp und klar geraten, die Angelegenheit der Lebensmittelaufsicht zu übergeben.«

»Glaubst du, ich lass mir von denen das Auto zerkratzen und sitze dann untätig herum?«

»Das ist nur eine Vermutung von dir.«

»Wer sollte denn sonst dahinterstecken?«

»Keine Ahnung. Vielleicht ein paar Halbstarke.«

»So was gibt's in Urbar nicht.«

»Umso schlimmer. Wenn die Drahtzieher dafür in der Firma sitzen, hast du es mit äußerst gefährlichen Leuten zu tun.«

»Ha, du gibst also zu, dass die darin verwickelt sind!«

»Ich geb gar nichts zu«, schnaubte Sandner.

»So kommen wir nicht weiter«, sagte Jo.

»Da hast du recht.«

»Gehen wir zurück auf Anfang.«

»Ich verstehe nicht, was du meinst.«

»Nehmen wir an, jemand kommt zu euch mit Informationen zu einem großangelegten Fall von illegaler Tiermast. Was würdet ihr tun?«

»Wir wären sehr, sehr vorsichtig.«

»Und weiter?«

»Wir würden gründlich prüfen, ob der Informant vertrauenswürdig ist.«

»Und wenn er es wäre?«

»So weit sind wir aber noch nicht.«

»Denkst du, ich leg dir gefälschte Beweise vor?«

»Nein, aber du bist in dieser Mordsache völlig voreingenommen.«

»Davon rede ich nicht. Es geht um die illegalen Wachstumshormone.«

Der Journalist dachte nach.

»Also schön«, gab er nach. »Ich schau mir dein Material an. Aber versprich dir nicht zu viel davon. Bevor wir gegen eines der angesehensten Unternehmen der Region so schwerwiegende Anschuldigungen erheben, müssen wir uns tausendprozentig sicher sein.«

»Kann ich verstehen.«

»Am besten bringst du mir vorbei, was du hast.«

»Geht klar. Passt es morgen?«

»Wieso nicht heute?«

»Die Futterprobe aus der Firma hab ich erst vorhin per Kurier weggeschickt. Das Ergebnis kriege ich frühestens morgen Vormittag.«

Sandner stutzte. »Das ist doch nicht der alleinige Grund. Was hast du vor?«

»Gar nichts.«

»Rück schon damit raus.«

»Vielleicht werf ich noch einen Blick auf die Buchhaltung. Wenn die Guido Weber beliefern, muss es Rechnungsbelege geben.«

»Du willst ins Büro einbrechen?«

»Wieso einbrechen? Ich arbeite da.«

»Und wenn sie dich erwischen?«

»Ist nicht das erste Mal, dass ich so was mache.«

Unwillkürlich musste er an René Ziegler denken. Schnell verdrängte er den Gedanken daran.

»Für dich ist das alles nur ein Spiel, oder?«

»Im Gegenteil. Ich nehme das sehr ernst. Todernst, um genau zu sein.«

»Hoffen wir, dass es dir nicht auf die Füße fällt.«

»Machst du dir um alle deine Informanten solche Sorgen?«

»Nur, wenn ich gut mit ihnen befreundet bin.«

Als Jo hinauf ins Gewerbegebiet fuhr, dachte er darüber nach, wie er die Durchsuchung der Geschäftsleitungsbüros angehen sollte.

Eigentlich hatte er geplant, sich dort vorher noch einmal genau umzusehen. Aber da Sandner endlich bereit war, sich mit dem Fall zu beschäftigen, musste er schnell handeln. Während der Pause versuchte er, sich unauffällig abzusetzen.

»Wo willst du hin?«, fragte Fred, der ihm gefolgt war.

»Aufs Klo.«

»Zu den Toiletten geht's da lang.« Der Vorarbeiter deutete in die andere Richtung.

»Ich dachte, die wären bei den Büros.«

»Nur für die Kollegen, die dort arbeiten.«

»Schade, die sind bestimmt mit Marmor ausgelegt«, antwortete Jo und grinste.

»Im Bürobereich hast du nichts verloren, verstanden?«, erklärte Fred, ohne auf seinen Scherz einzugehen.

»Schon gut. Ich werd keinen Fuß in die geheiligte Chefetage setzen.«

»Das will ich dir auch geraten haben. Wenn Meister dich da erwischt, kannst du dir deine Papiere abholen.«

Als zwei Stunden später die Schicht zu Ende ging, zogen Jos Kollegen ihre Arbeitskittel aus und streiften die Handschuhe ab. Auch Fred hatte es eilig. Jo ließ sich dagegen Zeit. Als er seinen Spind abschloss, waren die Kollegen bereits verschwunden. Unauffällig begab er sich in den hinteren Teil der Halle. Dort traf er auf Norbert Meister.

»Was willst du denn noch hier?«, fragte der Schichtleiter.

»Ich muss mal.«

»Na gut, aber mach schnell. Die Geschäftsleitung sieht es nicht gern, wenn die Arbeiter nach Schichtende länger als nötig in der Halle rumhängen.«

»Geht klar, Boss«, antwortete Jo. Kaum auf der Toilette angekommen, verschwand er in einer der Kabinen. Er setzte sich hin und wartete. Nach einigen Minuten ging die Tür zum Waschraum auf.

»Hallo? Ist da jemand?«

Jo gab keinen Mucks von sich. Der Mann hielt inne und lauschte. Dann knipste er das Licht aus und verschwand nach draußen. Jo vernahm Stimmenwirrwarr und verschiedene Schritte, die sich nach und nach entfernten. Nach einer Viertelstunde schlich er zum Ausgang, öffnete behutsam die Tür und spähte hinaus. Die Deckenbeleuchtung war ausgeschaltet, und die Halle wurde nur noch schemenhaft durch ein paar gedämpfte Lampen über den Notausgängen erleuchtet. Er lauschte angespannt. Nichts war zu vernehmen. Auf leisen Sohlen näherte er sich dem Bürotrakt und drückte die Klinke an der Tür zum Eingangsbereich herunter. Zum Glück war sie nicht abgeschlossen. Für einen Augenblick verharrte er im Dunkeln. Dann knipste er seine Taschenlampe an. Er schlich an einem Empfangstresen vorbei und stieß auf einen schmalen Flur. Verschiedene Büros reihten sich aneinander. Unvermittelt bog der Korridor im rechten Winkel ab. Vor ihm tauchte eine Tür auf, die nur angelehnt war. Darunter zeichnete sich deutlich sichtbar ein Lichtstreif ab. Blitzschnell schaltete Jo die Taschenlampe aus. Hoffentlich hatte ihn der späte Arbeiter nicht bemerkt! Vorsichtig bewegte er sich von der Tür weg. Da vernahm er ein Geräusch. Es kam aus der entgegengesetzten Richtung. Jemand kam den Flur entlang und versperrte ihm den Fluchtweg! Hektisch sah er sich um. Die Schritte kamen unerbittlich näher. Er drückte sich gegen die Wand. Auf einmal spürte er eine Tür hinter sich. Schnell schlüpfte er in den Raum. Keine Sekunde zu früh! Durch den geöffneten Spalt sah er, wie eine dunkelgekleidete Gestalt um die Ecke bog. Zielsicher näherte sie sich seinem Versteck. Jos Muskeln verkrampften sich. Seine Nerven waren zum Zerreißen gespannt.

Doch der Mann ging vorbei. Vor dem erleuchteten Büro blieb er stehen und verharrte für einen Augenblick. Dann straffte er die Schultern und trat ohne zu klopfen ein. Die Tür ließ er hinter sich offen.

»Was wollen Sie denn hier?«, fragte eine verärgerte Stimme.

»Mit Ihnen reden«, antwortete der Neuankömmling.

Schnell zog Jo seinen Kugelschreiber heraus, hielt ihn zwischen den Türspalt und schaltete die Kamera ein. Die beiden Männer waren zwar nicht zu sehen, aber so konnte er immerhin den Ton aufzeichnen.

»Wer hat Sie überhaupt hereingelassen?«, knurrte der erste Mann unfreundlich.

»Die Putzkolonne«, erwiderte der späte Besucher lakonisch.

»Kommen Sie morgen wieder. Ich hab zu tun.«
»Sie werden mir verdammt noch mal zuhören!«
»Also schön. Sie haben fünf Minuten.«

»Ich brauche einen Lieferaufschub.«

»Das können Sie vergessen.«

»Sie müssen mir mehr Zeit geben«, beharrte der Besucher. »Ich werde meine Kapazitäten so schnell wie möglich wieder hochfahren, aber das geht nicht von heute auf morgen.«

»Das höre ich dauernd. Aber es ist mir egal. Ich bin nicht die Wohlfahrt.«

»Ich hab immer pünktlich geliefert. Seit ich die Wachstumshormone abgesetzt habe, dauert es einfach länger.«

»Ist nicht mein Problem.«

»Sie wissen genau, wieso ich damit aufgehört habe. Wenn Sattler zur Polizei gegangen wäre, hätten wir alt ausgesehen.«

»Welch glückliche Fügung für Sie, dass er rechtzeitig den Löffel abgegeben hat«, meinte die erste Stimme süffisant.

»Ich musste auf der Hut sein und abwarten, ob was nachkommt.«

»Was hätte denn passieren sollen?«

»Hätte ja sein können, dass er Aufzeichnungen über seine Entdeckung gemacht hat.«

»Sie sind ein Schisser«, höhnte die erste Stimme. »Wenn Sie gleich nach Sattlers Tod wieder Hormone zugefüttert hätten, wie ich es Ihnen geraten habe, wären Sie jetzt fein raus.«

»Und was ist mit dem Koch?«

»Um den haben wir uns gekümmert. Der macht keinen Ärger mehr.«

»Sie können froh sein, dass ich so vorsichtig bin«, beharrte der Besucher.

»Blödsinn.«

»Aber ich kann nicht so schnell liefern.«

»Vertrag ist Vertrag. Wenn Sie die angegebenen Mengen nicht einhalten, wird die Vertragsstrafe fällig.«

»Das würde mich wirtschaftlich ruinieren.«

»Daran hätten Sie früher denken sollen.«

»So können Sie mit mir nicht umspringen!«

»Und ob ich das kann. Ich gebe Ihnen eine Woche. Wenn Sie bis dahin nicht liefern, lasse ich zwangsvollstrecken.«

»Sie verdammtes Schwein. Nach allem, was ich für Sie getan habe.«

»Sie sollten sich nicht mit mir anlegen. Wenn ich Ihren Betrieb übernommen habe, beschäftige ich Sie vielleicht weiter. Aber nur, wenn Sie brav sind und tun, was man Ihnen sagt.« Der Mann lachte hämisch.

»Das werden Sie bereuen«, stammelte der Angesprochene.

»Solche Sprüche höre ich auch dauernd, und am Ende ziehen doch alle den Schwanz ein«, spottete sein Gegenüber. »Verschwinden Sie, bevor ich den Sicherheitsdienst rufe.«

Ohne ein weiteres Wort verließ der Besucher das Büro. Im Flur fiel für einen Moment das Licht auf ihn. Jo erschrak, als er ihm ins Gesicht sah. Es war hassverzerrt. Die Wut hatte jede Spur von Jovialität aus seinen Zügen getilgt. Trotzdem war unverkennbar, um wen es sich handelte: Guido Weber.

Atemlos lauschte der junge Küchenchef, wie sich seine Schritte entfernten. Sicherheitshalber wartete er noch einige Minuten. Dann machte er sich aus dem Staub. Als er zurück nach Winningen fuhr, konnte er es immer noch nicht glauben. Er hatte praktisch ein Geständnis von Weber aufgezeichnet!

Kai Bergmann schüttelte den Kopf. Die Personalkosten waren zum wiederholten Mal gestiegen. Wenn das so weiterging, konnte er bald den gesamten Gewinn an die Mitarbeiter verteilen, dachte er mit finsterer Miene. Vielleicht sollten sie weiter rationalisieren. Während er überschlug, wie hoch die Kosten für eine Vollautomatisierung der Fabrik sein würden, vernahm er ein Geräusch. Es klang, als hätte jemand eine Tür zugeschlagen. Er sah auf die Uhr. Schon halb zwölf. Die Putzkolonne musste längst durch sein. Angespannt lauschte er. Doch es war nichts weiter zu hören. Vermutlich hatte er sich getäuscht. Er klappte den Ordner zu, der vor ihm auf dem Schreibtisch lag. Zeit, dass er nach Hause ging. Er stand auf, nahm die Unterlagen und räumte sie in den Aktenschrank hinter sich. Dann zog er einen Schlüssel aus der Tasche und schloss den Schrank ab. Er war so vertieft, dass er nicht bemerkte, wie die Tür zu seinem Büro aufschwang. Lautlos betrat eine dunkelgekleidete Person den Raum und näherte sich dem Unternehmer. Bergmann drehte sich um und fuhr zusammen.

»Haben Sie mich erschreckt! Was wollen Sie noch hier? Es ist alles gesagt.«

Er bemerkte, dass der Mann etwas in der Hand hielt. Ein Messer blitzte im Schein der Schreibtischlampe auf.

»Was soll der Unsinn?«, knurrte der Unternehmer. »Glauben Sie, ich lasse mich damit einschüchtern? Von einem Versager wie Ihnen?«

Er lachte verächtlich. Als er seinem Gegenüber in die Augen sah, stutzte er. In ihnen lag etwas Entrücktes, Manisches. Schlagartig realisierte er, dass es ernst war. Mit einem Schritt war er an seinem Schreibtisch und griff nach dem Brieföffner. Doch der Angreifer war schneller. Er sprang auf ihn zu und riss das Messer nach oben. Kai Bergmann spürte einen brennenden Schmerz. Er ließ den Brieföffner fallen und fasste sich an die Kehle. Warmes Blut lief ihm über die Hände. Fassungslos starrte er sein Gegenüber an.

»Was ...?« Seine Stimme ging in ein Röcheln über. Verzweifelt rang er nach Luft und versuchte die Blutung zu stoppen ... aber das Blut schoss weiter in Strömen aus seiner durchschnittenen Kehle. Er taumelte auf den dunkelgekleideten Mann zu, der ihn mitleidlos anblickte. Kai Bergmann ging in die Knie. In einem letzten hilflosen Versuch presste er den Ärmel seines Hemds gegen die Wunde. Dann fiel er zu Boden. Der Mann mit dem Messer beobachtete regungslos, wie die Blutlache um ihn herum immer größer wurde. Schließlich beugte er sich zu dem Unternehmer hinunter und blickte ihm in die Augen. Der glasige Ausdruck bestätigte ihm, dass Bergmann tot war. Er richtete sich auf und trat auf den Kleiderständer zu, an dem Bergmanns Sakko hing. Sorgfältig wischte er sein Messer daran ab und steckte es ein. Rasch sah er sich im Büro um. Es war noch einiges zu tun ...

Kapitel 22

Das Klingeln seines Handys riss Jo aus dem Schlaf. Er brauchte einen Augenblick, bevor er realisierte, wo er sich befand. Das Mobiltelefon klingelte beharrlich weiter. Er sah auf die Uhr. Halb fünf morgens.

»Ja?«, sagte er verschlafen.

»Jo, bist du es?«

Die Stimme von Klaus Sandner klang seltsam aufgeregt. Schlagartig war der junge Küchenchef wach.

»Was ist?«

»Ich wollte nur hören, ob es dir gut geht«, erwiderte der Journalist erleichtert.

»Wieso? Meinst du, ich …«

»Die Fischfabrik brennt!«

»Was?«

»Bin gerade angerufen worden. Einer unserer Leute ist schon vor Ort.«

»Ist es ein großer Brand?«

»Sie haben alle Feuerwehren in der Umgebung alarmiert.«

»Was ist denn passiert?«

»Keine Ahnung. Ich hatte noch keine Gelegenheit, mit meinem Kollegen zu sprechen.«

»Ich fahr sofort los.« Jo sah sich nach seinen Klamotten um.

»Du kannst da nicht hin. Es ist ein Großeinsatz.«

»Ich muss wissen, was geschehen ist.«

»Halt dich da raus.«

»Das ist doch kein Zufall! Da steckt mehr dahinter.«

Bevor Sandner noch etwas sagen konnte, hatte Jo aufgelegt. In Windeseile zog er sich an und lief zu seinem Wagen.

Schon von weitem sah er über dem Gewerbegebiet eine riesige Rauchsäule. Mit heulendem Martinshorn näherte sich ein Löschzug. Jo fuhr rechts ran. Mit hoher Geschwindigkeit rasten die Feuerwehrfahrzeuge an ihm vorbei. Er bog auf die Straße zum Werksgelände ein und geriet mitten ins Chaos. Überall standen Einsatzfahrzeuge von Polizei und Feuerwehr. Das hektische Blinken der Blaulichter tauchte die umliegenden Gebäude in ein gleißendes Licht. Ein Polizist bedeutete Jo, dass er weiterfahren solle. Er fuhr an der Einsatzstelle vorbei und stellte den Wagen einige hundert Meter weiter am Straßenrand ab. Als er sich dem Werksgelände näherte, stieß er auf eine Absperrung der Polizei. Davor standen Schaulustige und beobachteten den Einsatz. Jo marschierte unbeirrt auf den Eingang zu. Einer der Polizisten trat ihm entgegen und hielt ihn am Arm fest.

»Wo wollen Sie denn hin?«, fragte er.

»Ich muss da rein.«

»Sie sehen doch, was los ist.«

»Ich arbeite hier«, protestierte Jo und zeigte seinen Ausweis.

»Ihre Arbeit fällt heute aus«, erklärte ein zweiter Polizeibeamter trocken.

»Ich bin für den Brandschutz zuständig. Auf dem Gelände lagern gefährliche Chemikalien«, erwiderte Jo gedankenschnell.

»Warum sagen Sie das nicht gleich!«, rief der Beamte vorwurfsvoll und hob das Absperrband hoch. »Melden Sie sich beim Einsatzleitfahrzeug der Feuerwehr. Dort finden Sie den Einsatzleiter.«

Dutzende von Einsatzfahrzeugen säumten den Weg. Wasserschläuche lagen kreuz und quer verteilt. Überall wimmelte es von Feuerwehrmännern. Aus mehreren Gebäuden stiegen Rauchwolken auf, verschiedentlich sah er geborstene Fensterscheiben. Er zählte insgesamt drei Gebäude, in denen es gebrannt haben musste. Anscheinend hatte die Feuerwehr die Lage unter Kontrolle. Die Männer machten jedenfalls einen entspannten Eindruck.

»Ist schon alles gelöscht?«, fragte Jo einen Feuerwehrmann, der aus einem Gebäudetrakt kam und noch die Atemschutzmaske in der Hand hielt.

»Hier und in den beiden Häusern daneben ja. Aber soweit ich weiß, gibt es in der großen Halle noch Brandnester.«

Jo nickte und eilte weiter zur Halle. Der Geruch nach verbranntem Plastik wurde immer intensiver. Alle Tore waren weit geöffnet und Rauch zog heraus. Mehrere Löschfahrzeuge parkten davor. Auch ein Krankenwagen war zu sehen. Der junge Küchenchef trat auf eine Gruppe Feuerwehrmänner zu. Einer von ihnen trug eine Jacke mit der Aufschrift »Einsatzleitung«.

»Ist das Feuer unter Kontrolle?«, fragte Jo.

»Wer sind Sie denn?«, wollte der Einsatzleiter wissen.

»Presse. Ich bin Redakteur beim *Rheinischen Tagblatt*.«

»Ich hab doch gerade mit einem von euch gesprochen.«

»Wir sind zu mehreren da.«

»So, so. Dann schreiben Sie mal auf, dass wir alles gelöscht haben.«

»Gab es Verletzte?«

»Bisher nicht.«

»Wissen Sie schon, was das Feuer ausgelöst hat?«

Der Einsatzleiter zuckte mit den Schultern. »Das müssen die Brandermittler klären.«

»Wo hatte das Feuer seinen Ursprung?«

»Da drin.« Der Einsatzleiter deutete auf die Halle.

»Es hat aber auch noch an drei weiteren Stellen gebrannt«, schaltete sich ein anderer Feuerwehrmann ein.

Jo stutzte. »Sie meinen, es war Brandstiftung?«

Der Mann zuckte vielsagend mit den Schultern.

»Bring hier keine Spekulationen in Umlauf«, wies der Einsatzleiter seinen Kollegen zurecht.

»Wieso denn? Wär schon ein verdammter Zufall, wenn das Feuer an drei Stellen gleichzeitig ausbricht, oder?«, erwiderte der Angesprochene.

Am Eingang zur Halle wurde es hektisch. Ein Mann kam aus dem Gebäude gelaufen und zog sich die Atemschutzmaske vom Kopf.

»Was ist los?«, wollte der Einsatzleiter wissen, als der Mann atemlos vor ihm stand.

»Wir haben jemanden gefunden.«

»Wo?«

»Im Bürotrakt. Ganz hinten. Sie bringen ihn raus.«

»Wir brauchen den Notarzt, schnell!«, rief der Einsatzleiter zum Krankenwagen hinüber.

»Ich komme.« Ein schlanker Mann mit Arztkoffer stieß zu ihnen.

Ein Trupp Feuerwehrmänner kam aus der Halle. Sie schleppten eine Trage heraus. Darauf lag jemand. Jo wandte angewidert den Kopf ab. Ein unerträglicher Geruch nach verbranntem Fleisch stieg ihm in die Nase. Der junge Küchenchef wurde blass. Trotzdem zwang er sich hinzusehen. Der Körper war völlig verkohlt. Selbst für ihn als Laien war klar, dass hier jede Hilfe zu spät kam.

»Das Feuer muss ihn überrascht haben. Armer Kerl«, sagte der Einsatzleiter.

Der Notarzt nahm den Toten von allen Seiten in Augenschein.

»Seltsam. Hier am Hals sieht es aus wie eine tiefe Schnittwunde.«

Der Einsatzleiter trat auf den Toten zu und inspizierte ihn. »Sie haben recht. Wo habt ihr ihn gefunden?«

»Im Büro am Ende des Flurs. Auf dem Schild neben der Tür stand ›Kai Bergmann‹«, antwortete einer der Feuerwehrmänner.

»Scheiße«, entfuhr es dem Einsatzleiter.

»Sie kannten ihn?«, fragte der Arzt.

»Ich hab ihn mal im Rotary Club getroffen, als ich dort einen Vortrag über Brandbekämpfung gehalten habe.«

Nachdenklich blickte der Einsatzleiter in das bis zur Unkenntlichkeit verbrannte Gesicht. Dann straffte er die Schultern. »Wir müssen die Polizei informieren.«

Einer der Männer nickte und griff zum Funkgerät. Jo konnte den Anblick nicht mehr ertragen und wandte sich ab. Noch schlimmer war allerdings der Geruch. Es roch wie frisch gegrilltes Fleisch bei einem Barbecue. Jo lief ein kalter Schauer über den Rücken. Schnell machte er kehrt und verschwand in Richtung seines Wagens.

»Ja?«, sagte Klaus Sandner in den Hörer seines Telefons.
»Hier ist Jo.«

»Ist nicht die feine englische Art, einfach aufzulegen.«

»Tschuldigung.«

»Schon gut. Wie ist die Lage?«

»Das Feuer ist gelöscht. Aber sie haben einen Toten gefunden.«

»Wissen sie, wer es ist?«

»Kai Bergmann.«

»Bist du sicher?«

»Sie haben ihn in dem Moment rausgebracht, als ich gekommen bin.«

»Wie hast du es geschafft, aufs Gelände zu kommen?«

»Du kennst mich doch. Ich komm überall rein.«

»Und es steht zweifelsfrei fest, dass es Bergmann ist?«

»Die Leiche war so stark verkohlt, dass man das Gesicht nicht erkennen konnte. Aber sie wurde aus seinem Büro geborgen.«

Der Journalist schwieg. »Schon ein seltsamer Zufall, dass er ausgerechnet jetzt ums Leben kommt«, sagte er schließlich.

»Es ist kein Zufall. Er wurde ermordet.«

»Woher willst du das wissen?«

»Der Notarzt hat einen Schnitt an seinem Hals entdeckt.«

»Du musst auf der Stelle zur Polizei gehen.«

Jo überlegte. »Okay. Aber vorher komme ich bei dir vorbei.«

Auf dem Weg zu Sandner machte er Halt in der Pension und packte seine Sachen.

»Sie wollen abreisen?«, fragte ihn die Pensionswirtin, als er mit der Tasche nach unten kam.

»Leider muss ich dringend weg.«

»Ich hab mir schon so was gedacht. Eben ist ein Kurierdienst gekommen und hat einen Brief für Sie abgegeben. Das haben wir selten, dass unsere Gäste Post per Boten kriegen.«

Sie reichte ihm den Brief. Jo riss ihn auf und überflog das Schreiben. Sein Gesicht hellte sich auf. Er wurde jedoch gleich wieder ernst.

»Was Erfreuliches?«, wollte die Pensionswirtin wissen.

»Wie man's nimmt«, erwiderte Jo vage.

Als Jo sich auf den Stuhl vor Klaus Sandner fallen ließ, merkte er, wie müde er war.

»Anstrengenden Tag gehabt?«, fragte der Journalist mitfühlend.

Jo nickte stumm.

»Ich hab inzwischen mit meinem Kollegen telefoniert. Anscheinend handelt es sich bei dem Toten tatsächlich um Kai Bergmann.«

»Ich hab dir alle Dokumente und die elektronischen Aufnahmen mitgebracht.«

Er reichte dem Journalisten einen Stapel Papiere und einen USB-Stick über den Tisch.

»Warum übergibst du das nicht der Polizei?«

»Weil Hauptkommissar Wenger bestimmt alle Beweismittel beschlagnahmt. Deswegen machst du dir besser Kopien davon.«

»Guter Punkt. Was ist auf dem USB-Stick?«

»Aufnahmen, die ich mit meiner Kugelschreiberkamera gemacht habe.«

Sandner überflog zuerst die Dokumente. »Gute Arbeit«, meinte er anerkennend. »Wenn die so großflächig illegale

Mastmethoden eingesetzt haben, ist es ein Riesenskandal.«

»Nicht nur das. Ich hab auch den Beweis, dass Guido Weber Erich Sattler umgebracht hat.«

»Ist nicht dein Ernst.«

»Guck dir die Aufnahme von gestern Abend an.«

Der Journalist steckte den USB-Stick in seinen Computer und öffnete die Datei.

»Da kann man nichts erkennen«, sagte er enttäuscht.

»Was erwartest du denn? Das ist eine Minikamera in einem Stift. Außerdem war es dunkel. Dafür ist die Tonaufnahme umso besser.«

Sie lauschten dem Gespräch der beiden Männer.

»Und das sind wirklich Kai Bergmann und dieser Weber?«

»Ja.«

Sandner spielte die Aufnahme erneut ab und machte ein Standbild von Guido Weber. »Tut mir leid. Ich kann da beim besten Willen niemanden erkennen. Das könnte jeder sein.«

»Ich kann bezeugen, dass es Weber war. Außerdem haben wir seine Stimme.«

»Und wie erklärst du der Polizei deine Anwesenheit?«

»Ich sage, ich hätte mich auf der Suche nach einer Toilette verlaufen.«

»Das glaubt dir kein Mensch.«

»Egal. Die Polizei belangt mich bestimmt nicht wegen so einer Lappalie. Immerhin liefere ich ihnen den Mörder.«

»Dafür hast du keine Beweise.«

»Na, hör mal – er gibt zu, dass Sattler ihm auf die Schliche gekommen ist.«

»Deswegen muss er ihn nicht umgebracht haben. Die Polizei hat es als Unfall klassifiziert, schon vergessen?«

»Und was ist mit Bergmann? Du hast selbst gehört, wie er ihn bedroht hat.«

»Auch bei Bergmann steht die Todesursache noch nicht zweifelsfrei fest. Und selbst wenn er umgebracht wurde – jemanden bedrohen und jemanden ermorden sind zwei Paar Schuhe.«

»Ihr wollt nicht darüber berichten?«

»Über den Lebensmittelskandal schon. Aber was den Tod von Bergmann und Sattler angeht, müssen wir die weiteren Ermittlungen der Polizei abwarten. Wir können nicht solche Mutmaßungen in den Raum stellen ohne handfeste Beweise.« Sandner rief seine Sekretärin herein und bat sie, eine Kopie der Unterlagen zu machen. »Jetzt mach nicht so ein Gesicht«, versuchte Sandner ihn aufzumuntern. »Du bist einem großen Lebensmittelskandal auf die Spur gekommen. Ist doch auch was.«

Jo saß in seinem Wagen und starrte nachdenklich auf das Gebäude vor sich. Dann stieg er aus und begab sich zum Eingang.

»Wie können wir Ihnen helfen?«, fragte der Beamte hinter dem Empfangsschalter.

»Ich wollte zu Oberkommissar Wieland.«

»Haben Sie einen Termin?«

»Nein, aber es ist dringend.«

»Name?«

»Jo Weidinger.«

Der Beamte griff zum Hörer und führte ein kurzes Gespräch. »Er kommt runter.«

Kurze Zeit später tauchte Oberkommissar Wieland auf. »Was haben wir denn heute auf dem Herzen? Wollen Sie wieder einen Mord melden?«

Jo nickte.

»Sie nehmen mich auf den Arm, oder?«

»Keineswegs.«

Der Beamte musterte ihn durchdringend. »Also schön«, gab er nach. »Sie haben fünf Minuten.«

Jo folgte ihm in die zweite Etage.

»Ist Hauptkommissar Wenger im Haus?«

»Wieso, haben Sie Angst, dass er Ihnen über den Weg läuft?«, antwortete Wieland und lachte.

»Unsinn. Was ich zu sagen habe, ist vielleicht auch für ihn interessant.«

»Er ist in einer wichtigen Besprechung. Sie werden mit mir allein vorliebnehmen müssen«, sagte der Oberkommissar und öffnete die Tür zu seinem Büro. Es war klein, aber erstaunlich modern eingerichtet.

»Wollen Sie einen Kaffee?«

Jo lehnte dankend ab.

»Legen Sie los. Worum geht's?«

»Immer noch um den Fall Sattler.«

Wieland seufzte. »Das haben wir doch alles schon durchgekaut.«

»Es gibt neue Hinweise«, sagte Jo und legte seine Unterlagen vor dem Kriminalbeamten auf den Tisch.

»Was ist das?«, fragte dieser misstrauisch.

»Die neuen Erkenntnisse.«

Wieland warf einen Blick darauf. »Das sind Lebensmittelanalysen. Wollen Sie mir sagen, Sattler wurde vergiftet?«

Jo schüttelte den Kopf.

»Sattler war einem Lebensmittelskandal auf der Spur. Das sind die Beweise, dass er recht hatte.«

Während Jo ihm erzählte, was er herausgefunden hatte, blätterte der Beamte durch die Dokumente. Als er mit seiner Geschichte zu Ende war, sah Wieland ihn lange an.

»Eins muss man Ihnen lassen: Wenn Sie sich in eine Idee verbissen haben, lassen Sie nicht locker. Allerdings sind Sie da bei uns an der falschen Stelle. Wenn das stimmt, was Sie mir hier vorgelegt haben, handelt es sich um einen Fall von Wirtschaftskriminalität. Dafür sind die Kollegen vom K14 zuständig.«

»Sie vergessen den Mord.«

»Dafür gibt es nicht den Hauch eines Beweises.«

»Ich würde vorschlagen, Sie hören sich das Gespräch zwischen den beiden erst einmal an.«

Er reichte dem Beamten den USB-Stick. Widerstrebend hörte dieser sich die Aufzeichnung an.

»Sie wissen, dass heimliche Aufnahmen verboten sind?«, fragte Wieland beiläufig. »Außerdem haben Sie mehrere Diebstähle begangen und sich unter Vortäuschung falscher Tatsachen in ein Unternehmen eingeschlichen.«

»Ich liefere Ihnen einen Mörder, und Sie wollen mich wegen ein paar gestohlenen Fischen und einer Videoaufzeichnung belangen?«

»Die Aufnahme gibt einen Hinweis darauf, dass hier möglicherweise illegale Fischaufzucht betrieben wurde. Das ist auch schon alles. Ich entnehme hieraus kein Mordgeständnis.«

»Und was würden Sie sagen, wenn Weber auch noch Kai Bergmann umgebracht hat?« Die Trumpfkarte hatte sich Jo bis zum Schluss aufgehoben.

»Das ist nicht Ihr Ernst, oder?«, sagte Wieland und sah ihn ungläubig an.

»Ich fürchte doch.«

»Sie wollen mir wirklich erzählen, dass Kai Bergmann tot ist?«

»Ja.«

»Sorry, dass ich es in dieser Deutlichkeit sage: Wissen Sie, wie sich das anhört? Als hätten Sie nicht mehr alle Tassen im Schrank.«

Jo ließ sich von der Reaktion des Kriminalbeamten nicht beirren.

»Rufen Sie in der Rechtsmedizin an. Die können es Ihnen bestätigen.« Jo hielt seinem prüfenden Blick stand.

Der Oberkommissar schüttelte den Kopf und griff zum Hörer. »Hier spricht Wieland. Verbinden Sie mich mit Dr. Walter.«

Es dauerte einen Augenblick, dann hatte er den Rechtsmediziner am Apparat.

»Wie geht's Ihnen?«, fragte er in launigem Ton. »Immer noch Probleme mit der Schulter?« Er lachte, als der Rechtsmediziner etwas erwiderte. »Nein. Ich hab auch was Dienstliches. Haben Sie heute einen Toten reinbekommen?« Er lauschte. »Und da sind Sie sicher?« Wielands Stimme klang plötzlich aufgeregt. »Bis wann ist die Autopsie abgeschlossen?«

Der Rechtsmediziner sagte wieder etwas.

»Wunderbar. Bitte geben Sie mir sofort Bescheid, wenn der Bericht vorliegt.« Er legte auf. »Woher wussten Sie das mit Bergmann?«

»Ich war heute früh am Tatort, als er gefunden wurde.«

Wieland schüttelte wieder den Kopf. »Wenn ich nicht

wüsste, dass Sie ein fanatischer Hobbydetektiv sind, müsste ich mich ernsthaft fragen, ob Sie nicht selbst in die Sache verwickelt sind.«

»Ich?«

Wieland nickte. »Wegen mir müssen Sie sich keine Sorgen machen. Aber wenn Sie mit so einer Geschichte an den Falschen geraten, haben Sie schnell selbst strafrechtliche Probleme an der Backe.«

Der junge Küchenchef wischte den Einwand mit einer Handbewegung beiseite. »Was hat der Rechtsmediziner gesagt?«

»Das geht Sie gar nichts an.«

»Ich liefere Ihnen einen Doppelmörder. Da habe ich wohl ein Anrecht, zu erfahren, ob ich recht habe.«

»So etwas fällt unters Dienstgeheimnis. Falls es einen Mord gab, werden Sie es früh genug in der Zeitung lesen.«

Jo machte ein enttäuschtes Gesicht. »Versprechen Sie mir wenigstens, dass Sie der Spur im Fall Sattler nachgehen. Bestimmt hat er Notizen über seine Nachforschungen gemacht.«

»Woher wissen Sie das?« Die Frage des Beamten kam wie aus der Pistole geschossen.

»Weber hat das vermutet, schon vergessen?«, zog Jo sich aus der Affäre.

»Keine Sorge. Wenn es ernstzunehmende Hinweise geben sollte, gehen wir der Sache auch nach.«

»Ich würde in seinem Bankschließfach nachsehen.«

»Wie kommen Sie darauf, dass er ein Schließfach hatte?«, fragte Wieland misstrauisch.

»Das ist doch naheliegend«, erwiderte Jo schnell. »Wenn

ich Unterlagen über kriminelle Machenschaften gesammelt hätte, würde ich sie an einem sicheren Ort aufbewahren.«

»So, so.«

Kapitel 23

Jo war froh, dass er nun endlich Urlaub machen konnte. Die anstrengende Arbeit in der Fabrik und die Geschehnisse der letzten Tage hatten ihn ziemlich mitgenommen. Am Nachmittag fuhr er zum Flughafen Hahn, gab den Mietwagen zurück und holte seinen Volvo ab. Nach dem unerwarteten Tod von Bergmann konnte er sich das weitere Versteckspiel sparen. Da er sein Abonnement für die Urlaubszeit abbestellt hatte, hielt er auf dem Rückweg bei einem Kiosk und kaufte eine Ausgabe des *Rheinischen Tagblatts*.

Zu Hause angekommen, setzte er sich mit der Zeitung auf die Terrasse und schlug den Regionalteil auf. Das Feuer in der Fischfabrik war das Topthema. Schnell überflog er den zweiseitigen Bericht. An der Passage über Kai Bergmann blieb er hängen: »Wie die Polizei inzwischen mitteilte, forderte der Brand ein Todesopfer. Nach bisher unbestätigten Informationen handelt es sich dabei um den geschäftsführenden Gesellschafter Kai Bergmann. Er soll oft bis in die Nachtstunden in seinem Büro gearbeitet haben. Möglicherweise wurde er dabei vom Feuer überrascht. Die Leiche wurde ins Rechtsmedizinische Institut in Koblenz eingeliefert. Das Ergebnis der Autopsie lag bis zum Redaktionsschluss noch nicht vor. Warum das Feuer am frühen Freitagmorgen ausbrach, ist bislang ungeklärt. Die

Polizei wollte sich auf Anfrage nicht dazu äußern. Hinter vorgehaltener Hand hieß es jedoch, das Feuer sei an mehreren Stellen gleichzeitig ausgebrochen. Dies lasse die Schlussfolgerung zu, dass möglicherweise Brandstiftung im Spiel war.«

Jo dachte nach. Irgendwie kam ihm das Ganze seltsam vor. Wieso war das Feuer erst gegen Morgen ausgebrochen? Hatte Weber den Unternehmer in der Nacht ermordet und war später zurückgekommen, um mit dem Feuer seine Spuren zu verwischen? Aber wieso hatte er dann an mehreren Stellen Feuer gelegt?

Er blätterte die Zeitung durch, konnte aber keinen Hinweis auf die zweifelhaften Machenschaften des Unternehmens und seiner Zulieferer finden.

Er griff zum Telefon.

»Sandner«, meldete sich der Journalist.

»Wieso habt ihr nicht über die illegalen Mastmethoden berichtet?«, wollte Jo wissen.

»So schnell schießen die Preußen nicht.«

»Aber ihr habt doch alles.«

»Gestern waren wir durchweg mit dem Brand beschäftigt. Außerdem müssen wir deine Angaben noch überprüfen.«

»Wieso denn das?«

»Unser Verleger Dr. Stein hat darauf bestanden, dass wir uns alles gründlich ansehen und Experten über die Analysen schauen lassen. Wir können so schwerwiegende Anschuldigungen nicht erheben, wenn die Fakten nicht doppelt und dreifach abgesichert sind.«

»Von Bergmann habt ihr jetzt nichts mehr zu befürchten.«

»Das hängt nicht nur von ihm als Person ab. Das Unternehmen gibt's schließlich noch. Da geht es um viele Arbeitsplätze.«

»Deswegen kann man so einen Skandal doch nicht unter den Teppich kehren«, meinte Jo empört. »Wie lange sollen eure Nachprüfungen denn dauern?«

»Keine Ahnung. Wir müssen sehen, was die polizeilichen Ermittlungen ergeben. Sobald sich diese erhärten, werden wir die Geschichte groß rausbringen.«

Jo schüttelte den Kopf. Da lieferte er der Zeitung alle Informationen frei Haus, und die wollten auf die Polizei warten.

»Hast du schon was von der Autopsie gehört?«

»Nein.«

»Vielleicht hakst du mal bei deinen Polizeikontakten nach.«

»Zu Befehl, Chef. Aber nicht heute.«

»Warum nicht?«

»Weil Samstag ist.«

Richtig. Das hatte Jo völlig vergessen. »Du hältst mich aber auf dem Laufenden, ja?«

»Selbstverständlich.«

Jo überlegte, ob er Oberkommissar Wieland kontaktieren sollte. Aber vermutlich war der am Wochenende nicht im Polizeirevier. So schwer es ihm fiel – er musste sich gedulden.

Am Montagmorgen rief er gegen acht Uhr in der Polizeidirektion in Koblenz an.

»Wieland.«

»Hier spricht Jo Weidinger.«

»Was gibt's jetzt wieder?«

»Nichts. Ich wollte nur nachfragen, was sich Neues ergeben hat.«

»Sie erwarten nicht ernsthaft, dass ich Sie über laufende Ermittlungen unterrichte, oder?«

»Warum nicht? Immerhin haben Sie umfangreiches Material von mir erhalten.«

»An das Sie größtenteils gesetzeswidrig gelangt sind.«

»Was hat das denn damit zu tun?«

»Jede Menge. Was meinen Sie, wie Wenger darauf reagiert hat?«

»Sie haben ihn darüber informiert?«

»Natürlich. Er ist mein Vorgesetzter. Ehrlich gesagt war er stinksauer. Er wollte damit direkt zum Staatsanwalt gehen.«

»Sie ermitteln gegen mich, nur weil ich ein paar Fische mitgenommen habe?«, rief Jo empört. »Na, dann viel Spaß. Die Presse wird sich freuen, das zu hören. Vor allem, weil Sie ohne meine Hilfe gar nicht auf die Sache gestoßen wären.«

»Das habe ich Wenger auch gesagt. Deswegen hat er es sich anders überlegt.«

»Vielen Dank. Das weiß ich sehr zu schätzen!«

»Er hat mir aufgetragen, Ihnen auszurichten, dass er rigoros gegen Sie vorgehen wird, wenn Sie sich weiter in unsere Ermittlungen einmischen.«

»Wie weit sind Sie denn damit?«

»Hören Sie nicht zu? Sie sollen die Finger davon lassen!«

»Mach ich auch. Ich will nur wissen, wann Sie Guido Weber festnehmen.«

Oberkommissar Wieland seufzte. »Weber hat damit nichts zu tun.«

»Er ist es gewesen – da bin ich absolut sicher«, beharrte Jo.
»Der Mann hat ein Alibi.«
»Unmöglich. Es passt alles perfekt zusammen.«
Wieland lachte. »Das ist der Unterschied zwischen Ihnen und uns. Sie leben von Ihrer Intuition und von wilden Spekulationen. Wir halten uns an die Fakten.«
»Wahrscheinlich hat er das Alibi gekauft.«
»Schön wär's. Nach dem Streit mit Bergmann ist er zu seiner Stammkneipe in Wellmich gefahren. Zum Todeszeitpunkt hat er dort am Tresen gesessen und sich volllaufen lassen. Das können ein halbes Dutzend Leute bezeugen, einschließlich des Wirts und der Bedienung.«
Jo schüttelte den Kopf. »Und was ist mit Sattlers Tod?«
»Auch das haben wir überprüft.«
»Er weiß noch, was er an einem x-beliebigen Freitag vor ein paar Monaten gemacht hat?«
»Normalerweise ist das tatsächlich ziemlich schwierig. Aber als Sattler in seinem Teich ertrunken ist, hat Weber eine Theateraufführung an der Schule seiner Tochter besucht. Er hat den ganzen Nachmittag über in der vordersten Reihe gesessen. Dafür gibt es hundert Zeugen.«
Jo konnte es nicht fassen. Er hatte so viel Zeit und Mühe in den Fall gesteckt, und jetzt schien sich alles in Luft aufzulösen.
»Was hat die Autopsie ergeben?«, wollte er wissen.
»Jetzt reicht's aber! Ich hab Ihnen schon mehr erzählt, als ich sollte. Fahren Sie in Urlaub und überlassen Sie den Fall uns.« Mit diesen Worten legte der Beamte auf.
Jo griff sofort wieder zum Hörer und rief Klaus Sandner an. Er weigerte sich zu glauben, dass er sich alles nur eingebildet hatte.

»Hast du schon etwas über die Autopsie gehört?«

»Mein Kontakt bei der Polizei hat mir bestätigt, dass Kai Bergmann tatsächlich ermordet worden ist. Ein scharfer Schnitt durch die Kehle hat die Halsschlagader durchtrennt. Der Tod muss innerhalb von Minuten eingetreten sein.«

»Das Feuer wurde also nachträglich gelegt?«

»Definitiv. Offensichtlich hat der Täter die Leiche mit Brandbeschleuniger übergossen und angezündet.«

»Aber wieso hat er gleich an mehreren Stellen Feuer gelegt? Das ergibt keinen Sinn.«

»Das fragen sich die Ermittler auch. Allem Anschein nach hat er gezielt geschäftliche Unterlagen vernichtet. Das Feuer hat in der Aktenablage gewütet, die Computer in der Buchhaltung sind zerstört und das Computer-Backup, das sich in einem anderen Gebäude befindet.«

»Woher wusste der Brandstifter das mit dem Backup?«, fragte Jo erstaunt. »Klingt nach einem Insider.«

»Möglicherweise. Wobei – als ich meine Werksführung hatte, haben sie mir das auch erzählt. Die waren mordsstolz darauf, dass sie alle Dateien doppelt gesichert haben. Das hat nicht jeder Mittelständler.«

»Das könnte bedeuten, der Täter stand in einer Geschäftsbeziehung mit dem Unternehmen und wollte vermeiden, dass die Polizei es herausfindet.«

»Das Dezernat für Wirtschaftskriminalität ist groß eingestiegen und hat dank deiner Hinweise noch am selben Tag einige Fischzüchter hochgenommen. Anscheinend hat Bergmann ein umfangreiches Netzwerk an illegalen Zulieferern gehabt. Nach Erkenntnissen aus den Verhören lief es offensichtlich überall nach demselben Muster ab wie bei deinem Freund Weber. Zuerst hat Bergmann den Betrieben größere Mengen ihrer Fische abgekauft. Die haben sich darüber gefreut, denn damit hatten sie einen stabilen Abnehmer und konnten ihr Geschäft ausbauen. Mit der Zeit hat er sie immer stärker unter Druck gesetzt, die Produktion zu erhöhen. Wer das nicht konnte oder wollte, den hat er von heute auf morgen von der Liste seiner Lieferanten gestrichen. Für die Betriebe bedeutete das in der Regel das Aus, und Bergmann konnte sie günstig übernehmen. Die verbliebenen Fischzüchter haben nolens volens aufgerüstet, ihre Flächen erweitert und sich verschuldet. Das hat sie noch abhängiger von Bergmann und seiner Firma gemacht.

Irgendwann kam er dann mit dem Vorschlag, die Fischzüchter sollten illegale Wachstumshormone in der Aufzucht einsetzen.«

»Wieso haben die Leute da mitgemacht?«

»Die meisten haben sich zunächst geweigert. Aber wenn einem das Wasser bis zum Hals steht und man keine andere Wahl hat…«

»Mit wie vielen Züchtern ist er so verfahren?«, fragte Jo aufgeregt.

»Lässt sich noch nicht übersehen. Die zerstörten Unterlagen und Dateien halten die Ermittler unheimlich auf. Sie müssen bei den einzelnen Fischzuchtbetrieben in der Gegend prüfen, wer in Geschäftsverbindung mit der Deutsche Fische GmbH stand. Ein Beamter der Ermittlungsgruppe, mit dem ich gesprochen habe, schätzt, dass es mehrere Dutzend sind. Die Fälle, die du aufgetan hast, sind nur die Spitze des Eisbergs.«

»Das heißt, die meisten waren in der gleichen Lage wie Weber?«

»Die Ermittler gehen davon aus, dass Bergmann seine Geschäftspartner absichtlich in die Falle gelockt hat, um sie am Ende übernehmen zu können.«

»Es gibt also Dutzende Verdächtige, die ein Motiv hatten, Bergmann umzubringen?«

»So sieht's aus. Die Polizei wird jeden einzelnen überprüfen müssen. Das dürfte sich über Monate hinziehen.«

»Bis dahin ist die Spur höchstwahrscheinlich kalt.«

»Das ist den Ermittlern auch klar. Aber was sollen sie machen? Der Täter wusste sehr genau, was er tat.«

»Da der Brand erst in den Morgenstunden ausgebrochen ist, muss er später noch einmal zurückgekommen sein«, mutmaßte Jo.

»Nicht unbedingt. Die Brandermittler haben mehrere selbstgebastelte Zeitzünder gefunden«, erwiderte Sandner.

»Interessant. Wir haben es also mit einem Täter zu tun, der über einschlägiges Fachwissen verfügt.«

»Muss nicht sein. Im Internet findet man Bauanleitungen für fast alles. Der Brandstifter brauchte nur etwas technisches Verständnis und handwerkliches Geschick.«

»Trotzdem komisch, dass das Feuer so rasch um sich gegriffen hat.«

»Er hat Spiritus als Brandbeschleuniger benutzt. Den setzen sie in der Firma zum Reinigen bestimmter Maschinen ein.«

»Also musste er nur zum Lagerraum gehen und konnte sich dort frei bedienen.«

»Genau.«

Offensichtlich hatte der Täter an alles gedacht. Völlig aussichtslos, dass er hier noch etwas unternehmen konnte, zumal die Polizei sich jetzt um den Fall kümmerte.

Um sich abzulenken, beschloss Jo, einen Ausflug nach Kalkriese zu machen. Im dortigen Varusschlacht-Museum gab es unter dem Motto »Gefahr auf See« eine interessante Ausstellung über die Korsaren der Antike. Gezeigt wurden über 130 Exponate, darunter ein fast fünfhundert Kilogramm schwerer Rammsporn aus Bronze, mit dessen Hilfe die Piraten Handelsschiffe aufschlitzten und manövrierunfähig machten. Die Ausstellung war so spannend, dass er die Zeit vergaß und erst am Abend wieder ins Waidhaus zurückkehrte.

Da er noch nicht müde war, schaltete er den Fernseher ein. Es lief »Das Schweigen der Lämmer«, ein Thriller über den Serienmörder Hannibal Lecter. In einer Schlüsselszene ging es dort um die Frage, was den Täter motivierte und wie man ihm damit auf die Schliche kommen konnte. Dabei sagte Lecter zur FBI-Agentin Starling den Satz: »Wir beginnen das zu begehren, was wir jeden Tag sehen.« Da durchfuhr Jo ein Geistesblitz. *Wir begehren, was wir sehen!* Was, wenn der Mörder von Erich Sattler es auf seine Teiche abgesehen und ihn deswegen umgebracht hatte? In Sattlers Aufzeichnungen über die Fischzüchter hatte es geheißen: *Mehrfach bin ich selbst von Konkurrenten angesprochen worden, die meine Teiche kaufen oder pachten wollten – teilweise in sehr aggressiver Form.* Wie Jo von Sandner erfahren hatte, standen die Fischzüchter unter enormem wirtschaftlichem Druck und mussten unbedingt ihre Betriebsgrößen erweitern. Was, wenn wieder einer von ihnen auf Sattler zugekommen war, sie in Streit geraten waren und die Situation so eskaliert war, dass der Konkurrent Sattler in den Teich gestoßen hatte?

Jo wusste, dass es sich bei seiner Vermutung um einen

Schuss ins Blaue handelte – aber was hatte er zu verlieren? Außerdem war es eine spannende Frage, was aus Sattlers Teichen geworden war. Hatte sie sich ein Konkurrent unter den Nagel gerissen, oder lagen sie brach? Am liebsten hätte er sofort zum Hörer gegriffen, aber da die Uhr schon fast Mitternacht zeigte, musste er sich gedulden.

Am Morgen rief er bei Paul Eckert an. Das Telefonat fiel ihm nicht leicht, denn eigentlich verspürte er keinerlei Lust, den Kommunalbeamten noch einmal um Hilfe zu bitten. Die Frau von Eckert meldete sich.

»Entschuldigen Sie die frühe Störung. Ist Ihr Mann zu Hause?«

»Einen Moment, ich hol ihn.«

Er hörte Murmeln im Hintergrund.

»Was verschafft mir die Ehre Ihres Anrufs?«, fragte Paul Eckert mit einer Spur Ironie in der Stimme.

»Ich wollte fragen, wer inzwischen die Teiche von Erich Sattler bewirtschaftet.«

»Warum wollen Sie das wissen?«

»Sattlers Betrieb ist bei mir quasi um die Ecke, und die Qualität seiner Fische war immer exzellent. Wenn es geht, würde ich meine Fische gern weiter dort kaufen.«

»Ach so. Da haben Sie Glück. Soweit ich gehört habe, hat der Nachlasspfleger den Betrieb verpachtet.«

»Und an wen?«

»Keine Ahnung.«

Jo überlegte, ob er den Nachlasspfleger anrufen sollte.

»Fahren Sie doch vorbei. Vielleicht treffen Sie den Pächter an«, riet ihm Eckert.

»Gute Idee. Vielen Dank für Ihre Hilfe.«

Darauf hätte er auch selbst kommen können! Er fuhr mit dem Wagen hinunter nach Oberwesel und bog dort in Richtung von Sattlers Teichen ab. Natürlich hätte er direkt hinfahren und nach frischen Fischen fragen können. Aber er wollte nicht, dass der neue Betreiber ihn sah. Er stellte den Wagen am Straßenrand ab und schlug sich quer durch den Wald. Hinter einer alten Eiche fand er ein Versteck, von dem aus er das Haus und die Teiche beobachten konnte. Er nahm sein Fernglas heraus und ließ seinen Blick über das Grundstück gleiten. Wie zu Sattlers Lebzeiten machte alles einen gepflegten Eindruck.

Niemand war zu sehen. Nach einer Weile wurde ihm langweilig. Er ärgerte sich, dass er nicht daran gedacht hatte, etwas zu lesen mitzunehmen. So blieb ihm nichts anderes übrig, als abzuwarten. Die nächsten beiden Stunden zogen sich quälend in die Länge. Plötzlich vernahm er ein Geräusch. Ein Auto näherte sich. Über den Waldweg kam ein zweisitziges Cabrio angefahren. Der Fahrer trug Jeans, ein Poloshirt und eine Sonnenbrille. Als er ausstieg, sah Jo, dass er trotz der sommerlichen Temperaturen Lederhandschuhe anhatte. Er streifte sie ab und warf sie auf den Beifahrersitz. Dabei konnte Jo einen Blick auf sein Gesicht erhaschen. Überrascht ließ er das Fernglas sinken: Es handelte sich um Frederic Kramer! Der schlanke junge Mann ging in den Schuppen und kam mit einer Schubkarre voll Futter wieder heraus. Jo beobachtete, wie er nach und nach die Fische in den verschiedenen Teichen versorgte. Anschließend brachte er die Schubkarre zurück in den Schuppen. Kurz danach tauchte er mit einem großen Eimer wieder auf. Das darin enthaltene Futter verteilte er ebenfalls. Als er es mit einer Kelle in den ersten Teich streute, konnte Jo sehen, dass es sich um die grünen, mit Wachstumshormonen versetzten Pellets handelte. Er schluckte. Unfassbar, dass auch die Familie Kramer in den Skandal verwickelt war!

Schnell packte Jo seine Sachen zusammen und spurtete zurück zu seinem Wagen. Keine Sekunde zu früh: Er hatte sich gerade hinters Steuer des Volvos gesetzt, als das schnittige Cabrio an ihm vorbeirauschte. Er wartete noch einen Augenblick, dann nahm er die Verfolgung auf. Sie fuhren auf die A61 auf. Um nicht aufzufallen, hielt Jo einen größeren Abstand zu Kramers Wagen. Wie erwartet, verließ der Fischzüchter die Autobahn an der Ausfahrt Waldesch. Zu Jos Überraschung bog er jedoch nicht in Richtung seines Betriebs ab, sondern in die entgegengesetzte Fahrtrichtung hinunter zur Mosel. Nach einigen Kilometern tauchte auf der linken Seite Nörtershausen auf. Kurz hinter dem Ortsausgang bog das Cabrio in einen landwirtschaftlichen Betrieb ein. Jo passierte den Hof und hielt ein Stück weiter vorne an. Er zog sein Fernglas heraus. Hinter dem Haus gab es drei mittelgroße Teiche. Jo stutzte. Er hatte gar nicht gewusst, dass es hier auch einen Fischzuchtbetrieb gab. Kramer hatte den Wagen abgestellt und stieg aus. Ein junger Mann öffnete die Tür und winkte ihm lässig zu. Er trug Shorts und ein überlanges T-Shirt, auf dem ein Surfermotiv abgebildet war. Jo ließ das Fernglas sinken. Zu gern hätte er die beiden belauscht. Aber da waren sie auch schon im Haus verschwunden. So blieb ihm nichts anderes übrig, als sich erneut zu gedulden. Vorsorglich wendete er den Wagen.

»Ist sie das?«, fragte Frederic Kramer und trat auf das Musikinstrument zu.

»Jep. Eine Original Fender Custom Artist David Gilmour Stratocaster«, sagte der junge Mann mit dem Surfer-T-Shirt stolz. Sein Name war Sebastian Schneider, aber seine Freunde nannten ihn alle nur Seb.

»Die coolste E-Gitarre, die je gebaut wurde. Ohne die *Black Strat* ist der Pink-Floyd-Sound überhaupt nicht vorstellbar. David Gilmour hat sie extensiv bei *Dark Side of The Moon*, *Wish You Were Here*, *Animals* und *The Wall* eingesetzt. Die Fender-Leute haben eng mit ihm und seinem langjährigen Guitar Tech Phil Taylor zusammengearbeitet, um die Reproduktion so originalgetreu wie möglich hinzubekommen.«

»Und was kostet so 'n Ding?«

»Frag lieber nicht. Hab über viertausend Mücken dafür bezahlt.«

Frederic Kramer pfiff durch die Zähne. »Teurer Spaß.«

»Wem sagst du das. Mein Alter ist ausgeflippt, als er gehört hat, dass ich so viel Geld für eine Gitarre ausgebe.« Seb grinste. »Wenn man kein gescheites Equipment hat, kann man auch keine gute Musik machen.«

Kramer nickte zustimmend. »Wegen der anderen Sache: Konntest du mit deinem Vater noch mal über die Teiche sprechen?«

»Ja. Hat aber nichts gebracht. Er will nicht verkaufen.«

»Ist er zufällig da?«

»Nein. Ist schon wieder draußen bei seiner Jagdhütte.«

»Das ist da, wo ich ihn zum ersten Mal getroffen hab, richtig?«

»Jep. Wenn er nicht bei den Weihern nach den Fischen guckt, hängt er meist in seiner Jagdhütte oder auf seinem Hochsitz ab. Meine Mutter kriegt noch den Affen. Sie hat gehofft, dass sie mehr gemeinsam unternehmen, wenn mein Vater im Ruhestand ist. Aber das kann sie sich abschminken.«

»Und er will absolut nicht verkaufen?«

»Nee. Er sagt immer, wenn er mal unter der Erde ist, kann ich mit dem Betrieb machen, was ich will. Aber bis dahin kümmert er sich selber drum.« Seb zuckte bedauernd mit den Schultern. »Wenn du mich fragst, überlebt uns mein Vater ohnehin alle. Der Alte ist zäh wie Leder. Der wird noch mit hundert bei seinen geliebten Weihern rumgeistern.«

»Schade. Eure Teiche wären super für mich. Da müsste ich nicht weit fahren.«

»An mir liegt's nicht. Ich würd sie dir sofort verkaufen. Die Kohle könnt ich gut für die Band gebrauchen.« Wieder zuckte er mit den Schultern. »Kommst du zum nächsten Gig?«

»Wann spielt ihr denn?«

»In vier Wochen – im Circus Maximus. Ist zum ersten Mal, dass wir auf einer so großen Bühne auftreten.«

»Ich guck mal.«

»Jeder Gast zählt«, erwiderte Seb. »Ich mail dir nachher die Daten rüber. Kannst du ja in deinem Bekanntenkreis verteilen.«

»Mach ich.«

Kurze Zeit später fuhr Frederic Kramer vom Hof. Dass ihm ein schwarzer Volvo in einigem Abstand folgte, bemerkte er nicht. Einige Kilometer weiter bog er in ein Waldstück ab. Das kleine Cabrio holperte mühsam durch die Schlaglöcher. An einer Weggabelung orientierte er sich nach links.

Der Weg war besser ausgebaut, und er gab Gas. Als Jo etwas später an die Stelle kam, blickte er ratlos zwischen den beiden Abzweigungen hin und her. Welchen Weg hatte Kramer genommen? Und noch viel wichtiger – wo wollte er hin? Nach kurzem Nachdenken entschied er sich für die Abzweigung nach rechts.

Frederic Kramer stellte den Motor aus. Gedankenverloren starrte er auf das Armaturenbrett. Dann öffnete er die Wagentür und ging mit entschlossenen Schritten auf die Jagdhütte zu.

»Herein!«, rief Heinz Schneider, als es klopfte. Neugierig blickte er dem Besucher entgegen. »Ach, du bist es«, sagte er zu Kramer, der zögernd auf ihn zutrat. Schneider saß auf einem Stuhl und hielt ein Waffenreinigungsset in der Hand. »Ich hab dich gar nicht kommen hören.«

»Hab den Wagen ein Stück weiter vorn geparkt. Störe ich?«, fragte der junge Mann.

»Mich nicht. Ich bin gerade dabei, meine Gewehre zu putzen.« Schneider deutete auf den offenen Waffenschrank. Neben ihm lehnte ein mehrläufiges Gewehr an der Wand. »Woher wusstest du, dass ich hier bin?«, fragte der alte Mann.

»Seb hat's mir gesagt.«

»Kommst du wieder wegen der Teiche?«

»Ja.«

»Ich bewundere deine Hartnäckigkeit, mein Junge. Davon könnte sich Sebastian eine Scheibe abschneiden«, sagte Schneider anerkennend.

»Wollen Sie es sich nicht doch noch überlegen? Ich würde mein Angebot auch erhöhen.«

»Es geht nicht ums Geld. Wenn's das wäre, hätte ich schon längst aufgehört.«

Schneider nahm eine Metallkette aus der Box und befestigte eine kleine Bürste daran.

»Mit drei Teichen können Sie in der heutigen Zeit eh nicht viel anfangen.«

»Stimmt schon. Aber mir macht die Arbeit mit den Fischen Spaß. Da bin ich beschäftigt, und mir wird nicht langweilig. Außerdem würde meine Frau sonst tausend Pöstchen für mich finden.« Er lachte dröhnend. »Solange ich fit bleibe, werde ich es weitermachen. Wer rastet, der rostet, sag ich immer.« Inzwischen hatte er das Gewehr aufgeklappt und zog die Kette mit der Bürste durch einen der Läufe. »Meine Frau und Sebastian liegen mir dauernd in den Ohren, dass die Weiher nur Arbeit machen und nichts einbringen. Aber das ist mir egal. Ich hab ihnen gesagt, sie müssen sich gedulden, bis ich in der Kiste liege. Dann können sie meinetwegen verkaufen.«

Frederic Kramer sah den alten Mann nachdenklich an.

»Ist schon verkehrt verteilt in der Welt«, seufzte Schneider. »Sebastian könnte das alles übernehmen und hat nur seine Musik im Kopf. Du dagegen hast Interesse und findest keinen, der dir seine Teiche verkauft.«

»Kann man nichts machen«, erwiderte Kramer und zuckte mit den Schultern.

»Wieso haben Sie drei verschiedene Gewehre?«, wechselte der junge Mann das Thema und trat auf den Waffenschrank zu.

»Interessierst du dich für die Jagd?«, fragte Schneider und sah zu ihm hoch.

»Ein bisschen.«

»Man braucht eine Büchse und eine Flinte«, erklärte der alte Mann. »Eine Büchse hat einen gezogenen Lauf, das heißt, sie hat innen Längsrillen. Dadurch bekommt die Kugel einen Drall, der die Flugbahn stabilisiert. Eine Flinte hat einen geraden Lauf und eignet sich für Schrotkugeln.«

»Und wofür braucht man das dritte Gewehr?«

»Das ist ein Drilling. Er besteht aus zwei Schrotläufen und einem Kugellauf.« Schneider hielt die Waffe hoch.

Erst jetzt fiel Kramer auf, dass das Gewehr über einen dünnen dritten Lauf verfügte.

»Damit ist man auf jede Situation vorbereitet.«

»Man kann also solche dicken Schrotpatronen und die schmaleren gleichzeitig verschießen?« Frederic Kramer deutete auf die verschiedenen Geschosstypen im Waffenschrank.

Schneider nickte. »Die dünnen sind Kaliber 8x57.«

»Darf ich eine nehmen? Mich würd interessieren, was die so wiegen.«

»Klar. Aber leg sie wieder zurück. Sonst gibt's Ärger mit dem Ordnungsamt, wenn sie zur Kontrolle kommen.«

Kramer stand vor dem Waffenschrank. Schneider war so darauf konzentriert, einen Wollwischer an der Reinigungskette zu befestigen, dass er nicht bemerkte, wie der junge Mann sich seine ledernen Autofahrerhandschuhe überstreifte. Kramer nahm eine der Patronen aus dem Schrank und drehte sich um.

»Kann ich mal sehen?«, fragte er und deutete auf die Waffe in Schneiders Händen. Dieser stutzte kurz und nickte dann bereitwillig. Er klappte das Gewehr zu und reichte es dem jungen Mann.

»Ganz schön schwer«, meinte dieser. »Und wie schießt man damit?«

»Zuerst muss eine Patrone in den Lauf. Dann entsichern und abdrücken.«

»Muss man nicht erst den Hahn spannen?«

»Das passiert automatisch, wenn man das Gewehr öffnet.«

»Und wie wechselt man zwischen den Schrotläufen und dem Gewehrlauf?«

»Oben am Schaft ist ein Knopf, wenn du den drückst und den Regler nach vorne schiebst, ist auf den Gewehrlauf umgestellt.«

»Kann ich mal probieren?«

»Aber nicht in meine Richtung zielen«, erwiderte Heinz Schneider.

»Ist doch keine Kugel drin.«

»Trotzdem. Mit einer Waffe sollte man nie etwas anvisieren, das man nicht treffen will.«

Frederic Kramer drehte sich um, drückte das Gewehr gegen die Schulter und legte auf den Waffenschrank an.

»Liegt gut in der Hand«, meinte er anerkennend. »Wie mache ich es auf?«

»Den Hebel oben nach rechts drücken.«

Kramer klappte das Gewehr auf.

»Die oberen beiden Läufe sind für Schrotpatronen und der untere für die Gewehrkugeln, richtig?«

»Exakt.«

Unbemerkt ließ der junge Mann die 8x57-Patrone in den Lauf gleiten. »Geht wirklich einfach«, sagte er, klappte das Gewehr zu und drückte den Sicherungshebel nach unten. »Jetzt geb ich es Ihnen aber wieder, bevor noch was passiert.«

Er trat auf Heinz Schneider zu, drehte das Gewehr und stellte es so auf dem Boden ab, dass der Abzug vorne lag. Der Lauf zeigte nun direkt auf dessen Kopf.

»Nicht so«, rief der alte Mann verärgert. Da bemerkte er das tückische Glitzern in Kramers Augen. Die Gesichtszüge des jungen Mannes verzerrten sich zu einer hasserfüllten Grimasse. Schlagartig wurde Schneider bewusst, dass Kramer ihm eine Falle gestellt hatte. Panisch griff er nach dem Lauf des Gewehrs. Aber es war zu spät. Blitzschnell drückte der junge Mann den Abzug.

Jo trat auf die Bremse und hielt an. Ein Holzstapel versperrte ihm den Weg. Von Kramers Cabrio fehlte jede Spur. Der junge Küchenchef stieg aus und sah sich um. Es gab keine Möglichkeit, den Wagen zu wenden, ohne im Graben zu landen. Ungefähr dreißig Meter weiter hinten gab es eine Einbuchtung. Dort konnte er zurückstoßen. Er wollte gerade wieder einsteigen, als er ein Geräusch vernahm. Er brauchte einen Moment, bis er realisierte, was es war: Jemand hatte einen Schuss abgegeben! Ohne nachzudenken rannte er los und schlug sich quer durch den Wald. Äste und Büsche streiften sein Gesicht, aber er lief unbeirrt weiter. Plötzlich tauchte vor ihm eine Jagdhütte auf. Abrupt stoppte er.

»Hallo? Jemand zu Hause?«

Nichts rührte sich. Mit zögernden Schritten trat er auf das geöffnete Fenster zu und spähte hinein. Seine Augen brauchten eine Weile, bevor sie sich an das Halbdunkel gewöhnt hatten. Er wurde blass. Mit zitternden Händen griff er nach seinem Mobiltelefon.

Kapitel 24

Die Lichtung vor der Jagdhütte war mit Einsatzfahrzeugen gesäumt. Vor der Tür stand ein Krankenwagen mit weitgeöffneten Türen. Etwas weiter hinten wartete der Leichenwagen. Der Notarzt unterhielt sich leise mit den beiden Sanitätern. Zwei Beamte der Spurensicherung zogen sich ihre weißen Overalls über und verschwanden im Gebäudeinneren.

Jo saß etwas abseits des Trubels. Er hatte die Hände um die Knie geschlungen und starrte vor sich auf den Boden. Oberkommissar Wieland trat ins Freie und sah sich um. Dann kam er auf ihn zu.

»Alles in Ordnung mit Ihnen?«

Jo zuckte mit den Schultern.

»Sind Sie bei ihm drin gewesen?«

»Natürlich. Ich musste ja sehen, ob ich noch etwas für ihn tun kann.«

»Kein schöner Anblick, was?«

»Nicht wirklich.«

»Sie sind ziemlich oft in der Nähe, wenn es einen Toten gibt.«

»Das klingt ja so, als würden Sie mich dafür verantwortlich machen«, meinte Jo aufgebracht.

»Nein, natürlich nicht. Aber Sie müssen zugeben, dass es ein seltsamer Zufall ist.«

»Ist es nicht. Er ist ermordet worden.«

»Was?« Der Oberkommissar lachte ungläubig.

»Hab ich alles schon Ihren uniformierten Kollegen erzählt. Ich hab einen Verdächtigen verfolgt und ihn in der Nähe verloren. Ich bin überzeugt, dass er den Mann erschossen hat.«

»Ist bei den Kollegen anders angekommen. Sie haben mir berichtet, dass wir einen Zeugen haben, der unter Schock steht und wirres Zeug redet.« Wieland hob entschuldigend die Hände. »Wer ist denn dieser geheimnisvolle Verdächtige?«

»Sein Name ist Frederic Kramer. Er hat einen Fischzuchtbetrieb.«

»Hatte ich Ihnen nicht deutlich zu verstehen gegeben, dass Sie sich aus der Sache raushalten sollen?«

Jo schwieg.

»Was wissen Sie über den Toten?«

»Nichts.«

»Aber dass er ermordet wurde, wissen Sie schon?«

Jo seufzte. Es würde nicht einfach werden, der Polizei alles zu erklären.

»Vielleicht besprechen wir die Details besser bei uns im Büro«, schlug der Beamte vor. »Wie sind Sie eigentlich hergekommen?«

»Mein Auto steht da drüben.« Jo deutete grob in die Richtung.

»Dann sehen wir uns gleich im Präsidium. Den Weg kennen Sie ja.«

Als Jo im Polizeipräsidium eintraf, wurde er zu seiner Überraschung nicht in Wielands Büro gebracht, sondern in einen Besprechungsraum. Nach einigen Minuten ging die Tür auf, und Hauptkommissar Wenger betrat den Raum. In seinem Schlepptau folgte Oberkommissar Wieland. Die beiden Beamten setzten sich.

»Was soll der Unfug?« Wenger sah Jo wütend an.

»Ich weiß nicht, was Sie meinen.«

»Sie versuchen schon wieder, aus einem Unfall einen Mordfall zu konstruieren, und behindern damit die Arbeit der Polizei.«

»Im Gegenteil – ich versuche Ihnen zu helfen. Oder wollen Sie, dass der Mörder weiter frei herumläuft?«

»Wissen Sie, wie verrückt sich das anhört?«

»Warum untersuchen Sie den Fall nicht einfach? Dann werden Sie es schon sehen.«

»Machen wir auch, keine Sorge. Aber alle Umstände deuten auf einen Unfall beim Reinigen der Waffe hin. Was wollten Sie dort überhaupt?«

Jo überlegte. Wenger hatte ihm androhen lassen, ihn zu belangen, wenn er sich nicht aus dem Fall heraushielt. Andererseits – was hatte er noch zu verlieren? Er schilderte kurz die jüngsten Ereignisse. Die beiden Beamten hörten ihm zu, ohne ihn zu unterbrechen.

»Ist das alles?«, wollte Wenger wissen, als Jo mit seiner Geschichte zu Ende war. Dieser nickte.

»Ich fasse kurz zusammen: Dieser Kramer war scharf auf die Teiche von Sattler und hat ihn deswegen umgebracht. Anschließend hat er Kai Bergmann aus dem Weg geräumt, weil er ihn wirtschaftlich unter Druck gesetzt hat. Zu guter Letzt hat er den Eigentümer der Jagdhütte erschossen und es wie einen Unfall aussehen lassen. Was war hier gleich noch mal das Motiv?«

»Weiß ich nicht. Kramer hat vorher einen Hof besucht, wo es auch Teiche gab. Vielleicht steht das in einem Zusammenhang.«

»Ihre Fantasie möchte ich haben«, meinte der Hauptkommissar.

»Haben Sie überprüft, ob der Tote Teichbesitzer ist?«

»Das geht Sie gar nichts an.« Der mürrische Ausdruck in Wengers Gesicht sagte ihm, dass er mit seiner Vermutung richtiglag.

»Wieso sind Sie so sicher, dass Kramer der Mörder ist? Beim letzten Mal wollten Sie uns noch Guido Weber als Täter unterjubeln«, schaltete sich Wieland ins Gespräch ein. Jo schluckte.

»Da habe ich mich geirrt«, gab er widerstrebend zu. »Aber nur in der Person. Beim Motiv war ich auf der richtigen Fährte.«

»Mumpitz«, knurrte Wenger. »Haben Sie auch nur den Hauch eines Beweises für Ihre Theorie?«

»Ich habe Kramer heute früh dabei beobachtet, dass er Wachstumshormone verfüttert hat.«

»Und das erkennen Sie vom bloßen Hinsehen.«

»Ich hab einige dieser Pellets in der Hand gehabt. Glauben Sie mir, das war das gleiche Zeug.«

»Mag sein, dass Kramer illegale Wachstumshormone verwendet. Deswegen ist er nicht gleich ein Mordverdächtiger.«

»Und wie erklären Sie sich, dass er in der Nähe der Jagdhütte war, als der Schuss fiel?«

»Sie waren doch auch dort.«

»Nur, weil ich ihm gefolgt bin.«

»Wie soll er das denn bewerkstelligt haben?«

»Darüber habe ich mir auch schon den Kopf zerbrochen.

Vermutlich hat er kurzerhand die sich bietende Gelegenheit genutzt. Schneider war beim Gewehrputzen. Kramer hat gefragt, ob er die Waffe mal ansehen kann, und hat ihn damit erschossen.«

»Und wo hatte er die Kugel her?«

»Die Munition lag offen im Waffenschrank.«

»Er nimmt also seelenruhig eine Patrone heraus, steckt sie ins Gewehr und knallt den Mann ab. Und der guckt bei allem zu und rührt sich nicht?«

»Wenn man es geschickt anstellt ... wer rechnet schon damit, dass er gleich ermordet wird?«

»Das führt doch zu nichts!«, rief Wenger verärgert. »Ich hör mir diesen Unsinn nicht länger an.«

»Sollten Sie aber. Wenn ich richtigliege, läuft Ihnen die Zeit davon.«

»Wieso?«

»Während wir hier plaudern, lässt Kramer die Beweise verschwinden.«

»Welche Beweise?«

»Wenn er in der Jagdhütte war, muss es Schmauchspuren an seiner Kleidung geben.«

Die beiden Beamten sahen ihn verdutzt an.

»Sollte sich herausstellen, dass es kein Unfall war, stehen Sie schön dumm da, wenn Sie keine Beweissicherung gemacht haben.«

Wengers Laune wurde immer schlechter. »Wie stellen Sie sich das vor?«, polterte er los. »Glauben Sie, wir können einfach bei Kramer ins Haus marschieren und alles auf den Kopf stellen? Schon mal was von der Unverletzlichkeit der Wohnung gehört?«

»Sie brauchen halt einen Durchsuchungsbeschluss.«

»Sie Schlaumeier! Als ob wir den kriegen würden.«

»Ich kann bezeugen, dass er in der Nähe war.«

»Und?«

»Sie könnten ihn befragen, was er dort gemacht hat.«

»Wahrscheinlich erzählt er uns, dass er spazieren gehen wollte.«

»Dann müsste er den Schuss gehört haben.«

»Vielleicht hat er sich nichts dabei gedacht, oder er hat Kopfhörer getragen.«

»Im Wald?«

Der Hauptkommissar schüttelte den Kopf. »Wir drehen uns im Kreis. Selbst wenn ich Ihnen Glauben schenken würde – wir finden niemals einen Richter, der auf dieser dünnen Basis eine Durchsuchung genehmigt. Bei Ihnen läuft das vielleicht so. Sie treffen lustig Annahmen und versuchen dann krampfhaft, Belege dafür zu finden. Bei uns funktioniert es genau andersherum. Wir ermitteln die Fakten und ziehen daraus fundierte Schlussfolgerungen.«

»Und was ist mit Erich Sattler?«

»Was soll mit ihm sein?«

»Kramer hat sich seine Teiche unter den Nagel gerissen.«

Wenger seufzte.

»Sie geben nie auf, was? Nehmen wir für eine Sekunde an, Sie hätten recht. Dieser Kramer ist ein Verbrechergenie und hat auch noch Sattler umgebracht. Er hat ihn in den Teich gestoßen und ertrinken lassen. Wie sollen wir ihm das bitte schön nachweisen? Die Forensiker haben keine Hinweise auf Fremdeinwirkung gefunden. Wenn er es nicht zugibt, können wir ihm gar nichts. Oder haben Sie zufällig einen Zeugen, der ihn dort zum Todeszeitpunkt gesehen hat?«

Jo schüttelte den Kopf.

»Tja, dann sind wir hier fertig«, sagte der Hauptkommissar, erhob sich und verließ grußlos den Raum.

»Glauben Sie auch, dass ich mir das alles nur ausgedacht habe?«, fragte Jo und sah Wieland an.

»Ihre Theorie hat was. Weit hergeholt, aber interessant. Sie haben in der Vergangenheit mit Ihren Mutmaßungen ja schon ein paarmal richtiggelegen.«

»Und warum unternehmen Sie dann nichts?«

»Wenger hat absolut recht. Dafür bekommen wir niemals einen Durchsuchungsbeschluss.«

»Holen Sie ihn doch zum Verhör. Vielleicht verquatscht er sich oder verstrickt sich in Widersprüche.«

»Damit würden wir ihn nur aufscheuchen. Wenn er so clever ist, wie Sie annehmen, sagt er uns gar nichts.«

»Sie lassen Kramer also damit davonkommen«, stellte der junge Küchenchef resigniert fest.

»Niemand begeht einen Mord, ohne Spuren zu hinterlassen – geschweige denn gleich drei. Wenn Kramer was damit zu tun hat, kriegen wir ihn auch.«

Frustriert machte sich Jo auf den Heimweg. Da präsentierte man der Polizei einen möglichen Dreifachmörder, und die hielt es nicht für nötig, ihn zu verhören! Was sollte er denn sonst noch tun? Ihn selber verhaften? Natürlich konnte er die Bedenken der Polizeibeamten nachvollziehen. Dass Kramer drei Menschen ermordet haben sollte, mutete auf den ersten Blick absurd an. Andererseits – es konnte unmöglich Zufall sein, dass er sich genau zu dem Zeitpunkt in der Nähe der Jagdhütte aufgehalten hatte, als ein weiterer Teichbesitzer ums Leben kam. Jo schauderte, als er an den zerschmetterten Schädel des Mannes dachte. Wenn er nur nicht die falsche Abzweigung genommen hätte! Dann könnte der Mann vielleicht noch leben.

Angestrengt versuchte er an etwas anderes zu denken. Er fuhr an Schloss Stolzenfels vorbei, das mit seinen weißen Zinnen und Giebeln hochherrschaftlich über dem Rhein thronte. Hinter Boppard tauchten auf der anderen Rheinseite die Burgen Sterrenberg und Liebenstein auf. Der Volksmund nannte sie »die feindlichen Brüder«, da die Burgen nur rund hundertfünfzig Meter auseinanderlagen. Der Sage nach hatten dort einst Heinrich und Konrad aus dem Geschlecht der Beyer von Boppard gewohnt. Als sich beide in die schöne Hildegard verliebt hatten, hatte Heinrich seinem Bruder den Vortritt gelassen und eine andere Frau geheiratet. Als Konrad Hildegard später verlassen hatte, hatte dies Heinrich so sehr erzürnt, dass er eine Mauer zwischen den beiden Burgen errichten ließ und Konrad zum Duell forderte. Jo musste lächeln, als er an die Geschichte dachte. Während er noch darüber sinnierte, wie zwei Brüder sich derart zerstreiten konnten, durchzuckte ihn ein Gedankenblitz. Mit quietschenden Reifen wendete er den Wagen und jagte mit hoher Geschwindigkeit zurück nach Koblenz. Er griff nach seinem Mobiltelefon.

»Sandner.«

»Hier ist Jo. Ich brauche dringend deine Hilfe.«

»Schieß los.«

»Kannst du rausfinden, wie viele Behindertenwerkstätten es in Koblenz gibt?«

»Muss ich gar nicht. Es sind zwei.«

»Wow, du kennst dich aus!«, sagte Jo verblüfft.

»Ich bin eben ein Genie«, erwiderte der Journalist trocken. »Ehrlicherweise hatten wir dazu neulich einen Bericht in der Zeitung.«

»Kannst du mir die Adressen geben?«

»Einen Moment.«

Jo hörte die Tasten klappern. Dann gab Sandner ihm die Information durch. »Hat wahrscheinlich wenig Sinn, dich zu fragen, wofür du das brauchst, oder?«

»Erklär ich dir später. Ich weiß jetzt, wer der Mörder ist.«

»Schon wieder?«

»Diesmal bin ich mir absolut sicher.«

»Na, dann mal viel Glück. Aber überlass den Täter der Polizei, verstanden?«

»Würd ich gern, aber die wollen ja nichts unternehmen.«

Der Journalist schüttelte den Kopf. »Du bist wirklich unverbesserlich.«

Mit diesen Worten beendeten sie das Gespräch.

Jo betrat das helle, modern eingerichtete Gebäude. In der Empfangshalle sah er sich suchend um. Eine junge Frau mit blonden Haaren wurde auf ihn aufmerksam.

»Kann ich Ihnen helfen?«, fragte sie freundlich.

»Ich suche Tobias Kramer.«

»Unseren Tobi? Der ist in der Werkstatt.«

»Ich würde gern mit ihm sprechen.«

»Sind Sie ein Verwandter?«

»So was Ähnliches.«

»Sie können zu ihm reingehen. Er hat ohnehin gleich Pause.«

»Wo ist es denn?«

»Ich kann Sie hinbringen.«

»Sind Sie eine Betreuerin?«, fragte Jo, während er neben ihr herlief.

»Sozialarbeiterin. Ich kümmere mich um die kleinen und großen Probleme unserer Schützlinge.«

»Wie macht Tobi sich?«

»Sehr gut. Er ist einer unserer Fleißigsten. Meistens muss man ihn regelrecht von der Werkbank wegziehen. Außerdem ist er ein wahrer Sonnenschein – immer fröhlich und aufgeschlossen. Wobei …« Sie machte eine kurze Pause. »In letzter Zeit wirkt er oft unkonzentriert und macht einen fahrigen Eindruck. Wissen Sie den Grund dafür?«

»Vielleicht«, antwortete der junge Küchenchef vage.

»Sie müssen uns natürlich nichts sagen. Aber wir helfen immer gern.«

»Danke.«

»Da wären wir.« Sie deutete auf eine Tür. »Tobi hat seinen Arbeitsplatz ganz hinten.«

Die Werkstatt war unerwartet groß. Er zählte mindestens zwanzig Arbeitsplätze. Das Personal schien Besucher gewohnt zu sein – jedenfalls erregte der Neuankömmling keine Aufmerksamkeit. Jo sah sich um und steuerte dann zielgerichtet auf Tobi zu. Er überragte die meisten seiner Kollegen um Haupteslänge und war gut auszumachen. Der Hüne schraubte mit konzentrierter Miene zwei Holzstücke zusammen und bemerkte ihn gar nicht.

»Du hast Besuch, Tobi«, rief einer der Betreuer, der einen blauen Arbeitskittel trug und einem der anderen half, ein Holzstück zuzuschneiden. Tobi legte bedächtig den Schraubenzieher beiseite und wandte sich um. Ein Strahlen ging über sein kindliches Gesicht, als er Jo erkannte.

»Hallo, Tobi«, begrüßte ihn dieser. »Weißt du noch, wer ich bin?«

»Natürlich. Wir sind Freunde, und ich darf dich duzen«, fasste der Hüne zusammen.

»An was arbeitest du?«, fragte Jo und deutete auf die Werkbank.

»Ich baue einen Tritthocker. Der ist für Menschen, die nicht so groß sind wie ich. Damit können sie besser an die Gläser im Regal kommen.«

»Toll!«

Tobi nickte stolz. »Wir verkaufen davon doll viele.«

»Sie haben mir gesagt, dass du gleich Pause hast.«

Tobi nickte erneut.

»Das ist gut, weil ich etwas mit dir besprechen wollte.«

»Ich darf aber nicht mit dir reden.«

»Wer sagt das?«

»Mein Bruder Freddi.«

»Und warum?«

Tobi sah sich verstohlen um. »Das darf keiner wissen«, flüsterte er.

»Sollen wir nach draußen gehen? Da hört uns keiner.«

Der große Mann dachte nach. Dann nickte er. Sie verließen die Werkstatt und setzten sich draußen in der Halle in eine Sitzgruppe.

Tobi starrte wortlos auf den Glastisch vor ihnen. »Muss ich jetzt ins Gefängnis?«, fragte er unvermittelt und sah Jo mit seinen großen blauen Augen an.

»Wer behauptet denn so was?« Jo war ernsthaft verblüfft.

»Freddi.«

»Wie kommt er darauf?«

»Weil ich den bösen Mann umgebracht hab.«

»Was?« Fassungslos starrte Jo ihn an. Der Hüne kauerte sich immer mehr in sich zusammen.

»Du hast bestimmt niemanden umgebracht!«

»Doch«, beharrte Tobi und sah schuldbewusst zu Boden.

»Warum erzählst du mir nicht, was passiert ist?«

Tobi zögerte. »Freddi hat es verboten.«

»Er ist nicht hier. Möchtest du denn darüber sprechen?«

Der große Mann dachte nach. »Mama hat immer gesagt, wenn man was Böses gemacht hat, muss man es zugeben.« Er machte eine Pause. Dann begann er stockend zu erzählen. »Freitags holt mein Bruder mich immer fürs Wochenende ab. An dem Nachmittag wollten wir Fahrradfahren gehen, aber dann hat er gesagt, er muss noch was von der Arbeit machen.« Er schüttelte den Kopf. »Freddi hat immer nur die Arbeit im Kopf. Wir sind zu dem bösen Mann bei seinen Teichen gefahren.«

»Weißt du seinen Namen?«

»Er nannte ihn Herr Sattler.«

»Weswegen war dein Bruder bei ihm?«

»Er wollte Teiche kaufen. Freddi sagt immer, unser Betrieb ist zu klein. Der böse Mann hat gerade einen Fisch herausgeholt. Er hat gemeint, dass wir verschwinden sollen. Aber Freddi kann sehr hartnäckig sein, wenn er was will. Deswegen haben sie sich mächtig gestritten, und der böse Mann hat gebrüllt, dass er uns ins Gefängnis bringt.«

»Warum?«

»Er hat gesagt, dass wir unseren Fischen verbotenes Futter geben. Freddi hat zurückgeschrien, dass er ihn wegen Verleumdung anzeigt. Da ist Herr Sattler ganz rot im Gesicht geworden und hat meinen Bruder am Hals gepackt.«

Der Hüne stockte. »Ich hab furchtbare Angst bekommen, dass er ihm weh tut. Da hab ich ihn weggeschubst. Er ist gestolpert und rückwärts in den Teich gefallen. Ich wollte reinspringen und ihn rausholen.« Er hielt inne. »Ich bin hier oben vielleicht nicht so schnell«, er deutete auf seine Stirn. »Aber ich hab doll viel Kraft.«

»Das glaube ich dir sofort«, versicherte Jo.

»Mein Bruder hat mich festgehalten. Er hat gesagt, dass Herr Sattler tot ist und wir seine Leiche verstecken müssen. Freddi hat ihn mit dem Kescher unter Wasser gedrückt, aber man konnte ihn trotzdem noch sehen.« Der hünenhafte Mann hatte Tränen in den Augen. »Ich wollte ihm nicht weh tun«, schluchzte er. »Er sollte uns nur in Ruhe lassen.«

Jo reichte ihm ein Taschentuch und legte ihm beruhigend den Arm um die Schultern.

»Ich wache nachts oft auf und sehe den bösen Mann vor mir. Dann kann ich nicht mehr einschlafen und hab Angst, dass die Polizei mich abholt.« Er machte wieder eine Pause. »Als du zu uns gekommen bist, hat Freddi mir verboten, mit dir zu reden, weil wir sonst ins Gefängnis müssen.« Die Tränen liefen ihm über die Wangen.

Es tat Jo in der Seele weh, ihn so leiden zu sehen.

»Du wolltest deinen Bruder beschützen. So etwas nennt man Notwehr. Dafür kann man nicht bestraft werden«, beruhigte er ihn.

»Aber ich hab ihn doch umgebracht«, schniefte Tobi.

»Das stimmt nicht.«

»Wegen mir hat er sich den Kopf kaputtgehauen.«

»Daran ist er aber nicht gestorben. Das hat ihn nur bewusstlos gemacht.«

»Woher weißt du das?«

»Die Polizei hat es mir gesagt.«

»Das verstehe ich nicht. Wieso ist er dann tot?«

»Er ist ertrunken.«

»Dann hätten wir ihn noch retten können?«, rief Tobi aufgeregt.

»Ja.«

»Bestimmt hat Freddi nicht gemerkt, dass er noch lebt.«

»Ich glaube schon.«

Tobi brauchte eine Weile, bis er realisierte, was Jos Worte bedeuteten. Er sah den jungen Küchenchef irritiert an.

»Man darf Leuten nicht absichtlich weh tun!«, erklärte er bestimmt.

Für eine Weile saßen sie schweigend nebeneinander. Tobi hatte die Stirn in Falten gelegt und dachte angestrengt nach.

»Ich möchte zur Polizei gehen«, sagte er unvermittelt und erhob sich.

»Bist du sicher?«

»Ich will keine Angst mehr haben.«

»Und wenn sie deinen Bruder einsperren?«

»Mamas Regeln gelten auch für ihn.«

In dem Moment tauchte die blonde Sozialarbeiterin hinter ihnen auf.

»Alles gut bei euch?«, fragte sie.

Tobi zuckte mit den Schultern.

»Kann er mit mir mitkommen?«, wollte Jo von ihr wissen.

»Wir sind keine geschlossene Anstalt. Er ist alt genug, seine eigenen Entscheidungen zu treffen, gell, Tobi?«

Der hünenhafte Mann nickte. »Wir gehen zur Polizei«, verkündete er mit ernster Miene.

»Was?« Die junge Sozialarbeiterin sah ihn überrascht an. »Wer sind Sie eigentlich?«, fragte sie Jo misstrauisch. »Sie gehören doch nicht wirklich zur Familie.«

»Jo ist mein Freund«, erklärte Tobi. »Ich will jetzt gehen.«

Die junge Frau war so perplex, dass sie keinerlei Anstalten machte, die beiden aufzuhalten. Als sie die Halle verlassen hatten, lief sie hinüber zum Empfang und griff nach dem Telefon.

Jo stand mit Hauptkommissar Wenger und Oberkommissar Wieland in einem schmalen Gang im Polizeipräsidium. Tobi saß abseits von ihnen auf einer Bank und aß einen Schokoriegel, den Jo ihm gekauft hatte. Der Fahrstuhl summte, und die Türen öffneten sich. Eine schlanke Frau in einem dunkelblauen Kostüm kam auf die Gruppe zu.

»Inga Hellmann, leitende Oberstaatsanwältin«, stellte sie sich vor und gab Jo die Hand. »Sie sind also der Koch, der in seiner Freizeit Mordfälle löst?«

Sie musterte ihn durchdringend. »Damit ich Sie richtig verstehe – Sie haben einen geistig zurückgebliebenen Zeugen, der in einer Mordsache aussagen will und sich damit möglicherweise selbst belastet?«

»Die Situation ist kompliziert«, pflichtete ihr Wenger bei. »Deswegen wollten wir Sie bei der Vernehmung mit dabeihaben.«

»Was ist mit dem Betreuer des Mannes? Haben Sie ihn angerufen?«

»Der Betreuer ist sein Bruder.«

»Will er nicht gegen den aussagen?«

Der Hauptkommissar nickte.

»Na, Prost Mahlzeit. Ich hab keine Ahnung, ob seine Aussage vor einem Gericht Bestand haben wird.« Sie schüttelte den Kopf. »Kann man sich normal mit ihm unterhalten?«, wollte sie von Wenger wissen.

»Auf uns macht er einen vernünftigen Eindruck.«

»Sie haben ihn aber nicht ungebührlich beeinflusst?«

»Wir haben mit ihm noch gar nicht über die Sache geredet.«

»Also schön. Gehen wir es an«, sagte sie und klatschte in die Hände.

»Sie sind nicht bei der Vernehmung dabei«, erklärte sie Jo, der Anstalten machte, ihnen zu folgen.

Hauptkommissar Wenger räusperte sich. »Wenn Herr Weidinger nicht teilnimmt, will Tobi nicht aussagen«, informierte er die Oberstaatsanwältin.

»Ist nicht Ihr Ernst, oder?«

»Ich fürchte doch.«

»Dann soll er in Gottes Namen mitkommen«, seufzte sie und schüttelte den Kopf.

Als sich die Tür zum Verhörraum wieder öffnete, wirkten alle gelöst. Nur Tobi machte ein ernstes Gesicht.

»Ich werde gleich mit dem Ermittlungsrichter sprechen und einen Durchsuchungsbeschluss beantragen«, sagte Inga Hellmann zu den beiden Kriminalbeamten. »Ich denke, wir haben genug in der Hand, um Kramer festzunehmen.«

»Ich kümmere mich selbst darum«, erklärte Hauptkommissar Wenger.

»Wo bringen Sie Tobi hin?«, wollte die Oberstaatsanwältin von Jo wissen.

»Er wohnt unter der Woche in Koblenz in einer betreuten Wohngemeinschaft. Da kann er auch am Wochenende bleiben.«

Sie nickte.

Auf dem Weg nach unten war Tobi seltsam still.

»Fühlst du dich besser?«, fragte Jo ihn. Der große Mann zuckte mit den Schultern und schwieg. Als sie auf die Straße traten, sah Jo sich nach dem Wagen um. Während sie darauf zugingen, tauchte zwischen den geparkten Fahrzeugen eine schwarzgekleidete Gestalt auf. Es war Frederic Kramer.

»Was machst du hier, Tobi?«, fragte er vorwurfsvoll. »Ich hab dir doch gesagt, du darfst nicht zur Polizei gehen.«

Tobi wich seinem Blick aus.

»Sag mir, dass du uns nicht verraten hast.«

Frederic Kramers Stimme klang verzweifelt. Der Hüne blickte schuldbewusst zu Boden. Ohne Vorwarnung schlug Kramers Stimmung um.

»Daran sind nur Sie schuld!«, schrie er Jo wütend an. »Wie kommen Sie dazu, meinen Bruder zu entführen?«

»Er ist freiwillig mitgekommen«, antwortete der junge Küchenchef kühl.

»Von wegen! Sie haben ihn unter Druck gesetzt. Mein Bruder hätte nie gegen mich ausgesagt.« Er machte einen Schritt auf Jo zu. »Wissen Sie, wie das ist, wenn man sich von heute auf morgen allein um einen Betrieb kümmern muss? Der ständige Druck, die vielen Rechnungen ... und dann noch ein behinderter Bruder ...« Seine Gesichtszüge verzerrten sich, und in seinen Augen leuchtete der blanke Hass. »Dafür werden Sie bezahlen.«

Ein Messer blitzte in seiner Hand. Wütend stürzte er sich auf Jo und stach zu. Dieser war so perplex, dass er überhaupt nicht reagierte. Der tückische Stoß zielte genau auf sein

Herz. Mit einer Behändigkeit, die man dem großen Mann nicht zugetraut hätte, trat Tobi zwischen sie, schlug seinem Bruder das Messer aus der Hand und gab ihm eine Ohrfeige.

»Genug«, rief er aus und packte Frederic an den Armen. Im nächsten Augenblick waren sie von Polizeibeamten umringt und die Handschellen klickten.

Jo war blass geworden und brauchte einen Moment, ehe ihm klar wurde, was gerade passiert war: Tobias Kramer hatte ihm das Leben gerettet!

Epilog

Jo saß in einem Restaurant auf dem Coll de Sa Bataia auf Mallorca und sah den Radfahrern zu, die sich den Berg hinaufgequält hatten. Vor ihm standen eine Tasse Carajillo, ein flambierter, mit verschiedenen Zutaten angesetzter Kaffee, und ein Stück Mandeltorte. Am Morgen war er mit dem Rad in Alcudia gestartet und hatte sich über die schier endlosen Schleifen und Kehren ins Tramuntanagebirge hochgestrampelt. Nachdem der Fall geklärt war, hatte er Deutschland fluchtartig verlassen. Er wollte alles hinter sich lassen und nicht mehr daran denken. Er unternahm ausgedehnte Fahrradtouren und besuchte jeden Abend ein anderes Restaurant der Insel. Die traditionelle mallorquinische Küche mit ihrem Mix aus Fleisch und deftigem Gemüse, kräftigen Eintöpfen und frischem Fisch versöhnten ihn ein wenig mit sich selbst. Besonders beeindruckte ihn ein Langustentatar mit »Menjar Blanc«, einer Milchsuppe aus gerösteten Mandeln, und eine Mayonnaise aus der Leber der Languste, die er in einem Restaurant in Lloseta entdeckte. Fast ebenso unvergesslich: ein Bullit de Peix, ein auf den ganzen Balearen beliebter gemischter Fischeintopf. Er bestand aus Zackenbarsch und anderen Felsenfischen. Die auf den Punkt gegarten Fischstücke sowie die kleinen roten Würfel einer fast vergessenen einheimischen Tomatenart, der Tomate de Ramellet, gaben dem

Gericht einen fruchtigen Säurekick, der den aromatisierten Sud auf ein komplett anderes Niveau hievte.

Trotzdem konnte er die dramatischen Ereignisse der letzten Tage nicht vergessen. Die Polizei hatte das Haus der Kramers durchsucht und dabei eindeutige Beweise gefunden. An den Handschuhen und an verschiedenen Kleidungsstücken von Frederic Kramer fanden sich Schmauchspuren. Zudem legten die forensischen Spuren in der Jagdhütte von Heinz Schneider den Schluss nahe, dass sich dort noch eine weitere Person aufgehalten haben musste, als der alte Mann ums Leben gekommen war. Zusammen mit Jos Zeugenaussage, dass er Frederic Kramer in der Nähe des Tatorts aus den Augen verloren hatte, gab es genügend Indizien, um eine Mordanklage zu rechtfertigen. Noch eindeutiger waren die Beweise im Fall von Kai Bergmann. Obwohl Kramer die Schuhe, die er an dem Abend getragen hatte, gründlich gereinigt hatte, war ein mikroskopisch kleiner Blutfleck darauf zurückgeblieben. Die gentechnische Analyse ergab, dass das Blut von dem Unternehmer stammte. Die Schlinge zog sich so eng um ihn, dass Frederic Kramer nach tagelangen Verhören zusammenbrach und ein umfassendes Geständnis ablegte.

Auch im Fall der illegalen Fischaufzucht gab es neue Erkenntnisse. Der Fahrer des weißen Ducato, der im Auftrag von Bergmanns Firma die Fischzüchter mit illegalen Wachstumshormonen versorgt hatte, sagte gegen Zusicherung einer Strafminderung umfassend aus. In einer großangelegten Razzia durchsuchten Polizei und Lebensmittelaufsicht Dutzende von Fischbetrieben und nahmen zahlreiche Festnahmen vor. Obwohl Jo mit sich und dem Ergebnis seiner Ermittlungen hätte zufrieden sein können, fühlte er sich seltsam leer und ausgebrannt. Dass er in das Schicksal so vieler Menschen eingegriffen hatte, machte ihm schwer zu schaffen.

Noch drei Tage – dann musste er zurück nach Deutschland. Schnell schob er die düsteren Gedanken beiseite und stieg auf sein Fahrrad. Er hatte noch fünfzig Kilometer vor sich.

Eine Woche später fuhr Jo hinüber nach Koblenz. Er stellte den Wagen vor einem mehrstöckigen Wohnhaus ab und betrat das Gebäude. Eine junge Angestellte führte ihn zu einem Raum. Mit zögernden Schritten trat er ein. Ein großer Mann saß alleine an einem Tisch und hatte einen Stift in der Hand.

»Hallo, Tobi«, sagte Jo und reichte ihm die Hand. »Was machst du?«, wollte der junge Küchenchef wissen.

»Ich male«, antwortete Tobi und nahm einen gelben Stift in die Hand. Für eine Weile sah Jo ihm schweigend zu. Der große Mann hatte ein Malbuch vor sich liegen und zeichnete eine Sonne mit dem Stift nach.

»Sie lassen mich nicht mit meinem Bruder sprechen«, sagte er, ohne von seiner Zeichnung hochzusehen. »Ich hab ihm einen Brief geschrieben, aber er ist ungeöffnet zurückgekommen.« Er nahm einen roten Stift und begann das Dach eines Hauses auszumalen.

»Ob Freddi noch böse auf mich ist?« Er sah den jungen Küchenchef fragend an. »Ich hab doch sonst niemanden, der sich um mich kümmert.«

Seine Worte schnitten Jo tief ins Herz. »Bestimmt ist das nur vorübergehend«, erwiderte er mit rauer Stimme.

Tobi zuckte mit den Schultern. »Ich bekomme bald

einen neuen Betreuer«, erklärte er und griff nach einem schwarzen Stift, um die Umrandung des Hauses nachzuziehen. »Hoffentlich ist er nett.«

Es entstand eine Pause.

»Wenn du möchtest, komme ich dich öfter besuchen«, bot Jo an.

Tobi blickte zu ihm hoch.

»Versprichst du es?«

»Ja.«

»Das ist schön«, meinte er und lächelte.

Dann malte er weiter.

Anmerkungen

Die in diesem Buch enthaltenen Personen und Begebenheiten sind frei erfunden. Dies gilt insbesondere für den von mir beschriebenen Lebensmittelskandal rund um die Aufzucht heimischer Speisefische. Als ich die Idee für diesen Fall hatte, habe ich über Lebensmittelskandale recherchiert, bin aber bezüglich heimischer Speisefische nicht fündig geworden. Weit über neunzig Prozent der teichwirtschaftlichen Betriebe in Deutschland werden im Nebenerwerb betrieben. Größtenteils vermarkten sie ihre Fische regional an die Endverbraucher. Dies ist offenbar die beste Gewähr, dass keine illegalen Methoden zum Einsatz kommen. Niemand sollte sich daher vom Verzehr heimischer Fische abhalten lassen – im Gegenteil: Ich hoffe, die von mir beschriebenen Fischgerichte haben Ihnen Appetit gemacht.

Um die Geschichte rund um die Teichwirtschaft authentisch zu beschreiben, habe ich ausführlich zu teichwirtschaftlichen Betrieben recherchiert und auch einen besucht. Allerdings war es aus dramaturgischen Gründen notwendig, mir an der einen oder anderen Stelle ein paar künstlerische Freiheiten herauszunehmen. Alle Teichwirte unter meinen Leserinnen und Lesern mögen mir dies nachsehen.

Bei einigen Gerichten habe ich mich von dem wunderbaren Kochbuch *Raffiniert rheinhessisch – im Glas und auf dem Teller* von Katja Mailahn inspirieren lassen. Daneben ist das Kochbuch *Europas Meisterköche bitten zu Tisch* aus dem Könemann Verlag sehr nützlich für mich gewesen.

Danksagung

Sehr herzlich möchte ich mich bei allen Mitarbeiterinnen und Mitarbeitern des Ullstein Verlags und bei meiner Lektorin Sarah Mainka bedanken, die mich bei *Mörderisches Menü* wunderbar unterstützt hat.

Besonders gefreut haben mich die positive Resonanz und die viele Unterstützung, die ich bei der Veröffentlichung meines Debütkrimis *Waidmanns Grab* erfahren habe. Viele Buchhändlerinnen und Buchhändler, insbesondere aus der Region, haben mit ihren Empfehlungen wesentlich dazu beigetragen, Jo Weidinger als neuen Ermittler bekannt zu machen. Dafür möchte ich mich an dieser Stelle herzlich bedanken.

Bei meinen Recherchen zur Teichwirtschaft hat mich Peter Gerstner von Fischzucht Gerstner in Volkach unterstützt. Nicht nur, dass ich den Betrieb besichtigen durfte, er hat mir auch durch seine fundierte, kenntnisreiche und spannende Einführung in die verschiedenen Aspekte der Teichwirtschaft sehr geholfen.

Als ich auf der Suche nach einem Rezept für meinen neuen Krimi war, hat sich Sternekoch Mike Schiller von »Schiller's Restaurant« in Koblenz spontan bereit erklärt, ein Drei-Gänge-Menü samt entsprechenden Rezepten für *Mörderisches Menü* zusammenzustellen. Es war für mich ein Privileg und eine überaus spannende Erfahrung, gemeinsam mit einem Sternekoch in der Küche stehen zu dürfen und mit ihm zu kochen. Ganz lieben Dank dafür, Mike!

Was das Thema Wein angeht, konnte ich ebenfalls auf fachliche Expertise aus der Region zurückgreifen: Sarah Hulten, die Mittelrheinweinkönigin 2015/2016, hat mich erstklassig beraten und dafür gesorgt, dass bei Jo immer die passenden Weine auf der Karte stehen. Merci bien, Sarah!

Während Recherchen zu Essen und Wein zum angenehmen (und vor allem genussreichen) Teil des Schriftstellerlebens gehören (zumindest wenn man kulinarische Krimis schreibt), muss man sich als Krimiautor zwangsläufig auch mit den Schattenseiten des Lebens beschäftigen. Während dies für mich eine theoretische Erfahrung ist, müssen sich die Mitarbeiterinnen und Mitarbeiter an den rechtsmedizinischen Instituten tagtäglich im realen Leben damit auseinandersetzen. Ich habe höchsten Respekt vor dieser wichtigen, herausfordernden und nicht selten belastenden Aufgabe. Mein besonderer Dank gilt daher Dr. Dorothea Hatz vom Institut für Rechtsmedizin der Universitätsmedizin Mainz, die sich trotz ihrer vielfältigen Aufgaben die Zeit genommen hat, mich bei den verschiedenen rechtsmedizinischen Aspekten meines neuen Kriminalromans fachlich zu beraten.

Last but not least möchte ich mich bei folgenden Personen bedanken: bei meinen fleißigen Korrekturlesern Christiane, Jana, Simone, Christian und Matthias für ihre konstruktive Kritik und ihre wertvollen Anregungen; bei Christian zudem für die Hilfe bei allen Fragen rund um die Feuerwehr; bei Wolfram und Dietmar für die Waffenkunde sowie bei Ellen und Dietmar für die zahlreich und selbstlos gewährte Gastfreundschaft im Rheintal.

Das Mörderische Menü

Nach dem ersten Fall von Jo Weidinger bin ich wiederholt darauf angesprochen worden, ob es auch ein Jo-Weidinger-Kochbuch gibt. So weit bin ich zwar noch nicht, aber es freut mich sehr, dass ich Sternekoch Mike Schiller von »Schiller's Restaurant« in Koblenz dafür gewinnen konnte, exklusiv ein Drei-Gänge-Menü für Jos zweiten Fall zusammenzustellen.

Viel Spaß beim Nachkochen!

Leipziger Allerlei

Kalbsbries
Das Bries putzen, vakuumieren, bei 67 °C im Wasserbad 1 Stunde garen und erkalten lassen. In Röschen zupfen, würzen, kross anbraten.

Flusskrebs (2 Stück pro Person)
Die Krebse in Kümmelwasser 3 Minuten kochen und ausbrechen.

Hahnenkamm
Über Nacht wässern, in Zwiebeln und Geflügelfond weichköcheln. Für den Gebrauch in Kalbsjus wieder erhitzen.

Morcheln
Putzen, waschen, in Butter anbraten, mit etwas Madeira und Portwein ablöschen, würzen, gar ziehen.

Weißer Spargel, Grüner Spargel, Minikarotten, Zuckerschoten
Auf den Punkt kochen.
(je eine Stange Spargel und 1 EL gelöste Erbsen pro Person).

Saucen
- **Spargelcremesauce** (für 4 Personen)

500 ml Spargel-Garwasser mit 250 ml Sahne verrühren, 75 g kalte Butter einmixen; mit Zitrone abschmecken

- **Krustentiersauce** (für 4 Personen)

Eine große Zwiebel in Würfel schneiden, diese mit frischem Rosmarin in Olivenöl anziehen, Hummerkarkassen (wenn möglich nur Körper, von Hummernasen befreit/circa 4 bis 5 Stück) dazugeben, alles auf kleiner Flamme etwa 30 Minuten anziehen, die Karkassen mit einem Rührlöffel etwas zerstoßen und ab und zu umrühren. 70 g Tomatenmark dazugeben und weiter anschwitzen. Gelegentlich umrühren, mit Salz, Piment, Muskat (ist Geschmacksträger), 2 Lorbeerblättern, Pfefferkörnern würzen, das Ganze mit Cognac flambieren, mit 1 Liter flüssiger Sahne auffüllen, 50 g kalte Butter dazugeben und unterrühren (damit sich das ganze Tomatenmark von den Karkassen löst) einmal aufkochen lassen, passieren. Vor dem Servieren etwas Champagner dazugeben, mit Salz, Muskat und frisch gemahlenem Pfeffer abschmecken und mit dem Stabmixer gut aufschäumen.

Tipp des Sternekochs: Von der Krustentiersauce die fünffache Menge kochen, dann schmeckt sie am besten. Die Sauce kann auf Vorrat zubereitet und eingefroren werden. Sie passt auch sehr gut zu anderen Gerichten.

Anrichten:
Mit geschäumter Spargelcremesauce den Tellerboden bedecken, 2 gebratene Kalbsbriesröschen daraufsetzen, Gemüse dekorativ einbauen. Flusskrebse, Hahnenkamm und Morcheln anlegen, Kalbsjus über Hahnenkamm und Kalbsbries verteilen, darauf die geschäumte Krustentiersauce geben. Mit Estragonspitzen, Kerbel und Dill garnieren.

Eifler Rehrücken

Eifler Rehrücken
Zutaten (für 4 Personen): 650 g Rehrücken (sauber pariert), 28 schöne geputzte Pfifferlinge, 4 Macadamianüsse, 4 EL Erbsen
Zubereitung: Rehrücken scharf anbraten, bis der gewünschte Garpunkt erreicht ist.

Pils-Preiselbeer-Sauce
- **Kaltgerührte Preiselbeeren**

Zutaten (für größeren Vorrat): 4 kg frische Preiselbeeren, 2 kg Zucker, 220 ml roter Portwein, 220 ml Cognac, Schale von einer Zitrone und einer Orange
Zubereitung: Alle Zutaten 3 bis 4 Stunden in einer Maschine mit Knethaken langsam kalt rühren, in Gläser füllen und bei 85 °C 20 Minuten sterilisieren.
- **Sauce**

Zutaten: Rehjus, Pils, Preiselbeeren
Zubereitung: Pils und kaltgerührte Preiselbeeren in den Rehjus einrühren und aufkochen.

Pastinakenpüree
Zutaten: 600 g geschälte und gewürfelte Pastinaken, 200 g kalte Butterwürfel, Salz

Zubereitung: Wasser und Salz aufkochen, die Pastinaken hineingeben und gerade weich kochen. Das heiße Gemüse in eine Kartoffelpresse, ausgelegt mit einem dünnen Tuch, geben und den Saft völlig auspressen.

Das noch warme Gemüse mit der kalten Butter fein pürieren. Das Püree durch ein Passiersieb streichen und mit Salz würzig abschmecken.

Pilzschaum

Zutaten: 500 g Champignons, 1 Schalotte, 100 ml Weißwein, 300 ml Geflügelbrühe, 100 ml Sahne

Zubereitung: Schalotte fein würfeln und in Butter anschwitzen, klein geschnittene Champignons dazugeben. Mit Weißwein ablöschen und mit Brühe und Sahne auffüllen und passieren. Vor dem Anrichten mit dem Stabmixer aufschäumen.

Servieren:

Rehrücken in vier gleich große Stücke portionieren. Pastinakenpüree punktförmig auf den Rehrücken spritzen. Die Erbsen, die kleingeschnittenen Macadamianüsse und die Pfifferlinge daraufgeben. Zwei parallele Striche Pastinakenpüree auf dem Teller verteilen – darauf den Rehrücken setzen und mit Pilzschaum vollenden.

Geeiste Rieslingcreme

Zutaten: 380 ml Weißwein (heiß), 250 g Butter, 100 g Zucker, 2 Eigelb, 4 Eigelb, 50 g Zucker, 50 ml Grand Manier, 100 g Eiweiß, 100 g Zucker

Zubereitung: Butter (kalt), Zucker und Eigelb schaumig schlagen. Weißwein hochkochen lassen und dazugeben. 5 bis 7 Minuten auf höchster Stufe mixen. Anschließend die Masse (über Nacht) kalt stellen.
Eigelb, Zucker und Grand Manier mixen und aufschlagen.
Eiweiß und Zucker mixen und aufschlagen.
Anschließend alle Massen zusammenfügen, in Gläser abfüllen und gefrieren lassen.

Zum Beispiel mit Weinbergspfirsich-Kompott garnieren.

Christof A. Niedermeier

Waidmanns Grab

Kriminalroman.
Taschenbuch.
Auch als E-Book erhältlich.
www.ullstein-taschenbuch.de

Zehn kleine Jägerlein ...

Als Koch muss man wissen, woher das Fleisch kommt, das man serviert. Das findet jedenfalls der Jägerstammtisch, der sich wöchentlich in Jo Weidingers Restaurant trifft. Der junge Koch lässt sich überreden, an der nächsten Jagd in den Wäldern des Rheintals rund um die Loreley teilzunehmen. Plötzlich wird einer der Jäger von einer Kugel niedergestreckt; die Polizei geht von einem Querschläger aus. Nur Jo ist sich sicher, dass das tödliche Geschoss aus einer anderen Richtung kam. Er beginnt auf eigene Faust zu ermitteln. Und dann wird auf einem Hochsitz der nächste tote Jäger gefunden ...

Angela L. Forster

Heidefeuer

Ein Fall für Inka Brandt

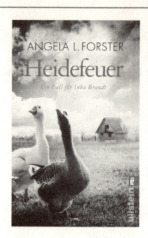

Kriminalroman.
Taschenbuch.
Auch als E-Book erhältlich.
www.ullstein-taschenbuch.de

Mord in der Lüneburger Heide

Hauptkommissarin Inka Brandt zieht nach einer unangenehmen Trennung mit ihrer Tochter von Lübeck nach Undeloh in die Lüneburger Heide. Ihre Schwester betreibt dort einen Biobauernhof. Die reine Idylle sollte man meinen. Doch weit gefehlt, denn bald schon liegt ein Toter im Dorfteich. Zusammen mit ihren Kollegen von der Hanstedter Kripo beginnt Inka zu ermitteln. Der Tote war Therapeut im Seerosenhof, einer psychosomatischen Klinik. Über das Opfer sagen alle nur Gutes – selbst die Patienten –, von Mordmotiven will niemand etwas wissen. Als aber eine zweite Leiche gefunden wird, beginnt sich Inka ernsthaft zu fragen, ob es tatsächlich so eine gute Idee war, aufs Land zu ziehen ...